Heike Schroll

Nachtnelken

W0182177

alto-Verlag Berlin

Die vorliegende Kriminalerzählung ist frei erfunden. Jede Übereinstimmung von Personen und Örtlichkeiten wäre rein zufällig.

Impressum

Schroll, Heike
»Nachtnelken – Ein Altmarkkrimi«
Judith Brunners vierter Fall
Kriminalroman

1. Auflage, alto-Verlag Berlin 2014
ISBN 13: 978-3-944468-03-7
ISBN 10: 3-944468-03-1
ISBN-A: 10.978.3944468/037
http://dx.doi.org/10.978.3944468/037

www.heikeschroll.com

Umschlaggestaltung und Fotos: Bernd Schroll

Druck: SDV Direct World, Tharandter Straße 23-35, 01159 Dresden
Printed in Germany

ISBN 13: 978-3-944468-07-5 (epub)
ISBN 10: 3-944468-07-4 (epub)

www.alto-verlag.com
fon: +49.(0)30.654 977 32
fax: +49.(0)30.654 977 33
info@alto-verlag.com

Heike Schroll

Nachtnelken – Ein Altmarkkrimi

Judith Brunners vierter Fall

Kriminalroman

Altmark, Juli 1988

Sonnabend

~ 1 ~

Blankes Entsetzen ließ seine Stimme fast versagen. »Komm mit!«

Judith konnte das leise Flehen nicht hören. Kräftig fuhr sie ein letztes Mal mit dem groben Sandpapier über die Holzlatte. Sie bereitete die alte Bank vor ihrer Haustür für einen neuen Anstrich vor und war überaus zufrieden mit dem Ergebnis ihrer Schleifarbeiten. Die Lehne und die Seitenteile waren schon sauber und schön glatt; das alte Holz würde jetzt die Lasur gleichmäßig aufnehmen.

»Komm mit!«, bettelte die piepsige Stimme erneut und dieses Mal vernahm Judith die Bitte. Sie drehte sich um und sah einen mageren Bengel von vielleicht acht, neun Jahren an ihrer Zauntür stehen. Sie kannte ihn vom Sehen.

Ihr Besucher vergewisserte sich: »Du bist doch auch von der Polizei, oder?«

»Das stimmt. Wohin soll ich denn mitkommen?«

»Da rüber.« Der Junge blickte verstört, als graute ihm davor, über seine Schulter in Richtung der alten Dorfstraße.

Zwei Häuser weiter flog die Haustür auf. Walter Dreyer, der Ortspolizist in Waldau, trat in die Vormittagssonne und rief: »Hat eben jemand bei mir geklingelt?«

Der Junge nickte und deutete dabei auf Judith Brunner:

»Ich habe der Frau aber schon alles gesagt.«

Walter Dreyer trat näher, grüßte augenzwinkernd seine überrascht aussehende Nachbarin und sagte dann zu dem Kind: »Hallo Tommy. Was wolltest du denn von mir?«

Betrübt sah der Junge erst die Frau und dann den Mann an. Seine Augen füllten sich mit Tränen und er flüsterte: »Der Hund ist tot.« Sein Weinen hatte lautlos begonnen, wurde jetzt zum Wimmern, und nun greinte Tommy laut: »Aber nicht richtig!« Er rettete sich in Walter Dreyers Arme und schluchzte erbärmlich.

Nicht richtig tot? Was untote Wesen anbetraf, war Dreyer mit seinen fünfundfünfzig Lenzen Lebenserfahrung eher skeptisch. Also musste etwas anderes dem Kind eine Heidenangst eingejagt haben!

Judith konnte sich keinen Reim auf das Ganze machen, doch auch sie spürte die Furcht des Jungen und war besorgt. Sie legte den Schleifblock beiseite und sah aufmerksam die alte Dorfstraße hinunter, konnte aber nichts entdecken. Zumindest lag kein überfahrenes Tier auf der Fahrbahn.

Walter Dreyer wusste, dass Tommys Familie keinen Hund besaß. Was war nur los? Er löste sich behutsam aus der Umarmung, nahm Tommys Hände in seine und bat: »Zeig uns den Hund.«

Zögerlich führte der Junge sie über den Dorfplatz zu einem der Häuser gegenüber dem Kirchhof. Das alte Fachwerkhaus stand ein ganzes Stück von der mit Feldsteinen gepflasterten Straße zurückgesetzt. Zwei gewaltige Buchen boten nicht nur einer Bank am Straßenrand Schatten, sondern verdunkelten auch ein paar Nebengebäude. Erst dann öffnete sich ein verwilderter Vorgarten, in dem sogar ein kleines Rasenstück Platz fand.

Am Gartenzaun blieb Tommy stocksteif stehen und murmelte: »Vor der Tür.« Er klammerte sich an Walter Dreyers Arm fest und ging keinen Schritt weiter.

»Vielleicht ist es besser, Sie und Tommy warten hier und ich gehe erst einmal allein nachsehen«, schlug Judith Brunner feinfühlig vor.

Tommy sah sie dankbar an, erleichtert, dass er sich dem Grauen nicht weiter nähern musste. Doch dann schüttelte er abwehrend den Kopf, weil er wusste, was die Polizistin gleich sehen würde.

Walter Dreyer nickte ihm aufmunternd zu. » Schon gut.« Aber auch er war gespannt.

Im Haus wohnte eine ältere Dame, die Witwe eines Schuldirektors, der bereits vor vielen Jahren, in seiner Lebensmitte, bei einem Unfall ums Leben gekommen war. Waltraud Zabel lebte seitdem allein in dem viel zu großen Haus, das der Gemeinde früher als Pfarrhaus diente. Einen eigenen Pfarrer nur für Waldau gab es lange schon nicht mehr; die entsprechenden Aufgaben erledigten die Glaubensbrüder aus den Nachbardörfern abwechselnd mit.

Judith Brunner ging, sich aufmerksam umschauend, die zwei Dutzend Schritte vom Gartentor zu dem im Schatten einer noch jungen Kastanie liegenden Hauseingang. Dabei überlegte sie, ob der von Tommy gefundene Hund vielleicht krank gewesen war. Räudige Hunde konnten schlimm aussehen. Starb er an etwas Unheilbarem? Oder war einfach seine Zeit gekommen? Vielleicht war er auch schwer verletzt und hatte sich bis dorthin geschleppt?

Doch als Judith Brunner das Tier dann sah, wusste sie, was Tommy dermaßen in Angst und Schrecken versetzt hatte. Auch sie war entsetzt, denn diesen Hund hatte man geköpft.

Jemand hatte den Kadaver auf dem oberen breiten Treppenabsatz abgelegt, der mit zwei flachen Stufen zum Eingang des imposanten Fachwerkhauses führte. Das Tier lag auf der Seite. Der Kopf des Hundes war an sein Hinterteil gelegt worden; die Schnauze war mit einem Seil zugebunden. Sein abgetrennter Schwanz steckte in einem Loch, das mittig in die Bauchdecke der Hündin geschnitten worden war. Statt des Kopfes lag ein Haufen kleiner Münzen auf dem Stein.

Fliegen umschwirrten die Tierleiche; erste Ameisen erkundeten bereits den Hundekörper.

Judith Brunner besah sich die Anordnung ungewöhnlich lange, obwohl der Anblick äußerst verstörend war.

Ein totes Tier kann viel bedeuten.

Dieser Kadaver auf den Stufen kündete von einer dumpfen Gefahr.

~ 2 ~

Laura ärgerte sich über die Unzulänglichkeiten ihrer Ausrüstung. Wie sollte sie nur diese außergewöhnlich lange Inschrift auf ein einziges Foto bekommen? Verflixt! *»Ich trau auf Gott in allen Sachen, denn wer wolt sonst mein Helfer seyn. Ach, niemand hilft den armen Schwachen, denn nur mein Gott der thuts allein. Drum seh ich auch in meiner Noth zuförderst auf den lieben Gott. Und muss ich gleich zu trüben Zeiten was dulden, ey was ists denn nun, Ich will es herzlich gerne leiden.«* Hm. Das alles ohne ein Weitwinkelobjektiv. Und wenn sie sich auf die andere Straßenseite stellte? Sie war extra sehr früh aufgestanden, um das warme Morgenlicht nutzen zu können, das beste Licht für stimmungsvolle Fotos. Diese Fotoarbeiten waren ihr wichtig. Die künftige *Honorardozentin* Laura Perch plante nämlich, im kommenden Herbstsemester ihren Studenten im Paläografiekurs beim Thema der Frakturschriften die Vielfalt der Anwendungen auf neue Weise zu illustrieren: mit Hausinschriften. Und aus diesem Grund nutzte die derzeitige *Urlauberin* Laura Perch die vorlesungsfreien Wochen, um in der Altmark entsprechendes Anschauungsmaterial zusammenzutragen. Auf ihren Vorschlag, das Seminar etwas anders als mit den üblichen Leseübungen von Handwerkerprivilegien zu beginnen, war der Fachbereichsleiter bereitwillig eingegangen. Allerdings nicht, weil er vom didaktischen Nutzen dieses ungewöhnlichen Kursbeginns überzeugt war, sondern eher, weil es dem Verantwortlichen trotz bedenklicher Mienen bei der Abnahme ihres Curriculums ziemlich einerlei war, womit sie als Honorarkraft die Studenten beschäftigte.

In den Dörfern rund um Waldau waren nur noch wenige Bauernhäuser mit Hausinschriften verziert; Laura musste ihre Suche auf entferntere Ortschaften ausdehnen. Heute Morgen sollte es im großen Bogen bis nach Neuendorf am Damm gehen. Und hier war sie nun und hoffte auf brauchbare Motive.

Bei ihrem bisher weitesten Fotoausflug war sie über zwei Stunden durch die Altmark geradelt. In den Orten wechselte ihr Blick stets vom teilweise ausgefahrenen Natursteinpflaster zu den Giebelbalken – ein immer wieder tückisches Unterfangen. Dieses Dorf hatte Walter ihr empfohlen, da es dort alte Höfe und Häuser mit gut erhaltenen Balkeninschriften geben sollte. Er war als junger Mann öfter mit dem Mofa im Dorf gewesen, und seinem Tonfall nach konnte es sich dabei nur um amouröse Ausflüge gehandelt haben. »Fahr am besten über Fleetmark und dann in Richtung Kalbe, da findest du schon unterwegs einige lohnenswerte Häuser«, lautete sein Hinweis.

Tatsächlich behielt Walter recht, und Laura hatte unter anderem in Kalbe in der Gerichtstraße angehalten und fotografiert. Auf einem Grundstück ohne Wohnhaus war ihr ein altes Wirtschaftsgebäude aufgefallen, über dessen hohem Tor die Balkeninschrift zu lesen war: *»Im Jahr 1831 am 19ten September wurden diese Gebäude durch Frevlers Hand ein Raub der Flammen; durch Gottes Hülfe neu errichtet am 8ten Juni 1832 durch der Wittwe Blume geborene Blume.«* Was für ein Drama!

Kurz vor Neuendorf am Damm war ihr dann ein ärgerliches Malheur passiert: Sie war mit ihrem Fahrrad über einen wenig gefährlich aussehenden, trockenen Ast gefahren, hängen geblieben und gestürzt. Sie hatte Glück im Unglück. Nur eine blutende Schürfwunde am rechten Handballen würde ein paar Tage lang etwas hinderlich sein und sicher würden sich blaue Flecken unter ihrer derben Jeanshose zeigen. Als weitaus unangenehmer erwies sich, dass neben ihrem Proviant auch der Fotoapparat aus dem Gepäckkörbchen über dem Hinterrad gefallen war. Nun klemmte auch der Filmtransport. Der Auslöser hatte ohnehin schon ein ziemliches Eigenleben entwickelt. Das ständige Fummeln, bis wieder eine Aufnahme im Kasten war, noch dazu mit ihrer verletzten Hand, kostete Laura wertvolle Zeit. Sie fluchte leise vor sich hin. Das Licht war inzwischen nicht mehr optimal – die Sonne stand schon zu hoch am Himmel und es wurde zunehmend wolkiger. Sie hatte nur noch einen Film dabei und wollte davon so wenige Aufnahmen wie möglich verwackeln. Hätte sie doch wenigstens ein Stativ mitgenommen!

Laura ließ sich vor einem unbewohnt aussehenden Haus

zum kurzen Rasten auf einem morschen Bänkchen nieder. Sie nahm einen kühlen Schluck Rhabarbersaft aus der Thermoskanne, griff zu ihren Notizen, die sie stets dabei hatte und zog eine kurze Bilanz. Als sie vor einigen Wochen begann, ihre Expeditionen zu den Balkeninschriften zu planen, führte sie ihr erster Weg in die Universitätsbibliothek. Dabei hatte sie erstaunt festgestellt, wie wenig es über diese Zeugnisse handwerklicher und bäuerlicher Traditionen in der Altmark zu finden gab. Immerhin, einiges hatte sie erfahren können und sich notiert. Sie las die paar Sätze noch einmal quer: *Hausinschriften waren früher üblich und sind deswegen in vielen altmärkischen Orten zu sehen. Sie erzählen sowohl über die Gebäude, aber auch über die Erbauer. Man findet die Inschriften vor allem in den Eichenbalken an der langen Vorderfront der Häuser. Auch die Balken über Haustüren und Hoftoren werden verziert. Oft sind sie mit einem Heilszeichen, wie einer Sonne oder einem Stern, versehen. Einige dieser Sprüche sind sogar aus dem Holz herausgearbeitet. Sie sind erhaben dargestellt. Andere wiederum sind in die Balken eingeschnitten.*

Mitunter findet man auch am Ende eines Balkenspruchs die Worte »Anno Domini« – Im Jahre des Herrn. Sie stehen auch abgekürzt als »A.D.« oder »a.D.«. Auf diese Weise erfährt der Betrachter das Baujahr des Hauses und somit sein Alter. Manche Gebäude verraten durch ihre Balkeninschrift auch den Namen des Bauherren »BH« und den seiner Frau »BF« – also Baufrau. In einigen Gebieten der Altmark war es darüber hinaus üblich, den Namen des Baumeisters »BM« zu erwähnen.

Sogar über die teilweise tragischen Hintergründe, die zum Hausbau führten, berichten die Buchstaben in den Balken. So ist über der Hoftür einer ehemaligen Gaststätte in Dannefeld zu lesen: »Mein erstes Haus ist abgebrannt/Der Thäter ist noch nicht bekannt/Gott aber kennt den Thäter schon/Der wird ihn auch dafür belohn.« Ein ähnlicher Spruch lautet: »Ich baue nicht aus Lust und Pracht. Ein Bösewicht hat mich dazu gebracht.«

Es gibt natürlich auch positive Gründe für den Hausbau: »Durch Gottes Huld und großen Erntesegen konnte ich den Grund zu dieser Scheune legen« – ließ ein Bauer im Balken eintragen.

Da die Altmark früher ein rein agrarisches Gebiet war, beziehen sich viele Balkeninschriften vor allem auf die Landwirtschaft. Bäuerliche Weisheiten wurden so ins Holz geschnitzt. Man findet Sprüche wie »Willst Du von die Kuh gut buttern, musst Du aus dem Schrotsack futtern.« Gute Pferde waren der Stolz eines jeden Bauern. So kann man auch diesen Spruch verstehen: »Wer will gute Pferde haben, der muss keine Körner sparen. Füttre gut, putze gut, so sind auch die Pferde gut.«

Viele der Sprüche zitieren Textstellen aus der Bibel. Ob das daher kam, dass früher vor allem die Lehrer, also die Schulmeister oder Köster, das Ausgestalten der Balken übernahmen? In einigen Gebieten allerdings, so beispielsweise im Nordwesten der Altmark, brachten auch die Dorfmusikanten die Sprüche an.

Einige Inschriften weisen auf menschliches Verhalten hin: »Wenn du gehst aus diesem Haus, Was dir vertraut, nicht plaudre aus« oder: »Wenn Laub und Gras wüchse wie Neid und Hass, Wie gut wäre das.« Aber auch Sprüchlein dieser Art sind zu lesen: »Wo ist wohl der Mensch zu finden, der da lebte ohne Sünden?« Damit wurde, wie kann es anders sein, der Balken einer Gaststätte geschmückt.

Laura steckte die Unterlagen wieder weg und sann über ihre bisherige Ausbeute nach. Sie nahm sich vor, weit mehr Balkeninschriften zu finden, um sich intensiver mit dem Thema befassen zu können. Sie selbst hatte die Sprüche, die die alten Balken zierten, schon immer gern entziffert. Irgendwie bedauerte sie es, dass heutzutage die schöne Sitte der Balkeninschriften kaum noch Anhänger fand. Ab und zu war immerhin zu sehen, dass wenigstens noch die

Anfangsbuchstaben des Namens vom Bauherrn und seiner Frau und die Jahreszahl des Baujahres in den Balken über der Haustür gestemmt worden waren, doch mehr Mühe wurde kaum noch aufgewendet. Schade.

Ein paar gelungene Aufnahmen würde sie auf jeden Fall mit nach Hause nehmen. Laura beendete ihre Rast. Besser, sie machte sich bald auf den Rückweg. Ihre Hand schmerzte irgendwie stärker und der Film war sowieso gleich voll. Nur diese eine Inschrift wollte sie unbedingt noch festhalten: *»Alles ist an Gottes Segen und an seiner Gnad gelegen, über alles Geld und Gut. Wer auf Gott sein Hoffnung setzet, der behält ganz unverletzet einen freyen Heldenmuth. Der mich hat bisher ernähret, und so manches Gut beschehret, ist und bleibet ewig mein. Der mich wunderlich gefuhret, und noch leitet und Regieret, wird forthin mein Helfer seyn. Viel bemühen sich um Sachen, die nur Sorg und Unruh machen, und ganz unbeständig sind. Ich will aber darnach ringen, was die Seelenruh kann bringen, die man itzt gar selten find't. Hoffnung kann …«* Hier endete die Hauswand leider. Früher wird das Haus noch länger gewesen sein. Doch gerade den letzten Teil der Inschrift ab *»Viel bemühen«* fand Laura ausnehmend gut.

~ 3 ~

Walter Dreyer gefiel überhaupt nicht, wie lange Judith Brunner nahezu regungslos vor dem Zabel'schen Hauseingang stand. Warum bewegte sie sich nicht? Was war dort los?

»Sie hat sicher große Angst«, erklärte ihm Tommy leise, fast schon wieder wimmernd.

Das reichte. Er beugte sich zu dem Jungen und sah ihm

in die Augen. »Lauf zurück in mein Haus und warte dort auf mich. Die Tür ist offen. Du kannst im Garten ein paar Stachelbeeren naschen, wenn du willst. Der Katze darfst du auch einen Schluck Milch geben, bestimmt möchte sie das. Die Milchflasche findest du im Kühlschrank in der Küche. Ich komme dann zu dir, so schnell ich kann.«

Tommy musste nicht weiter überredet werden und flitzte davon.

Fast im Laufschritt hastete Walter Dreyer zu seiner Nachbarin, die nicht nur seine Vorgesetzte war – sie leitete die Polizei-Kreisdienststelle in Gardelegen –, sondern, was ihn viel mehr bewegte, auch seine Geliebte – obwohl dieser Begriff nicht annähernd das traf, was sie beide verband. Ihr dienstliches Verhältnis führte dazu, dass sie ihre private Beziehung als Geheimnis hüteten. Damit schienen sie bisher auch recht erfolgreich zu sein. Zumindest hatte es in den mehr als zwei Jahren ihrer Liebe keinerlei Anzeichen für irgendeine Enthüllung gegeben. Vielleicht traute es ihm aber auch niemand im Dorf zu, dass er diese attraktive und fast zwanzig Jahre jüngere Frau glücklich machen konnte.

Als Walter neben Judith trat und sah, was dem Tier angetan worden war, versteifte sich sein ganzer Körper. Er schluckte erst einmal, dann brach es aus ihm heraus: »Meine Güte! Was ist das denn!?«

Judith ging geschmeidig in die Hocke und hielt ihren Blick weiter auf das Tier gerichtet.

Walter versuchte, eine Erklärung für das zu finden, was auf dem Trittstein lag. »Das sieht mir nach einer Botschaft aus. Und zwar ziemlich deutlich.«

Judith erhob sich wieder. »Ist die alte Frau zu Hause? Weißt du das?« Sie wollte nicht über den toten Hund steigen und an die Tür klopfen. Daher wandte sie sich einem der großen Fenster neben dem Hauseingang zu, legte die Hände an die Schläfen und spähte hinein.

Walter schüttelte den Kopf. »Da kann eigentlich niemand im Haus sein. Waltraud Zabel besucht seit ein paar Wochen einen ihrer Söhne. Wer weiß, ob die überhaupt noch einmal wieder kommt. Ich weiß das von Lucie Merker, die die Post für sie sammelt und ihr dann wöchentlich hinterherschickt.«

»Ob das hier für sie bestimmt war?« Judiths Gedanken überschlugen sich.

»Die alte Zabel hatte keinen Hund«, gab Walter zu bedenken.

»Ich weiß«, bemerkte Judith sinnierend. »Ich denke eher an die Münzen. Und an den Schwanz im Bauch. Den Kopf am Hinterteil. Das sind ja mindestens drei Botschaften.«

»Geld. Sex. Verachtung.« Walter gab recht überzeugt wieder, was ihm sofort in den Sinn gekommen war.

Sie warfen sich einen langen Blick zu, wortlos übereinstimmend, dass sie beide das gleiche ungute Gefühl hatten. Als erfahrene Polizisten wussten sie, dass Tierquälerei und Tierverstümmelungen, noch dazu mit diesem eindeutig sexuellen Bezug, auf schwere Sexualstraftaten hindeuten konnten.

Judith atmete tief durch. »Rufst du bitte in Gardelegen an und erklärst die Situation? Ich benötige wenigstens Ritter. Wie du ihn privat erreichst, weißt du ja. Versuche bitte auch, Dr. Renz zu informieren. Es wäre sehr schön, wenn er auch kommen könnte.«

Walter wahrte zwar die körperliche Distanz, berührte Judith aber zärtlich mit den Fingerspitzen. Dann sagte er: »Natürlich. Wird alles gleich erledigt. Tommy bringe ich auch rasch nach Hause und komme dann zurück. Du kannst dich inzwischen vorne auf die Bank unter die Buchen setzen. Bleib bitte nicht hier an der Haustür stehen.«

Judith lächelte. »Danke.« Walter wollte sie immer irgendwie beschützen. Dann setzte sie sich, um keine Spuren zu zerstören, vorsichtig auf die unterste Stufe des Hauseingangs und wachte bei dem bemitleidenswerten Tier.

~ 4 ~

In seinem Ortspolizistenbüro, das praktischerweise in seinem Wohnhaus untergebracht war, sah Walter Dreyer zunächst nach Tommy. Als er ihn spielend mit Wilhelmina, der Katze, im Garten entdeckte, erledigte er die nötigen Anrufe.

Thomas Ritter, Chef der Spurensicherung bei der Gardelegener Polizei, war ein alter Kumpel von ihm, dem es überhaupt nicht gefiel, bei seinen Sonnabendplänen gestört zu werden. Er verriet Walter zwar seine bedeutsamen Vorhaben nicht, klang aber ziemlich ungehalten: »Ein Hund? Du rufst mich wegen eines blöden Viechs an! Einem toten Köter?! Ist dir klar, dass Wochenende ist?«

Als Walter ihm die Details schilderte, wurde Ritter ruhiger und war zähneknirschend bereit, zu kommen.

Dr. Friedrich Renz, ein seit einigen Jahren pensionierter Rechtsmediziner, musste nicht lange überzeugt werden. Ihn verband mit Judith Brunner eine Freundschaft seit ihren Zeiten bei der Magdeburger Mordkommission und er versuchte, ihr mit seinen Erfahrungen zu helfen, wo und wann immer er konnte.

Bis die Kollegen in Waldau eintreffen könnten, würde

mindestens noch eine halbe Stunde vergehen.

Walter Dreyer ging zu Tommy hinter das Haus. »Komm, ich bring dich erst mal zu deiner Familie.«

Der Junge streichelte die Katze zum Abschied, stand auf und sie gingen los.

»Meine Eltern warten ganz sicher schon. Papa wird wieder meckern. Ich soll immer pünktlich zum Essen da sein. Und erst recht heute. Am Nachmittag wollen wir mit Oma nach ›Feine Sache‹ zum Eisessen fahren. Und morgen vielleicht sogar zum Baden nach Arendsee.« Tommy plapperte drauflos – da musste er wenigstens nicht über den toten Hund reden.

Ungern unterbrach Walter Dreyer den Jungen und blickte ernst zu ihm herunter. »Ich muss dir ein paar Fragen stellen. Das verstehst du sicher, denn du bist ja kein kleines Kind mehr. Deine Beobachtungen können der Polizei nämlich helfen, denjenigen zu finden, der den Hund getötet hat.«

»Ob es ihm wehgetan hat?«

Die Verstümmelungen? Die grausigen Details mochte Walter sich gar nicht vergegenwärtigen. Auf dem Trittstein war allerdings kaum Blut zu sehen gewesen. »Ich denke, der Hund war tot, als er dahin gelegt worden ist. Er hat bestimmt nicht mehr gespürt, was mit ihm angestellt wurde.«

Tommy nahm das erst einmal hin. Dann fragte er weiter: »Warum hat das jemand gemacht?«

»Nun, das müssen wir erst noch herausfinden. Vielleicht war derjenige sehr wütend. Oder auch krank und durcheinander.« Walter Dreyer hoffte, seine Erklärungen würden ausreichen und die Fantasie des Jungen nicht allzu sehr beflügeln. Er hatte zur Wohnung von Tommys Eltern extra einen kleinen Umweg in die entgegengesetzte Richtung –

um den ganzen Kirchhof herum – gewählt, damit er mit dem Kind nicht erneut an dem alten Pfarrhaus vorbeigehen musste. Als es außer Sichtweite war, fragte er: »Wie hast du den Hund denn eigentlich gefunden?«

Tommy überlegte nicht lange. »Nach dem Frühstück war ich im Gutspark. Wir trainieren dort Fußball«, meinte er stolz.

Walter wusste, dass Leon Ahlsens die Bengel aus dem Dorf für diesen Sport begeistert hatte. Die Jungenmannschaft wollte in der nächsten Saison, also schon in ein paar Wochen, in der Jugendliga mitmachen. Allerdings hatte man sich bisher noch nicht auf einen Namen für den Verein einigen können. Die Vorschläge der Väter am Stammtisch in der »Altmärkischen Schweiz« bewegten sich entweder fantasielos, in völlig ausgefahrenen Bahnen oder waren schlichtweg absurd und eher einigen Gläsern Klaren zu viel zuzuschreiben. Leon hatte dann eines Nachmittags, nach einem mehr zufälligen Blick auf die diversen Trainingsklamotten seiner Fußballspieler, »Bunte Hasen Waldau« vorgeschlagen, was die Jungen lautstark befürworteten. Alle Kinder hatten den entsprechenden Antrag unterschrieben. Walter befürchtete allerdings, dass sich die funktionärskompatiblere Idee von »Waldau 1988« durchsetzen würde, die er neulich bei einer Diskussion vor dem Dorfladen mitbekommen hatte. Das war harmlos genug, um alle irgendwie zufriedenstellen zu können.

»Und dann?«, fragte er Tommy weiter aus.

»Um elf war Trainingsende und ich bin nach Hause.« Nun druckste der Junge etwas herum. »Da lang eben«, deutete er in Richtung auf den unsichtbaren Pfarrgarten.

Walter Dreyer erkannte, dass Tommy eine gern genommene Abkürzung vom Dorfplatz runter zum Neubaublock meinte. Dort wohnte der Junge mit seinen Eltern und zwei jüngeren Geschwistern in einer Vierraumwohnung. Allerdings war das keinesfalls ein offizieller Weg, der da über das Privatland der Witwe Zabel, durch ihren Vorgarten links am Pfarrhaus vorbei und dann quer durch den großen Nutzgarten führte! Die Pforte am hinteren Lattenzaun ihres Gartens öffnete sich einst auf die Wiesen. Jetzt führte sie direkt zu den zum Neubaublock gehörenden Schuppen und Ställen, von wo aus man auch rascher die am Ortseingang liegenden Gehöfte erreichte. Verständlicherweise sah es Waltraud Zabel nicht gerne, wenn ihr Grund und Boden als Durchgangsweg benutzt wurde. Ihre Schilder, die das Betreten verboten, wurden regelmäßig ignoriert; das Vorhängeschloss am Riegel der Zauntür hinderte niemanden, den defekten Jägerzaun zu überwinden. Die Frau hatte sich mit den Jahren immer seltener bei Walter Dreyer über das unrechtmäßige Betreten ihres Grundstücks beschwert und irgendwann resigniert. Inzwischen konnte Waltraud Zabel Haus und Hof ohnehin kaum noch bewältigen und der Garten war längst von ihr aufgegeben.

»Hast du da jemanden gesehen?«, fragte Walter Dreyer nach, ohne auf die illegale Wegnutzung einzugehen.

Tommy schüttelte stumm den Kopf.

Jetzt kam die schwierigste Frage: »Wieso bist du eigentlich vor der Tür von Frau Zabel gewesen?« Walter Dreyer wusste natürlich, dass die – auch von ihm ab und zu benutzte Abkürzung – ein gutes Stück vom Hauseingang entfernt vorbeiführte.

Und Tommy wusste das auch. Schuldbewusst antwortete er, ohne den Ortspolizisten anzusehen: »Wir klingeln da manchmal und rennen dann weg.«

Na klar, ein Klingelstreich! Walter Dreyer gab sich Mühe,

ernst zu klingen. »Frau Zabel ist schon alt und etwas krank. Das gehört sich nicht.«

Der Junge seufzte ergeben. Er hörte diese Vorhaltung offenbar nicht zum ersten Mal. Nun, nach dem heutigen Erlebnis würde zumindest Tommy die Steinstufen wohl nicht so bald wieder betreten.

»Du hast ›wir‹ gesagt. Mit wem warst du denn zusammen?«

»Heute war ich alleine. Ab und zu sind Micki und Kulle dabei.«

Walter Dreyer ahnte, wessen Sprösslinge damit gemeint sein können. »Also um elf bist du vom Training los und dann am Pfarrhaus lang.«

Tommy nickte.

»Du hast den toten Hund gefunden und bist zu meinem Haus gelaufen.«

Tommy nickte wieder. »Ich habe angeklopft und keiner hat aufgemacht. Doch dann sah ich die Frau von der Polizei.«

Gut. Den Rest der Geschichte kannte Dreyer. Bis hierher. Wie furchtbar sie weitergehen würde, konnte er beim besten Willen nicht ahnen.

~ 5 ~

»Sexuell motivierte Verstümmelungen bei einem Hund? Wo soll das hinführen!«

Walter Dreyer hörte den Ausruf von Dr. Renz, als er, ordnungswidrig und ohne schlechtes Gewissen durch den Pfarrgarten kommend, um die Hausecke bog. Der Rechtsmediziner erhob sich gerade vom Erdboden und klopfte sich die Beine seiner grauen Cordhose ab. Dazu trug er ein dezent gestreiftes hellblaues Hemd, dessen Ärmel er etwas aufgekrempelt hatte. Glänzend polierte Lederschuhe rundeten den eleganten Gesamteindruck ab. Für seine mehr als siebzig Jahre machte Friedrich Renz immer noch eine hervorragende Figur.

Walter ging auf ihn zu. »Nochmals danke, dass Sie kommen konnten.« Sie gaben sich die Hand.

»Immer gern, Herr Dreyer. Wie ich Ihnen schon am Telefon sagte, reizen mich Herausforderungen. Und das da« – Renz deutete beiläufig auf das tote Tier – »wird sich mit Sicherheit zu einer entwickeln.«

Dreyer nickte.

Judith Brunner kam mit Thomas Ritter aus der seitlich gelegenen Scheune, in der sie sich etwas umgesehen hatten, während einer der Techniker der Spurensicherung Fotos von den Gebäuden und vom Grundstück machte. Ein anderer sah sich im Gelände um und kennzeichnete die Stellen, die eventuell Spuren aufweisen könnten, mit den üblichen Zahlenkärtchen.

»Grüß dich, Walter. Da drin war nichts Auffälliges zu sehen«, informierte Ritter die kleine Runde.

»Wie lief's mit dem Jungen?«, wollte Judith Brunner von Walter Dreyer wissen. Sie hatte die Neuankömmlinge aus Gardelegen bereits so weit ins Bild gesetzt, dass die seinem Bericht gut folgen konnten.

»Tommy ist immer noch etwas verstört, das ist doch klar. Ihm tut der Hund leid. Außerdem hat er ein schlechtes Gewissen. Ihm war bewusst, dass er diesen Weg hier eigentlich hätte gar nicht benutzen dürfen. Aber einige Bengel aus dem Dorf machen sich wohl öfter einen Spaß daraus, bei der alten Zabel an der Tür zu klingeln und dann wegzurennen. Zu spät zum Essen kam er auch noch. Es ging ihm jedoch sichtlich besser, nachdem ich den Eltern von seiner Entdeckung berichtet hatte, seine Umsicht besonders lobte und er merkte, dass er ohne Fernsehverbot davonkommen würde. Seine jüngeren Schwestern, die mit ihren Puddingschüsseln raus geschickt wurden, hatten an der Zimmertür gelauscht und schienen ganz erpicht darauf, alle grausigen Details von ihrem Bruder zu erfahren. Die Familie macht heute Nachmittag einen Ausflug. Das wird den Jungen ablenken ... Er hat mir erzählt, er war bis um elf beim Fußballtraining im Gutspark und wollte dann durch den Pfarrgarten nach Hause gehen. Also, selbst wenn er gebummelt hat, war er spätestens zehn nach elf hier, hat den Hund entdeckt und ist zu meinem Büro gelaufen.«

Judith Brunner warf ein: »Das kommt ungefähr hin. Es war höchstens viertel zwölf, als er mich ansprach.«

»Wahrscheinlich wussten noch mehr Leute, dass die alte Zabel zurzeit nicht zu Hause ist. Da haben sicher einige die Abkürzung über ihr Grundstück genommen. Ich gehe nachher gleich noch mal zum Neubaublock zurück. Vielleicht ist heute Morgen schon jemandem was aufgefallen? Lange kann das Tier ja noch nicht hier liegen.«

Dr. Renz stimmte Walter Dreyers Schlussfolgerung zu: »Der Kadaver ist gut erhalten, nichts scheint angefressen zu sein. Die Körperteile liegen bestimmt noch so da, wie sie gefunden werden sollten. Kopf und Körper haben einiges an Gewicht aufzuweisen. Das verschleppt so leicht kein Aasfresser. Es ist eine junge, kräftige Hündin gewesen. Ein ganz normaler Schäferhund, reinrassig, würde ich sagen.« Dr. Renz hielt kurz inne, bevor er sich an Judith Brunner wandte: »Gibt es für diese Fälle mit Tieren eigentlich auch die Bezeichnung ›Tatort‹? Den müssen Sie nämlich noch finden. Hier ist kaum Blut. Die Verstümmelungen sind woanders vorgenommen worden.«

Ritter fragte, wie nebenbei: »Und ihr seid sicher, dass die Bewohnerin des Hauses verreist und bei ihrem Sohn ist? Ich meine, gerührt hat sich da drin nichts, doch was wäre, wenn sie da irgendwo liegt und ebenfalls ...«, deutete er vage an.

»Oh Mann! Du kommst vielleicht auf Ideen!« Dreyer unterbrach seinen Freund ruppig, doch jagte dessen Gedanke ihm einen ziemlichen Schrecken ein. »Ich bin in ein paar Minuten zurück. Dann weiß ich, ob es ihr gut geht.« Eilig lief er los, darauf hoffend, dass Lucie Merker, die Postfrau, mit ihrer heutigen Runde durch das Dorf schon fertig war und er sie zu Hause antraf. Ihrem Mann gehörte die »Altmärkische Schweiz«, ein beliebter Landgasthof mit traditioneller Küche. Dessen Räumlichkeiten nahmen den größten Teil des Erdgeschosses in dem hübschen Landhaus ein, doch auch der Waldauer Postschalter hatte hier sein Domizil gefunden. Im Obergeschoss wohnten die Merkers. Beide waren im Ort beliebt. Die Kombination von Post und Kneipe war für alle Seiten vorteilhaft, denn wer außerhalb der Schalterstunden etwas abholen oder einliefern wollte, konnte den Wirt um den entsprechenden Gefallen bitten, und beim somit unvermeidlichen Betreten des Gastraumes wurde die Gelegenheit meist für ein schnelles Bier oder einen kleinen Happen genutzt.

Judith Brunner wandte sich an den Rechtsmediziner: »Ich brauche eine Obduktion. Todesursache, Werkzeugspuren, eigentlich dasselbe, wie bei einem menschlichen Leichnam.«

Dr. Renz nickte. »Verständlich. Doch in diesem Falle

muss ich passen. Hier muss ein anderer Fachmann ran. Ein Veterinärmediziner. Im Krankenhaus in Gardelegen könnte ich das sowieso nicht machen. Ich möchte meine guten Beziehungen dahin nicht aufs Spiel setzen, indem ich anfange, nun auch noch Tiere zu untersuchen. Man nennt eine Sektion bei Tieren übrigens Nekropsie. So etwas ist nicht Teil meiner Forschungsvereinbarung ... Was nicht heißen soll, dass mich dieser Fall nicht interessiert – im Gegenteil. Frau Brunner, wir wissen beide, dass diese schauderhafte Inszenierung nur der Auftakt für etwas sein kann. Im schlimmsten Fall bedeutet sie, dass die Möglichkeiten meines Labors und meine Spezialkenntnisse bald bei einem menschlichen Leichnam zum Tragen kommen müssen.«

»Nun machen Sie mal halblang!« Thomas Ritter wandte sich fluchend ab und unterstützte lieber seine Mitarbeiter bei der Spurensicherung, als den finsteren Ahnungen des Rechtsmediziners weiter zuzuhören.

Judith Brunner sah es ihm nach. Friedrich Renz hatte unverblümt einen möglichen Mord angedeutet! War das nicht zu gewagt? Doch der Mann verfügte über eine enorme Berufserfahrung und würde nie leichtfertig unken. Ihr selbst waren entsprechende Gedanken auch schon durch den Kopf gegangen. Sie hoffte, all ihren Zweifeln zum Trotz, dass wenigstens die Münzen in eine andere, irgendwie erträglichere Richtung wiesen. Ein einfacher Diebstahl, eine Unterschlagung, ja selbst mit einem Raub könnte sie noch gut leben. Judith Brunner schloss einen Moment die Augen, bevor sie verkündete: »Am besten, ich rufe beim Kreistierarzt an. Der wird wissen, wer uns helfen kann.« Sie ging los, um den Anruf vom Büro des Ortspolizisten aus zu erledigen.

Kaum war sie mit dem Telefonieren fertig, trat Walter dicht hinter sie. »Ich hab dich reingehen sehen.« Er drehte Judith geschickt um, hakte seine Finger in die Gürtelschlaufen ihrer Jeans, zog sie an sich und küsste sie kurz. »Gibt's schon was Neues?«

»Der Tierarzt aus Kakerbeck kommt her. Er hat dieses Wochenende Bereitschaft. Außerdem hat er in seiner Praxis einen kleinen OP-Raum und kann das Tier gleich obduzieren.«

»Ich habe auch gute Nachrichten: Der alten Zabel geht es gut. Lucie Merker war zwar noch nicht zu Hause, doch zum Glück konnte ich sie hinter Hartmanns Hof abfangen. Sie hatte die Osterburger Adresse und die Telefonnummer von Waltraud Zabels Sohn sogar im Kopf. Ich bin sofort rein zu Hartmanns und hatte den Sohn gleich am Apparat. Weder er noch seine Mutter können sich das mit dem Hund erklären. Für die Münzen hatte er auch keine Erklärung; in der Familie besaß niemand viel Geld, geschweige denn eine wertvolle Sammlung. Einen Hund hatten sie auch nie. Überhaupt keine Haustiere. Wir dürfen uns gern im Haus umsehen, wenn es nötig ist. Und: Wenn wir weitere Fragen haben, können wir gern vorbeikommen – sie haben am Wochenende nichts vor.«

Judith küsste Walter zurück, weit weniger vorsichtig, und befahl scherzhaft: »Na los, komm arbeiten. Die anderen warten schon.«

~ 6 ~

Wieder beim Pfarrhaus angekommen, bat Judith Brunner Dr. Renz, sich des Tierarztes anzunehmen. »Er kommt aus Kakerbeck her. Eigentlich müsste er jeden Moment eintreffen. Erklären Sie ihm bitte unsere Vermutungen und achten darauf, dass alles mit der nötigen Sorgfalt geschieht? Falls sich unsere, hm, Annahmen zur möglichen Entwicklung der Angelegenheit als wahr erweisen, darf uns jetzt kein Fehler passieren. Der Mann wird sich im Aufnehmen von gerichtsverwertbaren Spuren nicht auskennen.«

»Keine Sorge, ich kümmere mich um alles«, sagte Renz hilfsbereit zu.

Dann rief Judith Brunner Thomas Ritter zu sich: »Wir dürfen ins Haus.«

Walter Dreyer hatte inzwischen den Schlüssel hinter dem Fallrohr der Scheune gefunden, was nicht weiter schwierig gewesen war, hatte ihm doch Waltraud Zabels Sohn das Versteck verraten.

Von der Gartenseite her, durch eine über die gesamte Breite des Gebäudes gehende großzügige Loggia, mit einfach verglasten Sprossenfenstern an den Seiten, betraten sie zu dritt das Haus. Nach außen war der Holzvorbau offen, wobei eine halbhohe Balustrade mit aufsitzenden, bis unter das Dach reichenden rhombenförmigen Ziergittern aus dünnen Kanthölzern dem Anbau die Romantik einer lauschigen Laube verlieh. Die Veranda schien schon lange nicht mehr genutzt worden zu sein; jegliche Möblierung fehlte. Nur ein paar welke Blätter und trockene Ästchen lagen in den Ecken.

Durch seinen nahezu quadratischen Grundschnitt mit

niedrigem Dach wirkte das alte, breite Haus schwer und gedrungen, auf eine sehr behagliche Art. Im Innern lag alles in einem Dämmerlicht, obwohl draußen die Sonne schien. Judith Brunner mochte, trotz der Umstände, die sie zum Betreten zwangen, sofort die Atmosphäre, die es verströmte.

An die Veranda schlossen sich mittig eine Diele, die bis an die Vorderseite des Hauses reichte, rechts eine große Küche und links ein ebenso großes Schlafzimmer an. Beide Räume verfügten über Durchgangstüren zu den Zimmern, die die Straßenseite des Hauses abschlossen. Da alle Türen offen waren, blickten sie hinter dem Schlafzimmer in einen Arbeitsraum mit Bibliothek. Visavis der Küche befand sich offensichtlich das Wohnzimmer. In den vorderen Zimmern tanzten Staubkörnchen im warmen Sonnenlicht; die Räume hinter der Veranda lagen angenehm kühl. Bis auf das Wohnzimmer und die Bibliothek, die mit breiten Holzdielen und Teppichen ausgelegt waren, zeigte sich in den anderen Räumen der bloße Steinfußboden mit unterschiedlich ausgetretenen quadratischen Platten.

Man merkte, dass das Haus schon einige Wochen unbewohnt war. Die Luft roch abgestanden. Ein vergessener Blumenstrauß trocknete im Küchenfenster vor sich hin. Doch alles wirkte aufgeräumt und ordentlich. Blutlachen, Wischspuren oder andere Hinweise auf das Hundemassaker waren auf den ersten Blick nicht zu entdecken.

»Was machen wir hier?«, wollte Ritter von seiner Chefin wissen.

»Ich weiß nicht, wonach wir suchen sollen«, gab Judith Brunner zu. »Erst einmal bin ich froh, hier drin nichts wie auf den Stufen entdecken zu müssen. Sehen wir uns einfach gründlich um. Lassen Sie bitte nachher den Techniker auch Fotos von den Räumen im Haus machen. Falls wir Frau Zabel besuchen fahren, kann sie uns sagen, ob etwas verändert wurde.«

Nach einigen Minuten beendeten sie ihren Rundgang am Vordereingang des Hauses, vor dessen Tür sich ein medizinischer Disput entsponnen hatte. Deutlich waren die Stimmen von Dr. Renz und einem jünger klingenden Mann zu vernehmen.

Walter Dreyer schloss von innen auf und öffnete vorsichtig einen Türflügel nach dem anderen.

Über das beklagenswerte Tier hinweg sahen sie vermutlich den Tierarzt vor dem Hund knien. Für seinen Körperumfang stand der Mann überraschend leichtfüßig auf und stellte sich vor: »Ich bin Wolfgang Harmsen.«

Wie Ritter und Dreyer trug auch er legere Wochenendkleidung, doch während die beiden anderen Männer in Jeans und T-Shirt sportlich und attraktiv aussahen, spannte Harmsens Hemd über einem gewaltigen Bauch, der die Schnalle des Gürtels, der seiner Jeans irgendwie Halt gab, fast völlig verbarg. Er war klein, mit einem runden Kopf, auf dem eine üppige, dunkle Haarpracht struppig in alle Richtungen abstand.

Dr. Renz begann, ihm die Leute von der Polizei vorzustellen: »Frau Brunner leitet die« – hier stutzte er kurz – »Ermittlungen«, war er sich dann sicher, warf Judith Brunner aber dennoch einen fragenden Blick zu.

»Richtig. Danke, Dr. Harmsen, dass Sie gleich hergekommen sind.« Der Kreistierarzt hatte ihr den Doktortitel genannt und hinzugefügt, dass der Mann wirklich etwas taugte. Sie stellte Thomas Ritter als Leiter der Spurensicherung und Walter Dreyer als verantwortlichen Polizisten vor Ort vor und sagte dann: »Sie sehen ja selbst. Das hier ist ein Akt von Gewalt. Bedrohender Gewalt. Die Fundsituation lässt uns vermuten, dass es einen Zusammenhang mit einem anderen Ereignis geben könnte, von dem wir allerdings noch nichts wissen.«

Auf der Herfahrt noch nicht ganz von der Brisanz der Angelegenheit überzeugt, war Dr. Harmsen beim Anblick des Hundes augenblicklich bereit gewesen, das Außergewöhnliche der Lage anzuerkennen und die Sache ernst zu nehmen. Interessiert fragte er Judith Brunner: »Woran denken Sie?«

»Na ja. Dieses Bild vor Ihnen soll etwas darstellen, und bis jetzt haben wir keine Ahnung, was genau. Vielleicht können Sie uns helfen, klarer zu sehen.«

»Ich unterstütze Sie, selbstverständlich. Was genau wollen Sie wissen?«

Judith Brunner fielen gleich ein paar Fragen ein: »Was hat zum Tod des Tieres geführt? Eine Krankheit, ein Unfall? Wurde es vorsätzlich getötet? Wie lange ist es schon tot? Welche Verletzungen hat es? Womit wurde es zerteilt? Darauf hätte ich gern Antworten.«

»Nun, das dürfte keine Probleme bereiten«, war Harmsen trotz der Menge an Fragen optimistisch.

»Wurde das Tier vaginal oder anal penetriert? Oder in den eröffneten Bauchraum? Vor oder nach seinem Tod? Gibt es Spermaspuren?«, ergänzte Judith Brunner nüchtern ihren Fragekatalog.

Das brachte ihr fassungslose und ziemlich unbehagliche Blicke der Männer ein. Ritter verzog angewidert sein Gesicht.

»Was ist los?«, fragte Judith Brunner in die Runde. So empfindlich konnten sie doch nicht sein!

»Sie hat ja recht«, löste Dr. Renz das männliche Unbehagen und machte eine resignierende Geste.

Walter Dreyer lenkte lieber ab: »Sagen Sie, Dr. Harmsen, haben Sie in letzter Zeit Fälle von Tierquälerei behandeln müssen? Oder davon gehört?«

»Zum Glück nicht. Zumindest sind mir in meiner Praxis oder auch bei den Hausbesuchen keine auffälligen Tiere vorgestellt worden. Niemand wurde der Tierquälerei bezichtigt. Doch wenn die Halter selber ... Das werden die mir kaum erzählen.« Er dachte nach. »Vor einem halben Jahr musste ich einen völlig verdreckten Pferdestall schließen. Die Tiere wurden nicht mehr ordentlich versorgt, waren unterernährt und litten an Infektionen. Das war sicher auch Tierquälerei. Doch so was hier? Da ist das Tier doch eher Mittel zum Zweck gewesen. So etwas habe ich noch nicht gesehen. Gerade deswegen werde ich mein Bestes geben, um Ihnen die gewünschten Informationen zu seinem Tod zu liefern«, versprach Harmsen.

Während der Tierarzt zu seinem Auto ging, um die für die Erstuntersuchung und den Abtransport nötigen Dinge zu holen, verschloss Walter Dreyer die Haustür von innen und verließ mit seinen Kollegen das Haus wieder über die Gartenseite. Neugierig gesellten sie sich zu Dr. Renz und dem Tierarzt.

Harmsen kramte in einem großen silberfarbenen Blechkoffer und entnahm ihm zwei Paar Einmalhandschuhe. Eines gab er Dr. Renz, und während er das andere überstreifte, bat er: »Zwei Fragen hätte ich noch, Frau Brunner.«

»Na los.«

»Nummer eins: Wissen Sie, wem der Hund gehört?«

Alle sahen Walter Dreyer an.

Der schüttelte bedächtig den Kopf. »Das müssen wir

erst noch rauskriegen. Ich erkenne das Tier jedenfalls nicht auf Anhieb.«

»Gut. Dann ist meine zweite Frage noch wichtiger. Was passiert mit dem Hund, wenn ich mit meinen Untersuchungen fertig bin?«

»Was meinen Sie?«, fragte Judith Brunner.

»Na, wem übergebe ich die Überreste? Wenn sie überhaupt jemand haben will. Tiere sehen nach Nekropsien in der Regel nicht mehr, nun, präsentabel aus. Meistens werden sie danach einfach zum Verbrennen geschickt. Und da gibt man sich im OP nicht mehr solche Mühe wie bei Menschen und näht alles wieder ordentlich zusammen. Wie soll ich konkret bei diesem Tier verfahren?«

Keiner wusste eine Antwort.

»Nicht jeder kann sein geliebtes Haustier begraben«, führte Dr. Harmsen weiter aus. »Manche Leute sind einfach froh, den Kadaver los zu sein.« Er merkte, dass seine Fragen Ratlosigkeit verursacht hatten und schlug vor: »Na, das müssen Sie ja auch nicht sofort beantworten. Ich friere eben alles ein. Jetzt nehme ich den Hund erst einmal mit und werde in meiner Praxis sofort mit der Arbeit beginnen. Dr. Renz hat sich angeboten, bei der Untersuchung zu assistieren und außerdem die nötigen Notizen zu machen. Das ist wirklich eine große Hilfe. Wenn kein echter Notfall dazwischenkommt, müssten wir das in zwei, drei Stunden bewältigt haben. Ich denke, für die Ergebnisse müssen Sie nicht extra zu mir in die Praxis kommen. Ich rufe Sie zum Abend hin an; sicher kann ich Ihnen dann schon die meisten Ihrer Fragen beantworten.«

Judith Brunner bedankte sich bei den beiden Medizinern, schrieb für Dr. Harmsen noch ihre Privatnummer auf einen kleinen Zettel und überließ sie ihrem Vorhaben.

Jetzt wollte sie sich selbst noch einmal im unmittelbaren Umfeld des Pfarrhauses umsehen.

Ritter und Dreyer passten interessiert auf, wie der Hundekörper behutsam auf eine Kunststoffplane gelegt wurde, wobei Harmsen darauf achtete, dass der Schwanz im Bauch des Hundes stecken blieb. Dann wurde die Plane eingeschlagen und vorsichtig verschnürt. Mit dem Tierkopf verfuhr Harmsen anschließend ebenso umsichtig.

Unter den Körperteilen des Hundes lag nichts.

Renz und Harmsen verabschiedeten sich.

Als Walter Dreyer die beiden Männer die Pakete in den Wagen des Tierarztes verstauen sah, schlug er nach einem Blick auf seine Uhr vor: »Schon nach halb zwei. Was hältst du von einer Pause? Ich könnte bei mir drüben einen kleinen Imbiss machen.«

»Ich dachte schon, du fragst nie!«, beschwerte sich Ritter grinsend. »Ich bin am Verhungern. Fang ruhig schon mal an, dein Buffet aufzubauen. Ich will bloß die Münzen noch eintüten, ein Foto von der leeren Stufe machen und einige Blutstropfen abkratzen, dann komme ich nach. Der eine meiner Jungs kann den Rest hier erledigen, die Chefin und den anderen bringe ich gleich mit. Du musst dich beim Auftischen nicht in Zurückhaltung üben.«

~ 7 ~

Walter Dreyer hatte sich – wie immer – nicht lumpen lassen. Er bewirtete gern Gäste, und seine Speisekammer nebst Keller schienen unendliche Vorräte deftiger Delikatessen zu bergen. Je ein Glas Blut- und Leberwurst, eine gut abgehangene Schlackwurst und eine Schüssel Zwiebelschmalz verströmten einen appetitlichen Duft in seiner Küche. Aufgeschnittene Tomaten und Gurken aus seinem Garten, Roggenbrot, Butter und ein Handkäse vervollständigten das rustikale Angebot. Sie saßen zu viert um den großen Holztisch und genossen, wechselseitig die schmackhafte Auswahl lobend, die kalte Mahlzeit. Es gab Bier, Obstsaft oder Wasser zum Trinken; nachdem der größte Hunger gestillt war, bot Walter Dreyer Kaffee an.

»Danke. Einen großen Pott bitte. Ich wusste gar nicht, dass ich solch einen Hunger hatte«, bekannte Ritter mit staunendem Blick auf die spärlichen Reste des Essens.

»Ha! Was ist über Nacht mit dir passiert?«, wollte Walter Dreyer von seinem Freund wissen, dessen ungeheurer Appetit ihm schon immer Anlass für spöttische Bemerkungen geboten hatte.

»Sehr witzig!«, murmelte Ritter mit vollem Mund und lächelte selig dabei.

Ritters Mitarbeiter blieb weiter stumm, machte rasch noch ein paar Stullen für seinen Kollegen fertig, schnappte sich eine Flasche Bier und ging zum alten Pfarrhaus.

»Ich sammle euch nachher ein und wir fahren zusammen zurück!«, rief Ritter ihm nach. Die gebrummte Antwort war nicht zu verstehen, klang aber nach Zustimmung.

Wilhelmina erschien, um den Besuch zu begutachten, und bekam ihren Teil von den Vorräten in Form einer in kleinste Häppchen geschnittenen Leberwurststulle ab. Nachdem sie ein paar Bröckchen hintergeschlungen hatte, ging sie wieder ihrer Wege.

Walter Dreyer brühte den Kaffee direkt in großen Keramiktassen auf, brachte sie zum Tisch und stellte eine Flasche Milch aus dem Kühlschrank dazu. »Wie machen wir nun weiter?«

Ehe jemand antworten konnte, hörten sie ein Klopfen an der Haustür.

»Hallo? Ich bin zurück!«, rief Laura in den kleinen Hausflur und trat einen Augenblick später in die Küche. »Oh. Du hast Besuch. Entschuldige bitte. Ich wollte nicht stören.«

»Unsinn. Du störst nicht«, schimpfte Walter galant. Laura sah etwas mitgenommen aus.

»Möchtest du vielleicht einen Happen essen? Ich kann auch noch etwas anderes dazu holen.«

Thomas Ritter kannte Laura Perch von ihrer gelegentlichen Mithilfe bei früheren Ermittlungen und er wusste, dass sie Archivarin war, berufsbedingt überwiegend in Berlin lebte und seine Chefin bei ihr im geerbten Haus in Waldau zur Miete wohnte. Walters Beziehung zu ihr, von der sein Freund stets behauptete, lediglich seit Kindertagen ihr väterlicher Freund zu sein, verfolgte er mit gespanntem Interesse. Aufmerksam stand Ritter auf, um die sympathische Frau zu begrüßen.

»Tut mir leid«, musste Laura die freundlich angebotene Hand unter Verweis auf ihre Verletzung ablehnen, »ich bin mit dem Fahrrad gestürzt.« Inzwischen sah die Wunde irgendwie schlimmer aus als unmittelbar nach dem Sturz, die Hand war geschwollen und schmerzte.

»Verdammt! Zeigen Sie mal her«, forderte Ritter resolut, griff Lauras Unterarm und besah sich die Abschürfungen. »Das muss sofort gereinigt werden.« Er zog Laura, ohne Widerworte zuzulassen, zum Wasserhahn über dem Spülbecken und hielt ihre Hand unter das kalte Wasser. Als ein Reflex sie zurückzucken ließ, hielt er sie am Arm fest. Nach dem anfänglichen Schreck linderte das kühle Nass tatsächlich den Schmerz.

Walter, der ebenfalls besorgt nach Lauras Hand sehen wollte, wurde von Ritter weggeschickt. »Hol du mal lieber deinen Verbandskram.«

Wenige Minuten später war Lauras lädierte Hand gereinigt, desinfiziert und verbunden. Tatsächlich fühlte sie sich etwas besser.

Judith hatte Laura mitfühlend angelächelt und bereits angefangen, ihr eine Stulle zu schmieren. »Hätten Sie vielleicht noch eine weitere Tasse für Laura? Ein starker Kaffee tut ihr sicher gut«, bat sie Walter in gespielter Distanz, denn Ritter sollte unter keinen Umständen mitbekommen, dass sie sich in dieser Küche sogar in den Schränken auskannte.

»Nein, danke«, lehnte Laura ab. »Ich wollte wirklich keine Umstände machen. Habt ihr hier dienstlich zu tun?«, vermutete sie angesichts Ritters Anwesenheit, klang jedoch, als hätte sie nichts gegen die Mitteilung von ein paar Interna einzuwenden.

Niemand setzte zu einer Erklärung an.

»Ich verschwinde besser gleich wieder, denn ich bin, ehrlich gesagt, ziemlich geschafft von meinem unerwartet anstrengenden Radausflug. Etwas zu Essen nehme ich mir aber gern mit rüber. Vielen Dank, Judith. Und besonders Ihnen, Herr Ritter, danke für die Fürsorge.«

»Kein Problem. Die Hand wird wahrscheinlich heute Nacht und morgen noch weh tun. Aber dann müsste es eigentlich besser werden. Wenn nicht, sollten Sie zum Arzt gehen.«

Das war ein Vorschlag, der nicht so einfach umzusetzen sein würde, denn der langjährige Arzt hatte seine Praxis in Waldau aufgegeben und war weggezogen. Ein neuer hatte sich noch nicht gefunden. Landärzte waren offenbar rar.

Es blieb also zu hoffen, dass die Verletzung rasch und auch ohne ärztlichen Beistand heilen würde.

Laura nahm den üppig bestückten Teller mit Proviant in die linke Hand und wandte sich zum Gehen.

»Ich bring dich rasch nach Hause.« Walter hielt ihr die Tür auf. »Soll ich das nicht besser tragen?«

Laura überließ ihm gerne den Teller und forderte schon im Hausflur neugierig: »Erzähl mal, was passiert ist. Ihr sitzt doch da nicht zufällig am Samstag rum!«

Walter schaffte es während der wenigen Schritte zu Lauras Haus gerade so, eine Kurzform der Ereignisse zu bieten.

Laura war perplex. »Ein Hund wurde ermordet, um als Botschaftsüberbringer zu dienen?« Ihre Niedergeschlagenheit war wie weggeblasen. Die Sorgen um ihre Kamera und ihre schmerzende Hand wurden klein im Vergleich zu der angedeuteten Geschichte.

Walter war sich nicht sicher, ob man auch für Tiere den Begriff des Mordes anwenden konnte. Doch eigentlich hatte Laura recht. »Ruh dich erst mal ein bisschen aus und iss was. Ich muss wieder rüber.« Er versprach, später Zeit für sie zu haben. »Dann erzähl ich dir alles ausführlicher.«

»Seit wann bist du eine Schwester Nightingale?«, wollte Walter Dreyer als Erstes von Thomas Ritter wissen, als er nach fünf Minuten wieder zurück in seine Küche kam. »Der Verband sah ja richtig professionell aus!«

Ritter kaute immer noch, schluckte rasch runter und sah seinen Freund mit gespielter Überraschung an. »Kann das nicht jeder? Wie will man sonst an seine Fahrerlaubnis kommen? Bei der Fahne kommst du auch nicht drumrum, das zu lernen. Und erinnere dich bitte an unsere gemeinsamen Lehrgänge. Mit diesem Erste-Hilfe-Zeug wurden wir doch ständig belästigt. Da müsste im Laufe der Zeit selbst bei dir etwas hängen geblieben sein.« Dann feixte er anzüglich. »Nur keine Sorge. Ich betrete kein verbotenes Terrain.«

Was? Herrje! Walter seufzte unmerklich. Ritter vermutete in seiner engen Beziehung zu Laura offenbar mehr als gute Nachbarschaft. Was ja auch stimmte, wenn auch nicht in der Weise, die Ritter unverkennbar vor Augen hatte. Schön. Und wenn es half, seine Liebe zu Judith zu tarnen – warum den barmherzigen Samariter aufklären? »Ha, ha«, grinste Walter zurück. »Ich hab dich nur noch nie so in Aktion gesehen.« Er prostete Ritter mit seinem Kaffeepott zu und wurde wieder ernst. »Wie machen wir nun mit dem Hund weiter?«

Beide Männer sahen Judith Brunner an. Sie war die Chefin, also hatte sie das Sagen.

»Ganz einfach«, schlug sie vor. »Wir klären schleunigst auf, was das Ganze bedeuten soll. Hier treibt jemand ein blutiges Spiel. Ich hoffe inständig, dass Dr. Renz nicht recht behält und wir noch vor einer Eskalation die Lösung des Problems finden.«

»Geld. Sex. Verachtung«, murmelte Walter Dreyer vor sich hin. »Und ein Tier, aber nicht irgendein Tier …«

Ritter unterbrach ihn: »Das einzige Tier, das ich kenne, bei dem ein Schwanz und Geld eine Rolle spielen, ist der Goldesel aus Grimms Märchen. Allerdings fallen bei dem die Münzen aus dem Arsch, wenn man den Schwanz anhebt. Man muss nur die Zauberworte wissen.«

»Deine Belesenheit in allen Ehren«, parierte Walter Dreyer, »doch ich bin überzeugt, der Schwanz im Bauch dieser Hündin bedeutet genau das, wonach es aussieht:

kranker Sex, sehr kranker Sex.«

Ritter reagierte nicht empfindlich. »Das ist mir auch klar, Walter. Mir gefallen bloß meine eigenen Gedanken nicht. Egal wie ich es betrachte, ich komme zu keinem Happy End. Wenn du verstehst, was ich meine.«

Walter Dreyer stand auf und begann, den Tisch abzuräumen.

»Geld und Sex sind ja nicht unbedingt Motive aus der Welt der Märchen und Fabeln«, griff Judith Ritters Bemerkung auf. »Was ist mit Prostitution? Oder mit Zuhälterei, um eine näherliegende Perspektive zu erwähnen?«

Dreyer nickte. »Ich sollte rasch den Besitzer des Hundes ermitteln. So ein Haustier wird doch vermisst! Vielleicht kommen wir dann mit den Motiven weiter. Und bekommen eventuell ein paar Verdächtige.«

»Ein paar? Lieber Gott, nein! Mir ist ein Verdächtiger eigentlich schon zu viel«, kommentierte Ritter die Erwartungen Walter Dreyers.

Unbeeindruckt fuhr der fort: »Übrigens, auch wenn der Tierdoktor nichts mitbekommen hat – andere könnten sehr wohl Tierverstümmelungen bemerkt haben.«

»Ja?« Judith Brunner wartete.

»Jäger. Förster. Denkt doch mal an Wildtiere. Und dann die Schlachter, die über die Höfe reisen. Wer weiß, was denen so unters Messer kommt.«

»Richtig. Da kommen aber allerhand Leute zusammen.«

»Ich kann gerne ein bisschen rumtelefonieren. Und so viele sind das nun auch wieder nicht. Förster und Schlachter gibt es nur in sehr übersichtlicher Anzahl in unserer Gegend«, versuchte Walter Optimismus zu verbreiten.

Ritter nahm das dankbar auf und lästerte: »Bei den Jägern spricht es sich sicher rum, wenn jemand auf Wildsau steht oder mit einem Reh kopu –«

»Halt!«, rief Judith Brunner und warf ihm einen strafenden Blick zu. »Mehr will ich nicht hören.« Die Jagd gehörte ohnehin nicht zu den von ihr geschätzten Freizeitbetätigungen, und sogenannte Jagdsportler konnte sie erst recht nicht ausstehen. Aber noch weniger wollte sie sich einen Jäger und ein Waldtier intim vorstellen. Sie zwang sich zu einem Lächeln und sah Ritter freundlich an: »Wenn Sie mit dem Pfarrhaus und dem Garten fertig sind, wäre es schön, wenn die Fotos noch heute entwickelt werden könnten. Legen Sie mir die Abzüge einfach auf meinen Schreibtisch im Büro. Ich hole sie mir morgen ab.«

»Wird erledigt. Was ist mit den Münzen? Soll ich die nicht auch gleich untersuchen? Mein Sonnabend ist sowieso im Eimer.«

Judith Brunner nahm das Angebot ungeniert an. »Die Münzen sahen eigenartig aus, eher wie Spielgeld aus einem Kaufmannsladen für Kinder.«

Ritter nickte. »Ich denke auch, die sind unecht. Blech. Aber ich will da lieber auf Nummer sicher gehen. Makellos sauber waren sie auch nicht. Der Dreck könnte uns allerhand Hinweise geben. Vielleicht haben wir sogar Glück mit Fingerabdrücken.«

»Danke. Na los, machen Sie sich an die Arbeit!«

Ritter verabschiedete sich und wünschte Walter Erfolg bei seiner Suche nach dem Hundehalter. »Ich lasse eventuell heute noch von mir hören«, kündigte er im Rausgehen an.

Allein mit Judith, wartete Walter, bis er sicher sein konnte, dass Ritter nichts vergessen hatte und zurückkam. Dann drückte er ihr einen Kuss in den Nacken und fragte: »Kommst du nachher mit, den Hundebesitzer suchen?«

Judith schüttelte den Kopf. »Wir sollten uns die Arbeit teilen. Deine Idee war gut und ich werde schon mal mit den Telefonaten bei den Förstern anfangen. Die kennen sich bestimmt auch mit den Jagdgemeinschaften aus und könnten mir ein paar Namen geben. Du kannst dich sofort auf den Weg machen. Mir ist es lieber, du findest so schnell wie möglich heraus, wem das Tier gehörte. Ich habe den Eindruck, wir sollten keine weitere Zeit verlieren.«

~ 8 ~

Walter Dreyer überlegte. In Waldau gab es genau vier Schäferhunde.

Einer wurde unten, auf dem großen Hof, links an der Landstraße in Richtung Engersen, in einem Zwinger gehalten. Das alte, zweistöckige Wohnhaus war für drei Mieter ausgebaut worden. Der ehemalige Hauseingang führte nun zur Mittelwohnung; links und rechts befanden sich in den Giebelwänden des Backsteingebäudes eigene Zugänge für die abgeteilten neuen Wohnungen.

Zwar gab es dort keine Reichtümer zu bewachen, doch die Mieter der linken Wohnung, zwei gut aussehende, handfeste Brüder Anfang der Dreißiger, hielten den kläffenden Hofhund nicht von ungefähr. Ihren Charme ließen Gabriel und Sebastian Fischer nämlich schon mal bei den Frauen anderer Männer spielen und hatten damit oft Erfolg. Allerdings provozierte das auch den einen oder anderen Kinnhaken; von zerstochenen Motorradreifen oder einem durch das Kellerfenster entleerten Gülletank ganz zu schweigen. Keiner hatte jemals etwas bemerkt oder gesehen, und Walter Dreyer vermochte es nicht, die Vorfälle aufzuklären. Nachts, und wenn die beiden außer Haus waren, wurde nun also der Schäferhund an einer langen Kette laufen gelassen. Wenn Dreyer einen Tipp hätte abgeben müssen, wäre der Hund dieser Männer für eine grausige Botschaft sehr wohl infrage gekommen. Allerdings glaubte Walter Dreyer sich zu erinnern, dass die beiden Brüder einen Rüden hielten. Nicht zuletzt lag das tote Tier auch auf der falschen Schwelle.

Dann hatte der alte Willmer noch einen Hund dieser Rasse, der es allerdings an Gebrechlichkeit mit seinem Herrchen aufnehmen konnte. An manchen Tagen schafften die beiden es kaum noch, nennenswert voranzukommen, wenn sie nebeneinander hertrotteten. Walter Dreyer war sich bereits sicher, dass Willmers Gefährte nicht der tote Hund gewesen sein konnte, da Dr. Renz von einem jungen Tier gesprochen hatte.

Die beiden anderen Hunde machten ihrem Namen alle Ehre und hüteten tatsächlich ein paar Schafe. Im Oberdorf hielt Rudolf Boll eine kleine Herde, die in der näheren Umgebung von Waldau weidete und die Straßenränder und angrenzenden Hügelwiesen abgraste. Das meiste Geld wurde auf Bolls Hof allerdings mit einer Putenzucht verdient. Boll hatte in den letzten Jahren immer wieder geklaute Tiere zu beklagen, denn seine gut gemästeten Puten taugten hervorragend zu einem leckeren Braten. Deshalb hüteten seine beiden Schäferhunde nicht nur die Schafe, sondern hielten auch uneingeladene Besucher vom Putenstall fern.

Walter verließ sein Büro und machte sich zu Fuß auf den Weg. Seine Route stand fest. Er prüfte zuerst den Zwinger an der Straße nach Engersen. Die Motorräder der Dorfcasanovas waren nicht zu sehen. Der Hund lag angekettet im Schatten des Holzschuppens. Als er Dreyers gewahr wurde, hob er wachsam den Kopf und knurrte. Das genügte als Lebenszeichen.

Von hier führte ihn sein Weg ins Oberdorf – einmal quer durch den ganzen Ort. Walter Dreyer beeilte sich und war zehn Minuten später bei der Schäferei angekommen. Sie gehörte zu den ehemaligen Anlagen des Gutes Waldau und war mit ihren alten, originalen Fachwerkgebäuden immer noch einer der imposanteren Höfe im Dorf. Gebäude auf vier Seiten umschlossen eine große, nur zum Teil gepflasterte Fläche. Der riesige Schafstall begrenzte alles zur Dorfstraße hin. Er wurde mittlerweile für die Putenmast genutzt. Für die Unterbringung der Schafe reichte der Platz in der gegenüberliegenden Scheune, in der vor einigen Jahren neben einer Garage ein geräumiger Verschlag für die Bedürfnisse der Tiere eingerichtet worden war. Die rechte Hofseite begrenzten der Hühnerstall, einige Schuppen und der Heuboden; links befand sich das Wohnhaus. Es stand etwas abseits, sodass ein weites Tor die Zufahrt zum Hof und zu den Wirtschaftsgebäuden sogar für große Fahrzeuge ermöglichte.

Walter Dreyer betrat die Schäferei durch die offen stehende Einfahrt. Ein Hund lief ihm nicht entgegen. Er lauschte vergebens auf ein Bellen. Außer dem Kollern einiger Truthähne war nichts zu hören. Es war Fütterungszeit. Dreyer ging zielstrebig in Richtung Putenstall und trat durch die beiseitegeschobene Rolltür ein. Er wusste, was ihn erwartete und atmete sehr flach. Nicht nur an warmen Tagen ging von der Stroheinstreu ein unerträglicher Gestank aus. Keinesfalls wollte er länger als unbedingt nötig verweilen. Am anderen Stallende entdeckte er

Lotte Wenzke, eine junge Frau aus Schwiesau, von der er wusste, dass sie hier stundenweise als Hilfskraft arbeitete. Mit einer Schubkarre fuhr sie vorsichtig die von den schon gut gewachsenen Mastküken belagerten Futterrinnen ab und verteilte die Fertigmischung mit einer kleinen Schaufel. Das aufgeregte Gegacker der kräftigen Jungvögel im Kampf um die besten Futterplätze legte einen ziemlichen Geräuschteppich über den Boden, dessen Strohmatte den Lärm kaum zu dämpfen vermochte.

Mit Unbehagen wartete Walter Dreyer, bis Lotte Wenzke in Türnähe kam. »Guten Tag«, machte er sich lautstark bemerkbar. »Wo kann ich denn den Rudolf Boll finden?«

Ohne den Blick von den Tieren zu nehmen, wies die Frau mit der Nase in Richtung einer Nebentür. »Da hinten, in der Tierküche. Schlachtet ein paar Puten für morgen. In ›Feine Sache‹ wird wieder irgendwas groß gefeiert. Müssen heute noch ausgeliefert werden.«

Walter Dreyer wollte keinesfalls weitere geköpfte Tiere sehen. Er bat: »Würden Sie ihn bitte herholen. Ich muss ihn was fragen.«

Lotte Wenzke warf die Handschaufel zu den Futterresten in die Schubkarre und wischte sich die Hände an ihrer Kittelschürze ab. »Hallo«, grüßte sie, nachdem sie Walter Dreyer erkannt hatte, nun freundlich im Näherkommen und fragte neugierig: »Geht's um den Hund? Hat ihn jemand gefunden?«

»Was?! Sie wissen von dem Hund?« Dreyer war überrascht.

»Er fehlt schon seit gestern. Wem ist er denn zugelaufen?«

Man ahnte auf dem Hof nichts von dem Schicksal des Tieres. Dreyer seufzte innerlich und wiederholte seinen

Wunsch: »Holen Sie bitte Herrn Boll mal her? Und seine Schwester? Ist die auch da?«

Boll, ein kräftiger Mann, der immer etwas zu aufgeregt wirkte, lebte mit ihr und ihrem neunjährigen Sohn Mario zusammen; gemeinsam bewirtschafteten sie den Hof.

»Die Grete? Die guckt vorne gerade nach den Eiern. Nächste Woche schlüpfen neue Küken. Wird ja auch Zeit.«

Die letzte Bemerkung bezog sich offenbar auf die überschaubare Anzahl an herumlaufenden Puten; überfüllt wirkte der Stallboden tatsächlich nicht. Die meisten Masttiere pickten im Futter. Andere tranken an den Wasserstellen. Kein Tier saß auf den Stangen oder den verteilten Strohballen. Für die neue Zucht war bereits ein extra Feld mit tief hängenden Wärmelampen durch dünne Bretterwände abgetrennt worden.

Lotte Wenzke ging los. »Ich hol die beiden.«

»Ich warte draußen auf dem Hof«, verkündete Walter Dreyer, erpicht, dem Mief zu entkommen. In gebührendem Abstand vom Stall machte er halt und sah sich gründlich auf dem Anwesen um. Einer der Hunde wurde also seit gestern vermisst. Wo war der andere? Beiläufig fiel sein Blick auf die Scheune, die jetzt als Schafstall genutzt wurde. Und obwohl er sie bei seinen Besuchen auf dem Hof sicher schon Dutzende Male gesehen hatte, waren ihm die Buchstaben in den Holzbalken über den Toren nie aufgefallen. Die Worte konnte er nicht entziffern, denn die Balken waren runzelig und verwittert. Dreyer blieb auch keine Zeit für gründliche Leseversuche, schon hörte er Laufgeräusche und wandte sich um.

Rudolf Boll kam eiligen Schrittes auf ihn zu. Er trug Gummistiefel und eine mit kleinen und großen Blutflecken gesprenkelte wadenlange, dunkelblaue Schürze. Die

Ärmel seines Arbeitshemdes hatte er bis über die Ellbogen hochgekrempelt. »Wo ist Melli?«, wollte er, ohne zu grüßen, wissen. Boll klang ungehalten. »Nichts für ungut, doch ich brauche beide Hunde. Einer allein schafft das nicht. Ich muss die Herde umsetzen.« Dann bemerkte er, dass seine Schroffheit unangebracht war. »Tut mir leid. Sie ist mir noch nie weggelaufen.« Etwas verbindlicher setzte er hinzu: »Sie wissen doch, die Schafe haben eigene Vorstellungen von ihrem Weg und nur Melli und Milla bestimmen, wo es langgeht ... Meine Schwester lässt Milla schon vorsichtshalber nicht mehr aus dem Haus, damit die nicht auch noch wegrennt.«

Wie aufs Stichwort erschien Margarethe Boll, grüßte freundlich und sah Walter Dreyer hoffnungsfroh an. »Haben Sie sie mitgebracht?«

»Nein, Frau Boll. Ich habe Melli nicht dabei. Ich bin hier, um Sie etwas zu fragen.«

Rudolf Boll reagierte wieder gereizter. »Muss das heute sein? Wir haben allerhand zu tun.«

»Ich weiß. Ich will auch nicht länger stören als nötig. Also: Wir haben heute Vormittag einen Schäferhund gefunden.« Der offizielle und zugleich bedauernde Ton, in dem Walter Dreyer diese Mitteilung machte, ließ das Unglück ahnen.

Grete Boll verschränkte die Arme vor der Brust und sah traurig zum Wohnhaus.

Ihr Bruder fragte gepresst: »Was ist passiert? Hat jemand Melli überfahren?«

Walter Dreyer schüttelte langsam den Kopf. Er wollte nicht unnötig Kummer bereiten und fragte vorsichtshalber: »Hatte ihr Hund ein besonderes Merkmal?«

Die Geschwister sahen sich an. Rudolf Boll antwortete: »Na, sie ist reinrassig. Hat gleichmäßig braunes Fell mit schwarzem Rücken. Der Schwanz ist völlig schwarz. Ein Ohr ist etwas eingerissen, vier, fünf Zentimeter.« Er stockte und fragte dann seine Schwester: »Fällt dir noch was ein?«

»Das wird nicht nötig sein«, unterbrach Dreyer. Das Bild des schwarzen Schwanzes im Bauch der Hündin hatte sich ihm fest eingeprägt. Und das eingerissene Ohr hatte er gleich bemerkt. Es hatte ganz weich auf dem Stein gelegen. »Ich fürchte, wir haben Ihren Hund gefunden. Er wurde nicht überfahren. Tot ist er aber schon. Jemand hat ihn umgebracht.«

»Was? Warum!?«, entfuhr es Margarethe Boll. »Ich meine, warum macht jemand denn so etwas? Oh Gott, wie soll ich das bloß Mario erklären?«

»Ich weiß es nicht«, beantwortete Dreyer irgendwie beide Fragen. »Wir ermitteln noch.«

»Sie ermitteln?«, wurde Rudolf Boll stutzig. »Wegen eines toten Hundes?«

Jetzt kam der heikle Teil. Wie viel durfte er den Bolls erzählen, überlegte Walter. Er entschied sich, möglichst wenige Informationen preiszugeben. Erst wollte er sich mit Judith beraten. Das Ereignis würde sich irgendwann im Dorf herumsprechen, doch hier Details zu verbreiten war nicht vonnöten und vielleicht auch nicht hilfreich. »Das Auffinden des Hundes war mit einer Nachricht verbunden, der die Polizei nachgehen möchte.«

»Wo, ich meine wo –«, versuchte Margarethe Boll zu fragen.

»Melli wurde vor dem alten Pfarrhaus gefunden.«

»Bei der alten Zabel? Was soll das denn!« Rudolf Boll klang ruppig.

Margarethe Boll sagte, mit kaum beherrschter Stimme: »Das meinte ich nicht. Wo ist Melli jetzt? Wann bekommen wir sie zurück?«

»Das kann ich Ihnen nicht genau sagen. Sie ist inzwischen beim Tierarzt in Kakerbeck. Dr. Harmsen hat sie abgeholt. Vielleicht kennen Sie ihn ja?«

Die Geschwister schüttelten leicht die Köpfe.

»Er muss Ihren Hund nun erst einmal untersuchen und meldet sich dann bei mir. Ich gebe Ihnen natürlich sofort Bescheid, sobald ich etwas mehr erfahren habe.«

Walter Dreyers Worte hatten allerdings nicht die von ihm erhoffte beruhigende Wirkung.

Das Gesicht von Rudolf Boll verzog sich zu einer gefährlichen Grimasse. »Sie erzählen mir also, meine Melli wurde gekillt und dann bei dieser alten Schachtel gefunden. Mit einer Nachricht!? Und jetzt schnippelt sie der Viehdoktor auf. Und die Polizei ermittelt.« Rudolf Bolls Tonfall wurde immer aggressiver. »Ich bin nicht blöd, Dreyer. Wenn hier ein Irrer rumläuft, finden Sie ihn besser schnell. Sonst kümmere ich mich darum.«

~ 9 ~

Judith Brunner saß in Walter Dreyers Büro und tippte einen Bericht, der allerdings kurz ausfallen würde, denn sie hatte nichts erreicht. Weder bei den Forstämtern noch bei den Jagdgemeinschaften hatte sie per Telefon brauchbare Hinweise bekommen.

Ein Gespräch war sogar etwas unangenehm verlaufen. Der Mann, Vorsitzender einer Jagdgemeinschaft, fühlte sich von ihren Fragen angegriffen. Judith Brunner hatte sofort den Eindruck gewonnen, dass er vom Frühschoppen nahtlos zum Feierabendbier übergegangen war. Auf jeden Fall war er nicht nüchtern. Mit lallender Zunge empörte er sich: »Na hör'n Se! Immer wedder diese blöden Geschichten von Bauern, die es mit ihre Tiere treiben. Wird det nicht irjendwann langweilig?«

»So habe ich das nicht gemeint«, hatte Judith Brunner überzeugend versichern können und sich für das vermeintliche Missverständnis entschuldigt, bevor ihr Gesprächspartner auflegen konnte. »Ich benötige dringend Ihre Hilfe. Sie sind Jäger. Da beobachten Sie doch viel mit Ihrem Fernglas und bemerken vielleicht das eine oder andere«, versuchte sie ihm gut zuzureden.

»So ein Schweinkram aber nich'! Hier quält auch keiner Tiere«, verwahrte sich der Mann erneut.

»Was ist mit Verstümmelungen?«, beharrte Judith Brunner. »Postmortal.«

»Hä?«

»Wenn die Tiere schon tot sind.«

Einen Moment blieb es ruhig, bis der Jäger antwortete: »Absichtlich nich'.«

»Wie meinen Sie das?«

»Na, manche Anfänger stümpern rum beim Zerlegen des Wildes. Det könnte man schon als Verstümmeln bezeichnen.«

Ein Anfänger war beim Schäferhund vor Waltraud Zabels Haustür ganz sicher nicht am Werke gewesen, das stand für Judith fest. Sie tippte die letzten Sätze und beschloss, nach Hause zu gehen. Walter war ohnehin noch nicht zurück. Laura könnte vielleicht Gesellschaft brauchen. Nach Hause gehen ... Bei dem Gedanken musste Judith lächeln, denn Walters Büro gehörte inzwischen auch irgendwie zu ihrem Zuhause. Nur ein kurzer Weg führte sie bis zum übernächsten Haus, in dem sie sich nun schon seit einer kleinen Ewigkeit sehr wohl fühlte.

In ihrer Küche saß Laura im Sessel am Fenster und kraulte, etwas ungeschickt, mit der verbundenen Hand Wilhelmina den Nacken. Die Katze saß auf der Sessellehne und schnurrte laut. Mit der freien Hand blätterte Laura in einer Zeitschrift zum modernen Wohnen und es sah aus, als entschieden sie und die Katze sich gemeinsam für ein neues Einrichtungskonzept. Auf dem Fensterbrett dampfte eine Tasse und der Duft ließ darauf schließen, dass sich Laura erst vor ein paar Minuten einen Kakao gekocht hatte.

»Hallo«, grüßte Judith schnuppernd. »Da mache ich mir auch gleich noch einen Becher. Ich kann eine heiße, süße Stärkung gut gebrauchen.«

Laura war erfreut, dass ihre Freundin etwas Zeit mitbrachte. Endlich könnte sie mehr erfahren als die wenigen Andeutungen, die Walter ihr gemacht hatte.

Die Frauen nahmen ihre Getränke und gingen hinaus auf die Gartenterrasse. Hier ließ sich die wunderschöne Stimmung aus warmem Sonnenlicht und dörflichen Abendgeräuschen entspannt genießen.

Wilhelmina eroberte flink den vorgewärmten Platz auf dem Fenstersessel und lauschte dem Gespräch durch die offen stehende Tür.

Judith erzählte Laura ausführlich von den Ereignissen und schloss mit dem Bericht über ihre Telefonumfrage. »Sehr erfolgreich war das also nicht«, fasste sie zusammen.

Laura sah das anders. »Also, ich finde dieses Ergebnis eigentlich eher beruhigend. Wäre es nicht furchtbar, wenn du von weiteren derartigen Vorfällen hier in der Gegend erfahren hättest? Ich möchte mir diese Tierquälerei eigentlich gar nicht vorstellen müssen.«

»So gesehen hast du sicherlich recht. Ich ziehe es auch vor, tierliebende Nachbarn zu haben«, stimmte Judith ihr zu.

»Außerdem wisst ihr nun, dass ihr es mit einem singulären Ereignis zu tun habt«, ergänzte Laura ihren Gedanken.

»Bisher, Laura, bisher. Ich fürchte, der tote Hund ist nicht die ganze Geschichte. Da kann noch viel mehr dahinter stecken.«

Laura erschrak. In diese Richtung hatte sie noch gar nicht gedacht. Und auf einmal meldete sich etwas in ihrem Gedächtnis, eine ferne Erinnerung, die sie nicht zu fassen bekam. Sie schloss die Augen, um den Gedanken zu fangen, doch er entschwand. Sie sah Judith an. »Wieso glaubst du das?« Vielleicht bot Judith eine Erklärung an, die sich leicht widerlegen ließe, und es würde gar nicht so furchtbar werden?

Doch Judith zerstörte Lauras Hoffnungen nachhaltig, als sie antwortete: »Weil es so anmaßend ist. Die ganze Szene, einschließlich der Wahl des Pfarrhauses für die Präsentation, zeugt von etwas, das zusammengenommen äußerst gefährlich ist: geballte Arroganz.«

Laura schwieg, ein wenig blass geworden. Ihr Lächeln war verschwunden.

Sie hörten, wie Walter hinter seinem Haus laut nach Wilhelmina rief. Die Suche nach dem Haustier war der unverfänglichste Vorwand, um sich hinter den Häusern durch die Gärten gegenseitig aufzusuchen. Die Katze reagierte natürlich nicht. Die beiden Frauen hingegen freuten sich auf den Besucher.

Wenige Momente später trat Walter durch den verwilderten Nachbargarten auf Lauras Hof. Als er sah, wie Judith und Laura vertraut miteinander in der Nachmittagssonne saßen, bescherte ihm das einen Glücksmoment. »Wie es aussieht, muss ich dir ja nun nichts mehr erzählen«, meinte er mit einem Blick auf Laura.

»So leicht kommst du mir nicht davon«, widersprach sie energisch. »Was ist? Hast du den Hundebesitzer gefunden?«

Seufzend ließ sich Walter auf einen Gartenstuhl fallen. »Vom Boll. Die Melli.«

»Oh nein!«, rief Laura. »Da wird der Junge aber traurig sein.«

»Boll und seine Schwester schienen mir auch ziemlich geschockt.« Walter berichtete ausführlicher von seinem Besuch in der Schäferei.

»Ich hol dir erst mal ein Bier«, bot Laura an. »Möchtest du auch eins, Judith?«

»Lass mich das machen; mit deiner verletzten Hand solltest du dich schonen«, ging die auf den Vorschlag ein.

Laura nickte dankend.

Während Judith in der Küche war, fiel Walter ein: »Ach, Laura, ich wollte dir von Balkeninschriften in der Schäferei erzählen. Die habe ich heute erst entdeckt. Über der alten Scheune, die jetzt der Schafstall ist. Allerdings konnte ich nichts mehr erkennen, so verwittert waren die Buchstaben.«

»Mir ist da nie was aufgefallen«, sagte Laura nachdenklich. Als Kind war sie zwar von ihrer Großmutter ab und zu für irgendeine Erledigung zur Schäferei geschickt worden, hatte aber ansonsten einen großen Bogen um diesen Hof gemacht. Die frei laufenden ausgewachsenen Truthähne mit ihren halb nackten, mageren Hälsen, den roten

Kehllappen und den schlappen Kämmen waren ein gar zu gruseliger Anblick, und ihre kollernden Laute klangen – zumindest für Kinderohren – ziemlich bedrohlich. Unter diesen Umständen hatte Laura nicht auf die Gebäudeverzierungen geachtet, damals nicht und bei den seltenen späteren Besuchen als Erwachsene auch nicht. Hm. So, wie Walter es beschrieb, würde sie mit großen Kontrastwerten und einem guten Objektiv arbeiten müssen. Und auf keinen Fall durfte sie das Stativ wieder vergessen.

Walter ahnte, was Laura durch den Kopf ging und schmunzelte. »Die ganze Schäferei würde ein lohnendes Ziel für ein Fotovorhaben abgeben«, fuhr er fort. »Wenn sich die Aufregung um den Hund etwas gelegt hat, könnten wir gemeinsam hochgehen und Rudolf Boll fragen, ob du fotografieren darfst. Bestimmt hat er nichts dagegen.«

Judith brachte nicht nur die Getränke, sondern hatte rasch ein paar Schmalzbrote geschmiert und frische Tomaten aufgeschnitten.

»Ich schreibe nachher noch den Bericht über das Gespräch mit den Bolls. Den kannst du dann morgen mit in die Dienststelle nehmen«, versprach Walter mit vollem Mund.

Judith war froh, diesen Teil ihrer heutigen Arbeit schon erledigt zu haben. Den Abend wollte sie nutzen, um sich in die Fachliteratur zu vergraben. Sie hatte sich nur noch nicht entschieden, womit sie beginnen sollte. Tierquälerei? Sodomie? Opfertiere? Rituelle Handlungen? Und dann diese Münzen!

Das Telefon klingelte.

»Ah. Vielleicht die ersten Neuigkeiten.« Gespannt lief Judith in den schmalen Hausflur.

Walter und Laura spitzten die Ohren, konnten jedoch

außer einigen knappen Erwiderungen und einem »Danke« dem Telefonat nichts entnehmen.

»Das war Dr. Harmsen. Ich bin erst einmal erleichtert zu erfahren, dass das Tier nicht gefoltert wurde. Die drei Körperteile gehören zusammen, das heißt, sie stammen alle vom selben Tier. Der Hund war tot, bevor er zerteilt wurde. Erstickt. Spermaspuren oder Hinweise auf sexuelle Penetration konnte Harmsen auch nicht finden«, informierte Judith, noch in der Tür stehend.

»Warum guckst du dann so seltsam?«, wollte Walter wissen.

Judith lehnte sich an den Türrahmen. »Dem Hund fehlte die Zunge.«

~ 10 ~

Im leeren Gebäude der Kreisdienststelle setzte das Telefonklingeln so unvermittelt ein, dass der diensthabende Wachtmeister am Empfang erschrocken zusammenzuckte. Seit Stunden widmete er sich intensiv der sehnsüchtig erwarteten neuesten Monatsausgabe der Anglerzeitschrift »Der Blinker«. Er sah auf die große Wanduhr über dem Aufgang zum Treppenhaus. 22:15 Uhr! Ein Anruf um diese Zeit bedeutete meistens Ärger. Oder zumindest das vorläufige Ende des bisher gemütlichen und angenehm ruhigen Nachtdienstes. Wachtmeister Ingo Grille äugte auf sein üppiges Stullenpaket, roch in Gedanken schon den frischen Kaffee, den er sich immer gegen halb elf aufgoss, und wog die leiblichen Genüsse, inklusive ungestörtem Lesevergnügen, gegen den Ärger ab, den es möglicherweise gab, wenn er nicht ans Telefon ging. Die Chefin hatte ihn sowieso schon ständig auf dem Kieker. Und das nur, weil er es angeblich mit seinen dienstlichen Pflichten nicht immer so genau nahm. Dabei machte er stets Dienst nach Vorschrift!

Das Klingeln hallte nervend weiter in die nächtliche Stille. Bestimmt ging es nur wieder um eine blöde Kneipenschlägerei oder irgendwer randalierte an einer Bushaltestelle. Vielleicht feierte auch ein Nachbar etwas lauter, als es seinen Mitbewohnern gefiel. Lärmbelästigung. Na, was soll's, er würde wohl die Kollegen vom Streifenwagen in die Spur schicken müssen.

Wachtmeister Grille hob, sich in sein Schicksal fügend, den Telefonhörer ab. »Volkspolizei Gardelegen«, meldete er sich kurz angebunden.

»Das Kind ist immer noch nicht wieder zu Hause.«

Herrje! Dieses überfürsorgliche Weib schon wieder! Langsam reichte es aber. Immerhin war es Wochenende, Sonnabendabend, und »das Kind« war ein Mädchen von vierzehn Jahren. Soviel hatte Grille schon beim ersten Gespräch mit dieser Frau erfahren. Sie hatte bei Dienstbeginn und dann noch mal halb neun angerufen. Jetzt klang sie schon nicht mehr nur besorgt, sondern eher panisch. »Das passt nicht zu ihr. Wo kann sie nur sein? Da ist doch was passiert!«

»Wie war Ihr Name noch mal?«, fragte Grille und zeigte damit unverhohlen, wie ernst er die beiden ersten Anrufe genommen hatte. Um einen Eintrag in das Diensttagebuch würde er nun, nach dem dritten Anruf, wohl nicht mehr herumkommen. Dafür brauchte er einen Namen.

»Eichner. Clara Eichner.« Sie nahm die Unfreundlichkeit in Grilles Nachfrage gar nicht wahr.

»Hab ich notiert. Danke«, suchte der, das Telefonat zu

beenden. Sollte er tatsächlich jetzt, nach Einbruch der Dunkelheit, nach einem Teenager fahnden lassen, der sich mal für ein paar Stunden von der Leine losgerissen hatte? Das Mädchen würde morgen schon wieder auftauchen.

»Wollen Sie denn den Namen gar nicht wissen?«, unterbrach ihn Clara Eichner gerade noch rechtzeitig, bevor er auflegen konnte.

»Den haben Sie mir doch eben mitgeteilt.« Grille versuchte nicht einmal ansatzweise, höflich zu klingen. Das Gespräch mit einer schniefenden, hysterischen Frau regte seine ohnehin kaum vorhandene Neigung zur Hilfsbereitschaft nicht sonderlich an.

»Ich meine den des Mädchens, das verschwunden ist. Warum hört mir denn keiner zu?« Clara Eichners Stimme brach.

Grille zwang sich zu der offenbar von ihm erwarteten Frage: »Na, wie heißt denn das Kind?«

»Ilona Eichner. Und sie ist erst vierzehn.«

»Das hatte ich schon bei Ihrem ersten Anruf verstanden, Frau, ähm, Eichner.« Grille musste tatsächlich nachlesen. »Und dass Sie in Engersen wohnen, habe ich mir auch noch gemerkt.«

»Was unternehmen Sie denn nun?«

»Ich werde das Erforderliche veranlassen. Spätestens morgen früh werden Sie von uns hören«, log Grille ungeniert in den Hörer, verabschiedete sich und legte einfach auf.

Er beschloss, heute Nacht keinesfalls wieder ans Telefon zu gehen; ein weiteres Gespräch mit dieser übernervösen Person wollte er sich nicht zumuten. Die Kollegen vom Streifenwagen würden ihn per Funk erreichen, falls nötig. Natürlich hatte er nicht vor, so bald etwas in Sachen dieser vergnügungssüchtigen Ilona Eichner zu unternehmen. Eine Vierzehnjährige wird doch wohl mal feiern dürfen, ohne dass gleich die Polizei einschreiten muss!

Und damit traf Wachtmeister Ingo Grille die falsche Entscheidung.

Sonntag

~ 11 ~

Walter liebte die gemeinsamen sonntäglichen Morgenstunden mit Judith und Laura. Sie lebten quasi zusammen, wenn auch nicht unter einem Dach. Judiths Wohngemeinschaft mit Laura erlaubte es ihm, nach außen hin sein Junggesellenimage zu pflegen. Seine häufigen Besuche bei den Frauen konnten als nachbarschaftliche Hilfe durchgehen. Laura kannte er von Kindesbeinen an, noch als ihre Großeltern seine Nachbarn waren. Denen hatte er sogar versprechen müssen, sich um Laura zu kümmern. Die gegenseitigen Besuche mit Judith waren eben ausschließlich beruflichen Gründen zuzuschreiben. Was auch sonst?

Eigentlich las Walter den beiden Frauen beim Frühstück aus der Wochenendausgabe der Zeitung vor. Die »Altmärkische Volksstimme« war am Wochenende doppelt so dick wie an den Wochentagen, und da sonntags keine Zeitung erschien, war das Sonntagsfrühstück die beste Gelegenheit, die zusätzlichen Seiten des Sonnabends genauer auszuwerten. Oftmals lohnte sich das, denn sowohl die Lokalnachrichten als auch das Feuilleton konnten anregenden Gesprächsstoff bieten.

Ihre gemeinsame Tradition musste heute ausfallen. Die Ereignisse des gestrigen Tages ließen keinen Raum für eine gemütliche Zeitungsschau. Der Fall des toten Hundes beschäftigte sie zu sehr.

»Was macht deine Hand?«, wollte Walter von Laura wissen, die im Bademantel, etwas fahl im Gesicht, mit müden

Augen am Tisch saß.

Sie hatte schlecht geschlafen. Zwar war sie irgendwann bei dem Versuch, sich an den Gedanken zu erinnern, den sie schon bei Judiths Schilderungen gestern Nachmittag nicht fassen konnte, eingeschlafen, aber erholt fühlte sie sich nicht. Selbst zu dieser frühen Stunde war es ihr bereits zu warm. Die Nacht hatte kaum Abkühlung gebracht und die Sonne brannte schon wieder vom Himmel.

»Wenn ich sie nicht bewege, ist es gut auszuhalten«, schwindelte sie und verschwieg, dass der ganze Arm bis zur Schulter schmerzte.

»Dann beweg sie eben nicht. Ich verbinde dich noch neu, bevor ich losgehe.« Walter machte Laura ein Honigbrötchen fertig und schob ihr den Teller rüber.

»Danke. Wo willst du denn hin?«

»Ich will mich weiter umhören, was gestern Morgen und am Vormittag zwischen Dorfplatz und Neubau so los war. Irgendeiner muss doch was gesehen haben.«

Judith lächelte ihn dankbar an. Sie war schon fertig angezogen. Selbst in Jeans und Pullover sah sie elegant aus, doch wirkte auch sie etwas müde.

Gestern Abend hatte sie noch lange in einem Aufsatz zur Brisanz von Tierquälereien für die Kriminologie gelesen und berichtete nun kurz von ihrer Lektüre: »Das ist ein ernst zu nehmendes Problem. Die meisten Tierquäler beginnen bereits im Kindesalter, oft mit dem Einsetzen der Pubertät, Tieren Schmerzen zuzufügen und sie schwer zu verletzen. Dabei benutzen sie Haustiere, die sie den Nachbarn stehlen, oder sie kaufen sich mit ihrem Taschengeld billige Tiere im Handel. Mit zunehmendem Alter eskaliert dann die Grausamkeit. In den meisten Fällen töten die Quäler die Tiere, oft nach langsamen, schmerzvollen

Misshandlungen, mit scharfen Schneide- oder Stechwerkzeugen. Fesselungen der Tiere sind nicht ungewöhnlich ... Irgendwie hat sich dadurch mein Gefühl hinsichtlich einer Eskalation nur verstärkt. Ich fahre in die Dienststelle und sehe mir an, was Ritter herausgefunden hat.« Sadistische Akte mit Tieren – Judith gruselte die Vorstellung, dass sich in Waldau ein Mensch mit solchen Vorlieben offenbarte.

»Ich kann nachher den Bericht von Dr. Harmsen abholen und ihn dir sofort bringen. Du sagtest doch, dass er gegen Mittag damit fertig sein wollte«, bot Walter an, während er ihnen Kaffee nachschenkte.

Das Telefon im Flur klingelte. Laura ging abheben. »Für dich. Dr. Grede.«

Judith Brunners Stellvertreter, der außerdem auch zuständig für die Labore und die Kriminaltechnik war, hatte dieses Wochenende den Tagesdienst. Sie schätzte den Mann als äußerst fähigen und selbstständigen Kollegen. Es gab eigentlich nichts, was sie ihm nicht zutraute, ohne ihr Zutun lösen oder entscheiden zu können. Grede würde nur anrufen, wenn es einen wirklich triftigen Grund dafür gab. Leicht beunruhigt ging Judith zum Telefon. Als sie dann auch noch seinen Tonfall hörte, war sie alarmiert.

»Wir haben ein vermisstes Kind. Seit gestern Nachmittag. Aus Engersen«, lautete die unheilschwangere Nachricht.

»Wie alt?«

»Vierzehn. Ein Mädchen.«

»Was wurde bisher unternommen?« Judith bemerkte, wie sie ärgerlich wurde, weil sie erst jetzt davon erfuhr.

»Nichts. Das ist ja das Schlimme. Vorhin, als mein Dienst begann, sah ich mir als Erstes das Tagebuch vom Nachtdienst an und noch während ich von den drei Anrufen einer Clara Eichner lese, klingelt das Telefon am Empfang und sie ist wieder dran.« Dr. Grede schilderte kurz sein Gespräch mit der beunruhigten Frau. »Sie flehte mich nahezu an, endlich nach dem Mädchen zu suchen. Ihr Name ist Ilona.«

Judith war fassungslos. »Warum ist denn nicht schon längst was passiert?« Doch als sie erfuhr, dass Ingo Grille in der vergangenen Nacht der Diensthabende gewesen war, ahnte sie es bereits.

Inzwischen waren Walter und Laura zu ihr in den Flur getreten, denn Judiths Stimme verriet drohendes Unheil.

Dr. Grede informierte sie weiter: »Ich habe schon alles, was zwei Beine hat, zur Suche und Befragung losgeschickt! Die Bereitschaftspolizei natürlich auch. Außerdem habe ich begonnen, alle möglichen Leute unserer Dienststelle aus dem Wochenende zu holen. Ich bleibe hier und koordiniere den Einsatz weiter. Sie könnten doch auch in ein paar Minuten in Engersen sein? Oder?«

»Danke. Gute Arbeit. Ich fahre gleich los. Wir bleiben über Funk in Verbindung.« Beim Schuheanziehen erklärte Judith ihren Zuhörern die Hintergründe für ihren eiligen Aufbruch.

»Ich kann für die Suche wieder unsere Freiwillige Feuerwehr zusammenholen«, schlug Walter vor. »Das hat schon mal geholfen.«

»Vielleicht nehme ich dein Angebot noch an. Doch zuerst will ich nach Engersen und mir selbst vor Ort ein Bild machen. Bleib bitte vorerst in deinem Büro am Telefon. Wenn sich was ergibt, informiere ich dich umgehend.«

~ 12 ~

Die Suchtrupps der Bereitschaftspolizei hatten sich aufgeteilt. Einige telefonierten herum. Andere Männer in Uniform klingelten sämtliche Bewohner von Engersen vor die Haustüren, um nach Ilona Eichner zu fragen.

Judith Brunner eilte zum Einsatzleiter der Bereitschaftspolizei, Hauptmann Helmut Resch, der sie freundlich, aber angespannt begrüßte und knapp informierte: »Alle Kräfte sind unterwegs. Die Suche konzentriert sich zurzeit auf das Dorf selbst und auf die Gegend um die alte Landstraße, wohin das Mädchen gehen wollte, bis hoch zur Kreuzung. Die Männer der Freiwilligen Feuerwehr aus Engersen, die den Ort am besten kennen, durchsuchen leer stehende Gebäude, abgelegene Scheunen oder Ställe. An der Straße habe ich meine eigenen Leute eingesetzt.«

»Danke. Ich gehe erst mal zum Ortspolizisten, um mich nach der Familie des vermissten Mädchens zu erkundigen.« Judith Brunner hatte noch keine Gelegenheit gehabt, Ernst Grambow persönlich kennenzulernen. Walter hatte ihn mal als einen für sein Dorf engagierten, jungen Mann beschrieben und erwähnt, dass er bald Vater werden würde.

Viel zu berichten hatte Grambow allerdings nicht. Die Jugendliche Ilona Eichner war gegen vier Uhr gestern Nachmittag von zu Hause weggegangen. Sie war mit einem blau und weiß karierten Sommerkleid und leichten Leinenschuhen bekleidet. Eine Tasche oder anderes Gepäck hatte sie nicht bei sich. Das Kind stammte aus keiner Problemfamilie. Grambow schaute auf seine Armbanduhr. »Jetzt ist es kurz vor halb zehn.«

Judith Brunner rechnete mit: »Etwas über siebzehn Stunden.« Die Nacht war zum Glück mild gewesen. Allzu kalt dürfte dem Mädchen nicht geworden sein.

»Was bedeutet das wohl, wenn das Kind so lange vermisst wird?«, fragte Grambow voller Sorge. Eine Antwort konnte Judith Brunner ihm nicht geben, vermutete aber, dass es gestern für die Mutter besser gewesen wäre, sich an den jungen Polizisten im Dorf zu wenden, als in der Kreisstadt um Hilfe nachzusuchen.

»Ich sehe erst einmal bei Clara Eichner vorbei, will mir selber ein Bild von den häuslichen Verhältnissen machen. Sie erreichen mich dort, falls sich etwas ergibt«, teilte sie Ernst Grambow mit und ließ sich dann den Weg erklären.

Noch ehe sie den Hauseingang erreicht hatte, wurde die Tür des kleinen Bauernhauses aufgerissen und eine gespenstisch durchsichtig aussehende Frau rief heraus: »Haben Sie sie gefunden?«

Als Judith Brunner wortlos den Kopf schüttelte, drohte Clara Eichner zusammenzubrechen. Stützend griff die Polizistin sie am Arm und geleitete sie zurück in das kleine Wohnzimmer, zu dem die Tür offen stand. »Bitte setzen Sie sich.«

Clara Eichner gehorchte, ließ sich steif auf ihrem Sofa nieder und verharrte unbeweglich, ohne auch nur die Rückenlehne zu berühren.

»Kann ich etwas für Sie tun? Möchten Sie vielleicht ein Glas Wasser?«, versuchte Judith Brunner, die verzweifelte Frau zu erreichen.

»Wo ist sie nur? Ich habe doch schon überall gefragt.«

»Wir suchen mit allen Leuten, die wir haben, nach Ihrer Tochter. Bald wissen wir mehr«, versprach Judith, wohl wissend, dass diese Ankündigung nicht nur gute Nachrichten einschloss. »Ich bin Judith Brunner, von der Polizei in Gardelegen«, stellte sie sich dann vor.

Clara Eichner sah sie an und teilte dann unvermittelt mit: »Ilona ist nicht meine Tochter. Sie ist meine Nichte.«

»Ah. Und was ist mit ihren Eltern?« Judith Brunner war erleichtert, dass es zu einem offenen Gespräch kam. Sie brauchte so viele Informationen wie möglich.

»Die lebten seit Langem getrennt, ließen sich scheiden und vor zwei Jahren starb plötzlich Ilonas Mutter. Mein Bruder glaubte, da ich ledig bin – und eine Frau, wie er betonte –, könne ich mich um Ilona kümmern.« Clara Eichner klang nicht verbittert, eher ergeben.

»Nanu, warum kümmert er sich nicht selbst um seine Tochter? Gerade in dieser schwierigen Situation, wenn die Mutter verstorben ist?«

»Er ist der Ansicht, eine Frau könne das besser als ein Mann. Etwas altmodisch. Nicht wahr? Und als Vater war mein Bruder sowieso nicht besonders, na ja, solide.«

Den Ausdruck fand Judith Brunner merkwürdig. »Können Sie mir das ein wenig erklären?«

»Nun, er arbeitet viel im Ausland. Reist ständig umher. Ist im Außenhandel tätig und, wissen Sie, ich denke, er hat auch allerhand Frauengeschichten am Laufen. Da kann er seiner halbwüchsigen Tochter kaum die nötige Aufmerksamkeit schenken.«

Das wollte Judith lieber nicht kommentieren. »Woher wissen Sie das mit den Frauengeschichten?«

»Einmal im Jahr fährt er mit Ilona in den Urlaub, immer was ganz Tolles. Balaton, Taschkent oder ans Schwarze Meer. Richtig teure Reisen. Und in den letzten Jahren ist Ilona aufgefallen, dass er sich dort immer Freundinnen sucht. Ilona ist ja in dem Alter, in dem sie so etwas durchaus bemerkt. Wissen Sie, mein Bruder ist ein gut aussehender Mann, hat Geld, ist ungebunden – da findet er schnell eine nette Begleitung.«

Die Gelassenheit, mit der dieser Euphemismus vorgetragen wurde, erstaunte Judith Brunner schon etwas. »Und Sie dürfen inzwischen sein Kind großziehen?«

»Mein Bruder verdient gut. Er zahlt mir generös den Unterhalt für das Mädchen. Da bleibt sogar für mich noch etwas übrig. Und außerdem mag ich Ilona. Ich habe sie wirklich gern aufgenommen. Schon als sie noch ein kleines Kind war, hatte ich sie oft bei mir. In der Ehe ihrer Eltern gab es viel Streit. Das kennt sie hier bei mir nicht. Sicher, wir haben auch unsere Meinungsverschiedenheiten, immerhin ist sie vierzehn, was nicht gerade ein einfaches Alter ist, aber bisher haben wir immer eine Lösung gefunden, miteinander auszukommen. Hier bei mir fühlte Ilona sich schon immer wohl. Wir verstehen uns bestens, sie ist ein zugängliches, fleißiges Mädchen. In der Schule kommt sie nun in die neunte Klasse. Ilona interessiert sich für die Natur. Vielleicht bleibt sie sogar auf dem Lande. Ich habe volles Vertrauen zu ihr.« Während dieser Aufzählung war die Stimme von Clara Eichner immer kraftloser geworden.

Das hörte sich nicht nach einem von diesen Milieus an, aus denen Kinder wegliefen oder das die Kinder zum Rumtreiben verleitet, dachte Judith und fragte: »Wissen Sie, wo Ilonas Vater sich zurzeit aufhält? Vielleicht ist sie ja zu ihm gefahren?«

»Warum sollte sie? Er wohnt bei Berlin, in Hohen Neuendorf. Wie wollte Ilona da auch hinkommen? Sie fährt nicht Moped und ihr Fahrrad steht noch im Schuppen.«

»Haben sie schon mit Ihrem Bruder gesprochen?«

»Nein, er ist im Moment für ein paar Tage dienstlich in Prag. Oh Gott, hoffentlich ist Ilona wieder da, bis er zurückkommt. Was soll ich ihm denn sonst sagen?«

Um nicht auf diese Frage eingehen zu müssen, bat Judith Brunner um weitere Angaben zu Ilonas Vater: Ewald Eichner war 42 Jahre alt, in Kalbe an der Milde geboren, zum Studium nach Berlin gegangen und arbeitete danach ohne Unterbrechung beim Ministerium für Außenhandel, wo er offenbar eine steile Karriere gemacht hatte, wenn man den Aussagen seiner Schwester zu seinem Gehalt, seinen Urlaubsorten und den Dienstreisen folgte. Judith Brunner hoffte ebenfalls, dass sie den Mann nicht von seinen dienstlichen Verpflichtungen abhalten und herbemühen müsste und sich für Ilonas Abwesenheit ein Umstand fand, der im familiären Rahmen geklärt werden konnte. Doch ihre Erfahrung als Polizistin sagte ihr etwas anderes. Vierzehnjährige Mädchen aus Verhältnissen, wie sie Clara Eichner geschildert hatte, verschwanden nicht eben mal so. »Haben Sie ein Foto von Ilona für uns? Am besten, ein aktuelles. Das könnten wir für eine erweiterte Suche gebrauchen.«

Clara Eichner war froh, etwas tun zu können. Sie stand auf und holte ein gerahmtes Bild aus dem Nachbarzimmer. Es zeigte die professionelle Porträtaufnahme eines hübschen Mädchens, dessen Gesichtsausdruck Scheu, aber auch etwas Stolz zeigte. Clara Eichner erklärte: »Zu ihrer Jugendweihe wurden die Fotos gemacht. Das war erst im April. Ihr Vater ist extra mit ihr nach Gardelegen ins Atelier gefahren. Das Foto hier gefiel mir am besten.«

»Dürfen wir es nutzen?«

»Oh. Nehmen sie doch bitte nicht dieses. Ich habe noch andere Aufnahmen. Warten Sie.«

Als Clara Eichner wiederkam, zog sie ein paar Abzüge aus einem großen Umschlag heraus und breitete sie vor Judith Brunner auf dem Couchtisch aus. »Suchen Sie sich bitte eins aus«, forderte sie die Polizistin jetzt auf.

Eine Aufnahme zeigte Ilona mit ihrem Vater, einem fotogenen, attraktiven Mann. Er saß mit seiner Tochter auf einer Bank neben einem Arrangement künstlicher Blumen und hatte ihr väterlich den Arm um die Schulter gelegt. Judith war sich sicher, dass der Mann in der Realität anders aussehen würde. Dann wählte sie eine Porträtaufnahme von Ilona im Halbprofil aus, welche die meisten Details vom Gesicht des Mädchens zeigte.

»Sie bekommen das Foto zurück«, versprach sie. »Ich lasse in meinem Labor Abzüge davon machen und bringe es Ihnen dann wieder vorbei.«

»Danke. Das wäre schön.« Man sah es Clara Eichner an, dass die Fotografien ihr viel bedeuteten.

Judith Brunner fragte: »Dürfte ich mir Ilonas Zimmer ansehen?«

»Ja, sicher. Ich zeige es Ihnen.« Clara Eichner ging voran in das Dachgeschoss. Zwei kleine Kammern waren ausgebaut. »Hier schlafe ich und dort Ilona«, wies sie auf die hintere Zimmertür und öffnete sie.

Der kleine Raum wirkte bunt und voll, aber nicht unaufgeräumt. Die Möbel waren eher etwas zu vornehm für einen Teenager; wahrscheinlich hatte Ilonas Vater sie nach seinem Geschmack gekauft. Auf dem flüchtig gemachten Bett saßen am Kopfende eine Reihe abgenutzter Plüschtiere, Poster der angesagten Bands klebten an den Schranktüren, Fotos und Musikkassetten lagen herum, Schulbücher stapelten sich auf dem kleinen Schreibtisch. Judith Brunner fiel auf den ersten Blick nichts Außergewöhnliches auf.

»Führt Ilona ein Tagebuch?«

»Nicht dass ich wüsste.«

»Hat Ilona schon einen Freund?«

»Nein, das glaube ich nicht. Ilona ist zwar nicht unscheinbar, ganz im Gegenteil, aus ihr wird mal eine richtige Schönheit werden, doch ob die Jungen in ihrem Alter das schon erkennen? Sie ist eher ein bisschen schüchtern und in ihrem Kleidergeschmack zurückhaltend; wenn ich mir da so manche ihrer Schulfreundinnen ansehe ...« Clara Eichner verstummte und machte sich auf den Weg nach unten.

Judith Brunner eilte ihr hinterher und versuchte, das Gespräch wieder aufzubauen. Verbindlich lächelnd fragte sie: »Ob ich wohl eine Tasse Kaffee bekommen könnte?«

»Gerne, aber es wird einen Moment dauern.«

Judith nutzte die Zeit, die Clara Eichner in ihrer Küche brauchte und eilte zurück zum Büro des Ortspolizisten. Doch der schüttelte bei ihrem Eintreten nur den Kopf. Es gab noch keine Spur vom Mädchen.

Ohne weiter zu zögern, ließ Judith Brunner ihn die Freiwilligen Feuerwehren der Nachbardörfer alarmieren.

Als sie wenig später Clara Eichner davon berichtete, dass Ilona bisher nicht gefunden wurde, versuchte sie so zu tun, als sei das eine gute Nachricht. Dann erkundigte sie sich: »Frau Eichner, können Sie mir bitte erzählen, was Sie gestern gemacht haben?«

Die Hausherrin schenkte den Kaffee bedächtig ein, fragte mechanisch nach Milch und Zucker und setzte sich wieder, ohne die Zutaten herbeizuholen. Langsam rührte sie mit einem alten Silberlöffel in ihrer Tasse und begann zu berichten: »Mittags waren wir in unserer Gastwirtschaft einen Happen essen. Bei der Wärme hatte ich keine Lust, selber zu kochen. Das war etwa gegen eins. Hinterher spazierten wir durchs Dorf. Immer wieder suchte Ilona nach bestimmten Wildblumen und Gräsern. Dabei sind wir kaum vorangekommen. Am Kiosk des Sportvereins haben wir dann eine kleine Rast gemacht. Ich trank einen Kaffee und Ilona verputzte ein Stieleis. Dann sind wir in Richtung der Felder über die Bahnhofstraße gemütlich zurück nach Hause gegangen. Wir trafen hier kurz vor vier wieder ein. Ich wollte mich ein paar Minuten hinlegen und Ilona fragte, ob sie wieder raus zur Landstraße nach Waldau gehen und weiter Blumen sammeln könne. Über die Ferien haben die Schüler der Natur AG nämlich eine Aufgabe bekommen, die Ilona begeisterte: Sie sollten ein Herbarium anlegen. Ob mit Kräutern, Gräsern oder Blumen war ihnen freigestellt. Ilona wollte ein besonderes Album herstellen und freute sich schon, es vorzeigen zu können. Sie plante, ausschließlich Wildblumen zu pressen. Sie hatte die Schönheit in den Pflanzen entdeckt, die viele für Unkraut hielten. Ich hatte nichts dagegen, dass sie wieder losmachte. Auch mir waren bei unserem Spaziergang schon die leuchtenden Nachtnelken und der kleine Storchschnabel aufgefallen. Ilona nahm sich ihr Löschblattheft und dazu eine Papiertüte vom Küchenschrank, denn in die wollte sie auch noch Blüten und Blätter für einen Kräutertee sammeln. Dann ist sie los und seitdem ...« Hier versagte Clara Eichner kurzzeitig die Stimme. Sie nahm ihren Bericht wieder auf: »Ilona hatte gesagt, dass sie ihre Freundin Kristin Lindner zum Sammeln abholen wollte. Als sie halb sieben immer noch nicht zu Hause war, wurde ich zwar etwas ungehalten, weil wir um diese Zeit eigentlich gemeinsam Abendbrot essen, doch wir hatten keine Uhrzeit ausgemacht. Gegen sieben entschloss ich mich dann, zu den Lindners zu gehen, weil ich dachte, dass die Mädchen sich verplauscht hätten. Doch dort war Ilona am Nachmittag gar nicht aufgetaucht! Ab da machte ich mir langsam Sorgen und ging zu unserem Dorfpolizisten, doch der Grambow war unterwegs. Also habe ich bei Ihnen in Gardelegen angerufen, das erste Mal. Aber der Polizist dort hat mich einfach nur vertröstet.« Jetzt schluchzte Clara Eichner laut auf. Die mühsam aufrechterhaltene Fassung war hinüber. Es blieb nur eine große Angst.

~ 13 ~

Laura zögerte mit dem längst fälligen Sonntagsbesuch bei Irmgard Rehse. So gern sie sich von ihrer Großtante auch mit altmärkischer Küche verwöhnen ließ und geduldig den dörflichen Tratschgeschichten lauschte – in letzter Zeit waren ihre Gespräche immer wieder bei einem Thema gelandet, das Laura eigentlich nicht diskutieren wollte: Kinder! Nicht irgendwelche Kinder, nein, Lauras eigene Kinder. Beziehungsweise die Tatsache, dass sie keine hatte. Und auch keine wollte.

Das war ein Punkt, den Laura bisher so deutlich allerdings auch nicht ausgesprochen hatte, denn sie war überzeugt, dass Tante Irmgard sich schwertun würde, ihren Ansichten zuzustimmen. Laura wollte keine Familie. Sie wollte einen Mann. Nichts weiter. Zweisamkeit. Privatsphäre. Romantische Liebe. Laura fürchtete den Familienalltag als Käfig.

Abgesehen von Tante Irmgards eigener Kinderlosigkeit

und ihrem Leben als unverheiratete Frau, Tatsachen, die stets mit einem im Krieg gebliebenen Verlobten begründet worden waren, gab es eigentlich gar keinen Ansatz für Tante Irmgards neues Lieblingsthema, doch eine gut aussehende Mittdreißigerin ohne Kinder löste bei manchen Menschen Argwohn aus. Und dass in Lauras Haus eine weitere ledige Frau wohnte, hatte im Dorf sogar zu Gerüchten über eine Liebesbeziehung der beiden geführt. Herrje! Laura hatte Tante Irmgards Unbehagen immerhin zerstreuen können, indem sie ihr von ein paar vielversprechenden Verabredungen mit Männern erzählte, die allerdings nie wirklich stattfanden.

Laura hatte deswegen kein schlechtes Gewissen. Sie seufzte verträumt. Die Liebe zum Mann ihres Lebens fand nämlich auf andere Weise, im Verborgenen, statt. Sein Geld, und davon schien er reichlich zu besitzen, verdiente dieser Mann mit einer Arbeit, die bestenfalls mit mysteriös zu beschreiben war. Uneingeweihte – das waren außer Laura und einer Handvoll Leute alle anderen – würden in ihrer Einschätzung eher zu undurchsichtig oder zwielichtig tendieren. Immer unterwegs, um die Welt zu retten, wie er es selbst ausdrückte. Ein Mal hatte sie das Gefühl gehabt, er habe es gerade noch geschafft, sich zu ihr – in ihre Berliner Wohnung – zu schleppen, um dann neunzehn Stunden am Stück durchzuschlafen. Ein andermal schmerzte seine linke Schulter so heftig, dass er sie nicht einmal fest umarmen, sie weder hochheben noch festhalten konnte. Deswegen hatten sie beim Sex vorsichtig Neues ausprobieren müssen, woran Laura sich oft und klopfenden Herzens erinnerte. Sie sahen sich nicht gerade regelmäßig, manchmal sogar über mehrere Wochen nicht. Doch immer wieder gelang es ihm, ihr ein Lebenszeichen zu geben; überraschend fand sie äußerst wertvolle Geschenke. Er war gut zu ihr, das allein zählte.

Sie war ein Single in einer festen Beziehung. Und glücklich – wie viele Menschen können das von sich behaupten? Aber es gab auch dunkle Stunden, voller abgrundtiefer Qual, in denen sie die Angst um ihren Liebsten kaum beherrschen konnte. Häufiger schon hatte sie feststellen müssen, dass ihr nachts um drei die Dinge besonders schrecklich erschienen. Inzwischen hatte sie aber gelernt, einige dieser Angstattacken in Momente romantischer Verzweiflung umzudeuten. Das half, um bis zum nächsten Wiedersehen durchzuhalten.

Selbst Walter hatte von Zeit zu Zeit versucht, sie über ihr Liebesleben auszuhorchen. Erfolglos. Auch ihm hatte Laura ein paar unbedeutende Verabredungen vorgeflunkert. Sie wollte ihr Geheimnis nicht preisgeben, für nichts auf der Welt. Warum sollte sie auch?

Lediglich Wilhelmina, deren katzentypischer Hang zu nächtlichen Streifgängen sie regelmäßig auf das Fensterbrett von Lauras Schlafzimmer führte, war womöglich Zeugin einer der wenigen Besuche geworden, die Laura in ihrem Waldauer Haus bisher von ihm bekommen hatte.

Von all dem konnte und wollte Laura Tante Irmgard nichts erzählen. Hoffend, dass der Fall des vermissten Mädchens ihre Großtante heute und wohl auch in den nächsten Tagen hinreichend vom Thema Familiengründung ablenken würde, machte sie sich auf den Weg. Wenn dem nicht so wäre, müsste eben wieder die Ausrede vom richtigen Mann, den sie noch nicht gefunden hätte, herhalten.

Kaum war Laura um die Hausecke gebogen, sah sie Tante

Irmgard mit zwei ihrer Freundinnen aus dem Dorf in angeregter Unterhaltung stehen. Beim Näherkommen stellte sie mit Erleichterung fest, dass es in der Diskussion nicht um sie ging.

»Stell dir vor, seit gestern Nachmittag hat sie keiner mehr gesehen!«, hörte sie Edeltraud Weber sagen.

Die schlechten Nachrichten hatten, wie von Laura bereits vermutet, die Runde gemacht. Das war auch kaum zu vermeiden, bei der groß angelegten Suchaktion.

»Laura! Gut, dass du kommst. Hat Frau Brunner dir schon was erzählt?«

Irmgard Rehse schaffte es nicht, die Polizistin beim Vornamen zu nennen, obwohl die nun schon einige Zeit auch ihre Nachbarin war und sie genau wusste, dass Judith Lauras Freundin war. Der Respekt vor einer Amtsperson gebot ihr eine höflich gemeinte Distanz. Was sie allerdings nicht daran hinderte, die engen Verhältnisse zu nutzen und Laura stets ungeniert auszuhorchen.

»Guten Tag«, grüßte Laura die drei und versuchte einen unbeschwerten Tonfall. »Tut mit leid, ich weiß auch nichts Näheres. Sie ist erst vor einer guten Stunde los und noch nicht wieder nach Hause gekommen.«

Irmgard Rehse, die sich wunderte, dass Laura sie so kraftlos umarmt hatte, entdeckte den Verband. »Meine Güte! Was ist denn mit deiner Hand passiert?«

Laura setzte an, von ihrem Malheur zu berichten, als die Sirene, welche die Männer von der Freiwilligen Feuerwehr zusammenrief, begann, laut und unheilvoll durch das Dorf zu heulen. Der auf- und abschwellende Ton ging allen durch Mark und Bein.

»Ob wir mit suchen sollten?« Erna Mischer schien bereitwillig helfen zu wollen. »Ich könnte mein Rad nehmen«, schlug sie vor, denn wegen eines offenen Beines war sie eigentlich schlecht zu Fuß. Fahrradfahren hingegen gelang ihr noch ganz gut.

»Päh! Wir Alten?«, war Edeltraud Weber skeptisch. »Wir stehen doch nur im Weg rum ... Und überhaupt, das Mädel ist eben ein richtiger Backfisch. Wer weiß, vielleicht treibt die sich bloß rum?«

Unter anderen Umständen hätte Laura über den altertümlichen Begriff geschmunzelt.

»Traudel? Du kennst sie?«, wunderte sich Irmgard Rehse.

»Nur vom Sehen. Ihre Tante arbeitet doch stundenweise im Blumenladen in Kakerbeck, da war das Kind manchmal mit im Geschäft. Ne hübsche Deern, übrigens.«

Sie sahen, wie Max Schwarz und weiter unten Hänschen Hartmann zum Treffpunkt der Feuerwehr, dem Spritzenhaus auf dem Dorfplatz, eilten. Schon kam Hans Sommer auf seinem unwillig knatternden Moped vorbei, seinen halbwüchsigen Sohn auf dem Sozius. Selbst Alfi Schuler, einen harmlosen Trunkenbold, trieb es zu dieser für ihn frühen Stunde vor die Tür.

»Gehen wir auch mit hin«, schlug Laura trotz ihrer schmerzenden Hand vor. »Wenigstens fragen könnten wir, ob wir gebraucht werden.«

~ 14 ~

Judith Brunner ärgerte sich nicht zum ersten Mal über Grilles Dienstauffassung. Mehrere ernsthafte Gespräche hatten es nicht vermocht, eine angemessene Haltung dieses Mannes zu seiner Arbeit und zu seinen Pflichten zu erwirken. Das war mehr als unerfreulich und sie musste es bis jetzt hinnehmen, da die Personalstelle keinerlei Neigung erkennen ließ, sie hinsichtlich dienstrechtlicher Konsequenzen zu unterstützen. Doch dieses Mal hatte Grille ein Menschenleben riskiert, um im Dienst ungestört zu sein! Judith Brunner war nicht im Mindesten bereit, das zu tolerieren. Egal wie die Sache mit Ilona Eichners Verschwinden ausgehen würde – die Konsequenzen für ihren Mitarbeiter würden äußerst unangenehm werden.

Gleich nachdem sie Clara Eichner verlassen hatte, eilte sie zu Grambow ins Büro und bat ihn, sich um eine Betreuung für die verzweifelte Frau zu kümmern.

Der Ortspolizist wusste sofort, was zu tun war und rief bei einer Frau aus dem Dorf an.

Die laut knarzenden Dielen im Flur kündigten das Kommen von Einsatzleiter Helmut Resch an.

Mit der freien Hand bedeutete Grambow ihm, sich mit einem Kaffee aus einer zerbeulten Thermoskanne zu stärken, während er sein Telefonat zum Ende brachte.

Der Bereitschaftspolizist nickte dankend und begann zu berichten: »Die Feuerwehrmänner aus den Nachbardörfern sind inzwischen da. Die neuen Wehren durchstreifen in einem größeren Radius das Gelände rund um das Dorf. Auf dem Weg zum Haus der Lindners wird besonders intensiv nach Ilona Eichner gesucht. Da sie ihre Freundin nicht abgeholt hat, kann ihr schon vorher etwas zugestoßen sein, zum Beispiel ein Unfall mit Fahrerflucht, und sie liegt irgendwo hilflos und verletzt. Natürlich kann sie es sich auch anders überlegt haben und hat einen ganz anderen Weg genommen. Dummerweise ist sie niemandem im Dorf aufgefallen.«

Fast hoffte Judith Brunner auf das Unfallszenario, denn die Alternativen würden schlimmer sein. Sie ging zu der großformatigen, auf einem herbeigeholten Zusatztisch ausgebreiteten Geländekarte, deren Maßstab selbst kleinste Details erkennen ließ. Die alte Landstraße verband Engersen mit Waldau, wobei sie ungefähr einen Kilometer südlich des Dorfes die F 71 kreuzte, eine viel befahrene Fernstraße. An der Kreuzung gab es in jeder Fahrtrichtung eine einfache Bushaltestelle ohne Wartehäuschen. Heute, am Sonntag, würde sich der LKW- und Busverkehr in Grenzen halten, aber an anderen Tagen konnte dort schon ein ziemliches Verkehrsaufkommen herrschen, wie Judith Brunner aus eigener Erfahrung wusste.

Resch trat neben sie. »An den Haltestellen warten einige meiner Polizisten auf die Mittagsbusse. Die Fahrer kennen fast jeden, der mit ihnen unterwegs ist. Milchlaster und Futtermitteltransporter fahren ebenfalls regelmäßig dort vorbei; die werden auch angehalten und befragt.«

Judith Brunner nickte. Jeder der Fahrer könnte sich bestimmt noch an ein einzelnes Mädchen erinnern. Für den unwahrscheinlichen Fall, dass Ilona Eichner tatsächlich einfach ausgerissen war, sollten sich so erste Hinweise finden lassen.

Allerdings barg die Fernverkehrsstraße eine weit größere Gefahr für Kinder und Jugendliche. Sexualstraftäter suchten ihre Opfer oft, indem sie mit einem Fahrzeug durch die Gegend fuhren. Nachdem sie die Kinder angelockt hatten, konnten sie sie dann leichter zu einem Ort ihrer Wahl bringen. Sollte Ilona Eichner so einem Mann auf Kriechfahrt begegnet sein, gab es wenig Hoffnung, sie unversehrt zu finden.

»Rechts und links der alten Landstraße erstrecken sich

große Getreidefelder. Einige Schläge sind schon abgeerntet, andere noch nicht«, fuhr Resch mit seinen kartografischen Erläuterungen fort. »Die Straße selbst ist schmal, mit Feldsteinen gepflastert und wurde streckenweise mit einer Asphaltdecke repariert, die aber an einigen Stellen schon wieder gefährlich brüchig ist. Meine Männer laufen die gesamte Strecke ab.«

»An beiden Straßenrändern stehen Obstbäume«, gab Ernst Grabow zu bedenken. »Vielleicht waren schon Leute da, die den Junifall aufsammeln wollten. An den Bäumen ist zwar noch nicht allzu viel zu holen, doch der eine oder andere guckt schon mal, wie denn die Ernte ausfallen wird. Ansonsten ist die Straße, noch dazu am Wochenende, wenig befahren. Am ehesten der schon erwähnte übliche Landwirtschaftsverkehr. Hin und wieder nutzen auch Radfahrer, trotz des schlechten Straßenzustands, diese Verbindung zwischen Waldau und Engersen für Besorgungen oder Besuche.«

Judith Brunner verfolgte auf der Karte in Gedanken den Weg, den Clara Eichner und ihre Nichte gestern spaziert waren.

Das Funkgerät des Bereitschaftspolizisten knackste und fiepte. Als er sich meldete, erreichte sie die Mitteilung, die niemand hatte hören wollen. »Hauptmann Resch, wir haben sie gefunden! ... Tot.«

»Wo?«, wollte er noch wissen.

Judith Brunner und Ernst Grambow liefen schon zur Tür und verharrten kurz.

»Gleich hinter dem ersten Weg vor der großen Kreuzung, im Roggenfeld ... Eine üble Sache.«

~ 15 ~

Judith Brunner wappnete sich gegen den Anblick. Sie ging allein zum Fundort. Um so wenige Spuren wie möglich zu hinterlassen, folgte sie dabei einer Trittspur in den Halmen, die etwa zwei Meter neben der verlief, die direkt zur Leiche führte. Als sie dann Ilona vor sich sah, hätte sie sich gern an etwas festgehalten. Auf den ersten Blick war zu sehen, dass das zierliche Mädchen Opfer eines Sexualverbrechens geworden war. Sie lag auf dem Rücken, ihr Kleid war etwa bis zum Bauchnabel hochgeschoben. Die Oberschenkel lagen breit auseinander und flach auf dem Boden, in der Scheide steckte ein ungefähr daumendicker schwarzer Gummischlauch, der etwa zwanzig Zentimeter herausragte. Die Unterschenkel waren gekreuzt und die Schuhsohlen zeigten nach außen. Am rechten Fuß hing der zerrissene Schlüpfer des Mädchens, mit einer blutigen Monatsbinde. Ihr Gesicht war nach rechts gedreht, der rechte Arm angewinkelt mit der Hand unter dem Kinn. Ein Freundschaftsring, wie ihn viele Mädchen in diesem Alter trugen, steckte auf ihrem Ringfinger. Der linke Arm war waagerecht ausgestreckt. Die Finger der linken Hand waren zur Faust geschlossen, die einige Halme festhielt. Judith Brunner erkannte Würgemale am Hals des Mädchens. Wie grauenvoll! Sie war erschüttert und voller Mitgefühl.

Vorsichtig ging sie zum Weg zurück und dann zur Straße, wo Ernst Grambow, Helmut Resch und ein wenig abseits auch dessen Leute warteten.

»Ein Sexualverbrechen. Mord«, klärte Judith Brunner die beiden Männer kurz auf. Sie zog das Porträtfoto aus ihrer Tasche. »Sie ist es eindeutig«, identifizierte sie das

Mädchen. Die Polizisten mussten keine Worte wechseln, um zu wissen, was auf sie zukam: Entsetzen, Unruhe und Wut in der Bevölkerung, dann Angst, Gerüchte und Verdächtigungen. Entschlossenes, sichtbares Handeln war jetzt vonnöten.

Grambow kniff sich in die Nasenwurzel und schloss die Augen.

»Sie können Ihre Suchtrupps zurückrufen und die Wehren nach Hause schicken«, sagte Judith Brunner zu Resch. »Ich muss ein paar Telefonate führen. Dann gehe ich mit Grambow zur Tante des Mädchens. Sie sollte es von uns erfahren ... Und: Sie lassen vorerst niemanden dahin«, sagte sie leise und deutete zum Feld. »Ich komme umgehend wieder her. Inzwischen passen Sie bitte persönlich gut auf alles auf.«

~ 16 ~

In Grambows Büro erledigte Judith Brunner die notwendigen Anrufe. Am Sonntag dauerte es üblicherweise etwas länger, bis die Diensthabenden die entscheidenden Leute erreicht hatten, doch dann griffen die üblichen Melderoutinen. Die Staatsanwältin hielt ihr zum Glück keinen Vortrag und wollte umgehend zum Fundort kommen. Judith Brunners ehemaliger Vorgesetzter in Magdeburg, mit dem sie bestenfalls eine gegenseitige Antipathie verband, drängte erwartungsgemäß auf intensive Ermittlungen und schnelle Ergebnisse, als ob ihr nicht selbst daran läge, den Tod des Mädchens rasch aufzuklären. Kindsmord, noch dazu ein Sexualverbrechen, besaß eine besondere Brisanz. Sämtliche Dienststellen und außerdem alle, die sich im

Kreis und im Bezirk, ja bis hin nach Berlin, für zuständig hielten, würden ihr im Nacken sitzen. Lediglich aufgrund ihrer früheren Arbeit in der Mordkommission der Bezirksbehörde und wegen ihrer bisherigen Erfolge überließ man ihr auch jetzt wieder die Leitung der Ermittlungen, kündigte aber vorsorglich Kontrollbesuche an. Viel Zeit bekam Judith nicht. Unverhohlen wurde ihr angedroht, den Fall jemand anderem zu übertragen, sollte sie nicht bald einen Verdächtigen vorweisen können.

Sie nahm es geduldig hin; hatte sie doch gewusst, was sie bei diesen Telefonaten erwartete. Ihre Kraft wollte Judith lieber in ihre Arbeit stecken und unerbittlich den Mörder von Ilona Eichner suchen. Kompetenzdiskussionen raubten ihr nur die wertvolle Zeit. Sie rief bei Dr. Grede an.

Nach einem kurzen Moment des Schweigens veranlasste er das Erforderliche zur Spurensicherung.

Judith Brunner hatte ihn gebeten, auch Dr. Renz nach Engersen zu schicken.

So eine Nachricht wollte niemand überbringen – egal, ob es sich bei den Adressaten um die Eltern handelte oder um die Tante oder um jemand anderen, der ein geliebtes Kind verlor.

Judith Brunner hatte Ernst Grambow an ihrer Seite. Auf dem Weg zu Clara Eichner schilderte sie ihm sachlich die Einzelheiten vom Fundort. »Wir behalten das aber für uns. Gerade der Schlauch ist ein Detail, das ausschließliches Täterwissen darstellt.«

Grambow nickte wortlos. Was hätte er auch sagen sollen.

Eine Nachbarin öffnete die Haustür und fragte Ernst Grambow mit besorgtem Blick nach Neuigkeiten. Als die

Frau erkannte, welche Eröffnung ihnen bevorstand, schlug sie die Hand vor den Mund.

Clara Eichner kam aus ihrem Wohnzimmer in den Flur und sah suchend hinter die beiden Polizisten. Doch dort stand niemand.

»Frau Eichner, wir müssen Ihnen leider –«, wollte Judith beginnen, ihrer schweren Pflicht nachzukommen.

»Nein«, schrie die Frau kurz auf. »Nein. Sagen Sie es nicht. Bitte.« Als wäre es dann nicht wahr.

Grambow nahm Clara Eichner rücksichtsvoll beim Ellbogen und führte sie zurück in das Wohnzimmer. »Es tut mir sehr leid«, sagte er mit bewegter Stimme.

Lautlos liefen Clara Eichner die Tränen. Hätte Grambow sie nicht festgehalten, wäre sie zusammengebrochen. Er führte sie zu einem Sessel und setzte sie vorsichtig ab.

Clara Eichners Nachbarin kam mit einem Glas Wasser aus der Küche und reichte es ihr.

Sie trank es in einem Zug aus und hielt es mit leerem Blick zum Nachfüllen hoch. Erst als sie auch das zweite Glas getrunken hatte, reagierte sie wieder. »Setzen Sie sich doch«, forderte sie mit matter Stimme auf. »Ich hatte so gehofft.«

»Ich auch«, gab Judith Brunner zu. »Und es tut mir ebenfalls sehr leid. Ich wünschte, ich könnte es ungeschehen machen.«

Clara Eichner holte ganz tief Luft. »Was ist passiert?«, gelang es ihr zu fragen.

»Wir haben Ilona in einem Getreidefeld gefunden. Es war kein Unfall. Sie wurde ermordet.« Judith wusste, dass in dieser Situation sachliche Informationen von den Angehörigen am besten verkraftet wurden. Sie fürchtete deswegen auch die nächste Frage.

Die dennoch kam.

»Wie?«

Gab es eine Möglichkeit, das Entsetzliche erträglich zu benennen? »Es war ein Sexualverbrechen.«

»Oh! Ilona ist einem Sittenstrolch begegnet!?«, warf die Nachbarin erschrocken ein.

Dieses Wort passte nicht. Es passte ganz und gar nicht! Judith Brunner störte die unglückliche Wortwahl der Frau. Das war viel zu harmlos, angesichts dessen, was mit Ilona Eichner im Getreidefeld geschehen war. Doch warum sollte sie Clara Eichner jetzt mit den Details belasten, ihr die Grausamkeit des Täters vor Augen führen? Wozu? Also ließ Judith Brunner den Sittenstrolch im Raum stehen. »Wir müssen uns gründlicher in Ilonas Zimmer umsehen, Frau Eichner«, wandte sie sich an die unglückliche Frau und bekam ein kraftloses Nicken zur Antwort. »Ich werde meinen besten Mann herschicken, damit wir nichts übersehen. Ich verspreche Ihnen, dass wir alles tun werden, um herauszufinden, wer Ilona das angetan hat.«

~ 17 ~

»Heute Morgen erwähnte Clara Eichner eine Freundin. Könnten Sie zu diesen Lindners gehen und meinen Besuch irgendwann für den heutigen Nachmittag ankündigen? Ich würde mich gern mit dem Mädchen unterhalten«, bat Judith Brunner kaum, dass sie wieder auf dem Gehweg standen, den Ortspolizisten.

»Das wird nicht gehen. Die sind schon in aller Frühe weggefahren. Ich habe sie zusammen in ihrem Auto gesehen. Von einem Urlaub weiß ich aber nichts; ist sicher nur ein Sonntagsausflug. Ich passe auf. Wenn die Lindners zurückkommen, kümmere ich mich darum.«

»Kennen Sie die Leute?«

Grambow antwortete: »Wie man sich eben auf dem Dorf so kennt. Eine ziemlich normale Familie. Gut geht es ihnen miteinander, zumindest habe ich den Eindruck. Die unternehmen öfter mal was. Wenn die Lindners für länger wegfahren wollten, hätte ich davon gewusst.«

Judith Brunner glaubte ihm das sofort. Walter wusste in Waldau auch immer ziemlich genau, wenn jemand länger abwesend war und warum. Dörfliche Nachbarschaft bedeutete auch, sich über Verwandtenbesuche, Krankenhausaufenthalte und Urlaubsplanungen auszutauschen.

Als sie wenig später an den Fundort zurückkamen, verabschiedete Helmut Resch die letzten Leute von den Feuerwehrsuchtrupps. Die Stimmung war gedrückt. Die Männer riefen sich ab und zu ein paar kurze Grüße zu und die meisten verschwanden, ohne sich umzusehen, in den diversen Fahrzeugen; einige Männer in Uniform saßen am Straßengraben und warteten auf neue Befehle.

Ernst Grambow verscheuchte ein paar Schaulustige, wofür Judith Brunner ihm sehr dankbar war. Sie registrierte beruhigt, dass der Weg, der zum Fundort führte, bereits abgesperrt war.

Die Staatsanwältin traf ein und erledigte ihre Pflichten. Sie sagte kaum etwas. »Waren Sie schon bei ihr zu Hause?«, wollte sie von Judith Brunner wissen. »Soll ich vielleicht mit hinkommen?«

»Nicht nötig. Ich war schon dort«, konnte sie das gut gemeinte Angebot ablehnen. »Danke.«

»Hm. Dann rufen Sie mich bitte an, wenn Sie Hilfe benötigen. Das hier muss ein schnelles Ende finden«, verabschiedete sie sich und ging zu ihrem Auto.

Judith Brunner informierte Helmut Resch, der geduldig die Abfahrt der Staatsanwältin abgewartet hatte, über die telefonischen Anweisungen der Bezirksbehörde. Dann erkundigte sie sich bei ihm: »Wer hat das Mädchen eigentlich gefunden?«

Ihr Kollege nickte zu einem Mann seiner Bereitschaftspolizei, der einige Meter entfernt rauchend unter einem Pflaumenbaum im Straßengraben saß. »Der da. Karsten Windisch. Gehört zu meinen besten Männern. War seine erste Leiche. Und dann ausgerechnet so etwas.«

Judith Brunner ging zu dem jungen Mann und stellte sich vor. Mitfühlend fragte sie: »Wie geht es Ihnen?«

Windisch hievte sich hoch und machte keinen Hehl aus seiner Gemütslage: »Beschissen.«

»Das kann ich mir vorstellen ... Können Sie mir berichten, wie Sie das Mädchen entdeckt haben?«

Karsten Windisch schloss kurz die Augen und begann: »Wir hatten uns aufgeteilt, vorne an der Kreuzung zur F 71. Einer für jede Richtung und jede Straßenseite. Ich nahm die linke Straßenseite Richtung Engersen. Als Erstes fand ich eine Papiertüte. Auf die habe ich aber nicht weiter geachtet. Ich dachte, das sei irgendwelcher Müll. Dann kam ein Feldweg. Da sah ich ein Stück weiter hinten das Schulheft auf dem Wegrand liegen und ging hin. Überall waren diese kleinen roten Blumen verstreut. Als ich mich intensiver umblickte, sah ich, dass noch weiter hinten jemand schräg ins Korn gegangen war. Na ja, und dort war sie.« Windisch trat seine Kippe aus und zündete sich sofort eine neue Zigarette an. Er inhalierte tief und pustete einen gewaltigen Schwall Rauch aus. »Ist ’n Scheißgefühl«, wiederholte er.

»Ich weiß«, sagte Judith Brunner mitfühlend, wechselte aber sofort die Stimmlage: »Sie haben sehr bedacht gehandelt, als Sie nicht direkt der Spur ins Feld folgten, sondern daneben gelaufen sind. Das war richtig gut.«

Karsten Windisch tat das Lob mit einer resignierten Handbewegung ab, setzte aber etwas aufgemuntert hinzu: »Ich hab auch nichts angefasst oder so. Gelernt ist gelernt, wozu machen wir denn sonst diese ganzen Lehrgänge.«

»Haben Sie schon jemandem erzählt, was Sie genau gesehen haben? Einzelheiten?«

Der junge Mann schüttelte den Kopf.

»Gut. Ich bitte Sie, auch weiterhin Stillschweigen über die Fundsituation zu wahren. Es dürfen keinerlei Details bekannt werden.«

»Verstehe. Sie können sich auf mich verlassen ... Mein Gott, das Mädchen, sie sah so ... so überrascht aus. Wie bringt ein Kerl nur so etwas fertig?« Windisch war völlig erledigt.

»Gehen Sie nach Hause.« Judith Brunner hatte Verständnis für die Stimmung des Mannes. »Melden Sie sich bei Hauptmann Resch ab und gehen Sie!« Das klang schon fast wie ein Befehl.

Karsten Windisch wirkte unentschlossen und sah sie nicht einmal an.

Judith Brunner versuchte es weiter: »Das verkraftet niemand ohne Weiteres.«

Nun wirkte ihr Zureden und er ging mit hängenden Schultern davon.

Im Umdrehen sah Judith Brunner, wie die Wagen der Spurensicherung ankamen und hielten.

Aus dem ersten sprang Thomas Ritter. Er kam sofort auf

sie zugestürzt. Sie begrüßten sich verhalten, wissend, dass ihnen ein schwerer Gang bevorstand.

»Wie schlimm ist es?«, fragte Ritter. Er wollte sich innerlich vorbereiten. Seiner Erfahrung nach konnte er besser mit grausamen Bildern umgehen, wenn andere sie ihm vorher beschrieben hatten.

»Furchtbar. Das Mädchen ist noch so zart. Sie wurde erwürgt. Und vergewaltigt. Mit einem Fremdkörper.«

Ritter musste tief durchatmen. Er blinzelte in die Sonne und ballte dann ein paar Mal seine Hände zu harten Fäusten. »Na los, sehen wir mal, was wir alles finden können.«

Judith Brunner führte ihn zunächst zur Papiertüte am Straßenrand. Es war eine typische Verpackung von Lebensmitteln. Viele Dorfläden verwendeten diese graugrünen Tüten mit dem schwarzen Aufdruck *»Esst mehr Obst und Gemüse«*. Sie lag einen Meter neben den Pflastersteinen, und einige Kamillenblüten, Lindenblüten und feingliederige Blätter, die Judith Brunner nicht erkannte, waren herausgefallen. »Sie wollte für einen Kräutertee sammeln«, erklärte sie.

Ritter rief einen seiner Leute zu sich, der mit dem Fotografieren begann. Ein Zweiter kam mit allerhand Utensilien dazu. Sie wussten, was zu tun war.

An der Einmündung des Feldweges deutete Judith Brunner auf das in einiger Entfernung liegende Löschblattheft. »Das gehörte ihr auch. Damit wollte sie Feldblumen pressen.«

Ritter blieb stehen und besah prüfend den Weg. Im trockenen Sand waren viele Spuren erkennbar. Welche wohl zu dem Verbrechen gehörten? »Wie viele Leute von uns sind hier lang? Wissen Sie das?«

Judith Brunner überlegte. »Der junge Polizist, der sie gefunden hat. Die Staatsanwältin. Und ich.«

Skeptisch blickte Ritter auf den Boden und hockte sich hin. Er ging fast in den Liegestütz und sah den Weg entlang. Locker sprang er wieder auf. »Ich brauche die Sohlenprofile von allen.«

Judith Brunner nickte. Sie würde mit daran denken.

Sich am äußersten Feldrand haltend, gingen sie auf das im Staub liegende Sammelheft zu. Es lag aufgeschlagen, mit dem Rücken nach unten vor ihnen. Die herausgefallenen Stängel von verschiedenen Blümchen waren inzwischen verwelkt. Judith Brunner erkannte so viele gepflückte Nachtnelken, dass sie einen hübschen kleinen Strauß ergeben hätten.

Ritter winkte zur Straße zurück und bedeutete seinen Mitarbeitern gestikulierend, dass hier weitere Arbeit auf sie wartete.

Nach einigen Schritten erreichten sie die Stelle, wo die erste Spur in das Getreidefeld führte. Die Halme waren immer in Schrittlänge niedergetreten. Eindrücke im Erdboden waren kaum zu sehen. »Er muss sie getragen haben. Es führt nur eine Spur ins Feld. Seine«, schlussfolgerte Ritter.

Am Fundort angekommen, erstarrte er förmlich. Judith Brunner dachte, dass sie den Mann noch nie so bestürzt gesehen hatte.

Ritter musste sich ein paar Mal räuspern, bevor er heiser sagen konnte: »Dann werde ich mich mal an die Arbeit machen.«

»Ich habe Sie auch schon bei der Tante des Mädchens angekündigt. Wir müssen Ilona Eichners Zimmer gründlich unter die Lupe nehmen ... Und Dr. Renz müsste eigentlich auch jeden Moment erscheinen.«

Die Erwähnung des Rechtsmediziners war für beide ein willkommener Anlass, ihren Blick von dem Mädchen wieder zur Straße zu wenden. Wie aufs Stichwort sahen sie sein Auto anhalten, gefolgt von einem langen, schwarzen Wagen eines renommierten Gardelegener Bestattungshauses.

Dr. Renz wartete, bis Judith Brunner und Thomas Ritter bei ihm angekommen waren. »Schade, dass wir uns unter diesen Umständen wiedersehen«, fiel seine Begrüßung betont zurückhaltend aus. »Wann kann ich zur Leiche?«, wandte er sich dann direkt an Ritter. Die Männer begannen, ihre Arbeit abzustimmen.

Judith entdeckte Walter, der ein Stückchen die Straße abwärts stand und sich mit Ernst Grambow unterhielt. Natürlich musste auch er mittlerweile davon erfahren haben, dass das Mädchen gefunden worden war.

Sie ging zu den beiden.

»Ich habe dem Kollegen gerade von unserem Hund berichtet«, teilte Walter Dreyer mit. »Ich wollte wissen, ob auch –«

»Hier nicht!«, platzte Grambow raus. »So etwas gibt es nicht in meinem Dorf.«

Judith Brunner sah ihm an, dass er das Thema nicht vertiefen wollte. Niemand wollte das. Der Mädchenmord musste alles andere in den Hintergrund treten lassen. Doch bis sie einen Zusammenhang zwischen den beiden Taten sicher ausschließen konnten – und Judith war eher vom Gegenteil überzeugt –, musste der tote Hund bei ihren Überlegungen einfach mit berücksichtigt werden. Im stummen Einverständnis nickte Walter ihr unmerklich zu.

Judith Brunner informierte nun auch Walter in groben Umrissen über die Fundsituation und sprach über die anstehenden Arbeiten der Spezialisten. »Das wird hier bestimmt noch ein paar Stunden dauern. Inzwischen nutzen wir die Zeit, uns weiter aufmerksam umzuhören, ob jemandem gestern bis in den Abend hinein etwas aufgefallen ist. Wenn auf dem Land ein Mädchen ermordet in einem Getreidefeld aufgefunden wird, spricht einiges dafür, dass der Täter auch von hier stammt. Darauf werden wir uns konzentrieren. Die Kollegen von der Bereitschaftspolizei werden alle Einwohner befragen. Jede Beobachtung könnte wichtig sein. Aber auch jede Sichtung eines Fremden muss mir gemeldet werden. Jedem auch noch so kleinen Anhaltspunkt werden wir unverzüglich nachgehen. Sie beide brauche ich jeweils vor Ort hier in Engersen und in Waldau. Weisen Sie die Männer von der Bereitschaftspolizei bitte ein. Einen Kollegen lassen Sie Ihre Büros besetzen. Ich möchte, dass dort immer jemand erreichbar ist. Sie selbst müssen raus ins Dorf. So ein Verbrechen lässt niemanden kalt. Wir müssen präsent sein, wenn jemand eine Beobachtung loswerden will. Oder – und auch das dürfen wir nicht unterschätzen – um die Einwohner zu beruhigen. Alle dreißig Minuten melden Sie sich bitte bei Frau Lenz in der Kreisdienststelle und halten sie so auf dem Laufenden. Ich stehe ständig mit ihr in Kontakt.«

»Wird erledigt«, versprach Grambow. »Die sollten auch in Wiepke und Wernstedt rumfragen«, wies er dann auf die anderen Nachbardörfer hin. »Wer weiß, wohin der Kerl sich nach der Tat verzogen hat?«

»Richtig.« Nach einer kleinen Pause fügte Judith Brunner hinzu: »Und überlegen Sie bitte auch, ob Ihnen jemand einfällt, dem Sie eine solche Tat zutrauen würden. Egal ob alt oder jung – lassen Sie niemanden aus! Gehen Sie in Gedanken jeden einzelnen Dorfbewohner durch.«

Die Ortspolizisten nickten vage.

»Vom Bezirk bekommen wir Unterstützung. Ich werde diese Leute umgehend losschicken, um die Alibis der einschlägig Vorbestraften zu überprüfen. Die bringen die Auszüge aus dem Strafregister mit ... Wir müssen schnell genug sein, um eine weitere Tat zu verhindern.«

Walter hörte, dass Judiths Stimme trotz ihres Elans voller Traurigkeit war. Es gab auch keinen Trost.

~ 18 ~

Grambow und Dreyer sahen, dicht beieinanderstehend, Judith Brunner hinterher, als die sich wieder in Richtung Kornfeld bewegte. Dr. Renz konnte ihr sicher schon seine ersten Schlussfolgerungen mitteilen.

»Ich hab's auch noch nicht gesehen«, meinte Grambow, als überlege er, ihr nachzugehen. Doch er unternahm keinerlei Anstalten, sich zu bewegen.

»Wir müssen uns das auch nicht ansehen«, überzeugte Walter sich selbst, schwer schluckend, als er an das, was Judith ihnen eben beschrieben hatte, dachte. »Lass nur die Spurensicherung erst mal ihre Arbeit machen. Bald haben wir Fotos. Und die sind oft schon schlimm genug.«

Grambow nickte zustimmend. »Sie war aus meinem Dorf, Walter. Ein unauffälliges, artiges Mädchen. Das hätte nicht passieren dürfen.«

»Stimmt. Aber es ist passiert«, antwortete Walter dumpf.

»Und wenn die Chefin recht hat, war es sogar einer von hier.«

»Na komm, schnappen wir uns den Kerl«, forderte Walter seinen Kollegen schulterklopfend und übertrieben burschikos auf, um seine eigene, elende Stimmung zu überdecken.

»Fällt dir denn jemand ein?«, erinnerte Grambow an Judith Brunners Aufforderung.

Dreyer dachte nach. Zum Glück waren Sexualmorde an Kindern selten. Der letzte lag über vier Jahre zurück, als ein kleiner Junge vom Spielplatz eines Ausfluglokals entführt und missbraucht worden war. Zwei Tage später hatten Wanderer die Leiche des Kindes gefunden. Der Täter, ein unmittelbarer Nachbar des Jungen, saß im Gefängnis und kam für das Verbrechen an Ilona Eichner nicht infrage. Natürlich wusste Walter von Vergewaltigungen, kannte sogar ein paar Opfer und einige Sexualstraftäter, die hier im Kreis wohnten; er war sich auch der Dunkelziffer bewusst. Doch dieses Verbrechen? Nachdenklich schüttelte Dreyer den Kopf. »Wen kennt man schon so genau? Allerdings werde ich nachher ein paar Hausbesuche machen«, kündigte er freudlos an.

»Vielleicht ist da auch nur was aus dem Ruder gelaufen? Sollte nur ein bisschen Fummelei unter Teenies werden und dann verlor jemand die Kontrolle«, spekulierte Grambow.

Dem konnte Walter Dreyer nicht folgen. »Der Schlauch deutet eindeutig auf Vorsatz hin, denke ich.«

Ernst Grambow nickte und ging zu seinem Auto. »Ich sehe besser mal bei Mirow vorbei.«

Dreyer horchte auf. »Genau! Soll ich mitkommen?«

Lothar Mirow war eines der Sorgenkinder der Ortspolizisten, ein blasser, dünner, junger Mann von Mitte zwanzig, der schon als Kind etwas zurückgeblieben gewirkt hatte. Er wohnte in Engersen, allein, auf dem Hof seiner verstorbenen Großeltern. Mirows Eltern hatten ihn dorthin in ›Pflege‹ gegeben, wie sie es nannten; sie wollten mit dem Jungen nichts zu tun haben. Walter Dreyer wusste aus eigenem Erleben, dass Mirows extreme Scheu vor erwachsenen Menschen für einige der Dorfbewohner Grund genug war, um ihm mit großem Misstrauen zu begegnen. Kaum war etwas Polizeirelevantes vorgefallen, konnten die Ortspolizisten darauf wetten, dass jemand Lothar Mirow anzeigte. Grundlos. Der Mann hatte sich nie etwas zuschulden kommen lassen. Einzig seine naive Art machte ihn verdächtig. Einige hielten ihn für beschränkt, »trüch«, wie man in der Altmark sagte. Bei wohlwollenderen Zeitgenossen galt er als eigenbrötlerisch. Seine auffällige Freundlichkeit Kindern gegenüber tat ein Übriges, um alle gängigen Vorurteile zu beflügeln. Zu ihnen hatte er schnell Kontakt und gewann rasch ihr Vertrauen. Jetzt, bei einem toten Mädchen, stand Mirow zweifellos wieder im Mittelpunkt vieler Verdächtigungen.

»Das wird nicht nötig sein. Ich werde schon fertig damit. Aber Mirow hat bestimmt auch mal mit Ilona gesprochen. Ich will nur vermeiden, dass jemand im Dorf auf dumme Gedanken kommt«, begründete Grambow sein Vorhaben.

»Ruf mich an, sobald du mich brauchst. Du erreichst mich ja immer über mein Büro«, rief Walter ihm noch zu und machte sich ebenfalls auf den Weg.

~ 19 ~

Sonntags machte Waldau oftmals einen ausgestorbenen Eindruck. Heute war das anders. An vielen Ecken standen die Bewohner in kleinen Gruppen beieinander und diskutierten lebhaft. Niemand war nach lachen zumute. Als Walter Dreyer die Waldauer Dorfstraße hinauffuhr, sah er vom anderen Ende des Dorfplatzes jemanden mit großen Schritten um die Ecke kommen und energisch auf sein Haus zuhalten. Er erkannte Rudolf Boll.

Kaum hatte er angehalten, ging der Mann auf ihn los. »Stimmt das, Dreyer? Ein Mädchen ist tot? Missbraucht? Das war dieser Mirow! Da gehe ich jede Wette ein. Wie der schon immer guckt! Der steht doch auf Kinder.«

Verdammt! Dass es so schnell mit den Anfeindungen ging, hatte Walter Dreyer nicht erwartet. »Nun mal langsam, Boll. Was ist denn in Sie gefahren?«

»Tun Sie doch nicht so! Sie wissen genau, was ich meine. Wer soll es denn sonst gewesen sein?«

Walter Dreyer wusste, dass Boll nur aussprach, was viele andere denken würden. Besser, er hielt gleich von Anfang an dagegen: »Für Ihren Verdacht gibt es keinerlei Hinweise. Und die Ermittlungen haben gerade erst begonnen. Ich versichere Ihnen –«

Rüde wurde er unterbrochen: »Die Volksrede können Sie sich sparen, Dreyer. Denken Sie doch mal an meinen Hund. Hier läuft ein Perverser rum und den werde ich mir schnappen.«

»Das werden Sie schön bleiben lassen, Boll! Die Polizei tut alles, was möglich ist, um den Täter zu finden. Und das schnell. Wir brauchen dafür ganz bestimmt nicht Ihre aufgeheizte Empörung.«

»Das wird sich noch zeigen. Mal sehen, wer das Schwein eher findet.« Tückisch grinsend, wandte sich der Mann zum Gehen.

Walter Dreyer rief ihm hinterher: »Ich habe das ernst gemeint. Halten Sie sich da raus!«

Boll winkte, ohne sich umzuwenden, unwillig ab.

Dreyer konnte nur hoffen, dass diese Stimmung nicht weiter um sich griff. Er ging in sein Büro, setzte sich ans Telefon und begann Leute anzurufen. Von einigen wusste er, dass sie regelmäßig zwischen den Dörfern unterwegs waren. Entweder weil sie dort Verwandte hatten oder selbst am Wochenende beruflich im Nachbardorf zu tun hatten.

Keine ganz einfache Aufgabe. Immer wieder wurde er von besorgten Dorfbewohnern unterbrochen, die sich nach Einzelheiten erkundigen wollten. Mit Hilfe des versprochenen Kollegen von der Bereitschaftspolizei hätte er die vielen Anfragen sicher besser bewältigen können. Es grenzte fast schon an ein Wunder, dass er nach wenigen Telefonaten einen aussichtsreichen Ansatzpunkt hatte: Zwei einzelne Radfahrer waren von mehreren Leuten gesehen worden.

Dreyer rief bei Grambow an und berichtete: »Einer wurde am Nachmittag gesehen, wie er sich hinter dem Straßengraben der alten Landstraße auf einer Wiese ausruhte. Sein Rad hatte er an einen Baum gelehnt. Er soll einen großen, alten Jutesack über dem Gepäckträger hängen gehabt haben; irgendwelche Gartenwerkzeuge waren auch zu sehen.«

»Den müssen wir finden. Falls er nicht tief und fest geschlafen hat, könnte er bei seiner Rast etwas bemerkt haben«, hoffte Grambow.

Dreyer warf ein: »Oder er ist der Täter.«

»Soll mir auch recht sein. Und wer ist der andere Radfahrer?«

»Offensichtlich ein junger Vater. Er hatte in einem Korb vor der Lenkstange ein Kleinkind sitzen. Der muss etwas später unterwegs gewesen sein.«

»Na, den finden wir sicher rasch«, war Grambow optimistisch, »ich habe auch schon eine Idee, wer das gewesen sein könnte. So viele Leute mit kleinen Kindern wohnen hier nicht. Ich geh' da gleich vorbei und erkundige mich. Aber hör mal, ich habe auch einen möglichen Zeugen zu bieten, einen Teenager, wohnt mit seiner Familie in Jemmeritz. Er war hier in Engersen bei seiner Großmutter zu Besuch und ist am späteren Nachmittag, nach dem Kuchenessen, wie sie sagte, wieder nach Hause gefahren, ebenfalls mit dem Fahrrad. Sie war bei mir im Büro und meinte, er müsse ja an der Stelle vorbeigefahren sein, an der das mit dem armen Mädchen passiert sei.«

»Da könnte sie recht haben«, bestätigte Walter Dreyer, dem der Weg nach Jemmeritz durchaus vertraut war. Er sagte Grambow zu, die Kreisdienststelle über ihre Ergebnisse zu informieren und fragte dann: »Wie war's bei Mirow? Hier ging's schon los.« Er schilderte ihm Bolls Ausbruch.

»Was Ähnliches hatte ich hier auch. Doch Mirow hat gestern Nachmittag Holz gemacht. Die Kreissäge war im halben Dorf zu hören. Seine Nachbarn haben mir das bestätigt. Sie haben ihn auch gesehen, nicht nur gehört. Er hat also ein Alibi. Ich habe es laut und deutlich jedem erzählt, der mir über den Weg gelaufen ist, und hoffe nun, es spricht sich rum. Wir können ja schlecht einen Aushang ans Schwarze Brett nageln.«

»Gut. Dann werde ich das genauso bei jeder Gelegenheit erwähnen«, zeigte sich Walter Dreyer erleichtert und legte auf. Mirow hatte ein Alibi. Eine Sorge weniger. Immer noch wartete er ungeduldig auf den Mann, der sein Büro besetzen sollte. Er wollte endlich los und sich in Waldau umhören. Zudem hatte er sich vorgenommen, kurz bei seinem ehemaligen Lehrer reinzuschauen, wie er es seit einigen Jahren fast täglich tat. Der hochbetagte Mann würde Verständnis haben, dass Walter heute nicht mit ihm klönen und auf ein Bier bleiben konnte.

Durch sein Bürofenster sah er einen Kleinbus anhalten und mehrere Polizisten sprangen heraus. Walter Dreyer ging vor die Tür und lotste sie in sein Büro. Vor einem Ortsplan erklärte er kurz die Waldauer Gegebenheiten, klärte über ein paar schwierige Familiensituationen auf und ließ auch die möglichen Zeugen nicht unerwähnt.

Die Männer gingen los und begannen mit ihrer Arbeit; Walter Dreyer zeigte seinem Vertreter Küche und Toilette.

Kaum war er bereit zum Aufbruch, klingelte sein Telefon und Judith war dran: »Dr. Renz hat sich eben gemeldet und einen ungefähren Todeszeitpunkt mitgeteilt: zwischen halb fünf und halb sechs gestern Nachmittag. Ihr könnt bei den Befragungen also schon etwas konkreter werden. Wer war wann wohin unterwegs? Wer hat zwischen 16:00 Uhr und 18:00 Uhr etwas gesehen? Alles kann ein bedeutender Hinweis sein.«

Dass er diesen Allgemeinplatz von ihr zu hören bekam, zeigte Walter nur, wie angespannt sie war. »Ja, Frau Brunner.« Er war nicht allein im Büro und musste offiziell bleiben. »Die Todeszeit gebe ich gleich weiter. Ich versichere, wir arbeiten gründlich. Grambow und ich haben auch schon einige mögliche Zeugen aufgetan.« Er erzählte ihr von den drei Radfahrern. »Nach Jemmeritz könnte ich gleich los und den Jungen befragen. Das dauert nicht lange und mein Büro ist inzwischen besetzt. Auch Grambow hat schon jemanden im Auge, der als einer der Radfahrer in Betracht käme. Die Kollegen in den anderen Dörfern«, und dabei zwinkerte er seinem Bereitschaftspolizisten freundlich zu, »können bald erste Ergebnisse ihrer Befragungen vorweisen. Bestimmt ist was dabei, das uns weiterhilft. Ich melde mich wieder, wenn ich aus Jemmeritz zurück bin«, schloss er mit fester Stimme.

Judith war für jeden Hoffnungsschimmer dankbar.

~ 20 ~

Die Stimmung war gedrückt. Dennoch herrschte eine rastlose Emsigkeit, als sich die Ermittlungsgruppe am frühen Abend zur ersten Auswertung in der Kreisdienststelle traf. Lisa Lenz hatte den großen Besprechungsraum wieder zur Ermittlungszentrale umfunktioniert. Die junge Frau war Judith Brunners Büroleiterin, Assistentin und engste Mitarbeiterin. Außerdem hatte sie eine Menge Talente, die für Polizeiarbeit außerordentlich wertvoll waren: Lisa stellte die richtigen Fragen, ihr machten Routineaufgaben nichts aus und sie hatte Ausdauer.

Thomas Ritter eröffnete die Diskussion, nachdem er einige großformatige Abzüge vom Ort des Verbrechens auf dem Besprechungstisch verteilt hatte: »Mit dem Zimmer von dem Mädchen sind wir noch nicht fertig, dazu kann ich euch nichts sagen, meine Leute sind noch vor Ort. Aber hier, passt auf.« Er ging zu einer großen magnetischen Wandtafel, auf der er einen Lageplan skizziert hatte und erläuterte: »Der Fundort von Ilona Eichner befindet sich in einem Getreidefeld zwischen den Dörfern Waldau und Engersen. Folgt man der schmalen Landstraße von Engersen in Richtung Waldau, dann stößt man circa 750 Meter nach den letzten Häusern rechter Hand auf einen kleinen Feldweg, der zwei Roggenschläge trennt. Ungefähr 10 Meter in den Weg hinein und dann nur noch wenige Schritte ins Korn. Genau hier!« Mit einem lauten Knall befestigte er einen großen Magneten und führte weiter aus: »Nur noch zur Information: Nicht einmal 200 Meter weiter kreuzt die F 71 die alte Dorfverbindung. Der Fundort ist von den Straßen und selbst vom Feldweg aus nicht direkt einsehbar, konnte aber durch die niedergetretenen Halme leicht entdeckt werden.«

»Also hat der Täter sich nicht einmal die Mühe gemacht, sie sonderlich gut zu verstecken«, schlussfolgerte Dr. Grede, der nun erstmals mit konkreten Einzelheiten des Verbrechens konfrontiert wurde. Er hatte eine Tochter, die etwas jünger als Ilona Eichner war. Würde es ihm gelingen, sie immer zu beschützen? Vor Gewalt zu bewahren? Es fiel ihm unglaublich schwer, diese Gedanken zu verdrängen.

»Richtig«, fuhr Ritter fort. »Die Trampelspur vom Weg zum Fundort ist maximal zehn Meter lang. Das Mädchen wog nicht viel. Der Täter trug sie dorthin. Ich denke, der Fundort war auch der Tatort. Das Getreide ist im Umkreis von zwei Metern plattgetreten. Einen Fußabdruck haben wir dort nicht sichern können. Vom Kornkreis weg führte eine weitere Trampelspur zum nächsten, parallel verlaufenden Feldweg. Höchstwahrscheinlich nahm der Täter diesen Weg nach der Tat und dann wieder zur Pflasterstraße zurück. Seine Schuhabdrücke auf dem Feldweg waren die einzigen frischen Spuren, aber weit haben wir die Spur nicht verfolgen können.« Er heftete die Vergrößerung einer Fotografie an die Tafel, die sein Kollege vom Dach ihres Gerätewagens aus gemacht hatte. »So sieht das ganze von oben aus.« Mit Pfeilen kennzeichnete er gleiche Positionen auf der Skizze und dem Foto.

Dieser Darstellung ließ sich gut folgen. Es gab keinen Klärungsbedarf. Ritter machte weiter. »Wir haben weder an der hinführenden noch an der Ausgangsspur etwas gefunden, das dem Täter zuzuordnen wäre. Allerdings auffällig ist seine Schuhgröße 42. Nicht besonders groß für einen Mann.« Er ging selbstverständlich davon aus, nach einem männlichen Täter zu suchen.

Judith Brunner sah keinen Grund, das zu korrigieren. Sexualmorde durch Frauen kamen äußerst selten vor.

»Der Fluchtweg des Täters führt also in Richtung Engersen?«, vermutete Lisa Lenz.

Hans Grede wiegte bedächtig den Kopf: »Na, das ist vielleicht etwas zu gewagt. Der Täter ist so nur zur alten Landstraße zurückgegangen. Welchen Weg er dann genommen hat, ist völlig offen.«

»Glaub ich nicht. Da hätte er auch denselben, viel kürzeren Weg nehmen können, über den er das Mädchen ins Feld getragen hat«, beharrte Lisa.

»Da hat sie recht«, meinte Judith Brunner. »Ich denke auch, der Täter wandte sich nach der Tat in Richtung Engersen.«

»Dann sollten wir dort die Suche nach ihm intensivieren«, schloss sich Dr. Grede der Überlegung seiner Vorgesetzten an. Mit so etwas hatte er keinerlei Problem.

»Das wird schon gemacht.« Judith Brunner berichtete von den Aktivitäten der Bereitschaftspolizei und der Ausdehnung der Befragung auf alle Nachbarorte Engersens sowie von Dreyers und Grambows Hinweisen. »Ich erwarte bald Anrufe mit ersten Ergebnissen. Morgen arbeiten wir selbstverständlich verstärkt in Engersen weiter, aber ohne die anderen Dörfer aus dem Blick zu verlieren.«

Dr. Grede nickte überzeugt und nahm wieder das Wort: »Wenn ich mir diese Fotos genau ansehe, könnte vorne an der Straße, wo die Tüte mit den Kräutern gefunden wurde, ein Kampf stattgefunden haben. Die Grasnarbe ist deutlich heruntergetreten. Dann hat er das Mädchen bis zum Feldweg getragen, wobei das Sammelheft, wahrscheinlich vom Täter unbemerkt, herunterfiel. Da er einen anderen Weg vom Tatort weg nahm, konnte es ihm nicht mehr auffallen.«

»Das würde dafür sprechen, dass wir nach einem extrem starken Mann suchen. Immerhin hat er Ilona Eichner über fünfzig Meter von der Straße bis ins Feld geschleppt, um sie dort zu missbrauchen. Und das Getreide bot ihm ausreichenden Sichtschutz.« Lisa war sich sicher.

Ritter war von ihren Schlüssen nicht überzeugt. »Na, so hoch wächst Roggen nun auch wieder nicht. Außerdem hätte er sie auch unmittelbar am Kampfplatz ins Getreide zerren können. Ich denke, er wollte sie ursprünglich über den Feldweg bis in den Wald schleppen. Aber schon bald verließen ihn seine Kräfte. Also ich glaube nicht, dass wir jemanden mit außergewöhnlicher Stärke suchen. Eher das Gegenteil, aber so etwas klappt sowieso nur unter der Voraussetzung, dass sie sich nicht mehr wehren konnte, also bereits ruhig gestellt wurde. Das Mädchen war bestimmt zu keiner Gegenwehr mehr fähig, ohne Bewusstsein oder bereits tot.«

Judith Brunner wiegte den Kopf. »Sie hatte abgerissene Kornhalme in ihrer Faust. Sie hat also noch gelebt, als sie auf den Feldboden gelegt wurde. Genaueres erfahren wir sicher nach der Obduktion. Dr. Renz wird die Nacht durcharbeiten und ich bin gleich am Morgen mit ihm verabredet.«

Das war eine nahtlose Überleitung vom Tatort hin zum Opfer. Ritter war froh, jetzt abgeben zu können.

Judith Brunner übernahm es, die anderen zur Leiche zu informieren. Betont sachlich schilderte sie: »Das Mädchen lag auf dem Rücken. Ihr Rumpf war vom Bauchnabel ab frei. Die Kleidung war bei der Tatausführung mit Gewalt beschädigt worden. Der zerrissene Schlüpfer hing am linken Fuß; eine blutige Monatsbinde war zu sehen. Die äußeren Geschlechtsteile waren schwach behaart. Aus der Scheide ragte ein Stück Gummischlauch, vielleicht fünfzehn, zwanzig Zentimeter lang.«

»Wir haben auch dazu schon die Fotos fertig«, ergänzte Ritter und verteilte die Abzüge auf dem Tisch. Die Detailaufnahmen, die unmittelbar nach dem Fund der Leiche von der Spurensicherung gemacht worden waren, ließen keinen Raum für eine emotionale Schonung. Schweigend besahen die Ermittler sich die Bilder.

Lisa bemerkte dann: »Der Schlauch in ihrer Scheide ist natürlich ein auffälliges Tatmerkmal.«

»Und Täterwissen. Das behalten wir weitgehend erst einmal für uns«, wies Judith Brunner alle an und fasste zusammen: »Nun können wir uns zumindest auf Folgendes einigen: Um 16:00 Uhr herum beobachtet der Täter die Schülerin Ilona Eichner beim Blumenpflücken am Rand der alten Landstraße zwischen Engersen und Waldau. Er näherte sich dem Mädchen. Bestimmt würgte er sie, um sie am Schreien zu hindern. Dann hebt er sie hoch und trägt sie in das Feld, da er davon ausgeht, hier von der Straße aus nicht gesehen zu werden, wenigstens nicht bei der von ihm geplanten Vergewaltigung.«

Alle überlegten.

»Mehr scheint die Spurenlage bis jetzt nicht herzugeben«, schloss Judith Brunner damit ab.

»Hat das alles mit Ihrem seltsamen Hundefall von gestern zu tun? Dem Tier war doch ein Schwanz eingeführt worden«, wollte Lisa Lenz wissen. Sie hatte die entsprechenden Berichte gelesen und schlug in ihren Unterlagen etwas nach. Währenddessen ergänzte sie lakonisch: »Ein Schwanz im Bauch lässt doch wohl kaum Spielraum für Interpretationen, oder? Ah, hier steht's: Melli hieß das Tier. Ein Weibchen.«

Ritter gab zu bedenken: »Ich weiß nicht. Immerhin steckte der Schwanz im Bauch und nicht in der Scheide. Und ein Schwanz ist bei einem Hund an sich ja kein Fremdkörper«, wies er indirekt auf das Schlauchstück hin.

»An dieser Stelle schon«, beharrte Lisa nicht zu unrecht. »Da agierte jemand mit tückischer Überlegung. Möglicherweise will uns derjenige mit dem Hund auf eine falsche Fährte locken. Wir sollen denken, hier ist ein unreifer Junge am Werk, der nicht weiß, wie es richtig geht.«

Judith Brunner bemerkte: »Da ist noch mehr im Spiel. Bedenken Sie nur die Münzen. Und die Drapierung des Tieres. Die Verstümmelungen. Das fehlt Gott sei Dank im Falle des Mädchens.«

»Richtig«, warf Ritter ein. »Die Münzen. Ich habe sie mir gestern Nachmittag genauer angesehen. Erst habe ich sie gereinigt. Dann war klar, dass es kein richtiges Geld ist.«

»Was dann?«, fragte Dr. Grede interessiert nach.

»Es ist dünnes Blech, Spielzeuggeld, für einen Kaufmannsladen oder so. Ich glaube, das gab es in meiner Kindheit in kleinen Netzen zu kaufen. Ein Kindergartenfreund von mir hatte zu Weihnachten mal ein Schaffnerspiel bekommen. Stundenlang haben wir uns gegenseitig Fahrkarten verkauft. Ich habe derartige Münzen aber lange nicht mehr gesehen. Ob es die heute noch gibt?«

Niemand antwortete, auch, weil Ritter so schaute, als hätte er noch etwas Interessantes in petto. Mit Nachdruck in der Stimme sagte er: »Es sind genau dreißig. Dreißig Silberlinge.«

~ 21 ~

Nach Jemmeritz, einem noch kleineren Dorf als Waldau oder Engersen, waren es nur wenige Kilometer zu fahren. Dort gab es keinen eigenen Ortspolizisten, und weil Jemmeritz nahe bei Waldau lag, war Walter Dreyer ohnehin öfter im Dorf unterwegs, um nach dem Rechten zu sehen. Nach seinem Telefonat mit Judith war er unverzüglich losgefahren, um den jungen Mann aufzusuchen und ihn nach seinen Beobachtungen am gestrigen Nachmittag zu befragen. Grambow hatte ihm Namen sowie Adresse genannt und Dreyer glaubte zu wissen, welches Haus gemeint sein könnte. Kannte er die Leute? Waren sie ihm zumindest mal aufgefallen? Eher nicht.

Mit dem Haus hatte er sich nicht geirrt. Als nach mehrmaligem Klingeln endlich die Haustür geöffnet wurde, war ihm klar, dass er diesen Bewohner noch nie bewusst zu Gesicht bekommen hatte.

Ein völlig verschlafener junger Mann erschien, in die Helligkeit blinzelnd, in der Tür. Er war groß und schlaksig. Lediglich eine kurze Sporthose hing locker auf seinen dürren Hüften.

»Guten Tag«, grüßte Walter Dreyer. »Ich bin von der Polizei und würde mich gern mit Manfred Peuker unterhalten.«

Dieser Wunsch bewirkte lediglich ein gemächliches Aufwachen. »Hm?«

»Ist er da?«, fragte Dreyer, obwohl er bereits vermutete, dass der Gesuchte vor ihm stand. Vom Alter her könnte das stimmen. Er wollte dem jungen Mann aber Gelegenheit zum weiteren Munterwerden geben.

»Ich«, bekam Walter Dreyer lahm zu hören.

Er nahm es als gutes Zeichen. »Nun, ich hoffe, du kannst uns bei Ermittlungen helfen.«

»Ich?«

Dreyers Geduldsfaden wurde langsam kürzer. Warum waren Teenager nur ständig müde und begriffsstutzig? »Steht noch jemand neben dir, den ich nur nicht sehe, weil er einen unsichtbar machenden Mantel trägt?«

Für Ironie war Manfred Peuker jedoch nicht wach genug. Oder er war prinzipiell unempfänglich dafür. Er antwortete, nachdem er sich tatsächlich behäbig umgesehen hatte: »Nein.«

»Könnten wir vielleicht reingehen und uns dort weiter unterhalten?«, wurde Dreyer nun deutlich und drängelte sich ins Haus.

»Es ist niemand sonst da«, erfuhr er, als die Tür hinter ihm geschlossen wurde.

»Das macht nichts. Ich wollte sowieso nur mit dir reden. Setzen wir uns in die Küche?«

»Meinetwegen.«

»Gut. Ich warte hier. Du willst dir sicher etwas anziehen.« Walter Dreyer hoffte, dass der junge Mann den Vorschlag begriff.

Manfred Peuker sah an sich hinunter, als gehörten die etwas zu weiten, kurzen Hosen nicht ihm. Dann drehte er sich um und verließ die Küche.

Dreyer setzte sich und sah sich um. Alles wirkte sehr aufgeräumt und sauber. In einer großen Schüssel lagen neue Kartoffeln, daneben stand ein Korb mit Zwiebeln. Ein Wasserglas diente als Vase für Petersilienstängel. Jemand kochte also in diesem Haushalt.

Als Manfred Peuker wieder erschien, trug er ein T-Shirt zu den Sporthosen, hatte sich allerdings nicht die Mühe gemacht, Socken oder gar Schuhe anzuziehen. Er setzte sich zu Walter Dreyer an den Tisch und sah ihn an, als hoffe er, gleich weiterschlafen zu können.

»Deine Großmutter hat uns gesagt, dass du sie gestern besucht hast und auf dem Rückweg vielleicht etwas gesehen haben könntest, was wichtig für die Polizei wäre.«

»Ich?«

»Erzähl doch mal von deinem Nachmittag«, forderte Dreyer freundlich. Er wollte die Erinnerungen des jungen Mannes nicht von vornherein durch Fragen in eine bestimmte Richtung lenken.

Manfred Peuker war inzwischen etwas munterer geworden und begann ohne Umschweife zu berichten: »Einmal die Woche fahr ich meine Oma besuchen. Die freut sich dann. Ich helfe bei irgendwelchen Sachen auf dem Hof oder im Garten und zur Belohnung gibt's immer richtig leckeren Kuchen. Dieses Mal bin ich aber hin, weil Oma ein neues Kaninchen zum Füttern für uns hatte. Das sollte ich abholen. Mutter hat mir dafür eine Holzkiste gegeben und die habe ich mit Draht auf meinem Gepäckträger befestigt. Zum Abendbrot sollte ich spätestens wieder zu Hause sein, da ist Mutter ziemlich eigen. Also hab ich nach dem Kuchenessen gleich losgemacht.«

»Und welche Strecke bist du genau gefahren?«

»Na, aus Engersen raus zur Hauptstraße und in Kakerbeck dann wieder abgebogen. Dauert normalerweise nicht mal ’ne halbe Stunde, aber mit dem Hoppler hinten drauf …«

Walter Dreyer fragte: »Hast du jemanden getroffen?«

Peuker überlegte. »Niemanden, den ich kenne. Aber einen Mann hab ich überholt.«

»Wo denn?«

»Zwischen Engersen und der 71, schon hinter der Straße nach Wernstedt.«

»Kannst du ihn beschreiben?«

Ohne Probleme schilderte Manfred Peuker seine Beobachtungen: »Der Mann trödelte vor sich hin; hatte eine Hand in der Hosentasche, mit der anderen hielt er seine Jacke, die ihm locker über der Schulter hing. Er trug Hosenträger. Ich fuhr langsam vorbei und grüßte. Der Alte reagierte aber nicht. Das finde ich blöd. Unsereins soll jeden grüßen, meiner Oma ist das furchtbar wichtig. Die meisten Erwachsenen denken gar nicht dran, zurückzugrüßen, geschweige denn die Hände dabei aus den Taschen zu nehmen. Benimmregeln gibt es immer nur für uns.«

»Der Alte? Wie alt war der Mann denn?«

Nach einigem Nachfragen bekam Walter Dreyer von Peuker eine halbwegs brauchbare Beschreibung: Der Mann war noch keine vierzig Jahre, 175 cm groß, kräftig, mit vollem Gesicht. Bekleidet war er mit einer dunklen Jacke, dunklen Hose, weißem Oberhemd und Halbschuhen. Er trug keine Kopfbedeckung. Das blonde Haar war gescheitelt. Er war glatt rasiert.

»Ich bin dann eben weitergefahren. Vor der 71 habe ich noch mal angehalten und Luft auf meinen Hinterreifen gepumpt. Als ich mich dabei umdrehte, sah ich, wie der Mann über den Straßengraben sprang und hinter einem Baum verschwand. Der musste sicher mal pissen.«

»Hast du ihn wieder vorkommen sehen?«

»Nee, ich bin weitergefahren. War zum Glück nicht viel Betrieb. Selbst mit dem Karnickel war ich pünktlich zu Hause.«

»Sonst hast du niemanden gesehen? Weißt du, wir müssen alle Leute finden, die an dem Nachmittag unterwegs waren. Jeder könnte etwas Wichtiges beobachtet haben.«

»Mir ist niemand sonst begegnet. Erst wieder hier, kurz vor Jemmeritz, zwei Frauen aus unserem Dorf.«

~ 22 ~

»Dreißig Silberstücke?« Laura staunte.

Judith nickte müde. Sie war erst spät am Abend nach Hause gekommen.

Nun saßen sie bei Kerzenschein im Wohnzimmer beisammen und versuchten mit einer Flasche Rotwein von dem furchtbaren Tag Abstand zu gewinnen. Sie warteten auch noch auf Walter, der in seinem Büro Schreibarbeiten zu erledigen, aber bereits angekündigt hatte, dass er sich danach noch zu ihnen setzen wollte.

Judith sprach ganz offen mit Laura. Schon einige Male hatte die ihr bei Ermittlungen geholfen. Sie berichtete zunächst über den Mord an dem Mädchen und kam dann nochmals auf den toten Hund von gestern zu sprechen.

»Ja. Erstaunlich, nicht. Es präzisiert die Botschaft – es geht nicht ums Geld, sondern um den Verrat.«

Laura sah Judith fragend an. »Was meinst du?« Sie konnte diese Bemerkung nicht einordnen.

»Oh, Walter meinte gestern, es ginge um Geld, Sex und Verachtung.«

»Verstehe. So kann man es sicher sehen.« Laura nahm einen kleinen Schluck Wein. Dann fiel ihr ein: »Es gibt aber auch die Interpretation, dass der Verrat gar keiner war und alles in einem göttlichen Plan vorherbestimmt war; dass Judas Christus an seine Feinde auslieferte, damit dieser den Weg gehen konnte, den er gehen musste.«

»Interessant. Weißt du mehr darüber?«

Laura hatte während ihres Studiums ein paar Abende mit einem Theologiestudenten verbracht, der sie mit entsprechenden Theorien beeindrucken wollte. Dies war ihm bis zu einem gewissen Grad auch gelungen, sodass sie sich immerhin noch an ein paar Details erinnerte: »Es ist zunächst ein Problem der Übersetzung der alten Quellen aus dem Griechischen; das Verb für Judas' Handeln erlaubt wohl mehrere Deutungen. Und dann spielen natürlich die verschiedenen Auslegungen in der christlichen Theologie eine Rolle.«

»Judas hat sich dann erhängt, stimmt's?«, warf Judith ein.

Laura bestätigte: »Ja. Die Geschichte ging nicht gut aus.«

»Das passiert bei Verrat sowieso nie.« Judith goss Wein nach. »Und was ist aus den dreißig Silberlingen geworden?«

Laura musste etwas nachdenken. »Ich weiß nicht genau. Doch das lässt sich schnell herausfinden. Bin gleich wieder da.« Sie stand auf, ging zum Bücherschrank in ihrem Zimmer und nahm die alte Familienbibel zur Hand. Im Licht ihrer Nachttischlampe schlug sie die Stelle nach.

Walter klopfte sacht an die Tür, die vom Garten ins Haus führte. Gemeinsam mit Wilhelmina kam er herein. »Hallo!«

Judith lief zu ihm in die dunkle Küche und sie küssten sich innig. »Na, alles geschafft?«

Da Wilhelmina ihren Fressnapf ungefüllt vorfand, flitzte sie ins Wohnzimmer, um sich wenigstens den bequemsten Sitzplatz zu sichern.

»Fertig«, hielt Walter zufrieden seine getippten Protokolle hoch. »Alle heute in Waldau eingegangenen Hinweise und mein Gespräch mit diesem schlafmützigen Fahrradfahrer in Jemmeritz, von dem ich dir ja schon am Telefon berichtet hatte.«

»Dann hast du dir auch einen Wein verdient«, meinte Judith lächelnd und ging zum Küchenschrank, um ein Glas herauszuholen. Sie war glücklich, ihn bei sich zu haben, vor allem nach diesem Tag.

»Wo steckt denn Laura?«, wollte Walter wissen.

»Sie sucht nach den dreißig Silberlingen«, sagte Judith und dachte gar nicht daran, ihn über diese womöglich eigenartig klingende Antwort aufzuklären. Mit einem sachten Hüftschwung schloss sie die Schranktür und sah Walter unschuldig an. Doch ihre übermütig blitzenden Augen verrieten sie.

Walter spielte mit. »Sicher. Darauf hätte ich auch gleich kommen können.« Judith wollte an ihm vorbei zurück ins Wohnzimmer, doch er griff nach ihr und drückte sie eng an sich. »Ich liebe es, wenn du mich zappeln lässt«, meinte er vieldeutig grinsend.

Dafür bekam er einen weiteren Kuss. »Na komm, dann will ich dich mal aufklären«, gab sie ebenso doppeldeutig zurück.

Sie fanden neben Wilhelmina Platz auf dem Sofa. Walter hätte nichts gegen eine tatkräftigere Fortsetzung ihres Geplänkels einzuwenden gehabt, doch erstens war dies im Moment nicht der geeignete Ort für amouröse Betätigungen und zweitens begann Judith von Ritters Münzuntersuchungen und ihren Schlussfolgerungen zu berichten.

»Verrat. Das könnte passen. Auch die fehlende Zunge bei dem Tier spricht dafür«, ergänzte er. »Aber eigentlich gefällt mir diese Erklärung überhaupt nicht. Die Geschichte wird irgendwie immer bedrohlicher!« Jegliche Unbeschwertheit war mit einem Mal aus seiner Stimme verschwunden.

»Das kannst du laut sagen«, rief Laura. Sie kam ins Zimmer und setzte sich mit der Familienbibel in der Hand in den Sessel. »Hier steht sinngemäß: Judas gab das Geld den Hohepriestern zurück. Na ja, er warf es ihnen einfach in ihren Tempel. Die Hohepriester haben dann dafür einem Töpfer ein Grundstück abgekauft. Sie hielten es für eine gute Idee, das Blutgeld nicht zu behalten, sondern es irgendwie anderweitig zu verwenden.«

»Nachvollziehbar«, meinte Judith.

Walter drängte: »Sie kauften also ein Stück Land. Und?«

»Nun, es war nicht irgendein Stück Land, für das sie das Geld verwendeten. Sie kauften es, um darauf einen Friedhof einzurichten.«

»Ach.«

»Tja. Und zwar nicht irgendeinen Friedhof. Sondern eine Begräbnisstätte für Fremde. Und wisst ihr, wie dieser Friedhof genannt wurde? Blutacker!«

Montag

~ 23 ~

Die Nacht hatte Judith nur wenige Stunden unruhigen Schlafes gebracht. Ohne Frühstück war sie bereits kurz nach der Morgendämmerung aufgebrochen. Ihr erster Weg führte sie in ihre Dienststelle. Zügig wollte sie die neuesten Entwicklungen zusammenfassen, um damit ihren obligatorischen Anruf in der Magdeburger Bezirksbehörde erledigen zu können. Und bestimmt wartete Dr. Renz im Krankenhaus bereits auf sie.

Ab dieser Nacht hatte Wachtmeister Karl-Horst Stein Dienst. Der übliche Schichtwechsel zu Beginn der Woche. Stein war über das zeitige Erscheinen seiner Chefin nicht erstaunt und begrüßte sie munter. Beflissen machte er ihr Meldung: »Der Mann war gestern kurz vor Mitternacht hier, weil er sowieso unterwegs war. Er hat gesagt: Es eilt nicht mehr, er hat alles eingefroren.«

Judith Brunner tat, als hätte sie sofort verstanden, was ihr da mitgeteilt worden war. Es blieb ihr selten etwas anderes übrig. Steins ohnehin nur begrenzten Talente lagen ganz sicher nicht in den Anforderungen dieses speziellen Arbeitsplatzes am Einlasskontrolldienst, doch ergab sich bisher keine Alternative für seinen Einsatz. Judith hatte es nach einigen Anfangsschwierigkeiten geschafft, sich auf den Mann einzustellen. Mit einem stets ähnlichen Fragenkatalog gelang es ihr meistens, die nötigen Informationen von Stein zu bekommen. Gelegentlich kam es aber auch vor, dass sie Lisa Lenz bitten musste, die Angelegenheit aufzuklären.

»Können Sie sich noch an seinen Namen erinnern?«

Wachtmeister Stein raunte ihr, wobei er es schaffte auszusehen, als würde er ein Geheimnis preisgeben, zu: »Ich habe ihn gar nicht gefragt. Das war nicht nötig!«

»Aber wir hatten doch vereinbart, dass Sie die Namen der Anrufer und Besucher aufschreiben«, erinnerte ihn Judith Brunner leicht verzweifelt an das nicht nur einmal verabredete Verfahren.

»Stimmt. Aber der Mann hatte seinen Namen schon selbst hinterlassen.«

Judith Brunner blieb freundlich: »Dann geben Sie mir doch bitte den Zettel.«

»Kein Zettel«, sagte Stein. Mit großer Geste überreichte er ihr einen braunen Umschlag, als hätte er ein flauschiges Kaninchen aus dem Hut gezaubert.

Judith Brunner war erleichtert, als sie den Stempel sah, der den Absender anzeigte: Dr. Harmsen. Richtig! Gestern war Walter wegen des Mordes gar nicht dazu gekommen, den Bericht, wie er es versprochen hatte, abzuholen. In Gedanken setzte Judith den Tierarzt auf ihre Telefonliste, um ihm persönlich zu danken.

»Haben Sie außer diesem Umschlag noch etwas anderes für mich?« Bei Steins Talent zur Nachrichtenübermittlung war dieses Nachfragen zwingend erforderlich. Deswegen sprach Judith Brunner ihn auch jedes Mal direkt an, wenn sie während seiner Dienststunden das Gebäude betrat oder verließ.

»Ja!«

»Könnten Sie es mir bitte geben?«

Und ohne weitere Umstände reichte ihr Stein zwei mehrfach zusammengefaltete Blätter. Diese nahezu ritualisierte

Szene fand fast jeden Morgen so statt und es gab Tage, da glaubte Judith beinahe, sie würde etwas vermissen, wenn es anders wäre.

»Danke«, sagte sie und fragte Stein im Gehen: »Wer löst Sie denn heute auf Ihrem Platz für die Tagesschicht ab?«

»Der Wachtmeister Grille«, kam die erhoffte Antwort.

Judith war zufrieden, denn mit diesem Mann hatte sie ein ernstes Gespräch zu führen. Dafür musste sie die Zeit finden! Sie schnappte sich den Umschlag, nicht ohne noch einen letzten Blick in das Diensttagebuch von Steins Nachtschicht geworfen zu haben, und ging in ihr Büro. Dort überflog sie gerade die Untersuchungsergebnisse des Tierarztes, als Lisa an die offen stehende Tür klopfte.

»Guten Morgen!«, grüßte sie aufgeräumt und hielt ein paar Fotos und Papiere in der linken Hand hoch. Rechts hatte sie sich weitere Hefter unter den Arm geklemmt. »Ich war vorhin in der Technik und habe schon mal ein bisschen vorsortiert.«

»Guten Morgen. Nehmen Sie doch Platz. Gibt's was Neues?«

»Zwei Fernschreiben aus Magdeburg. Zum einen: Zur Familie Eichner ist dort nichts Negatives bekannt. Zum anderen: Die Liste mit allen Delikten der letzten Wochen in unserem Bezirk, die Sie angefordert hatten. Mir ist auf den ersten Blick nichts aufgefallen, was zu unserem Fall passen könnte, aber wer weiß, vielleicht ergibt sich ja noch etwas.« Lisa Lenz reichte Judith Brunner die beiden, ungleich langen Papierfahnen. »Dann gibt es allerhand Hinweise aus den Dörfern. Einige davon klingen sogar vielversprechend. Ich habe allerdings den Eindruck, es wurden immer wieder dieselben Leute gesehen.« Sie legte Judith Brunner die sortierten und ordentlich gehefteten Protokolle auf den Tisch.

»Lisa, seit wann sind Sie denn schon hier? Es ist gerade mal sechs Uhr! Sie sind wirklich unbezahlbar!«

»Ach, ich konnte einfach nicht schlafen«, wurde Lisa etwas verlegen. Der Mord beschäftigte sie nämlich auf eine Weise, die sie selbst überraschte. Natürlich tat ihr das Mädchen leid. Und ohne Zweifel würde sie mit den üblichen Ermittlungsroutinen alles dafür tun, damit ihr Tod schnellstmöglich Aufklärung fand. Doch bei diesem Fall verspürte Lisa ein stärkeres Interesse an den Hintergründen der Tat. Sie hatte die ganze Nacht in Gedanken Tatszenarien durchgespielt, sich Motive zurechtgelegt und die dazu passenden Männerpersönlichkeiten entworfen. Das Täterprofil reizte sie einfach. Sollte sie das bedenklich finden? Lisa schob ihre Überlegungen beiseite und fuhr rasch fort, ihrer Chefin die neuesten Informationen aus der Spurensicherung mitzuteilen.

Judith Brunner folgte ihr aufmerksam. Dann übergab sie Lisa Lenz die Berichte aus Waldau und von Dr. Harmsen. »Achten Sie besonders auf die Beschreibung eines Mannes, den ein Zeuge aus Jemmeritz gesehen hat. Vielleicht ergibt sich daraus etwas Konkretes.«

Nachdem Lisa wieder an ihre Arbeit gegangen war, rief Judith Brunner in der Bezirksbehörde an und war froh, dort zu dieser frühen Stunde nur die Bereitschaft zu erreichen. So blieben ihr weitere drängende Ermahnungen erspart und sie konnte es dabei belassen, pflichtgemäß den Stand der Ermittlungen bekannt zu geben.

~ 24 ~

Zum Gardelegener Krankenhaus war es nicht weit.

Da sich Judith Brunner telefonisch angemeldet hatte, erwartete Dr. Renz sie bereits ungeduldig am Eingang. Sichtbar übermüdet geleitete er sie zu seinen Räumen in den Keller des Hauses. »Meine liebe Frau Brunner, zu dieser frühen Stunde haben wir wahrlich kein leichtes Gespräch zu führen. Ich habe mir erlaubt, uns einen guten Kaffee zu kochen. Nehmen Sie doch bitte Platz.«

Judith folgte gern dieser netten Aufforderung. An diesem kleinen Tischchen hatte sie schon so viele hilfreiche, inspirierende und bemerkenswert gute Gespräche geführt, dass sie mittlerweile überzeugt war, es herrsche hier eine besondere Magie. Und außerdem duftete der Kaffee wirklich phänomenal. Sie lächelte. Mit Friedrich Renz konnte sie offen und unbefangen debattieren und auch unorthodoxe oder abwegige Ideen ansprechen, seltsame Fragen stellen, ohne fürchten zu müssen, ausgelacht oder für dumm gehalten zu werden. Sie kannten sich nun viele, viele Jahre und waren zu Freunden geworden.

»Ich nehme nicht an, dass sich über Nacht jemand gestellt und die Tat zugegeben hat«, begann Dr. Renz ungezwungen das Gespräch. Er schenkte nebenbei ein. Da er wusste, dass sie gern Sahne zum Kaffee nahm, hatte er selbstverständlich ein Kännchen und ein paar Kekse dazugestellt. »Bedienen Sie sich!«

»Wünschenswert wäre das schon, aber natürlich ist es nicht geschehen. Nach dem, was ich am Tatort gesehen habe, ist wohl auch schwerlich davon auszugehen«, gab Judith lakonisch zurück. Sie pustete vorsichtig auf den heißen Kaffee in ihrer Tasse.

Renz nickte. »Hier ist ein sehr gefährlicher Typ unterwegs. Bekommen Sie schon Druck?« Er wusste, dass sie schnell einen Ermittlungserfolg brauchte. Sonst würden sich zu viele Leute von außen einmischen.

Judith winkte ab und erklärte ruhig: »Das Übliche in solchen Fällen. Ein Sexualmord an einem Kind hat eben diese Wirkung. Das verstehe ich. Damit komme ich schon zurecht.« Sie inhalierte genüsslich das Kaffeearoma und trank einen Schluck. »Was mich hingegen wirklich ärgert und vor allem auch anstrengt, sind die Anrufe einiger Leute, die tatsächlich glauben, die Kriminalität sei ein reines Erziehungsproblem und würde aussterben, wenn man nur immer wieder mit den Menschen arbeite. Deswegen könne und dürfe es so etwas, wie es mit dem Mädchen geschehen ist, eigentlich gar nicht geben. Die nehmen das persönlich, als Zeichen, in ihrer Mission vom besseren Menschen versagt zu haben. In dieses Weltbild passen keine Triebtäter oder Sadisten ... Als ich dann gesagt habe, dass mir Ideologie nicht helfen wird, den Fall zu lösen, war das wohl nicht ganz die Antwort, die man in Magdeburg hören wollte.«

Renz verstand sofort, was Judith meinte. Er hatte außerdem eine mögliche Erklärung für diese ideologischen Belehrungen anzubieten: »Vielen steckt immer noch der Fall Hagedorn in den Knochen, obwohl das nun mehr als zwanzig Jahre her ist. Dieser Kochlehrling, der Jungen sadistisch ermordet hat. Ich kann mich noch gut an unsere damaligen Debatten im Kollegenkreis erinnern. Von der Überzeugung, es gäbe den geborenen Verbrecher, bis hin zum Wunschdenken vom aussterbenden Kriminellen war schon damals alles dabei. Und erst im Nachhinein wussten wir, wie weit entfernt von beidem die Wahrheit lag. Zwischen seinen zwei ersten Morden, bei denen er noch nicht einmal volljährig war, und dem nächsten erschien sogar ein ahnungsloser Artikel in der örtlichen Zeitung, in dem der junge Mann porträtiert wurde. Warten Sie, dazu habe ich sicher noch etwas in meinen Aufzeichnungen.« Renz stand auf und öffnete die Seitentür eines großen Bücherschrankes. Zielsicher griff er nach einer Mappe, schaute kurz hinein, drehte sich um und hielt einen vergilbten Zeitungsausschnitt hoch. Er las Judith aus dem alten Artikel vor: *»Das ist Erwin Hagedorn – ein junger Mann von heute, ein Jungsozialist, der mit seinem Fleiß, seinen schöpferischen Ambitionen anderen hilft, sich jenes Denken und Handeln zu eigen zu machen, wie es ihm täglich Bedürfnis ist.«*

»Was für ein Blödsinn!«, seufzte Judith leise. Vor dem Hintergrund der Morde eines sadistischen Triebtäters hörte sich das mehr als nur makaber an.

Renz legte die Mappe zurück in den Schrank und kam wieder zum Tisch. »Sechzehn Monate später hat Hagedorn den nächsten Jungen umgebracht. Das hat neben dem nachvollziehbaren Entsetzen in der Bevölkerung und bei allen an der Ermittlung Beteiligten eben auch für unglaubliche Verwirrung und Wut bei den damaligen Hütern der Wahrheit gesorgt. Ich bin bis heute davon überzeugt, dass nur deswegen die Todesstrafe für Hagedorn ausgesprochen und er – zum Entsetzen aller Gutachter – mit nur zwanzig Jahren tatsächlich hingerichtet wurde.«

»Inzwischen müsste man doch aber etwas dazugelernt haben«, meinte Judith Brunner leicht ironisch, das anstrengende Telefonat vom Vortag noch gut im Ohr.

»Sicher, das hat man gewiss auch. Doch das Selbstverständnis mancher Leute sieht Irrtümer einfach nicht vor. Das macht es schwer, Fehleinschätzungen zu korrigieren. Und bis kriminologische und psychologische Erkenntnisse in die Praxis des Alltags Eingang finden – das kann schon mal dauern. Und setzt zunächst auch voraus, dass die Menschen überhaupt lernen wollen. Es gibt einfach zu viele Apologeten.«

Judith nickte bedauernd. »Hat es in unserem Fall erst gestern angefangen oder haben wir da was übersehen?« Diese drängende Frage hatte sie schon die ganze Nacht nicht schlafen lassen.

»Ich habe viel über den Hund nachgedacht«, sagte Renz. »Wenn wir mal vom Schlimmsten ausgehen – und das würde ich ohne Weiteres in Betracht ziehen –, wollte uns jemand mitteilen, dass wir ihm endlich Beachtung schenken sollen.«

»Sie denken also auch, dass Ilona Eichner womöglich nicht das erste Opfer war«, stellte Judith Brunner befriedigt fest. Dass Dr. Renz ihre Überlegungen teilte, gab ihr noch mehr Sicherheit, diese Hypothese zum Ausgangspunkt ihrer Ermittlungen machen zu können. Nachher erwarteten ihre Mitarbeiter konkrete Anweisungen von ihr.

»Fangen wir am besten an wie immer«, schlug Dr. Renz vor. »Kommen Sie!«, forderte er Judith auf und ging voran zu einem der Stahltische, der, durch eine Glasscheibe von seinem Büro getrennt, im Nachbarraum zu sehen war. Er blieb stehen und sah seine Besucherin ruhig an. »Kurz nach Mitternacht war ich fertig. Ich kann Ihnen also einiges erzählen. Vorab vielleicht so viel: Es gibt – außer dem Offensichtlichen – keine Überraschungen. Das Mädchen war altersgerecht entwickelt, in gutem körperlichen Allgemeinzustand, kerngesund und noch nicht sexuell aktiv.

Das Hymen ist erst durch die Penetration mit dem harten Schlauchstück gerissen.«

Dr. Renz wartete und als Judith Brunner leicht nickte, schlug er das weiße Tuch über dem Leichnam, zunächst nur vom Oberkörper, zurück. Hier in dem grellen Licht, auf dem kalten Stahltisch, wirkte Ilona Eichner noch jünger als vierzehn, zerbrechlich und zart. Die Haut in ihrem Gesicht zeigte an der linken Seite eine Mischung aus Dunkelblau und Rot. Die Lippen sahen ähnlich aus. Um das linke Auge herum war alles geschwollen.

Deutlich waren an beiden Seiten des Kehlkopfes blutunterlaufene Druckflecke zu sehen, an der linken Halsseite zudem einige kleinere Schrammen. Auch an den Unterarmen waren Hämatome zu erkennen und ein paar rundliche Wunden, die sicher geblutet hatten.

»Aus den Nasenöffnungen ist eine schaumige Flüssigkeit ausgetreten und über die rechte Wange bis zum Ohr gelaufen. Eine braune Flüssigkeit quoll aus dem Mund heraus«, schilderte Dr. Renz. »Die lasse ich gerade untersuchen.«

»Und was ist die offizielle Todesursache?«, fragte Judith leise, obwohl sie die Antwort ahnte. Sie hatte die eindeutigen Würgespuren und auch die kleinen Blutungen in den Weichteilen des Halses und der Umgebung des Kehlkopfes ja schon am Fundort bemerkt.

Renz bestätigte: »Erwürgen. Eindeutig. Offiziell: Ersticken durch Erwürgen.« Dann ergänzte er: »Der Todeszeitpunkt ist der, den ich Ihnen gestern schon benannt habe. Enger kann ich ihn nicht fassen.«

»Was ist mit Kampfspuren?« Judith dachte an die Stelle mit der heruntergefallenen Papiertüte und Gredes Schlussfolgerungen.

Dr. Renz deutete auf weitere Hämatome. »Sie bekam Schläge auf den Kopf und an die Schultern. Ihre Gegenwehr kann nicht groß gewesen sein. Jedenfalls fand ich nichts Entsprechendes unter den Fingernägeln. In oder an ihren Händen waren keinerlei Spuren von Stoffresten, Haaren oder dergleichen. Nichts, was eindeutig auf einen Kampf schließen ließe. Ihre Kleidung wurde bestimmt erst bei der Vergewaltigung beschädigt. Die rechte und die hintere Gürtelschlaufe ihres Kleides sowie die Seitennaht des Schlüpfers sind gerissen.«

Judith Brunner beugte sich über das Mädchen. »Und diese kleinen Wunden an den Armen?«

»Ich denke, sie wurde brutal auf den Boden gedrückt. Wahrscheinlich haben hier die Getreidehalme die Haut verletzt.«

Nach einem kurzen Moment des Innehaltens, bei dem er Judith aus bekümmerten Augen ansah, nahm Dr. Renz das Tuch komplett vom Körper. Betont nüchtern erklärte er: »Der Gummischlauch ist durch die Scheide eingeführt worden und hat eine Druckstelle am oberen Scheidengewölbe hinterlassen. Weitere Verletzungen an den Geschlechtsteilen waren nicht nachzuweisen. Das Mädchen menstruierte gerade; das Blut wirkte wie ein Gleitmittel. Die Gebärmutterschleimhaut war stark durchblutet und löste sich zum Teil in Fetzchen ab. Am Anus gibt es keine Verletzungen. Auf Spermaspuren wird noch getestet; gesehen habe ich aber nichts.«

In einem transparenten Kunststoffbeutel übergab er Judith dann das grauschwarze Schlauchstück. »Das scheint mir von einem alten Schlauch zu stammen. Das Material ist sehr hart, wirkt verwittert und die Farbe ist auch ungewöhnlich. Ich denke, so etwas findet heutzutage kaum noch Verwendung.«

Da tut sich eine interessante Spur auf, registrierte Judith Brunner.

»Die Kleidung des Mädchens war komplett. Der Täter hat, soweit ich das einschätzen kann, kein Souvenir mitgenommen. Das ist unter diesen Umständen eine gute Nachricht, denn anderenfalls würde es auf einen Serientäter hindeuten.«

Doch Judith war skeptisch. »Mich beunruhigt diese Zurschaustellung des Mädchens. Jeder, der sie finden würde, erkannte auf den ersten Blick, was ihr angetan wurde. Der Unterkörper entblößt, die Schenkel gespreizt und der Schlauch in der Scheide ... Schlimm!«

Dr. Renz räusperte sich. »Dieser Schäferhund wurde ebenfalls penetriert und zur Schau gestellt. Und er ist noch verstümmelt worden.«

»Herrje, wollen Sie etwa andeuten, dass uns das auch noch bevorsteht? Bei einem anderen Opfer?«

»Nun, ich würde es nicht ausschließen wollen«, bemerkte Renz nüchtern.

Judith zwang sich, die plötzliche Kälte in ihrer Magengrube zu ignorieren. »Ich habe lange darüber nachgedacht, welchen Tätertyp wir hier haben. Einen Sadisten? Wollte er ihr in jeder Form Schmerzen zufügen? Sogar über den Tod hinaus das Mädchen peinigen, indem er sie so entwürdigend liegen ließ? Hatte er so einen Plan? Auf keinen Fall war es eine spontane Tat! Das mitgebrachte Schlauchstück spricht eindeutig dagegen.«

Renz bedeckte den Leichnam wieder und geleitete Judith Brunner zurück in seine Sitzgruppe. Als beide einen frischen Kaffee in ihren Tassen hatten, setzte er das Gespräch fort: »Was die sadistische Komponente angeht, könnte ich Ihnen zustimmen. Gegenstände in die Vagina einzuführen ist ein solches Merkmal. Auf jeden Fall im Zusammenspiel mit einer Vergewaltigung.« Er machte eine kleine Pause, bevor er fortfuhr: »Wenn ich mich gelegentlich bei einem guten Weinbrand mit alten, getreuen Kollegen treffe und wir über unsere Fälle reden, läuft es bei Vergewaltigungsgeschichten eigentlich immer auf die üblichen Motive hinaus: Wut, Lust und Gelegenheit. Es gibt also mehrere Gründe, warum ein Mann vergewaltigt und dann auch mordet.«

Judith Brunner ging auf den akademischen Ansatz ein: »Bei Sexualmördern trifft man auch auf Hass, hinzu kommen Dominanz, Kontrolle und sexuelle Erregung durch das Leiden der Opfer.«

»Genau. Eine durchaus denkbare Möglichkeit wäre die, dass der Täter geplant hatte, das Mädchen bei der Vergewaltigung nicht nur brutal zu penetrieren, sondern es zu würgen und dadurch einen Lustgewinn für sich zu erreichen. Dann müssten Sie tatsächlich einen sexuellen Sadisten suchen«, kam Renz auf ihre Ausgangsfrage nach dem Tätertyp zurück.

Der Eisklumpen in Judiths Körper wuchs ein großes Stück. Sie überlegte Alternativen: »Es könnte aber auch sein, der Mord ist die Folge der Vergewaltigung. Vielleicht – oder bestimmt – hat das Mädchen anders reagiert, als der Täter sich das in seiner Fantasie ausmalte. Weinte, wehrte sich, schrie. Das wird ihm nicht gefallen haben. Ich denke, er wollte sie ruhig halten und hat sie deswegen – vielleicht sogar unabsichtlich – erwürgt.«

»Auch eine Variante«, gestand Dr. Renz zu und regte an: »Lassen Sie uns der Vollständigkeit halber auch noch die anderen Motive prüfen. Was ist mit dem Gelegenheitsvergewaltiger? Der spontan agiert, wenn sich die Möglichkeit bietet? Vielleicht hat er Ilona Eichner von einem Fahrzeug aus gesehen; die Fernverkehrsstraße ist ja nicht weit weg.«

»Und dann hatte er zufällig dieses Stück von einem alten, verwitterten Schlauch dabei?« Das erschien Judith zu unwahrscheinlich.

»Also keine Vergewaltigung durch Gelegenheit. Was ist dann mit Wut als Motiv? Die führt auch zu extremer Gewalt. Oder ein Frauenhasser?«

Judith folgte seinem systematischen Herangehen: »Bei Wut wäre das Mädchen wahrscheinlich noch übler zugerichtet. Dann hätte sie mehr Verletzungen, Schnitte, Tritte, Bisse. So etwas haben Sie nicht gefunden ... Und ein Frauenhasser hätte sich wohl kaum ein vierzehnjähriges Mädchen gegriffen.«

»Na ja. Das Mädchen war sexuell reif.«

»Das zeigt mir eher, dass hier niemand nach einem präpubertären Kind Ausschau gehalten hat. Ich suche folglich keinen pädophilen Straftäter.«

Renz nickte zustimmend, bevor er ihre Motivdiskussion beendete: »Bleibt daher noch die sexuelle Lust mit sadistischer Komponente.«

»Bitte nicht. Da könnten wir einen undefinierbar großen Täterkreis haben!«

~ 25 ~

Als es zweimal klopfte, war Laura dabei, ein Geschenk für Leon einzupacken. Sie wollte es ihm bei nächster Gelegenheit einfach so, ohne konkreten Anlass, geben. Gerade hantierte sie unbeholfen mit dem großen Bogen Schmuckpapier. Ihre rechte Hand war mit dem dicken Verband kaum zu gebrauchen. Laura war gespannt, was er von dem antiquarisch erworbenen Buch halten würde. Leon Ahlsens, der vor ein paar Jahren aufgetauchte entfernte Cousin ihrer Freundin Astrid, hatte sich der Neugestaltung des Ahlsens'schen Gutsparkes und dem Wiederaufbau der Gärtnerei verschrieben. Das mit Federzeichnungen illustrierte Buch zur Anlage von Landschaftsparks im 19. Jahrhundert würde ihm vielleicht die eine oder andere Anregung bescheren. Laura selbst war beim Durchblättern schon auf ein paar Ideen gestoßen, die ihr gefallen würden. Sie freute sich darauf, mit Leon über ihre Realisierbarkeit zu streiten. Laura fand es großartig, dass es wieder jemanden gab, der sich um das riesige alte Gutsgelände kümmerte.

Inzwischen wurde energischer geklopft. Laura unterbrach ihre Arbeit und ging zur Haustür. »Ich komme ja schon!«

Auf der Schwelle stand Michael Rohde und hielt ihr mehrere flache Pappschachteln hin. »Hier. Sind allerhand ganz brauchbare dabei. Diesmal war nichts schwarz.«

Laura nahm das als Kompliment, gab ihm die vereinbarten zwei Zwanziger, legte noch einen Zehner drauf und Michael schwirrte zufrieden ab. Er war ein Junge aus der Nachbarschaft, der vor ein paar Monaten zu seinem zwölften Geburtstag einen Fotoapparat geschenkt bekommen hatte. Das neue Hobby begeisterte ihn so, dass er sich eine kleine Dunkelkammer einrichtete, und nun entwickelte er für das halbe Dorf die Filme und machte dann die Abzüge.

Auch Laura nutzte das Können des Jungen vorbehaltlos. Immerhin hatte sie ihm elf Filme zum Entwickeln gegeben. Das Fotopapier hatte sie aus Berlin mitgebracht. Im dortigen Industrieladen war die Auswahl an Formaten einigermaßen ansprechend gewesen.

Für jeden Fotografen ist es immer wieder ein großer Moment zu sehen, wie seine Aufnahmen geworden sind. Auch Laura war gespannt. Leons Buch und das Geschenkpapier brachte sie einstweilen ins Wohnzimmer. Das hatte Zeit. Dann legte sie die ersten großformatigen Abzüge nach Filmen und Exkursionen geordnet auf dem Küchentisch aus. Erleichtert stellte sie fest, dass ihr bei ihren Ausflügen der letzten Tage neben einigen unscharfen und damit für ihre Demonstrationszwecke im Seminar völlig unbrauchbaren auch viele sehr schöne Aufnahmen gelungen waren. Sie schwelgte in ihren Fotos.

Schon nach wenigen Minuten holte Laura Papier, Bleistifte und ihren Lieblingsradiergummi herzu, denn damit gelangen beim Transkribieren die Korrekturen leichter, wenn sich bei unleserlichen Buchstaben oder unklaren Wortendungen durch Schriftvergleich die eine oder andere Änderung ergab.

Scharfe Kontraste ließen sie die Buchstaben im Balken eines Eckhauses in Gardelegen gut erkennen: *»Glove, Leve, Trüe, Ehre. Slapen leider alle vere.«* Über das Gelingen dieser Aufnahme war sie besonders froh, denn plattdeutsche Inschriften waren selten, obwohl die Menschen in den vergangenen Jahrhunderten in der Altmark vorwiegend Platt sprachen. Die unverblümte Feststellung auf dem Hausbalken hatte ihren Grund, wie Laura beim weiteren Abschreiben feststellte: *»NACH DEN ABERMALICHEN ERLITENEN UND ERBÄRMLICHEN GROSEN BRANDTSCHADEN SO MIR LEIDER ZVM DRITTEN MAHL HERTZ WIEDER SEHR SCHWER BETROFFEN HABE ICH ELIAS WENTLANDT UND CATRINA NIPASEN DIESES HAVS DURCH GOT-*

TES GNADE VND SEGEN IM SELBIGEN JAHR ANNO 1685 DEN 30. SEPTEMBER WIEDER AVFBAVEN LASSEN«. Laura notierte mit einem ganz weichen Bleistift auf die Rückseite des Fotos: Gardelegen 1685.

Der nächste Spruch gefiel offenbar vielen Bauherren, denn er war öfter zu lesen: *»WER NUR DEN LIEBEN GOTT LEST WALTEN UND HOFFET AUF IHN ALLE ZEITEN, ... ERHALTEN IN ALLEM NOT UND TRAURIGKEIT. WER GOTT DEM ALLERHOCHSTEN TRAUT, DER HAT AUF KEINEN SAND GEBAUT. DEN 26. MAIUS 1787«.* Kalbe an der Milde, Rathausstraße, eingeschnitzt, bemalt, 1787, schrieb sie auf.

Die Inschrift auf dem nächsten Foto war recht klein. Laura erinnerte sich, dass sie sich absichtlich etwas weiter entfernt von dem Haus in Wiepke aufgestellt hatte, um das gesamte Gebäude auf das Bild zu bekommen. Zweifelsohne war es am Zerfallen, und da sich anscheinend niemand um dieses alte Bauernhaus scherte, würde es bald, wie so viele andere, zu einer Ruine werden. Um die Inschrift im Seminar lesbar präsentieren zu können, würde sie eine starke Vergrößerung benötigen. Sicher bekam Michael das in seiner Dunkelkammer hin. Laura holte sich eine Lupe, um die Wörter lesen und auf ein neues Blatt Papier schreiben zu können. Sie arbeitete konzentriert, Buchstabe für Buchstabe. Dann entdeckte sie ihn: einen kleinen, doch deutlich erkennbaren Zacken über dem letzten Wort am Haus. Und dann noch zwei. Eine Zackenlinie! Konnte das sein? Ungläubig und mit pochendem Herzen sah sie ein zweites Mal hin.

~ 26 ~

Laura hoffte, Walter in seinem Büro anzutreffen. Sie flitzte die paar Schritte hinüber und hatte Glück.

Er war gerade von seiner Morgenrunde durch das Dorf zurück. Mit einem Kaffee hatte er sich an die Schreibmaschine gesetzt, um seinen Tagesbericht zu beginnen. Viel Zeit würde er nicht brauchen. Es gab nur wenige Hinweise zum Mädchenmord zu protokollieren. Zum massakrierten Hund konnte er gar nichts Neues in Erfahrung bringen. Andererseits hatten die meisten Leute ihn mehr oder weniger deutlich ausgefragt, was denn genau passiert sei und wie weit die Polizei mit ihren Ermittlungen schon war. Das Interesse und die Aufgeregtheit der Leute waren verständlich, wurden sie doch von fremden Polizisten zu einem Kindermord befragt, und dass es sich sogar um einen Sexualmord handelte, hatte inzwischen zumindest als Gerücht die Runde gemacht. Neben Neugier und Angst war bei einigen bereits eine unterschwellige Wut spürbar gewesen.

»Sieh mal, was ich eben entdeckt habe!«, rief Laura ihm erregt zu. »Diebe!«

Mehr als deutlich war Walter anzusehen, dass er nicht wusste, wovon sie redete. Doch kannte er sie lange genug, um zu wissen, dass Laura selten, und wenn er es recht bedachte, nie, ohne Grund begeistert war. Als Laura ihm von ihrer Entdeckung berichtete, war er in der Tat einigermaßen erstaunt: »Auf so was wäre ich nie gekommen. Das wäre mir gar nicht aufgefallen!« Dann hob er eine Braue und fragte mit ironischem Unterton: »Wieso kennst du dich eigentlich mit Zinken aus?«

»Wieso nicht? Ich habe schließlich studiert!«, gab sie grienend zurück, als würde das alles erklären.

Walter sah Laura nachsichtig mahnend an. »Das beweist eigentlich nur, wie recht ich mit meiner Nachfrage habe.«

»Sieh mal, was ich in meinen alten Seminarmitschriften entdeckt habe.« Laura legte ein kariertes, gelochtes DIN A4-Blatt auf den Tisch, auf das mit hellblauer Tinte einige Zeichen gemalt waren. Daneben standen entsprechende Erklärungen. »Das hatten wir im Paläografiekurs im zweiten Semester.«

»So was haben sie euch beigebracht? Diebeszinken?« Walter war mehr als verblüfft. »Wozu?« Ihm leuchtete das nicht ein. »Falls ihr eine lukrative Karriere als Einbrecher oder Schnorrer dem Abstauben von alten Akten vorziehen würdet?« Er zog Laura immer wieder gern mit ihrem wenig glamourösen Fachgebiet auf.

Sie knuffte Walter in die Seite. »Natürlich nicht, du Ignorant. Auch wenn ich über diese Alternative vielleicht einmal nachdenken sollte … Sondern einfach, um die verschiedenen Möglichkeiten der Nachrichtenübermittlung durch Zeichen aufzuzeigen. Und, um dich zu beruhigen, wir haben auch über Piktogramme und Bilderhandschriften geredet.«

»Soso.« Walter besah sich das Foto aus Wiepke. Laura hatte ihm die Lupe gereicht. Ihm fiel das Naheliegende sofort auf: »Was sollte denn in dieser Bruchbude zu holen gewesen sein?«

Laura zuckte mit den Schultern. »Wer weiß, wie lange der Zinken dort schon zu sehen ist. Das kann Jahrzehnte her sein.«

»Gibt's das öfter?«, fragte Walter sich laut. Und dann fiel ihm ein, dass über dem Eingang des Zabel'schen Fachwerkhauses auch eine Balkeninschrift zu lesen war. Er hatte bisher nicht weiter darauf geachtet, doch nach dem grausigen Fund vor diesem Haus hielt er vieles für möglich. Rasch suchte er aus den Unterlagen, die Judith gestern Abend mitgebracht hatte, die Tatortfotos vom alten Pfarrhaus heraus. Die große Kastanie vor dem Gebäude verdeckte immer ein Stück des Hauses, sodass die Inschrift auf keinem der Fotos komplett zu sehen war. Sie legten also mehrere nebeneinander und Laura begann, die Buchstaben zu entziffern und auf einem alten Briefumschlag zu notieren: *Verrlas mich nicht. Herr mein Gott, sey nicht ferne von mier. E[i]le mier be[y]zu[sten] Herr meine hilf. psalm 38.* Als sie fertig war, las sie Walter langsam die eindringlichen Worte vor: »Verlass mich nicht, Herr, mein Gott. Sei nicht ferne von mir. Eile, mir beizustehen, Herr, meine Hilfe. Psalm 38.«

»Hm, da hat ja jemand ganz schön Bammel«, kommentierte Walter.

Laura nickte nachdenklich. »Denk dir nur – der Hausherr hat tatsächlich auf Psalm 38 Bezug genommen!«

Walter wollte schon ärgerlich werden, weil Laura mal wieder so tat, als müsse jeder wissen, wovon sie da redete, sah dann aber, wie sie ihm schelmisch zuzwinkerte. Sie nahm ihn auf den Arm! »Psalm 38! Wer hätte das gedacht!«, ging er auf ihr Spielchen ein.

»Ja. Ganz schön gruselig.« Noch war sie nicht bereit, ihn aufzuklären.

»Du solltest nicht immer, wenn du Psalm 38 siehst, gleich das Schlimmste annehmen«, riet Walter ihr, obwohl er keine Ahnung hatte, worum es überhaupt ging.

Laura wollte mit dem Rätselraten weitermachen, doch Walter wurde ungeduldig. »Wärst du bereit, mir für eine

Tasse Kaffee mehr zu erzählen?«

»Eigentlich nur für zwei«, feilschte Laura. »Deiner ist bestimmt schon kalt. Und etwas ist dir sicher noch nicht aufgefallen.« Sie zeigte auf das Ende des ersten Verses. »Sieh mal, hier. Auch im Pfarrhaus gab es offenbar für Diebe einiges zu holen.« Zwischen dem schönen G und dem o war etwas nach unten versetzt, klein, doch deutlich erkennbar, ein Kreuz aus zwei gleichlangen Strichen.

Walter sah kurz auf Lauras Mitschriften und flüsterte verblüfft: »Mann im Haus.«

~ 27 ~

Etwas angespannt wartete Grambow in seinem Büro auf Judith Brunner. Sie hatte ihn angerufen und gebeten, sie am Vormittag wieder zu Clara Eichner zu begleiten. Außerdem wollte sie sich vor Ort über die Lage im Dorf ein Bild machen. Grambow überlegte, was er seiner Vorgesetzten Neues berichten könnte. Viel hatte sich nicht getan. Immer noch waren Leute im Dorf unterwegs und befragten die Einwohner. Nach und nach kamen die Rückmeldungen bei ihm rein, doch bisher hatte sich nichts wirklich Hilfreiches ergeben. Als das Auto vor der Tür hielt, war er froh, endlich etwas tun zu können. Er begrüßte Judith Brunner und lud sie auf einen Kaffee ein.

Obwohl Grambows Kaffee sicher nicht mit dem von Dr. Renz mithalten konnte, nahm sie an. Sofort merkte sie, dass sich der Ortspolizist um etwas sorgte und wollte ihm die Gelegenheit zu reden geben. »Entschuldigen Sie bitte meine Verspätung, doch ich habe im Krankenhaus noch Beweismaterial bekommen, das ich gleich in unserem Labor abliefern wollte«, erklärte sie Grambow, der beschwichtigend abwinkte.

»Wie kommen Sie zurecht?«, fragte sie ihn, als sie sich gesetzt hatten.

»Ich? Na ja. Ich habe kaum geschlafen. Gestern Abend war Marianne Lindner noch bei mir. Sie erinnern sich sicher, die Mutter von Ilonas Freundin. Sie war völlig fertig, als ich ihr bestätigen musste, was sie unmittelbar nach der Rückkehr von ihrem Ausflug von den Nachbarn zu hören bekommen hatte. Sie konnte es kaum glauben, was mit Ilona passiert war … Sie bleibt heute zu Hause, Kristin auch. Wir können jederzeit hingehen.« Er stockte kurz. »Eigentlich ist alles recht ruhig, seltsam nicht? Ich hatte mit mehr Aufregung gerechnet. Aber die Leute sind vielleicht noch zu geschockt. Heute mussten dann auch wieder alle zur Arbeit. Hier, ich habe die letzten Befragungsergebnisse der Bereitschaftspolizei zusammengefasst. Die sind nun fast durch mit unserem Dorf.« Er gab ihr die Unterlagen, ging zu der Geländekarte und zeigte Judith Brunner, welche Gehöfte noch verblieben. »Sie müssten am Nachmittag fertig werden.«

»Danke. Das wäre gut. Die Spurensicherung wird allerdings auch heute noch den ganzen Tag zu tun haben«, begann Judith Brunner dann, Grambow über den Ermittlungsstand zu informieren. Als sie ihre Hypothese zum Tätertyp vortrug, sah sie empörtes Unbehagen in den Augen ihres Kollegen.

»So ein Kerl kann hier nicht wohnen! Da wäre doch schon mal was aufgefallen. Der kam vielleicht doch von außerhalb.«

Letzteres war wenig wahrscheinlich. Und Grambows Annahme, sadistische Sexualmörder würden auffallen, war leider völlig falsch. Im Gegenteil, in den meisten Fällen sind Nachbarn oder Bekannte eher überrascht, wenn sie von den Verbrechen der Täter hörten. Kaum jemand hätte ihnen solche Taten zugetraut; sie galten oft als nette, unaufdringliche, manchmal sogar hilfsbereite Mitmenschen.

»Behalten Sie die Informationen bitte unbedingt für sich. Davon darf nichts nach außen dringen«, mahnte Judith Brunner abschließend eindringlich.

Grambow nickte. »Selbstverständlich.«

»Haben Sie was von Clara Eichner gehört?«

»Eine Nachbarin war heute Nacht bei ihr. Der Vater des Mädchens ist noch nicht gekommen. Ich habe aber gestern noch seine Dienststelle erreicht und über einen familiären Notfall informiert. Die wollten ihn unverzüglich herschicken. Aber wie es der Frau geht? Ich möchte mir das lieber nicht vorstellen.«

»Wir müssen trotzdem zu ihr.« Dass es eigentlich keinen triftigen Grund für den Besuch gab, wollte Judith dem Ortspolizisten nicht unbedingt auf die Nase binden. Sie hatte einfach nur vor, der Frau persönlich in ihrer Trauer beizustehen. Deshalb sagte sie forsch: »Sie kann uns helfen. Na los, gehen wir.«

Grambow erhob sich unverzüglich und hielt ihr die Tür weit geöffnet.

Die Frau, die sich gestern schon um Clara Eichner gekümmert hatte, öffnete die Haustür und sah die Polizisten skeptisch an. Dann meinte sie enttäuscht: »Es gibt nichts Neues, oder?«

Grambow bestätigte das mit einem leichten Nicken und sagte: »Wir müssen mit ihr reden.«

»Sie sitzt hinterm Haus, auf dem Hof, gehen Sie ruhig

durch. Es geht ihr aber nicht besonders.«

Das hatte Judith Brunner auch nicht erwartet. Als sie Clara Eichner dann sah, war sie etwas beruhigt, denn die Frau wirkte gefasst. Sie saß an der Hauswand, auf einem alten Polsterstuhl, der irgendwann als Wohnzimmermöbel ausrangiert worden war und nun an sonnigen Tagen als Sitzgelegenheit im Freien genutzt wurde. Die Hände lagen auf ihrem Schoß und hielten ein zerschlissenes Geschirrhandtuch. Auf einem einfachen Holzhocker ihr gegenüber waren, ausgebreitet auf einer alten Zeitung, Teile eines schwarz angelaufenen Bestecks und eine halb ausgequetschte Tube mit Silberputzmittel zu sehen. »Das wollte ich schon längst mal erledigen«, erklärte Clara Eichner grußlos ihren Besuchern und deutete mit dem Tuch auf die Besteckteile, bevor sie es über die Lehne ihres Stuhls hängte.

Judith Brunner wunderte sich kein bisschen. Die Leute machten in ihrer Trauer die eigenartigsten Dinge, um den Tag zu überstehen. Das sagte überhaupt nichts darüber aus, was sie empfanden oder wie verzweifelt sie waren. Sie erinnerte sich an einen Fall, bei dem sie den Ehemann einer älteren Dame aufsuchen musste, die einen Tag zuvor bei einem Raubüberfall ums Leben gekommen war. Sie hatte ihn beim Sortieren seiner Briefmarkensammlung angetroffen und es mehr als eine halbe Stunde lang nicht über sich gebracht, ihn in seinen ausufernden Erläuterungen über die diversen Sammelgebiete zu unterbrechen. Erst, als er beim ziellosen Blättern in einem der vielen Alben auf einen seltenen Zusammendruck stieß, den er von seiner Frau zu einem Geburtstag geschenkt bekommen hatte, war es ihr gelungen, etwas über die Frau zu erfahren. Doch nach einigen wenigen mit zittriger Stimme gegebenen Antworten wandte sich der aufrichtig trauernde Mann wieder seinen Marken zu. Warum also nicht Silber putzen?

Clara Eichner deutete auf eine schlichte Bretterbank, die in der Nähe neben einem Sägebock stand. »Setzen Sie sich doch. Haben Sie schon …« Dann legte sie ihre Hände vors Gesicht.

Judith Brunner ließ ihr Zeit, sich zu beruhigen. »Nein. Ich kann Ihnen noch nicht mehr berichten. Aber wir haben viele Spuren sichern können.« Die grausigen Details wollte sie der Frau ersparen. »Darf ich Ihnen ein paar Fragen stellen? Es ist für unsere Ermittlungen wichtig, mehr über den Sonnabend zu erfahren.«

»Ist es da passiert? Schon am Samstag?«

»Ja«, antwortete Judith Brunner. Irgendwie war sie selber erleichtert gewesen, dass Wachtmeister Grilles Nachlässigkeit dem Verbrechen nicht Vorschub geleistet hatte. »Schon am späten Nachmittag. Bei Ihrem ersten Anruf in meiner Dienststelle war Ilona bereits tot.« Das sollte keine Entschuldigung für die versäumte Suche sein – die gab es in keinem Fall –, sondern Clara Eichner trösten. Die Frau hätte nichts tun können, um das Kind zu retten.

Judith Brunner begann: »Ich möchte gerne noch einmal auf Ihren Spaziergang von vorgestern zurückkommen. Haben Sie dabei jemanden getroffen?«

Clara Eichner schüttelte den Kopf. »Getroffen? Nein. Von Weitem habe ich die Wilkes gesehen, als wir am Kiosk waren und wieder aufbrachen. Sie gingen Richtung Dorfplatz. Ach, und Otto Ranke führte seinen Hund spazieren.«

»Seinen Hund? Was für ein Hund?« Judith Brunner musste dieses Detail erfragen. Wer weiß, vielleicht gab es tatsächlich einen Zusammenhang mit dem Schäferhund vor Waltraud Zabels Haus?

Clara Eichner zuckte mit den Schultern: »Ich weiß nicht, wie die heißen. So ein zotteliger, alter Köter, mit langem Fell. Er hinkt ein wenig.«

Ernst Grambow nickte wissend und machte sich Notizen.

Judith Brunner versuchte etwas anderes. »Wie kam Ilona in der Schule zurecht?«

»Es gab keine Probleme. Sie war lange eine eher mäßige Schülerin, doch im letzten Schuljahr hatte sie sich erheblich verbessert. Sie war fleißig. Besonders liebte sie Aufgaben, die ein sichtbares Ergebnis brachten.«

»Wie das Pflanzensammeln?«

Clara Eichner nickte zaghaft und nestelte in ihrer Schürzentasche nach einem Taschentuch. Sie knüllte es intensiv in den Händen.

Judith Brunner wartete etwas, bevor sie fragte: »Hat Ilonas Vater sich schon gemeldet?«

Nur ein Kopfschütteln, begleitet von einem Blick auf den Ortspolizisten. »Ich konnte noch nicht mit ihm reden. Aber Herr Grambow hat seinem Büro Bescheid gegeben. Ich erwarte eigentlich, dass er jeden Moment eintrifft.«

»Wir müssen mit Ihrem Bruder sprechen. Richten Sie ihm das bitte aus? Er möchte sich so schnell wie möglich bei uns melden; ich komme auch gern noch einmal zu Ihnen.«

~ 28 ~

Als sie beim Haus der Familie Lindner ankamen, war von rechts lautes Geschimpfe zu hören: »Dat Ding rennt schon wieder durch den janzen Jarten. So 'n Mist!«

Judith Brunner und Ernst Grambow liefen um das Haus herum und sahen Marianne Lindner auf der Wiese neben dem Hof stehen, wo sie beim Wäscheaufhängen war. Auf einigen dicken ungehobelten Brettern hoppelte eine kleine Schleuder, deren Gummiunterlage das Gerät in keinster Weise daran hindern konnte, sich auf den Weg Richtung Hühnerstall zu machen.

Den einen Arm voller Bettwäsche, im anderen den Klammerkorb, war Marianne Lindner nicht in der Lage, dem Bewegungsdrang der Wäscheschleuder Einhalt zu gebieten. »Wieso baut man eine Schleuder, die wegrennt?« Sie sah ihren Ortspolizisten an, als müsste der tatsächlich die Antwort darauf wissen. Oder wurde er, als Vertreter des männlichen Geschlechts, prinzipiell für die Konstruktionsfehler an technischen Geräten haftbar gemacht?

Judith Brunner musste grienen. Sofort kamen Erinnerungen an die Wäscheschleuder aus ihrer Studentenzeit hoch, die offenbar aus derselben Produktlinie stammte.

Grambow eilte dem flüchtigen Haushaltsgerät hinterher und schaltete es ab. Die Schleuder blieb nach wenigen Sprüngen stehen. Er trug die Maschine zurück und setzte sie wieder auf den Gummiring, wo sie sicher stand – bis zum nächsten Mal.

Marianne Lindner hatte ihre Haare mit Hilfe bunter Spangen hinter den Ohren zu einer mädchenhaften Frisur zurückgesteckt, was nicht ganz zu ihrer ansonsten recht sportlichen Erscheinung passte. Sie schien froh über die Unterbrechung ihrer großen Wäsche zu sein und lud sie freundlich ein: »Möchten Sie etwas trinken?«

Im Chor lehnten sie dankend ab.

»Ernst hat Sie schon angekündigt«, bemerkte Marianne

Lindner und nachdem sie ihre Wäsche abgestellt hatte, holten sie die Begrüßung nach. »Schlimm, das mit Ilona. Meine Tochter Kristin redet kein Wort. Gegessen hat sie auch kaum. Wie soll ich dem Kind nur helfen?«

Als Ernst Grambow wieder ratlos dreinschaute, fragte sie ihn mitfühlend: »Wie geht es denn Clara?«

»Sie wartet auf Ilonas Vater.«

Marianne Lindners Miene verzog sich etwas.

Offenbar gefiel ihr der Mann nicht, dachte Judith. »Ich würde gern mit Ihnen und Ihrer Tochter reden. Wie ich erfahren habe, waren Kristin und Ilona enge Freundinnen. Vielleicht ist dem Mädchen oder Ihnen etwas aufgefallen, das uns bei den Ermittlungen helfen kann.«

»Meinen Sie?« Die Frage klang eher hoffnungsvoll als abweisend.

»Wie lange kannten Kristin und Ilona sich eigentlich?«

»Gleich, nachdem Ilona zu ihrer Tante gezogen war, haben sie sich angefreundet. Die Mädchen gehen in eine Klasse und haben denselben Schulweg. Da hatte es sich schnell so ergeben. Und Ilona, wissen Sie, die Ilona war ein gutes Mädchen, beliebt unter den Kindern. Ich mochte sie auch.« Den letzten Satz hatte Marianne Lindner mit sehr zurückgenommener Stimme gesprochen. »Ich gehe dann mal Kristin holen. Setzen Sie sich doch solange«, deutete sie auf ein paar Gartenstühle, die seitlich vom Haus um einen Tisch standen und einen schattigen Sitzplatz boten.

Kristin Lindner war etwas weiter entwickelt als Ilona; sie war fast schon ein wenig mollig und wirkte um einiges älter als vierzehn Jahre. Sie hatte dieselbe Frisur wie ihre Mutter und trug eine ärmellose Bluse und Jeans. Ein hübsches Mädchen, ging es Judith Brunner durch den Kopf. Sie bezweifelte, dass den jungen Männern im Dorf das entgangen war.

Marianne Lindner übernahm es, ihrer Tochter die Besucher und ihr Anliegen vorzustellen. Grambow kannte das Mädchen. Judith Brunner wurde aufmerksam gemustert.

»Es tut mir leid, was mit deiner Freundin geschehen ist. Wir tun alles, um denjenigen zu finden, der ihr das angetan hat. Meinst du, du könntest uns einige Fragen beantworten?«

Kristin nickte der Polizistin zu und setze sich mit ihrer Mutter an den Gartentisch.

»Stimmt es? Wurde Ilona vergewaltigt?«, fragte Kristin unvermittelt.

Nach einem kurzen Blick auf Marianne Lindner antwortete Judith Brunner: »Ja, das stimmt.«

»Und wann?«

Warum wollte Kristin das so genau wissen? »Am Sonnabendnachmittag.«

»Und wer hat sie gefunden?«

»Ein Polizist.«

Kristin ließ sich, irgendwie erleichtert, gegen die Stuhllehne fallen und schloss die Augen.

»Warum fragst du das?« Judith Brunner wollte es wirklich wissen.

»Bloß so.«

Das glaubte Judith kaum, ließ Kristin das aber für den Moment durchgehen. Sie würde später auf eine Antwort bestehen. »Hatte Ilona einen Freund? Hat sie sich mit jemandem getroffen?«, wiederholte sie dann die Frage, die sie schon Clara Eichner gestellt hatte. Allerdings wusste sie aus Erfahrung, dass sie eine zutreffende Auskunft eher von der Freundin des Mädchens bekommen würde. Doch auch die verneinte. Dabei sah Kristin an ihrer Mutter vorbei und tat, als wäre dieser Gedanke völlig absurd.

»Würden Sie mir bitte doch etwas zu trinken holen? Wasser genügt völlig«, bat Judith Brunner, und als Marianne Lindner ein Stück weg war, wandte sie sich eindringlich an Kristin: »Hör zu. Mich interessiert das nicht, weil ich euch das nicht gönne oder es vielleicht nicht gut finde, wenn ihr euch mit Jungs trefft. Das müsst ihr mit euren Eltern klären. Aber Ilona ist tot. Sie wurde vergewaltigt und ermordet. Ilona war ein sehr hübsches Mädchen, wie du auch. Ich kann mir nicht vorstellen, dass ihr euch nicht mit Jungs getroffen habt. Also, war da jemand?«

Kristin vergewisserte sich mit einem schnellen Blick, dass ihre Mutter noch nicht wiederkam, bevor sie antwortete: »Ilona war bloß verknallt. In einen aus der Neunten. Ich kenne seinen Bruder.« Kristin wurde rot. Hastig fuhr sie fort: »Er wohnt in Wiepke. Es ist noch nichts gelaufen mit den beiden, dazu war Ilona viel zu schüchtern. Der wusste ja noch nicht einmal, dass sie auf ihn steht. Ilona wollte ihm erst nach den Ferien ... Aber es wäre ihr furchtbar peinlich gewesen, wenn er das gewesen wäre.«

»Was meinst du?« Judith Brunner konnte zwar dem pubertären Gefühlsleben der Mädchen folgen, fand die letzte Bemerkung jedoch erklärungsbedürftig.

»Na, wenn er sie da gefunden hätte. So nackig.«

Teenager! Was ging nur in deren Köpfen vor sich?! Da hatte Judith ihre Antwort.

Grambow fragte: »Hat der Junge auch einen Namen?«

Kristin konnte ihn dem Ortspolizisten gerade noch zuflüstern, bevor ihre Mutter mit den Getränken um die Ecke kam.

Judith Brunner fragte gut hörbar: »Wir haben bei Ilona einen Freundschaftsring gefunden. Hatte sie den mit dir?

Deiner sieht genauso aus.«

»Ja. Den haben wir uns bei der letzten Klassenfahrt gekauft.« Kristin hielt ihre rechte Hand hoch.

Marianne Lindner verteilte die Gläser und goss Wasser aus einem Keramikkrug ein. »Bitte.«

»Wart ihr für Sonnabend verabredet?«, fragte Judith Brunner weiter.

Kristin rollte leicht genervt mit den Augen. »Wir wollten. Aber dann hatten wir unser Treffen kurzfristig auf heute verschoben. Ilona musste nämlich Sonnabend erst artig mit ihrer Tante spazieren gehen und danach hatte ich dann plötzlich keine Zeit.« Ein strafender Blick traf ihre Mutter. »Ich musste unbedingt und unaufschiebbar meine Fenster putzen.«

»Das ist dir auch wirklich gut gelungen«, gab Marianne Lindner ungerührt zurück, »und das schon nach nur drei Anläufen.«

Offenbar hatte diese Hausarbeit zu einiger Missstimmung zwischen den beiden geführt, und es schien Kristin immer noch zu ärgern, denn sie schaute weiter beleidigt. Dann schleuderte sie ihrer Mutter entgegen: »Hätte ich zu Ilona raus gedurft, wäre sie jetzt nicht tot.«

~ 29 ~

Während Walter den versprochenen Kaffee zubereitete, hatte Laura rasch alle ihre Fotos geholt. Nun lagen die Abzüge in Walters Büro auf dem Boden aus. Dutzende kleine Stapel.

»Wie wollen wir vorgehen?«, deutete er, an seinem Schreibtisch sitzend, mit dem Kaffeebecher in der Hand auf die vielen Aufnahmen.

Doch nur Wilhelmina, die sich äußerst behaglich schnurrend ihr Köpfchen an seinem Telefonapparat rieb, blickte auf und schien bereit, darüber nachzudenken.

Laura kniete hingegen auf allen vieren auf den Dielen und betrachtete konzentriert die Fotografien. Dann griff sie nach einem Stapel, setzte sich auf die Fersen und blätterte die Fotos durch. Sie nahm eines zur Hand und las ihre Notizen auf der Rückseite. »Ich habe mich gleich erinnert. In Gardelegen, am Haus Holzmarkt 6, gibt es eine recht unscheinbare Balkeninschrift. Sie ist schwer zu lesen, da die Buchstaben nicht angemalt sind und das Holz verwittert ist. Hier«, sie lehnte sich zurück und gab Walter ein Foto in die Hand, »aus diesem Winkel habe ich es ganz gut hinbekommen.«

»Ich kann kein Wort erkennen«, gab Walter unumwunden zu und hockte sich neben Laura auf den Boden.

Sie las ihm langsam vor: »*Verrlas mich nicht. Herr mein Gott, sey nicht ferne von mier. E[i]le mier be[y]zu[sten] Herr meine hilf.*«

»Noch jemand mit diesem Spruch!«, bemerkte Walter. »Wovor hatten die nur alle Angst? Steht das auch noch da?«

»Nein. Eine ganze Geschichte wird da nicht erzählt. Aber die Hausbesitzer, die sich den Spruch ausgesucht haben, ließen stattdessen ihre Namen einschnitzen.« Laura las wieder langsam und zeigte Walter dabei die jeweiligen Buchstaben: *»psalm 38 an Claus Gille und Elisabeht Kufers, Anno 1692, II August.«*

»Was mag den beiden wohl passiert sein, dass sie ihr Haus mit so etwas verzierten?«, überlegte Walter laut.

»Ich denke eher, die beiden haben etwas Schlimmes angestellt. Der Psalm 38 gilt nämlich als Bußpsalm. Du hast doch sicher irgendwo eine Bibel zu stehen?«, schaute sie suchend auf Walters übervolle Bücherregale, die die lange Wand seines Büros zierten.

»Moment.« Walter stand auf und betrachtete eines der oberen Fächer. Da er vor vielen Jahren den Bestand der aufgelösten, alten Gemeindebibliothek übernommen hatte, war sein Bücherbestand erstaunlich vielfältig. So besaß er mehrere unterschiedliche Bibelausgaben und dazu noch einige Hefte, welche die Kirche für die Christenlehre oder sonstige Zwecke publiziert hatte. Ohne eine explizite Auswahl zu treffen, griff er sich eine in Leinen gebundene, dunkelrote Bibel heraus und begann zu blättern. Nach ein paar Augenblicken hatte er es gefunden. »Das Thema wird in dieser Luther-Bibel mit ›*In schwerer Heimsuchung*‹ überschrieben. Es ist der dritte Bußpsalm. Soll ich dir mal alles vorlesen?«

Laura nickte, nahm einen Schluck Kaffee und lauschte.

Walter begann: »*Psalm 38.*

1 *EIN PSALM DAVIDS, ZUM GEDENKOPFER.*
2 HERR, strafe mich nicht in deinem Zorn und züchtige mich nicht in deinem Grimm!
3 Denn deine Pfeile stecken in mir, und deine Hand drückt mich.
4 Es ist nichts Gesundes an meinem Leibe wegen deines Drohens und ist nichts Heiles an meinen Gebeinen wegen meiner Sünde.
5 Denn meine Sünden gehen über mein Haupt; wie eine schwere Last sind sie mir zu schwer geworden.
6 Meine Wunden stinken und eitern um meiner Torheit willen.
7 Ich gehe krumm und sehr gebückt; den ganzen Tag gehe ich traurig einher.
8 Denn meine Lenden sind ganz verdorrt; es ist nichts Gesundes

an meinem Leibe.
9 *Ich bin matt geworden und ganz zerschlagen; ich schreie vor*
Unruhe meines Herzens.
10 *Herr, du kennst all mein Begehren, und mein Seufzen ist dir*
nicht verborgen.
11 *Mein Herz erbebt, meine Kraft hat mich verlassen, und das*
Licht meiner Augen ist auch dahin.
12 *Meine Lieben und Freunde scheuen zurück vor meiner Plage,*
und meine Nächsten halten sich ferne.
13 *Die mir nach dem Leben trachten, stellen mir nach; und die*
mein Unglück wollen, bereden, wie sie mir schaden, sie sinnen
auf Trug den ganzen Tag.
14 *Ich bin wie taub und höre nicht, und wie ein Stummer, der*
seinen Mund nicht auftut.
15 *Ich muß sein wie einer, der nicht hört und keine Widerrede in*
seinem Munde hat.
16 *Aber ich harre,* HERR, *auf dich; du, Herr, mein Gott, wirst*
erhören.
17 *Denn ich denke: Daß sie sich ja nicht über mich freuen! Wenn*
mein Fuß wankte; würden sie sich hoch rühmen wider mich.
18 *Denn ich bin dem Fallen nahe, und mein Schmerz ist immer vor*
mir.
19 *So bekenne ich meine Missetat und sorge mich wegen meiner*
Sünde.
20 *Aber meine Feinde leben und sind mächtig; die mich zu Unrecht*
hassen, derer sind viele.
21 *Die mir Gutes mit Bösem vergelten, feinden mich an, weil ich*
mich an das Gute halte.
22 *Verlaß mich nicht,* HERR, *mein Gott; sei nicht ferne von mir!*

23 Eile mir beizustehen, Herr, du meine Hilfe!«

»Oje!«, meinte Laura, als Walter seine eindringliche Rezitation beendet hatte. »Da hat jemand wohl schwere Schuld auf sich geladen!«

»Ich finde es bezeichnend, dass die Hauserbauer ausgerechnet die beiden letzten, harmlos klingenden Verse für ihre Balkeninschrift gewählt haben; der ganze Rest wird vornehm verschwiegen.« Walter reichte Laura den Text und setzte sich wieder neben sie auf den Boden.

Wilhelmina sprang vom Schreibtisch und hockte sich, den Schwanz elegant um die Vorderpfoten gelegt, dazu.

Laura überflog die Verse und widersprach Walter zögernd: »Eigentlich nicht. Hör zu! Gleich als Erstes bittet der Mann seinen Gott, ihn nicht in seinem Zorn zu strafen oder zu züchtigen. Er empfindet Gottes Pfeile in sich und die Hand Gottes als drückend. Sein Leib ist nicht gesund, seine Wunden stinken. Er geht krumm und gedrückt und ist traurig. Ursache der vielen Leiden sind seine Sünden, die ihm eine zu schwere Last geworden sind. Er gibt ein Sündenbekenntnis ab und klagt, dass seine Lieben und seine Freunde vor ihm zurückscheuen und seine Nächsten sich von ihm fernhalten. Dazu kommt noch, dass seine Feinde ihm nachstellen ... Dem Mann blieb meines Erachtens gar nichts anderes mehr übrig, als seinen Gott um Beistand anzuflehen. Seine Mitmenschen hatten ihn verstoßen. Einsamer kann ein Mensch nicht sein.« Sie gab Walter den Text zurück und nahm das Foto vom Gardelegener Haus wieder zur Hand.

»Ja. Dem ging es wirklich dreckig«, bestätigte Walter, stand auf und stellte die Bibel wieder in das Regal. »Aber was der Mann eigentlich verbrochen hat, erfahren wir nicht.«

»Nein. Doch es muss etwas Grässliches gewesen sein, wenn es solch dramatische Wirkung auf ihn hatte.«

»Und warum bekennt sich jemand zu so einer schlimmen Geschichte an seinem Haus?« Walter griff ein Foto von seinem Schreibtisch und hielt es Laura vor die Nase. »Noch dazu an einem Pfarrhaus?«

»Ihr wisst schon, dass ihr ein eigenartiges Bild abgebt?«, war eine trockene Bemerkung aus Richtung der Tür zu vernehmen. Judith sah eine mit dem Gesicht in Höhe von Walters Hüfte hockende Laura, die zu ihm aufsah, während seine linke Hand fast ihr Gesicht berührte.

»Wir sortieren Fotos«, erklärte Walter und feixte, »und Laura betet mich eben an.« Ganz Kavalier, half er ihr aufzustehen.

»Ja, das war zu sehen«, gab Judith zurück. Sie sah nicht gut aus, blass und müde. »Hallo, ihr beiden«, grüßte sie vertraut.

Walter vergewisserte sich, dass keine ungebetenen Zuschauer zu befürchten waren, ging zu ihr und nahm sie fest bei den Schultern. Nach einem sanften Kuss fragte er etwas beunruhigt: »Was willst du hier? Mitten am Tag?«

»Ich verhungere und falle gleich tot um. Und da dachte ich, wenn schon, mache ich das lieber bei dir auf dem Teppich als irgendwo in der Fremde.«

Ihr lockerer Ton konnte Walter nicht über ihren kläglichen Zustand hinwegtäuschen. »Setz dich, ich mache uns gleich etwas zu essen. Wir hatten auch noch nichts zum Mittag. Was führt dich wirklich her?«

Judith umging vorsichtig die auf dem Boden verteilten Fotos und versank in einem von Walters großen bequemen Sesseln. »Wirklich nur der Hunger. Ich habe heute noch nichts gegessen.« Sie berichtete kurz von ihren Vormittagsterminen.

Walter verschwand in die Küche.

»Was sucht ihr denn?«, deutete Judith interessiert auf die Fotos.

Laura erzählte von ihrer Entdeckung der Diebeszinken in den Balkeninschriften. »Nun tüfteln wir an der Inschrift vom Pfarrhaus. Stell dir vor, auch da haben wir einen Zinken entdeckt.« Sie zeigte Judith die Stelle auf einem Foto.

»Die Zinken sind ein ziemlich effektives Zeichensystem, sonst hätten sie sich nicht über die Jahrhunderte erhalten. Die hier wurden ganz sicher auch nicht zum Spaß an die Häuser gemalt. Allerdings habe ich so was lange nicht mehr in aktuellen Fällen gehabt«, sagte Judith.

Walter rief die Frauen zum Essen in die Küche, und als sie bei Kartoffelsalat und Spiegeleiern saßen, berichtete er Judith von seinem Vormittag. »Und dann standest du mit einem Mal in der Tür«, endete er.

»Willst du dir nicht doch angewöhnen, dein Haus auch tagsüber abzuschließen und Besucher anklopfen zu lassen?«, regte sie, nicht zum ersten Mal, an.

Walter lehnte das, wie immer, freundlich aber bestimmt ab, obwohl er mit dem Konzept vom »Offenen Haus« auch schon schlechte Erfahrungen gemacht und ungebetenen, ja sogar gefährlichen Besuch bekommen hatte. Dennoch, er hielt es für geboten, dass die Leute ihren Ortspolizisten jederzeit erreichen konnten. Im Flur vor seinem Büro standen Stühle, ein Tischchen und es lagen Zettel und Stift aus, sodass, wenn Walter Dreyer nicht im Büro war, jedermann warten oder ihm eine Nachricht hinterlassen konnte. Das Büro selbst sowie die massive Tür, die zum Teil des Hauses mit seinen privaten Räumen führte, waren bei seiner Abwesenheit selbstverständlich verschlossen. Und während der Stunden und Nächte, die Judith ungestört in seinen Armen verbringen wollte, glich sein Haus einer uneinnehmbaren Festung. Dafür garantierte er. »Wir hatten, bevor du kamst, überlegt, wieso jemand ausgerechnet diesen Psalm an seinem Haus verewigt – und ein Pfarrhaus erschien mir da besonders bemerkenswert«, wechselte Walter das Thema, ohne eine erneute Debatte zu seiner Schließordnung zuzulassen.

Laura holte die Aufnahme des Gardelegener Hauses aus Walters Büro und gab sie Judith zum Ansehen. »Die Inschriften auf den großen Hausbalken ähneln sich oft oder sind sogar gleich«, führte Laura aus, »meistens sind es Bibelzitate, wie hier auch. Die Hausherren suchten sich ein passendes aus. Mit dem Bezug auf Psalm 38 gibt es sicher noch mehr Häuser als unsere beiden. Ich vermute, diese spezielle Inschrift ist eine Mitteilung an Gott, dass man seine Sünden bekennt, eine Art Befreiung. Und sie ist ein Zeichen für tiefes Gottvertrauen.«

»Klingt einleuchtend«, stimmte Judith zu.

Walter sinnierte laut: »Auch ein früherer Bewohner unseres alten Pfarrhauses war sich demnach seiner schrecklichen Sünden bewusst und hat sich öffentlich dazu bekannt. Wenn wir den Psalm richtig interpretieren, dann litten sein Körper und seine Seele unter seiner Tat. Die Menschen hatten sich von ihm getrennt und was ihm blieb, war das Flehen zu Gott. Hm, im Hinblick auf das, was wir vorgestern dort auf den Stufen gefunden haben, beruhigt mich das nicht gerade.«

»Zwischen dem Balkenspruch und dem toten Hund liegen ein paar Hundert Jahre«, erinnerte Laura. »Das eine muss nichts mit dem anderen zu tun haben.«

»Das ist schon richtig«, sagte Judith, »aber dann ist da

noch dieser Zinken. Was ist, wenn der was mit dem Ganzen zu tun hat?«

»Oder wenn der Spruch jemandem passend schien, seine ohnehin wenig subtile Botschaft zu unterstreichen«, spekulierte Walter. »Nicht zu vergessen, dass der Schäferhund von Bolls Hof stammte und ich dort ebenfalls eine Balkeninschrift gesehen habe. Laura und ich sollten vielleicht nachsehen gehen, ob dort auch so ein Zeichen angebracht wurde.«

Judith sah auf die Uhr. Sie musste los, zurück in die Dienststelle. »Der Mord an Ilona Eichner hat Vorrang vor allem. Überprüf doch bitte als Erstes diesen Jungen aus Wiepke. Ilona Eichner soll in ihn verliebt gewesen sein«, reichte sie Walter einen Zettel mit einem Namen. »Um diese Diebeszinken und den toten Hund kannst du dich später kümmern. Ruf mich an, wenn du zur Schäferei hoch gehst. Dein Büro besetzen wir dann wieder mit einem der Leute von der Bereitschaftspolizei. Ich organisiere das von Gardelegen aus.«

Walter war es recht. »Lisa Lenz könnte mir die Diebstahlsanzeigen der letzten Monate raussuchen. Vielleicht ergibt sich so eine Spur, der ich noch nachgehen könnte.«

~ 30 ~

Wachtmeister Ingo Grille ahnte, was ihm bevorstand, als er am späten Nachmittag von seinem Platz am Einlass aus seine Chefin die Dienststelle betreten sah. Ihr Verhältnis war von Beginn an belastet, da sie eine andere Auffassung von Pflichten und Verantwortung im Dienst hatte. Er fand, sie machte zu viel Gewese um manche Dinge. Zugegeben, am Sonnabend hätte er nach dem ersten Anruf vielleicht was unternehmen müssen. Doch das Kind war längst hinüber, als diese Tante anrief. Es hätte also ohnehin wenig gebracht. Na ja, was soll's. Mitleid mit dem Mädchen fühlte er schon, aber die Polizei kann eben nicht alles verhindern.

Judith Brunner blickte ihm direkt in die Augen, als Grille grüßte. Sie wies ihn dann an, sich für ein Gespräch bereitzuhalten. »Ich erwarte bis Dienstschluss eine schriftliche Stellungnahme von Ihnen, über die wir dann reden. Welche Konsequenzen ihre Pflichtverletzung haben wird, entscheide ich danach.« Sie wartete, bis Grille mit einem kaum sichtbaren Nicken und einem genuschelten »zu Befehl« zu erkennen gab, dass er die Aufforderung verstanden hatte und ging in ihr Büro.

In Kürze wollte sie sich mit ihren weitaus angenehmeren Mitarbeitern zusammensetzen und den Fall Ilona Eichner besprechen. Gab es schon erste Ansätze, um die Ermittlung in eine bestimme Richtung zu führen?

Lisa Lenz kam mit zwei Zetteln zu ihr. »Dieser Arzt von Melli Boll hat sich am Telefon gemeldet, Dr. Wolfgang Harmsen. Er wollte wissen, ob Sie mit seinem Bericht etwas anfangen konnten und ob es noch etwas zu tun gibt.«

Judith musste schmunzeln, denn Lisas Angewohnheit, den Haustieren von Leuten stets Vor- und Zunamen zuzugestehen, fand sie skurril, aber sympathisch. Welchen Familiennamen würde sie wohl Wilhelmina verpassen? Dreyer? Perch? Brunner? Womöglich kam auch Rehse infrage, oder Schuler? Die Katze würde sowieso ihre eigene Auffassung darüber haben und natürlich für sich behalten. Walter hatte Judith einmal ein Gedicht von T. S. Eliot vorgelesen, wonach Katzen drei verschiedene Namen haben: einen gewöhnlichen, den die Menschen ihnen für den

Alltag gegeben haben und der von den Katzen sowieso nur hingenommen wird; einen eher künstlerischen, der sie schreiten lässt, mit hoch aufragendem Schwanz, wie es nur Katzen können und den es nur ein einziges Mal gibt; und dann noch einen dritten, geheimen Namen, den nur die Katze kennt und den sie nie preisgibt.

»... oder zur Tierverbrennung soll.«

Oh, ein Moment der Unkonzentriertheit. Judith Brunner ahnte jedoch, dass es dem Tierarzt um den Verbleib des Kadavers ging. »Ich rufe Dr. Harmsen nachher an«, sagte sie zu und nahm Lisa den Zettel mit der Telefonnummer ab.

Lisa übergab ihr auch gleich die zweite Notiz. Sie informierte über einen Anruf von Dr. Renz, demnach an der Leiche von Ilona Eichner keine Spermaspuren festgestellt werden konnten. »Sie möchten ihn zurückrufen, sobald das möglich ist.« Auch hier hatte Lisa zuvorkommenderweise die Telefonnummer notiert, obwohl Judith sie natürlich im Kopf hatte.

»Danke, Lisa. Sagen Sie bitte Dr. Grede und Thomas Ritter Bescheid, wir vier müssen uns im Besprechungsraum treffen. Ich will nur rasch diesen Anruf im Krankenhaus erledigen.« Sie griff sofort zum Telefon und erreichte den Rechtsmediziner offenbar an seinem Schreibtisch, denn schon nach dem ersten Klingeln hob er ab.

Dr. Renz bedankte sich für den Rückruf. »Der war mir noch wichtig. Danach kann ich dann für heute Schluss machen.«

Judith Brunner lächelte ins Telefon: »Ich habe Ihnen zu danken, Dr. Renz. Ich überlege, was ich mit der Information, dass kein Sperma gefunden wurde, alles anfangen kann. Der Täter wird ja nicht erst rücksichtsvoll ein Kondom benutzen und dann brutal einen Gegenstand einführen.«

»Davon gehe ich auch nicht aus. Ich denke eher, es kam gar nicht zum Geschlechtsverkehr ... Sehen Sie, ich habe gleich noch mal ein wenig in der Fachliteratur nachgelesen und da wurde ein Fall beschrieben, auch ein Sexualmord an einem pubertierenden Mädchen, dem der Stiel von einem Holzlöffel in die Scheide eingeführt worden war. Es stellte sich heraus, dass der Täter keinerlei Erfahrungen mit dem Geschlechtsverkehr hatte und versuchte, sich dem Ziel seiner Begierde mittels dieses Gegenstands zu nähern. Er konnte das Mädchen einfach nicht direkt berühren.«

Das war ein neuer Gedanke! »Sollte ich mich besser von unserer These eines Sadisten verabschieden? Denn das würde ja bedeuten, dass der Täter das Mädchen nicht vorsätzlich quälen wollte«, fragte Judith.

»Genau deswegen bat ich Sie um den Rückruf. Ausschließen sollten wir einen Sadisten natürlich nach wie vor nicht, doch es gibt eben auch noch andere Erklärungen für den Fremdkörper.«

Judith Brunner bedankte sich und legte den Hörer gedankenverloren auf. Dann eilte sie zu den anderen in den Besprechungsraum.

Lisa stellte gerade die Tassen auf den großen Tisch, als ihre Kollegen eintrafen. Noch während sie den Kaffee eingoss, fing Ritter an, großformatige Fotos auszulegen.

Judith Brunner warf einen Blick darauf und war sehr angetan davon, denn ihr Mitarbeiter hatte es offensichtlich schon geschafft, sich das Schlauchstück genauer vorzunehmen.

»Ich gebe es nicht gerne zu, doch dieses Teil stellt mich vor Probleme«, gestand Ritter. »Was ich bisher bestätigen kann: Das Fabrikat ist älteren Datums, aber das vermutete Dr. Renz ja bereits. Definitiv ist so etwas schon lange nicht mehr im Handel. Der Schlauch lag also irgendwo ein paar Jahre rum, wenn nicht gar ein paar Jahrzehnte. Länger war er in seiner nutzbaren Form bestimmt auch. Er ist also auf dieses Stück zugeschnitten worden. Wozu? Welchen Verwendungszweck hatte dieses Schlauchstück für den Täter, abgesehen von dem, hm, bei der Vergewaltigung?« Während die anderen noch überlegten, fuhr Thomas Ritter fort: »Hier schon mal ein paar Fakten: Die Farbe ist schwarz. Die Außenhülle besteht aus porös gummierter Leinwand. Sein Innendurchmesser beträgt fast dreizehn Millimeter, außen fast achtzehn Millimeter. Also ein halbzölliger Schlauch.«

Er heftete zwei starke Vergrößerungen an eine der Tafeln. »Hier, auf diesem Foto kann man sehen, dass das Schlauchstück an einem Ende eher unsachgemäß abgeschnitten wurde. Fast gerissen; zumindest mit einem äußerst stumpfen Werkzeug abgeschnitten. An der anderen Öffnung ist ungefähr einen Zentimeter weit ein Gegenstand in den Schlauch eingepresst gewesen, man kann deutlich eine entsprechende Dehnung erkennen.«

»So einen Schlauch habe ich noch nie gesehen«, gab Judith Brunner zu. »Wir brauchen Fotos, die wir rumzeigen können. Ich denke, wir fragen auf den Genossenschaftshöfen und in den Autowerkstätten nach. Vielleicht erinnert sich jemand an dieses Material.«

»Wird erledigt; ich kümmere mich um alles Nötige«, versprach Dr. Grede.

Ritter machte weiter: »Im Zimmer von Ilona Eichner war übrigens nichts zu finden, was zu ihrem Mörder führen könnte. Nicht mal ein Liebesbriefchen oder ein

Schmachtzettelchen. Kein Tagebuch, nur ein Poesiealbum. Ihre Schreibhefte wimmelten zwar von bunten Herzchen und romantischen Sternen, aber das war alles harmloser Mädchenkram. Das einzig Auffallende waren die vielen Ansichtskarten, die Ilona in einem ebenfalls mit Herzchen verzierten Pappkarton sammelte, alle von ihrem Vater. Tut mir leid, aber da kommen wir nicht weiter.«

Judith Brunner übernahm. Sie berichtete von ihren Gesprächen mit Dr. Renz. »Das Mädchen wurde erwürgt. Das ist auch die offizielle Todesursache. Dr. Renz bestätigte die Todeszeit, zwischen halb fünf und halb sechs am Sonnabendnachmittag.« Sie trug die Einzelheiten des vorläufigen rechtsmedizinischen Befundes vor.

Dr. Grede eröffnete die Diskussion: »Der Abdruck des Schlauches in der Scheide spricht für ein heftiges Einführen. Mich macht stutzig, dass es keine weiteren Verletzungen der Geschlechtsteile gibt. Das ist ungewöhnlich bei einer Vergewaltigung.«

»Stimmt«, sagte Judith Brunner, »Dr. Renz hat Schläge am Kopf und im Schulterbereich festgestellt. Die Hämatome an den Armen deuten auf das Festhalten hin, aber es gab keine Bisse, Knochenbrüche oder Ähnliches.«

»Auch auf die Gefahr hin, dass mich alle gleich für ein Monster halten – es war also keine besonders brutale Vergewaltigung«, warf Ritter ein. »Ich meine, ich weiß, dass eine Vergewaltigung immer brutal ist, aber –«

»Ist schon in Ordnung«, beruhigte ihn Lisa Lenz, »das ist mir eben auch durch den Kopf gegangen. Darf ich nochmals darauf hinweisen, dass keinerlei Spermaspuren gefunden wurden«, setzte sie fort und vermutete: »Hat hier jemand nur geprobt, es mal versucht? Ein Täter, der nicht weiß, wie's eigentlich geht?«

»Weiß er ja auch nicht«, war Ritter überzeugt, »sonst hätte er wohl kaum einen Schlauch benutzt.«

Sie waren wieder beim Tätertyp angekommen.

»Dr. Renz und ich haben lange über den Täter und sein Motiv nachgedacht«, begann Judith Brunner, ihr Gespräch vom Vormittag zu schildern. »Unserer Meinung nach spricht der Schlauch für Vorsatz. Diesen seltsamen Gegenstand hat niemand zufällig dabei. Wut oder Hass als Motiv für den Übergriff hätten zu einem anderen Verletzungsbild geführt, das bestätigt indirekt Ihre Anfängertheorie«, sah sie Ritter und Lisa an. »Dann diskutierten wir noch sexuelle Lust als Motiv. Verbunden mit einer Gelegenheit. Nur, ob auch Sadismus eine Rolle spielte, da waren wir uns nicht sicher. Und irgendwie zweifle ich immer mehr daran.« Lisas Bemerkung zur möglichen Unerfahrenheit des Täters war durchaus berechtigt. Judith Brunner gestand sich ein, dass sie wohl noch nicht in alle Richtungen gedacht hatten.

»Ich sehe da keinen Raum für eine andere Auffassung. Der Mann vergewaltigt das Mädchen. Furchtbar genug.« Grede schluckte. »Ihr dazu noch einen Gegenstand in die Scheide einzuführen, ist definitiv sadistisch. Was denn sonst?«

Ritter nickte zustimmend. »Der Kerl ist selbstverständlich krank. Gegenstände! So was macht kein normaler Mann.«

Zur Überraschung aller widersprach Lisa ihm vehement: »Unsinn. Es ist nicht krank, beim Sex Gegenstände zu benutzen oder sie in Körperöffnungen einzuführen. Wenn alle Beteiligten einverstanden sind, warum nicht?« Lisa schien nicht zu bemerken, dass die anderen sie anstarrten, als sähen sie sie zum ersten Mal.

»Das geht nicht mal in der Fantasie«, ächzte Ritter.

Doch Lisa ließ sich nicht beirren. »Die Fantasie ist erst recht nicht krank. Im Prinzip jedenfalls nicht.«

Als Grede dann Lisa mit der Bemerkung unterstützte, dass abweichendes Sexualverhalten ja nicht immer etwas Schlimmes zu bedeuten hätte, war Ritter deutlich anzusehen, dass er seine beiden Kollegen für dringend therapiebedürftig hielt.

Judith Brunner hatte nicht zu unrecht den Eindruck, dass die Diskussion sich zu weit von ihrem Fall entfernte und versuchte es mit einem Themenwechsel: »Ich muss noch einmal auf diesen Hund zu sprechen kommen. Beziehungsweise auf das Pfarrhaus, vor dem er gefunden wurde. Wir wissen immer noch nicht, ob und wie unser Fund mit dem Mord zu tun hat. Frau Perch hat auf unseren Fotos vom Tatort entdeckt, dass in der Balkeninschrift ein Diebeszinken angebracht wurde.«

»Ach!« Ritter beugte sich interessiert vor. »Im Haus haben wir nichts von einem Einbruch bemerkt.«

»Das kann ja schon eine Weile her sein«, betonte Judith Brunner.

»Hm. Diebstahl? Das wäre ja ein völlig neues Motiv. Diebstahl passt doch gar nicht zu dem Kadaver!«, regte sich Dr. Grede auf. »Und erst recht nicht zu einem Sexualmord an einem Kind! Hier stimmt aber auch gar nichts.«

»Das sage ich doch die ganze Zeit«, rief Ritter und kam auf seinen Standpunkt zurück. »Das Durcheinander spricht erst recht für einen reichlich gestörten Typen. Der hat einfach eine kranke Fantasie.«

»Schuld hat dennoch nicht die Fantasie, das Problem ist doch einzig, dass dieser Täter sich nicht darum scherte, was falsch und was richtig ist«, wollte Lisa nicht klein beigeben. »Es kümmerte den Mann einfach nicht, was man tun und was man lassen sollte. Mein Gott, wenn ich jede meiner Fantasien in die Tat umsetzen würde, gäbe es ein paar Tote mehr in dieser Stadt!«

~ 31 ~

Walter Dreyer war aus Wiepke zurückgekehrt. Er hatte Lisa Lenz bereits telefonisch mitgeteilt, dass Ilona Eichners Schwarm mit seinen Eltern zurzeit verreist war.

Gerade wollte er nach nebenan gehen, um Laura für ihre Exkursion zu Schäferei abzuholen, als es plötzlich an seine Fensterscheibe hämmerte. Der Bleistift für seine Notizen fiel ihm aus der Hand, so sehr schreckte ihn das Stakkato auf. Um ein Haar hätte die hereinstürmende Margarete Boll ihn mit seiner eigenen Bürotür erschlagen, als er sich nach dem Stift bückte.

»Mein Junge ist weg!«

Walter Dreyer nahm die Mitteilung trotz der Dramatik der letzten Tage gelassen entgegen. Er wusste, dass der muntere Drittklässler schon öfter auf eigene Faust unterwegs gewesen und stets nach ein paar Stunden wieder aufgetaucht war. Die Hälfte aller Dorfkinder, zumindest die, die der direkten Aufsicht eines Erwachsenen hatten entkommen können, hielt sich irgendwo auf, wo sie nicht sein sollten oder durften, weil das die Erwachsenen für zu gefährlich oder für zu dreckig hielten. Sie trieben sich einfach herum. Und da Mario Boll zu ihnen gehörte, fand Walter Dreyer, dass seine Mutter etwas überreagierte. Doch mit einem Kindermord im Hintergrund war die Situation nicht gerade so, dass er ihr das auch sagen würde. Er schaute sie nur fragend an.

»Sie helfen doch sonst immer! Wo, verdammt, steckt der Junge nur? Jetzt, wo dieser Perverse rumrennt!«, rief Margarete Boll aufgebracht.

»Wo ist denn Ihr Bruder?«, fragte Dreyer ganz ruhig.

»Ach, der setzt die Schafe um; ist in aller Herrgottsfrühe mit dem Hund weg. Der kann mir nicht helfen!«

»Und Mario ist nicht mitgegangen?«

»Rudolf wollte ihn nicht dabeihaben. Er muss bis hinter an die Bäke und mit nur einem Hund ist das schwierig genug. Da braucht er nicht auch noch den Bengel, auf den er aufpassen muss ... Ich hab schon überall rumgefragt. Mario sollte zum Mittag zu Hause sein. Pünktlich um eins. Da kam er aber nicht. Der alte Berger hat ihn gegen zwölf noch gesehen, hinten, bei der Nachtweide.«

»Bei den neuen Pferden? Vielleicht ist er ja immer noch da? Ich geh gleich mal los und sehe nach. Und Sie gehen am besten nach Hause, falls Mario inzwischen zurückkommt.« Walter Dreyer versuchte ein gewinnendes Lächeln.

Margarete Boll war zwar nicht beruhigt, fügte sich aber diesem Vorschlag. Immerhin hatte sie die Polizei dazu gebracht, sich um ihren Jungen zu kümmern.

Laura würde sich gedulden müssen. Walter hielt es im Moment weder für angebracht, die aufgeregte Frau wegen der Balkeninschrift in der Schäferei zu belästigen, noch wollte er die Suche nach dem Kind aufschieben. Je eher er Gewissheit hatte, dass es Mario Boll gut ging, desto besser. Er gab dem draußen rauchenden Kollegen von der Bereitschaftspolizei ein Zeichen, dass er jetzt das Büro besetzen musste. Walter schnappte sich sein Fahrrad, gab Laura noch Bescheid und begann die Suche.

Bei den Pferden fand Walter Dreyer den Jungen nicht, auch nicht auf der Wiese im Gutspark, wo oft Fußball gespielt wurde, und auch nicht beim Kletterbaum, einer alten Platane mit starken, tief hängenden Ästen. Nachdem er bei den verfallenen Stallungen niemanden entdeckt hatte, fuhr er zum aufgegebenen Hof am Dorfrand. Vor Jahren schon hatte er veranlasst, dass Fenster und Türen zugenagelt wurden, doch ungeachtet dessen hatten sich ab und zu Rumtreiber und andere Interessierte Zugang verschafft. Warum nicht auch ein neunjähriger Junge?

Vorsichtig schob Dreyer die lockeren Bretter an der Hintertür beiseite. Er sah den Staub im fahlen Licht tanzen, das durch die Ritzen und Löcher in die Diele des verrottenden Hauses fiel. Eindringendes Wasser hatte die Dielung völlig marode werden lassen; an einer Stelle war durch ein Loch schon der Keller zu sehen. Hoffentlich war Mario hier nicht gestürzt und hatte sich verletzt. Walter Dreyer rief seinen Namen und lauschte in die Stille. Nichts war zu hören. Mit höchster Konzentration durchsuchte er die Räume, blieb jedoch erfolglos. Außer den Spuren von Trinkgelagen und erstaunlich vielen Tierlosungen fand er nichts.

Nun begann auch Dreyer, sich langsam ernsthaftere Sorgen zu machen. Die Nachmittagssonne warf schon die ersten langen Schatten und er hatte immer noch keine Spur von Mario. Wen Walter Dreyer auch fragte – niemand außer Berger hatte den Jungen gesehen.

So führte ihn sein Weg zum Gutsgelände, wo Wilhelm Berger in einem kleinen Häuschen wohnte. Jahrzehntelang hatte der inzwischen hochbetagte Mann die Gartenarbeit auf dem Anwesen der Ahlsens erledigt. Die Zucht und die

Pflege der wertvollen Pflanzen waren zu seinem Lebensinhalt geworden. Er gehörte praktisch zur Familie und genoss nun hier seinen verdienten Ruhestand.

Die Ahlsens selbst waren alle seit Freitagnachmittag für eine Woche verreist. Leon hatte, unter Hinweis auf ein schon länger anberaumtes Familientreffen, irgendetwas von einem üblen Problem mit seinen Eltern gemurmelt, und Botho Ahlsens fuhr mit, um dem jungen Mann nötigenfalls beistehen zu können. Er hatte Leon vor ein paar Jahren in seinen Haushalt aufgenommen, ohne irgendetwas Genaues über diesen entfernten Verwandten zu wissen und ohne allzu intensiv nach dessen Motiv für sein freiwilliges Exil in Waldau zu fragen. Sie hatten dann nur einmal, ein einziges Mal über dieses Thema gesprochen. Es war in der Zeit, als Leon erfuhr, dass er und Elvira Bauer ein Baby bekommen würden. Leon hatte Botho Ahlsens erklärt, warum er den Kontakt zu seinen Eltern beendete, und der hatte die Gründe ohne Weiteres anerkennen können. Ahlsens Menschenkenntnis trog ihn nicht, sein Vertrauen war gerechtfertigt gewesen und mittlerweile war er Leon und dessen turbulenter Familie auch emotional tief verbunden. Astrid Ahlsens, Lauras Freundin seit Kindertagen, begleitete die beiden Männer mit ihrem zweijährigen Töchterchen auf der Reise. Die nicht in Waldau lebenden Ahlsens hatte die kleine Ella noch nicht gesehen und waren entsprechend neugierig.

Auf dem Gutsgelände herrschte absolute Stille.

Walter Dreyer traf Berger beim Holzholen an. Ein Weidenkorb war schon mit einigen kleineren Scheiten gefüllt. Wilhelm Berger langte gerade auf den Holzstapel, als er den Besucher bemerkte.

»Lassen Sie mich das bitte für Sie nehmen«, bat Dreyer

und begrüßte den alten Mann mit Handschlag. Dann füllte er den Korb. »Ich suche den Mario Boll. Seine Mutter sagte mir, Sie hätten ihn heute Mittag gesehen?«

»Ist er immer noch nicht wieder aufgetaucht?«

»Nein. Sie sind offenbar der Letzte, der ihn gesehen hat. Können Sie sich noch an die Uhrzeit erinnern?«

»Kurz nach zwölf. Ich wollte gerade anfangen, mir mein Mittagessen zu machen.«

Dreyer rechnete nach. Vor mehr als vier Stunden also. »Wo genau haben Sie ihn denn gesehen?«

»Na, hinten beim Lindendom, auf dem Weg zu den Pferden.«

»Haben Sie mit ihm gesprochen?«

Wilhelm Berger schüttelte den Kopf. »Er war zu weit weg. Was sollte ich auch mit ihm reden? Der Junge war recht fix unterwegs.«

»War er allein?«

»Glaub schon, hab keinen weiter bei ihm gesehen.« Berger machte eine beschwichtigende Geste. »Der wird schon wieder auftauchen; sind schließlich Ferien. Bei dem Wetter strolchen die Jungs nun mal rum.«

Walter Dreyer hoffte inständig, dass Berger recht behielt. Seine anfängliche Gelassenheit schmolz mehr und mehr dahin. »Und sonst, war noch jemand in der Nähe? Oder haben Sie irgendetwas bemerkt?«

»Nö, sind doch alle wech ... Ach! Warte. Ja, den verrückten Mirow aus Engersen hab ich noch gesehen. Der kam wenig später aus Richtung der Pferdeweiden auf seinem Fahrrad angefahren. Macht hier immer mal seine Runde. Hat ›Mahlzeit!‹ gerufen und ist dann weitergefahren.«

Ausgerechnet Mirow! Das könnte Probleme bedeuten. Es nützte nichts – Walter würde in Gardelegen anrufen müssen. Er verabschiedete sich von Wilhelm Berger und fuhr zurück in sein Büro.

Judith war gleich am Telefon und hörte ihn seufzen: »Jetzt fehlt auch noch ein Junge!«

»Nein! Bloß das nicht!«, erwiderte Judith erschrocken.

Walter beruhigte sie gleich wieder: »Ich denke nicht, dass das mit dem Mord an Ilona Eichner zusammenhängt. Es passt einfach nicht.«

»Was vermutest du denn?«

»Hm, ich denke, der Junge will zu seinem Hund. Der ist seit heute Morgen mit der Herde unterwegs, und da er ihn nicht auch noch verlieren will, ist er wohl in Sorge.« Walter stockte kurz. Dann setzte er euphorisch fort: »Daran hätte ich auch gleich denken können. Ich habe da so eine Idee, wen ich noch fragen könnte.«

Judith rang mit sich. Sollte Walter sich irren und dem Jungen war etwas passiert, war das fraglos das Ende ihrer Karriere. Doch was konnte sie tun? »In Ordnung, mach. Aber wenn du ihn nicht binnen einer Stunde findest, werde ich eine neue Suchaktion einleiten.«

»Da ist noch was.« Walter berichtete von Lothar Mirow.

Judith erkannte, wo das Problem lag. »Das ist keine gute Nachricht. Ich rufe gleich bei Grambow an. Er soll sofort bei dem Mann vorbeisehen.«

~ 32 ~

»Fritzi, wo sind die Würstchen? Du kannst nicht schon wieder alle weggefuttert haben!«

»Nur zwei!«, sah Fritzi seine Mama unschuldig an.

Walter grinste. Als ihm während des Gesprächs mit Judith eingefallen war, dass Mario Boll seine Suche nach dem Hund eher mit einem seiner Spielkumpel als mit einem Erwachsenen besprochen haben würde, hatte er sofort einen Kandidaten im Sinn: Fritzi Bauer. Sein täglicher Besuch bei der Familie stand sowieso noch aus. Elvira Bauer hatte ihm einen Kaffee angeboten, und als sie die Milch aus dem Kühlschrank nehmen wollte, war ihr das nahezu leere Würstchenpaket aufgefallen.

Sie versuchte, streng zu klingen. »Die sollte es heute zum Abendbrot geben, für jeden zwei Paar. Jetzt haben wir nur Brot und Tomaten. Und noch ein einziges Würstchen ist da. Wo sind die anderen?«

Angesichts des einsamen, dünnen Würstchens, das ihm seine Mutter in dem Fettpapier entgegenhielt, half eigentlich kein Leugnen – dazu im Angesicht der Polizei. Fritzi verehrte Walter wie einen Heiligen, und der hatte ihm einmal gesagt, dass er zu seiner Mama immer ehrlich sein musste. Doch einen Freund verraten?

Walter ahnte die Nöte des Jungen. Fritzis Blicke wurden immer verzweifelter.

»Sag es deiner Mama ruhig«, forderte Walter ihn auf, hoffend, dass sich seine Vermutungen auf diese einfache Weise bestätigten.

Was blieb Fritzi übrig? Zwei Erwachsene gegen ein Kind! Das war gemein! »Mario hat sie.«

»Was will Mario denn mit so vielen Würstchen?« Elvira Bauer staunte.

»Na, für sich. Und wenn er Milla findet, hat die bestimmt auch Hunger.«

»Du meine Güte! Da hätte es etwas altes Brot aber auch getan!«, war Fritzis Mama überzeugt.

»Das schmeckt Milla aber nicht so gut.«

»Ach so?« Elvira Bauer unterdrückte ein Grienen. »Dann gehst du jetzt bitte in den Keller und holst zwei kleine Gläser Wurst hoch. Verstanden? Und dann gehst du noch einmal und bringst vorsichtig die restlichen Eier mit. Dann wird das unser Abendbrot. Das letzte Würstchen heben wir für Dany auf. Du weißt, dass sie die gerne isst.«

Diese Reservierung wurde ohne Murren akzeptiert. Für seine Schwester konnte Fritzi schon mal auf ein Würstchen verzichten. Obwohl sie ein Mädchen und zwei Jahre älter war als er, sie ihn manchmal ärgerte oder sogar nervte. Aber er hatte von seinen Freunden erfahren, dass denen das mit ihren Schwestern auch nicht anders ging.

Fritzi verschwand in Richtung Keller.

Walter fragte Elvira: »Kommst du zurecht?« Immerhin war Leon nicht da und er wusste, wie sehr die beiden aneinander hingen. Leon Ahlsens war vor knapp einem Jahr aus dem Gutshaus aus- und mit in das Haus von Elvira und ihren beiden Kindern eingezogen. Elvira Bauer hatte jede Unterstützung verdient. Mit ihrer lebhaften Auffassung von Chic und mit ihrer gelassenen Art, mit den Kindern umzugehen, war sie bei ihrer Ankunft vor ein paar Jahren von vielen im Dorf mit einer Mischung aus Geringschätzung oder Eifersucht beäugt worden. Heute trug sie knallrote Hotpants und ihr tief ausgeschnittenes, lässiges Shirt passte farblich zu den veilchenfarbenen Pantoffeln, die ihre hübschen Füße zierten. Bunte Perlenarmbänder an beiden Handgelenken sahen so aus, als hätten Kinderhände sie gefädelt. Elviras frühere Ehe hätte man bestenfalls als Desaster beschreiben können und auch in Waldau musste sie anfangs Schlimmes erleben. Die unkonventionelle Liebe zwischen ihr und Leon hatte sie stark gemacht und nun war ihr Baby, der kleine Henry, da. Gesund und munter! Walter hatte es sich zur Aufgabe gemacht, dieses Glück zu beschützen, und Leon wusste, dass er sich dabei immer auf seinen Freund verlassen konnte.

Als Elvira auf seine Frage hin versicherte »Alles bestens«, beschloss Walter, sich auch nicht weiter verrückt zu machen.

Fritzi stellte die Wurstgläser auf den Tisch und ging, um die Eier zu holen.

»Und morgen gehst du gleich nach dem Frühstück zum Konsum und kaufst neue Würstchen für das Abendbrot. Erst danach darfst du raus zum Spielen.«

Wenig begeistert von der Bestimmtheit seiner Mama sah Fritzi Hilfe suchend zu Walter.

»Ich finde, du solltest zufrieden sein«, riet der ihm. »Alles in allem kommst du gut dabei weg. Deine Mama hat recht, etwas Brot hätte Milla auch geschmeckt.«

Mit einem stummen Seufzer fügte Fritzi sich in sein unvermeidliches Schicksal.

»Wohin wollte Mario denn eigentlich gehen? Weißt du das?«, fragte Walter, völlig beiläufig klingend, nach.

Fritzi antwortete: »Er macht sich große Sorgen wegen Milla, dass die nicht auch noch tot gemacht wird.«

»Und?«

»Mario schleicht sich ran und bewacht die Herde heimlich.« Fritzi gestikulierte, als würde er selbst das Abenteuer erleben. »Und wenn ein Mörder kommt, wird er Milla dann beschützen!«

~ 33 ~

Walter Dreyer sprang erfreut auf. Zeit für lange Erklärungen hatte er nicht mehr. »Ich werde ihn auf seiner Wache unterstützen!«, rief er Fritzi und seiner Mutter zu und verschwand.

Fünf Minuten später erläuterte Walter Dreyer Marianne Boll sein Vorhaben. Die war zwar nur mäßig überzeugt vom Gelingen seines Plans, gab ihm aber dennoch Marios ungewaschenes Sporthemd, welches er beim letzten Fußballtraining gut durchgeschwitzt hatte, mit. Zumindest war sie einigermaßen beruhigt, als Dreyer ihr erzählte, was er von Fritzi Bauer erfahren hatte.

»Mario geht es bestimmt gut«, versprach Walter Dreyer optimistisch. »Darf ich kurz Ihr Telefon benutzen? Ich muss mich nur bei meiner Vorgesetzten abmelden.«

Nachdem der Anruf erledigt war – Judiths Erleichterung hatte Walter durch den Apparat spüren können –, fuhr er wieder los, kräftig in die Pedale tretend.

Sobald er die Herde gefunden hatte, wollte er Milla an den Sachen riechen lassen. Die Hündin würde Marios Spur aufnehmen und noch vor dem Dunkelwerden könnte er den Jungen bei seiner besorgten Mutter abliefern.

Auf seinem Weg stieß Walter hinter der Schwiesauer Heide an die noch etwas Wasser führende Bäke. Eigentlich ähnelte sie mehr einem Graben als einem Bach. Aber als Tränke für die Weidehaltung der Tiere war das Gewässer äußerst nützlich.

Auf der anderen Seite des Bächleins sah Walter einige Pferde auf der Koppel stehen und hörte einen Bauern laut fluchen. Vor ihm lag ein locker aufgerollter Elektrozaun. Bestimmt hatte der sich hoffnungslos verheddert. Sein schlammbespritztes Auto stand mit geöffnetem Kofferraum daneben und eine Werkzeugkiste wartete, neben dem Hinterrad stehend, auf ihren Einsatz.

Vielleicht hatte der Mann den Schäfer oder seinen Neffen bemerkt und konnte ihm sagen, wo genau sie sich befanden. Walter Dreyer lehnte sein Rad an einen Baum und sprang über den Bach. Beinahe wäre er rückwärts ins Wasser gerutscht, denn das Gras an der Böschung gegenüber war nass und tückisch glatt.

»Hallo«, rief er dem Bauern freundlich zu, »darf ich Sie kurz etwas fragen?«

Der Mann hielt bei seiner Arbeit inne, sah dem uniformierten Mann mit zusammengekniffenen Augen entgegen, blieb aber stumm.

»Guten Tag. Ich suche einen Jungen, der hier vorbeigekommen sein könnte.« Dreyer beschrieb Mario Boll.

Immer noch kein Wort.

Misstrauisch musterte der Bauer den Polizisten.

Dann hatte er ihn wohl erkannt: »Ah, Sie sind dat«, nuschelte er mürrisch.

»Können Sie mir nun helfen, oder nicht?«, versuchte Walter Dreyer, die Reaktion auszunutzen.

»Nee. Hab nischt jesehn.«

Plötzlich eilte der Bauer an Dreyer vorbei, schnappte sich etwas aus seiner Werkzeugkiste und lief überraschend gewandt über das unebene Weideland auf ein paar Pferde zu. Dabei brüllte er irgendetwas Unflätiges und schlug dann einem Hengst weit ausholend heftig auf das Maul.

Das Tier lief laut klagend davon.

»Lass die Weiber in Ruhe!«, drohte der Mann mit seinem

Schlaginstrument dem fliehenden Tier hinterher.

Als Walter Dreyer wahrnahm, was der Mann da hoch erhoben in der Hand hielt, durchfuhr es ihn glühend heiß.

Es war ein guter halber Meter eines alten, schwarz gummierten Schlauchs!

~ 34 ~

Ernst Grambow machte sich unverzüglich auf den Weg. Für den Fall, dass der vermisste Junge bei Lothar Mirow sein sollte, was Grambow aber für unwahrscheinlich hielt, hatte er unterwegs angehalten und einen erfahrenen Feuerwehrmann, Rudi Hempel, mit einer vorgeschobenen Begründung gebeten, ihn zu begleiten. Schließlich konnte man ja nie wissen, in welche Situation man geraten würde.

Mirows Hof wirkte nicht nur verlottert, er war es tatsächlich. Lothar Mirow kümmerte sich um nichts; für so etwas hatte er keinen Sinn. Der junge Mann arbeitete als Hilfsarbeiter im Stall der Genossenschaft. Zuweilen konnte Grambow dessen Scheu gegenüber seinen Mitmenschen sogar nachvollziehen. Voller Ingrimm dachte er an die steten Unterstellungen und Pöbeleien, denen Mirow ausgesetzt war, und die er nicht in jedem Falle verhindern konnte.

Hempel klopfte an die Haustür. Niemand kam, um zu öffnen. Er klopfte noch einmal. »Lothar, bist du da?«, rief er und versuchte, durch das Fenster etwas zu erkennen. »Niemand zu Hause«, teilte er dann Grambow achselzuckend mit.

»Sein Fahrrad steht aber da«, wies der auf die Scheunenwand. »Eigentlich ist er damit immer unterwegs.«

»Er wird doch nicht im Garten sein? Der hat ihn noch nie interessiert.« Wenig überzeugt wandte sich Hempel zur offenen Gartentür hinter dem Holzschuppen.

In diesem Moment hörten sie ein gequältes Stöhnen.

Sie stürzten los.

Grambow stieß die Scheunentür auf. Erst einmal sah er nichts und blieb abrupt stehen.

Hempel konnte nicht mehr bremsen und stolperte ihm in den Rücken.

Als sich ihre Augen an das Dämmerlicht gewöhnt hatten, sahen sie immer noch nicht viel mehr.

Doch dann war das Stöhnen erneut zu vernehmen.

»Da hinten!«, rief Grambow und stoppte erschrocken nach wenigen Schritten. In einem Verschlag zu seiner Rechten lag zusammengekrümmt ein blutiges Bündel Mensch.

»Scheiße! Was ist das denn?« Der Anblick war so schlimm, dass Grambow erst nach einigen Schocksekunden rufen konnte: »Rudi, lauf rüber zu den Papes. Die haben Telefon. Irgendjemand wird schon zu Hause sein. Wenn nicht, kletter durchs Fenster. Wir brauchen sofort einen Krankenwagen. Und dann komm schnell wieder her. Ich kümmere mich inzwischen um den Mann hier.«

Hempel rannte den kurzen Weg, so schnell er konnte. Energisch klopfte er an die Haustür und rief, trotz seines regelmäßigen Feuerwehrtrainings ein wenig außer Atem, laut: »Hallo! Ist jemand da? Ich brauche Hilfe!« Er hörte schwere Schritte näherkommen.

Wenig später stand der alte Pape im Hausflur; er trug Gummischuhe, seine Hose war hochgekrempelt und das weiße Unterhemd spannte über seinem gewaltigen Bauch. »Ich bin beim Pflanzen«, erklärte er ungefragt. Es blieb offen, ob er damit seinen nachlässigen Aufzug entschuldigen wollte oder ob er andeutete, dass Hempel ihn störte.

Ohne darauf einzugehen, erklärte Rudi Hempel: »Ich bin mit Grambow unterwegs. Wir haben hinten, beim Haus vom Mirow, einen verletzten Mann gefunden.« Noch während Hempel die Situation schilderte, schob er Pape beiseite und bemächtigte sich des Telefons im Flur. »Ich muss einen Krankenwagen rufen.«

Als der Anruf erledigt war, fragte Pape, der nicht umhin gekommen war, mitzuhören: »Soll ich mitkommen?«

Hempel hob die Schultern und rief: »Was weiß denn ich?«, und lief zurück.

Ernst Grambow hatte vorsichtig eine alte Decke über den schwer verletzten Mann gebreitet und sich dann ratlos auf einen Strohballen gegenüber gesetzt. Von dort aus versuchte er zu erkennen, ob sich der Brustkorb des Mannes weiter hob und senkte. Er konnte es nur hoffen, denn eine Mund-zu-Mund-Beatmung war bei dem zertrümmerten Gesicht unmöglich. Grambow konnte nur warten. Was hatte Mirow sich bloß dabei gedacht!? Was war nur in diesen schmächtigen, friedlichen Mann gefahren? War seine Geduld erschöpft gewesen und er hatte dieses Mal beschlossen, sich zu wehren? Gut! Aber musste er dann einen Mann gleich so brutal zusammenschlagen? Kampfspuren waren im Halbdunkel nicht zu erkennen. Grambow sah sich nach einem als Schlagwaffe geeigneten Gegenstand um. Er musste nicht lange suchen; in dieser Scheune entdeckte er Dutzende Geräte, die infrage kämen.

Dann endlich fiel der Groschen und Grambow stürzte erneut zu dem Mann. Konnte es Mirow selbst sein? Er war nicht in der Lage, in dem zugequollenen, blutverschmierten Gesicht ein ihm bekanntes zu entdecken.

Schritte polterten in die Scheune. »Alles geklärt«, teilte Hempel laut brüllend mit.

Kurz nach ihm schnaufte er alte Pape herein und blieb vor dem Verschlag stehen. »Mein Gott! Diese Schweine!«, entfuhr es ihm.

»Du weißt, was das bedeuten soll, Jupp?«, wunderte sich Grambow. Dann sah er Rudi Hempel an und bat ihn: »Gehst du vor zur Straße und zeigst dem Krankenwagen den Weg?«

Hempel entdeckte den besorgten Ausdruck auf dem Gesicht seines Ortspolizisten und ging widerspruchslos.

»Das sieht man doch, sie haben ihn besinnungslos geprügelt«, meinte Pape, angesichts des regungslos daliegenden Mannes sofort davon überzeugt, dass es mehrere Angreifer gegeben haben muss. Ein Einzelner konnte dies nicht getan haben. Oder? »Mein Gott, der Junge kann doch nichts dafür.«

»Du meinst, es ist Mirow?«

»Wer sonst?«, knurrte Josef Pape.

Grambow wusste, dass sie nur noch hoffen konnten, dass für Lothar Mirow nicht jede Hilfe zu spät kam. Er schickte Pape raus zu Hempel. Hier drin sollten sich jetzt nicht mehr Leute aufhalten als unbedingt nötig. Die Scheune war zu einem Tatort geworden.

Die Zeit bis zum Eintreffen des Krankenwagens verbrachte er schweigend.

Vom Verletzten war kein Laut zu hören und auch kein anderes Lebenszeichen erkennbar.

Als Grambow gewahr wurde, wie ein Fahrzeug sich näherte und anhielt, lief er dem Arzt entgegen und erläuterte ihm die Situation. Dann zog er sich zurück.

Der Notarzt hatte Lothar Mirow stabilisiert und für den Transport vorbereitet, als er Grambow noch einmal zu sich rief. »Das hier schneide ich besser sofort ab«, deutete er, eine geknickte Schere in der Hand haltend, in Richtung Kopf seines Patienten. Um Mirows Hals war ein Seil geknotet.

~ 35 ~

»Können Sie mir vielleicht erklären, was ich hier mache? Was soll der ganze Scheiß? Gibt's hier irgendwelche bekloppten Tierschützer oder so? Wie soll ich dem Hengst denn sonst beibringen, dass er die Stuten in Ruhe zu lassen hat! Ich habe nicht genug Land, um ihn alleine wegzusperren, jetzt wo die rossig werden. Ich kümmer mich schon noch drum – versprochen!«

Walter Dreyer stand mit dem schimpfenden Bauern vor Karl-Horst Stein, der seine Schicht überpünktlich angetreten hatte. Er bat den Wachtmeister, ohne auf die Tiraden seines Verdächtigen einzugehen: »Würden Sie der Chefin Bescheid geben, dass ich hier jemanden habe, mit dem sie sich unterhalten sollte.«

»Kreisstellenleiterin Brunner!«, legte Stein Wert auf dienstliche Umgangsformen.

»Ja, der auch«, gab Dreyer zurück, doch Ironie war an Stein verschwendet.

»So spät noch einen Besucher? Davon weiß ich gar nichts.«

»Es ist dringend«, überging Walter Dreyer die überflüssigen Bemerkungen.

Stein blickte argwöhnisch und wusste nicht, was er

tun sollte. Statt einfach zum Telefon zu greifen, stand er schließlich auf. »Ich gehe jemanden holen«, sagte Stein laut, dachte aber nicht im Traum daran die oberen Dienstränge mit so einer Lappalie zu belästigen.

Dreyer hatte keine Lust zum Streiten. Die paar Minuten würden nun auch nichts mehr ausmachen. Er setzte sich mit Otto Molitz in den Wartebereich. Es war anstrengend genug gewesen, den Bauern hierher zu bekommen. Dreyer hatte seine ganze Autorität als Polizist eingesetzt, um den Mann zu bewegen, gleich von der Weide weg – im eigenen Auto – mit ihm nach Gardelegen zu fahren. Dabei hatte er den Eindruck erweckt, das Schlagen eines Hengstes wäre ein Vergehen, dem nachzugehen sei: »So können Sie nicht mit Tieren umgehen. Und Gegenstände sind sowieso strengstens verboten. Packen Sie umgehend Ihren Kram zusammen; den Zaun können Sie liegen lassen, aber die Werkzeugkiste nehmen wir zur Beweissicherung mit.«

Mehr als skeptisch hatte sich der Mann den läppischen Vorwurf angehört, fluchend das Schlauchstück in den Kofferraum geschmissen, sich dann aber mit den Worten gefügt: »Faxen! Kann ja nicht lange dauern.« Dabei hatte er Walter Dreyer angesehen, als wäre der weit eher ein Fall, den man in Obhut nehmen sollte.

Die Fahrt über hatten sie stur geschwiegen. Otto Molitz wollte es schnell hinter sich bringen; mehr als ein Bußgeld konnte es nicht geben! Und Walter Dreyer sah keine Notwendigkeit, ihn darüber aufzuklären, dass er sich hinsichtlich eines kurzen Aufenthaltes in der Kreisdienststelle der Volkspolizei möglicherweise falsche Hoffnungen machte.

Wachtmeister Stein erschien und teilte mit: »Sie werden abgeholt.« Dann setzte er sich wieder hinter den Tisch in seinem Kabuff.

In den nächsten Minuten geschah nichts.

Walter hatte es satt. Er stand auf und rief laut in das Gebäude: »Hallo? Kann mich jemand hören?! Ich brauche Hilfe! Hallo!«

Otto Molitz starrte ihn an, als hätten sich seine Befürchtungen bezüglich des geistigen Zustands seines Begleiters bestätigt und Stein griff – endlich! – zum Telefon.

Lisa und Judith kamen gemeinsam herbeigeeilt; wer weiß, was Stein ihnen erzählt hatte! Walter war alles recht.

»Was ist mit dem Jungen?«, wollte Judith Brunner als Erstes wissen.

»Keine Sorge! Dem geht es gut. Ich habe ihn kurz hinter der Koppel dieses Mannes« – er deutete auf Molitz – »bei der Herde gesehen. Er tobte mit dem Hund.« Dann nahm Walter Dreyer die Frauen beiseite und erklärte ihnen, warum er mit dem Mann hergekommen war. »Sein Auto steht hier gleich um die Ecke«, schloss er leise seinen Bericht.

»Endlich ein Verdächtiger!«, zischte Lisa erleichtert.

Auch Judiths Stimmung besserte sich zusehends. »Gut. Lisa, Sie bringen den Mann hoch in unseren Vernehmungsraum. Bieten Sie ihm etwas zu trinken an. Er wird sich auf einen längeren Aufenthalt einrichten müssen. Sagen Sie ihm, er soll aufschreiben, wie er mit seinen Tieren umgeht und so weiter ... Ich kümmere mich in der Zwischenzeit um die Durchsuchungen.«

»Und ich sollte unverzüglich Margarete Boll erreichen«, fiel es Walter Dreyer reichlich spät ein. »Sie wartet sicher schon auf eine Nachricht.«

»Sie können mein Telefon benutzen«, bot Lisa an, »ich versorge erst einmal diesen Mann.« Sie verschwand mit Otto Molitz die Treppe rauf.

Wachtmeister Stein hatte die ganze Zeit versucht, unauffällig mitzuhören. Deswegen wies Judith, die das sehr wohl mitbekommen hatte, Walter in offiziellem Tonfall an, im Büro von Lisa Lenz zu warten. »Ich habe in der Spurensicherung zu tun«, sagte sie laut, damit auch Stein informiert war. Dann fiel ihr ein, dass Walter jetzt kein Fahrzeug mehr hatte und der letzte Bus über die Dörfer schon längst weg war. »Außerdem müssen Sie warten, bis wir mit diesem Mann fertig sind. Vorher können wir nicht entscheiden, ob Sie mit ihm zurückfahren können oder ich Sie mitnehmen muss.«

»Zu Befehl«, bestätigte Walter, verstohlen grinsend.

Judith Brunner erledigte die nötigen Telefonate und besprach in Dr. Gredes Büro die Durchsuchung des Autos und des Bauernhofes von Molitz. Da es sich um den brutalen Kindsmord handelte, hatte sie ohne Probleme die Erlaubnis der Staatsanwaltschaft bekommen.

Sie ging zurück in ihr Büro. Im Vorbeigehen sah sie Walter einträchtig mit Lisa sitzen und plaudern, wobei er mit Kaffee und selbst gebackenen Keksen verwöhnt wurde. Sie blieb kurz stehen.

Lisa kannte den Waldauer Ortspolizisten, auf den ihre Chefin große Stücke hielt. Das genügte, um auch Lisa für ihn einzunehmen. Außerdem kannte sie Walter Dreyer von früheren Ermittlungen, bei denen er sie stets fair und mit vollem Respekt behandelt hatte. Nie ließ er sie den Alters- und Erfahrungsunterschied spüren. Für ihn war sie nie nur die Tippse der Chefin. Das gefiel Lisa.

»Ich hab vielleicht einen Schreck bekommen, als er den Schlauch schwenkte!«, gab Walter, inzwischen etwas gelassener geworden, gerade zu. »In dem Moment wusste ich gar nicht, was ich zuerst machen sollte. Eigentlich war ich ja auf der Suche nach Mario Boll. Aber einen Mann mit so 'nem Schlauchstück konnte ich nicht einfach laufen lassen.«

»Hat doch prima geklappt«, befand Lisa und schenkte ihm nach. »Möchten Sie auch einen Kaffee?«, bot sie Judith an. Sie hatte vorausschauenderweise schon eine Tasse bereitgestellt.

»Gern.«

»Der Molitz stammt übrigens aus Jemmeritz«, bemerkte Walter. »Da bin ich doch gestern erst gewesen, um mit dem jungen Mann zu reden.«

Judith nickte. »Ich erinnere mich gut an seine Aussage. Er hatte einen Fremden beobachtet. Könnte das dieser Molitz gewesen sein?«

»Nein, auf keinen Fall. Leute aus einem so winzigen Nest kennen sich«, gab Walter zu bedenken, »doch dass bei einem aus Jemmeritz genau so ein altes Schlauchstück auftaucht, sollte unsere Aufmerksamkeit schon auf die paar Höfe lenken.«

Nachdem Walter ausgetrunken hatte, sah er bei seinem Kumpel Thomas Ritter im Labor vorbei. Der wartete wie auf Kohlen darauf, sich Molitz' Auto widmen zu können. Die Kollegen hatten Schwierigkeiten beim Abschleppen bekommen, da das Auto beidseitig zugeparkt worden war. Jetzt versuchten sie, wenigstens einen der Fahrzeughalter zu finden. Ritter hatte sie schon angewiesen, ihm notfalls erst einmal nur das Schlauchstück zu bringen.

Walter gestand sich im Stillen ein, dass er an so ein Problem nicht gedacht hatte, als er Molitz vorhin anwies, einfach auf die Bordsteinkante zu fahren.

Judith nutzte die Zeit, bis erste Ergebnisse der Spurensicherung vorlägen, für das unvermeidliche Gespräch mit Ingo Grille. Die Personalabteilung hatte ihr signalisiert, dass neben einem strengen Verweis bestenfalls noch eine Versetzung infrage käme. Auf eine unehrenhafte Entlassung wollte man es lieber nicht ankommen lassen. Er war immerhin fast zwanzig Jahre dabei und bisher stand nur wenig Negatives in seiner Personalakte. Außerdem wies man sie darauf hin, dass ein Ersatz für den Wachtmeister in nächster Zeit nur schwer zu bekommen sein würde, sie solle sich das also gut überlegen.

Für Judith Brunner gab es da nichts zu überlegen. Der Mann hatte in ihrer Dienststelle nichts mehr verloren. Sie würde die Versetzung beantragen. Den Verlust würde sie gewiss verschmerzen können.

Als sie dem Wachtmeister ihre Entscheidung mitteilte, gab Grille sich beleidigt und drohte, sie werde schon sehen, was sie davon hätte. Doch als er sah, dass sich seine Chefin nicht einschüchtern ließ, setzte er berechnend hinzu: »Tut mir ja alles leid, aber das Mädchen hätte ich so oder so nicht retten können.«

Genau diese Haltung war das Problem und Judith Brunner musste es ihm nochmals verdeutlichen: »Sie erkennen es einfach nicht. Die Leute müssen uns vertrauen können. Sie haben ein Recht darauf, dass wir unsere Arbeit vernünftig erledigen. Und ich muss mich darauf verlassen können, dass die Mitarbeiter meiner Dienststelle das auch kapiert haben. Hätten Sie angemessen und den Vorschriften entsprechend reagiert, hätten wir zumindest Zeit gewonnen und wären mit unseren Ermittlungen womöglich schon viel weiter. Sie haben Ihre Pflichten verletzt, und das nicht zum ersten Mal, wie wir beide wissen.«

Über den strengen Verweis, den sie dann aussprach, grinste Grille nur abfällig.

Judith Brunner entließ ihn in der Hoffnung, seine Anwesenheit nicht mehr lange ertragen zu müssen.

Der Anruf aus Jemmeritz kam erst über zwei Stunden später. »Wir haben sämtliche Räume und Nebengelasse einer Durchsicht unterzogen«, meldete der Einsatzleiter in Polizeideutsch. »Wir haben alle Personen befragt, die hier oder in der Nähe wohnen. Sowohl die Durchsuchungen als auch die Befragungen verliefen negativ. Niemand hat weitere Schlauchstücke dieser Art gesehen. Auf dem Hof befanden sich zwar einige Schlauchrollen, aber die hatten alle stärkere Durchmesser und waren durchweg neueren Fabrikats.«

Judith Brunner bedankte sich bei ihm und wünschte einen angenehmen Feierabend.

Ritter hatte ihr bereits bestätigen können, dass die Schlauchstücke sich in Durchmesser und Material absolut glichen, doch zeigten unterschiedliche Schnittstellen, dass sie nicht nacheinander vom selben Schlauch abgetrennt worden waren. Das Stück von Molitz war ungefähr doppelt so lang. Mehr Erkenntnisse gab es auf die Schnelle nicht. Im Auto und im Werkzeugkasten des Mannes war nichts aufgetaucht, was sich nicht auch bei jedem anderen Bauern hätte finden lassen können.

Um Otto Molitz hinzuhalten, bis die Durchsuchung seines Autos und seines Hofes abgeschlossen war, hatte Lisa Lenz ihn neben einem ausführlichen Bericht zu seinem generellen Umgang mit Tieren – »ein paar Seiten müssen das schon sein« – auch um genaue Lageskizzen seiner Koppeln in verschiedenen Maßstäben gebeten; er sollte auch die Pferde und die Bäume einzeichnen. »Der Besatz im Vergleich zur Gesamtfläche ist ganz wichtig«, hatte sie autoritär betont und dabei an ihr Aquarium gedacht. Auf dem Rückweg in ihr Büro hatte sie sich bereits weiteren Unsinn überlegt, falls sich alles noch weiter hinzog.

Entsprechend mies gelaunt war Molitz, als Judith Brunner und Dr. Grede zu ihm ins Vernehmungszimmer kamen. Sofort sprang er auf und polterte los: »Was soll der ganze Scheiß! Denken Sie, ich habe nichts Besseres zu tun, als hier rumzukritzeln?! Ich will den Chef sprechen.«

»Der bin ich. Sprechen Sie«, sagte Judith Brunner gelassen.

So schnell hatte Molitz nicht mit der Erfüllung seiner Forderung gerechnet. Er setzte sich widerspruchslos hin, als Judith Brunner sich und Dr. Grede vorstellte und ihn mit einer Geste zur Beruhigung aufforderte.

Hatte sie hier einen Vergewaltiger und Mörder vor sich stehen? Judith Brunner überlegte. Auf sein Aussehen konnte sie nichts geben. Auch solche Männer mordeten und vergewaltigten. Und Otto Molitz war ein ziemlich ansehnlicher Vertreter dieser Gattung, auch wenn er wahrscheinlich zu viel trank und damit riskierte, sein gutes Aussehen zu ruinieren. Seine Augen hatten schon einen leicht triefigen Ausdruck und sein Oberbauch drückte sichtbar gegen das lässig über den Jeans getragene sportliche Hemd.

Judith Brunner begann das Gespräch: »Herr Molitz, Sie sind hier, weil mein Kollege aus Waldau beobachtet hat, wie Sie ein Pferd mit einem Schlauch geschlagen haben.«

»Kann der sich nicht um seine eigenen Angelegenheiten kümmern? Haben Sie sie eigentlich noch alle?! Deswegen das ganze Theater? Gut! Ich gelobe hiermit hoch und heilig, meinen Gaul nie wieder grob anzufassen. Ich hab die Lektion verstanden. Kann ich jetzt gehen?«

»Sie haben mich leider missverstanden, Herr Molitz. Es geht uns nicht um das Pferd, auch wenn mir Ihre Züchtigungen nicht gefallen. Es geht uns um den Gegenstand, mit dem Sie das Tier geschlagen haben.«

»Was?!«

»Das Schlauchstück«, erinnerte ihn Dr. Grede.

Molitz war verwirrt, was verständlich war, wenn er mit dem Tod des Mädchens nichts zu tun hatte. Doch davon war Judith Brunner noch nicht überzeugt. »Gehört das Ihnen?« Sie legte das Ding vor ihn auf den Tisch.

»Ja, verdammt! Was ist damit?«

»Wo haben Sie das her?«

»Wo ich das herhabe? Keine Ahnung!« Fieberhaft überlegte Molitz. »Das Teil war schon immer im Stall; hat mein Vater schon benutzt. Die anderen auch.«

Andere? Nun war Judith Brunner gespannt. »Benutzt? Wofür?«

»Solche Schläuche nehmen wir für die Medizin.«

»Können Sie das erläutern?«, bat Judith Brunner, die keine Ahnung hatte, was Molitz meinte.

Dr. Grede schien etwas zu ahnen und nickte verstehend.

»Wenn das Vieh krank ist, führt man die Medizin so ein«, sagte Molitz. »Mit diesen festen Schläuchen. Früher hatte ich noch mehr solche Stücke auf meinem Hof rumliegen. Aber das Viehzeug hat sie alle zerbissen und die neuen Dinger können Sie gleich vergessen ... Sie sind ein Stadtmensch, stimmt's?« Er klang wieder etwas ruhiger, so, als würde ihre Herkunft die Unbill seiner letzten Stunden, wenn schon nicht entschuldigen, dann doch wenigstens erklären.

An dieser Stelle konnte Judith Brunner nicht anders als nicken. Wenn das wirklich eine übliche Methode war, krankem Vieh Medikamente einzuflößen – und warum sollte das nicht stimmen –, waren derartige Stücke von Gummischläuchen sicher weitaus häufiger aufzufinden, als ihnen bei diesen Ermittlungen recht sein konnte.

Nun, hiermit kam sie vorerst nicht voran. »Wo waren Sie am Sonnabendnachmittag?«, fragte sie unvermittelt.

Molitz überlegte und wurde blass. Natürlich hatte sich auch in Jemmeritz herumgesprochen, was geschehen war. »Ne, ne, det könn Se mir nich' anhängen. Ich bin doch nicht so einer!« Wenig später gewann er die Kontrolle zurück, da er sich an den Nachmittag erinnerte. »Das hab ich gar nicht nötig! Ich war in Klötze auf'm Platz. Bin Schiedsrichter in der Kreisliga. Fußball! Wir hatten sogar Zuschauer. Könnse alle fragen.«

»Und nach dem Spiel?«, hakte Dr. Grede emotionslos nach, wohl wissend, dass die Nachmittagsspiele in dieser Spielklasse kurz vor fünf zu Ende gingen.

»Im Sportlerheim, wie immer.« Überzeugt, ein wasserdichtes Alibi vorzuweisen, fragte Molitz triumphierend: »Darf ich jetzt nach Hause?«

Judith Brunner blieb vorerst nichts anderes übrig, als ihn gehen zu lassen. Sie bedankte sich bei Otto Molitz für seine Geduld und informierte ihn über die durchgeführten Untersuchungen. »Wir werden Ihre Angaben natürlich überprüfen. Fürs Erste können Sie nach Hause fahren. Verreisen Sie aber bitte nicht. Mein Kollege bringt Sie zum Ausgang.«

Kaum hatten die Männer den Raum verlassen, stürzte Walter hinein und rief Judith aufgeregt entgegen: »Wir müssen sofort ins Krankenhaus. Der Mirow ist überfallen worden. Die Ärzte wissen nicht, ob er durchkommt.«

~ 36 ~

Laura war allein zu Hause. Walter hatte sie bereits vor einiger Zeit angerufen und mitgeteilt, dass Judith und er heute bis in die Nacht zu tun haben würden. Ihr war es recht. So konnte sie den ganzen Abend weiter an ihren Inschriften knobeln.

Die Wärme des Tages wich nur zögerlich. Laura öffnete alle Fenster und die Tür zum Garten ihres Hauses. Eine laue Brise machte die Luft etwas erträglicher. Wilhelmina nutzte die Freizügigkeit und wechselte ständig zwischen drinnen und draußen, wobei sie immer mal wieder einen neuen Weg probierte. Laura hatte geduscht, sich etwas Luftiges angezogen und einen Happen gegessen.

Der Sonnenuntergang zeigte sich in rotgoldenem Licht. Den schönen Abend wollte Laura unbedingt auf ihrem Hof verbringen und fing an, alles Nötige herauszuräumen. Eine kuschelige Decke für spätere, kühlere Stunden wurde sofort von Wilhelmina beschnuppert. Bequeme Kissen für die Bank, zwei Windlichter, ein Weinglas, eine Schale mit frischen Erdbeeren aus Tante Irmgards Garten – alles war da. Ach ja, die Fotos! Laura schnappte sich ein paar der flachen Kartons und trug sie zusammen mit Stift und Papier nach draußen. Da ihr nach wie vor der rechte Arm bis hoch zur Schulter wehtat und sie nur mit einer Hand richtig zugreifen konnte, dauerte alles etwas länger. Nach dem Duschen hatte Laura zum ersten Mal versucht, ohne Verband auszukommen. Unzufrieden betrachtete sie ihre Verletzungen. Wilhelmina, die sich neben ihr auf der Bank gemütlich zusammengerollt hatte, begann tröstend zu schnurren. Laura griff ihr dankbar in das weiche Fell und kraulte sie sanft hinter den Ohren.

Laura ahnte, anders als Wilhelmina, nichts von ihrem Beobachter. Der Katze war er schon längst bei einem ihrer Kontrollgänge aufgefallen. Beruhigt hatte sie sich – nach intensivem Reiben am Hosenbein des Mannes – vom Holzschuppen wieder in Richtung ihres Ruheplatzes begeben.

Er weilte in seinem Versteck und wartete ungeduldig auf die nächtlichen Schatten. Vorher war das Risiko zu groß, gesehen zu werden. Er verfolgte wachsam alles, was geschah, hörte amüsiert zu, wie Laura ab und zu mit der Katze sprach, sah durch das Fenster, wie sie ungeschickt mit einem großen Papierbogen und einem Buch am Küchentisch kämpfte und es schließlich herzhaft fluchend aufgab. Als sie wenig später nackt aus dem Bad gekommen war und in ihrem Schlafzimmer selbstvergessen ihren feuchten Körper überall sorgfältig eincremte, hatten seine Pläne für die Nacht sehr konkrete Formen angenommen.

Im Moment betrachtete Laura Fotos und legte ab und zu eines beiseite. Bestimmt sortierte sie die unscharfen oder ihr sonst nicht brauchbar erscheinenden Abzüge heraus. Man sah ihr an, dass sie liebte, was sie tat. Öfter geriet sie ins Schwärmen, wenn sie ihm von ihrer Arbeit erzählte. Das gefiel ihm so an ihr. Sie konnte sich einer Sache mit Haut und Haar verschreiben. Ihre Augen leuchteten, ihre Wangen waren leicht gerötet und sie hatte keine Ahnung, wie verführerisch sie in den knappen Shorts und der weißen, tief ausgeschnittenen Bluse mit lauter winzigen, umstickten Löchern aussah, braun gebrannt und die Haare zu einem lockeren Zopf gebunden. Er beobachtete, wie sie sich ein Glas Wein eingoss, einen Schluck nahm und sich dann ganz entspannt in die Kissen auf der Bank zurücklehnte und zufrieden seufzte. Lange würde er das Zusehen nicht mehr aushalten.

Sie war genau die Frau, nach der er sein Leben lang gesucht hatte. Bis heute konnte er es sich nicht erklären, woher er das gewusst hatte, doch in dem Moment, als er sie damals in Berlin sah, beschlossen sein Herz und, wie er sich grinsend erinnerte, auch andere Körperteile, sie für sich zu gewinnen. Lauras Körper und ihre emotionale Seite hatten ihm sofort vertraut, nur ihr Verstand zögerte und es hatte eine Weile gedauert, bis sie sich ihm vollkommen hingeben konnte. Seit er ihr erzählt hatte, womit er sein Geld verdiente, kam sie selbst mit den langen Trennungszeiten besser zurecht und auch damit, nicht zu wissen, in welchem Winkel der Welt er gerade steckte. Sie war treu, unabhängig und stark. Wie sehr er diese Frau liebte!

Ein Windlicht verlosch und Laura ging ins Haus, um eine neue Kerze zu holen. Das war seine Chance. Er verließ den Holzschuppen, überquerte den kleinen Hof mit ein paar lautlosen Schritten und blies rasch das andere Windlicht auch noch aus. Dann lehnte er sich an die Wand und wartete, unsichtbar im Schwarz des Hausschattens.

Laura löschte das Licht in der Küche und trat wieder in ihren Hof. Sie wunderte sich nur einen Wimpernschlag lang über die unerwartete Dunkelheit, dann spürte sie ihn dicht hinter sich stehen. Sie genoss den Duft und spürte schon die Wärme dieses Mannes, der ihren Körper blitzartig in Hochstimmung versetzte. Ihr Herz klopfte rasend schnell, ihr wurde glühend heiß und ihre Haut begann zu prickeln.

Mit einer blitzschnellen Bewegung drehte er sie in seine

Arme, drückte sie an sich und küsste sie ungestüm. Für eine sanftere Begrüßung fehlte ihm im Moment der Sinn.

Als er Laura nach einer Ewigkeit wieder etwas Luft schnappen ließ, hatte sie Mühe, die Tränen wegzublinzeln, die ihr vor Wonne und Glückseligkeit in die Augen gestiegen waren. Sie wusste nicht, was sie sagen sollte.

»Die Formulierung, die du suchst, ist: ›Ich liebe dich!‹«, half er ihr, mit den Lippen über ihren Mund streichend.

Laura stöhnte vor Glück und musste leise über ihn lachen. »Stimmt. Jetzt fällt's mir auch wieder ein.« Sie drängte sich dichter an ihn und küsste ihn mit unverhohlener Leidenschaft.

Als sie sich etwas lösen wollte, blitzten seine Augen feurig, seine Arme umschlossen sie noch fester. Sein Verlangen kannte keine Geduld mehr. »Ich weiß, dass du nichts darunter trägst«, kam er zum Thema, während sein Blick sie bannte. Er klang irgendwie heiser.

»Ich kann meine Hand nicht richtig benutzen«, machte Laura ihn beiläufig aufmerksam.

Das würde er sich drinnen genauer ansehen müssen. Schon hatte er seinen Grund, warum sie nicht hier draußen bleiben konnten und zog sie ins Haus. »Keine Bange, die brauchen wir nicht zwingend. Gerade fällt mir etwas ein, was wir da anstellen können. Genieße es einfach.« Und seine Stimme entführte sie ins Paradies.

Dienstag

~ 37 ~

Immer noch todmüde, war Walter felsenfest entschlossen gewesen, sein Bett in diesem Leben nie wieder zu verlassen. Die Nacht war viel zu kurz. Erst die zermürbende Warterei auf das Ende der Vernehmung von Molitz und dann der Aufenthalt im Krankenhaus.

Lothar Mirow war abscheulich zugerichtet worden. Hatte man ihm gedroht, ihn aufzuhängen? Oder schlimmer noch, hatte man es sogar geschafft? Wann und ob der junge Mann das Bewusstsein wiedererlangen würde, wagten die Ärzte nicht zu sagen. Nach einer kurzen Absprache mit Grambow hatten Judith und Walter gegen halb zwei beschlossen, nach Hause zu fahren. Hier im Krankenhaus konnten sie sowieso nichts mehr tun. Der junge Polizist wollte vor Ort bleiben.

Wie zerschlagen waren sie ins Bett gefallen. Seine Kraft hatte gerade noch gereicht, Judith an seine Brust zu ziehen und einen Arm um sie zu legen. Durch die dramatischen Ereignisse aufgeputscht, hatten sie nur schwer einschlafen können.

Judith musste sich in aller Frühe wieder fortgeschlichen haben.

Nur dumm, dass Walter bei seiner gestrigen Absage Laura leichtsinnigerweise versprochen hatte, heute – gleich morgens früh – mit ihr zur Schäferei zu gehen. Natürlich hielt sie sich an den Plan und war mit frischen Brötchen – immerhin musste er die nicht auch noch holen – zum

Frühstück bei ihm aufgetaucht.

Nach einem kurzen Abstecher ins Bad war Walter sich nicht mehr so sicher, ob Aufstehen wirklich eine gute Idee gewesen war. Ein Blick in den Spiegel hatte ihm bestätigt, dass er nach einer schlaflosen Nacht eigentlich nicht unter Menschen gehörte. Schließlich war er keine zwanzig mehr. Er saß nun also an seinem Küchentisch und versuchte, mit der zweiten Tasse Kaffee wach zu werden, fühlte sich jedoch bestenfalls dösig.

Laura hingegen war irgendwie aufgekratzt. Ihr Gesicht leuchtete und sie strotzte vor Unternehmungslust. Wie durch ein Wunder schien ihre Hand kaum noch Beschwerden zu verursachen. Sie plapperte ihm, ohne dass er darauf achtete, schon seit Minuten was über die Balkeninschriften vor. »Ich bin schon mächtig gespannt. Weißt du eigentlich, dass so eine Inschrift über einer Scheune, wie bei der Schäferei, etwas ganz Seltenes ist? Nur auf manchen Höfen sind die Balken über den Stalleingängen beschriftet worden. Achtest du bitte mal drauf, ob dir so etwas noch woanders auffällt, wenn du unterwegs bist? Ich finde das ganze Thema der Balkeninschriften mittlerweile extrem interessant – vielleicht schreibe ich einen Aufsatz darüber. Da würden welche zum Viehzeug hervorragend passen. Walter? Hörst du mir überhaupt zu?«

»Ställe. Aufsatz.« Das waren außer einem »Guten Morgen« die ersten beiden Worte, die er heute sprach. Wenn es nach ihm ginge, würden keine weiteren hinzukommen. Über Nacht hatte es sich kaum abgekühlt und es war schon am Morgen unerträglich heiß. Er lächelte wehmütig und dachte an sein schönes Bett.

Laura nahm die knappe Reaktion jedenfalls als ausreichendes Zeichen seines Interesses, und ohne Erbarmen kündigte sie an: »Ich hole dich in zehn Minuten ab.« Nach einem abwägenden Blick auf ihn korrigierte sie: »In zwanzig. Vielleicht schaffst du es ja noch unter die Dusche.«

Mario Bolls Abenteuer war zum Glück gut ausgegangen. Als Walter und Laura auf den Hof der Schäferei kamen, tollte der Junge mit Milla herum. Walter spürte dennoch ein Ziehen in der Brust, als er die beiden so unbeschwert miteinander spielen sah. Judith hatte ihn gebeten zu erfragen, was mit dem Kadaver von Melli geschehen solle. Walter befürchtete sicher nicht zu unrecht, dass Rudolf Boll wenig sensibel reagieren würde, wenn er das Thema ansprach.

Seine Sorge war unbegründet. Boll war gar nicht auf dem Hof und seine Schwester entschied nach einem langen, kummervollen Blick auf ihren Sohn, den Hund selber zu begraben. »Kann dieser Tierarzt unsere Melli wieder so herrichten, dass Mario nicht ... Ich meine, er muss ja nicht die Einzelheiten erfahren, oder?«

Walter Dreyer verstand sie und versprach: »Ich rede mit Dr. Harmsen. Der bekommt das sicher hin.« Dann kam er auf das eigentliche Anliegen ihres Besuches zu sprechen.

Margarethe Boll hatte keine Einwände. Sie war sogar selbst etwas neugierig, was Laura Perch würde entziffern können. »Die meiste Farbe ist schon lange weg«, berichtete sie. »Meine Eltern hat das nicht interessiert. Als ich klein war, konnte man mehr erkennen. Der Rudolf kümmert sich auch nicht drum. Dem ist so was egal. Hauptsache, dass das Dach dicht ist und die Tiere nicht weglaufen können. Wie die Scheune sonst aussieht, spielt keine Rolle.«

Laura suchte zunächst die beste Perspektive und besah sich die Scheune von Weitem. Der Umbau hatte dem Gebäude nicht geschadet. Vor dem Teil, der als Garage genutzt wurde, war ein hohes Rolltor angebracht worden, dessen frischer dunkelbrauner Anstrich mit dem Ziegelbau halbwegs harmonierte. Eine ebenfalls braun gestrichene, breite, zweiflügelige Holztür führte in den eingebauten Schafstall daneben. Durch zwei winzige Fenster konnte etwas Licht ins Innere gelangen. Der große Querbalken jedoch, da hatte Walter völlig recht, war schon lange nicht mehr gestrichen worden. Das Holz hatte einen silbernen Ton angenommen. Nur mit größter Mühe konnte Laura noch eine Inschrift und einige Farbreste erkennen. Mit einem Foto allein war da nichts zu machen.

»Haben Sie eine Leiter, die bis da hoch reicht? Ich muss die Buchstaben aus der Nähe sehen, um sie deuten zu können.«

»Sicher. Dort«, zeigte Margarete Boll auf den Raum unter dem Heuboden.

Walter Dreyer ging mit ihr los und die beiden kamen mit einer Sprossenleiter zurück. »Lang genug?« Walter stellte die Leiter an den Beginn der Inschrift.

»Bestens«, bedankte sich Laura und erklärte: »Das Holz der Balken war eigentlich mal mit dunklen Schutzanstrichen versehen worden und deswegen hat man die ausgestemmten Buchstaben dann einfach mit weißer Farbe ausgemalt. Für die Anfangsbuchstaben der Hauptwörter wurden große Buchstaben benutzt und außerdem hat man sie noch mit roter oder gelber Farbe ausgemalt und dadurch hervorgehoben. Oftmals sind die Buchstaben in den Worten Herr und Gott auch groß geschrieben worden. Das kann auch bei Ihrer Scheune helfen, aus den einzelnen Buchstaben ganze Wörter zu fügen.«

Dann stieg Laura die Sprossen hinauf. Vorsichtig fuhr

sie mit den Fingern ihrer unverletzten Hand über die ersten ausgestemmten Rillen in dem rauen Holz.

Walter stand am Fuß der Leiter und gab ihr mit seinen Schuhen Halt. Seinen kleinen Schreibblock und einen Bleistift hatte er parat. Interessiert sah er nach oben.

Auch Margarete Boll wartete, mit verschränkten Armen, auf Lauras erste Ansage.

»Ah! Hier geht's los! Am Anfang und am Ende der Verse sind nämlich manchmal auch stilisierte Blüten in den Balken geschnitzt worden, da wurde dann sogar noch blaue Farbe mit verwendet. Wie hier. Seht ihr die vier Blütenblätter?«

Beide Zuschauer kniffen die Augen zusammen und schüttelten enttäuscht die Köpfe.

»Also, schreib auf: großes H, kleines i, kleines e. Moment. Das könnte ein r sein.«

Nachdem er die Leiter zwei Mal umgestellt hatte und Laura mit ihrem Diktat fertig war, erkannte Walter, als er Trennstriche zwischen die Buchstaben kritzelte, einen frommen Wunsch: *»Hierin sind die Schwein. GOTT gebe, das gedeihn!«*, las er laut vor.

Margarete Boll freute sich: »Wie hübsch! Doch wann waren hier eigentlich Schweine drin? Ich kann mich gar nicht daran erinnern.«

Auch Walter Dreyer gefiel der Spruch. »Ganz sicher könnte der Balken ein klein wenig Holzschutz vertragen und vielleicht finden Sie dann eine Möglichkeit, die Wörter mit etwas Farbe wieder sichtbar zu machen«, wagte er einen Vorschlag.

»Sie kennen meinen Bruder nicht! Da bin ich eher skeptisch.«

Langsam wunderte sich Walter, dass Laura nicht von der

Leiter stieg. Sie war erkennbar am Ende des Balkens angelangt. »Komm runter! Du hast es geschafft!«

Doch Laura blieb oben und betrachtete das Holz weiter.

»Was ist?«, wurde Walter stutzig. »Hast du etwa noch was gefunden?«

»Hier ist was, aber nur aufgemalt und nicht eingeschnitzt, fast nicht mehr zu sehen. Zwei Längsstriche auf einem Querstrich. Und wenn ich mich recht erinnere, bedeutet dieser Zinken ›*Alte Leute*‹.«

~ 38 ~

»Mirow lebt. Noch.« Das war die gute Nachricht, die der mitgenommen aussehende Ernst Grambow Judith Brunner überbringen konnte. Er saß etwas derangiert in seinem Büro und versuchte den fehlenden Schlaf mit viel Kaffee zu kompensieren. »Mich haben sie vor ’ner Stunde nach Hause geschickt. Das Krankenhaus gibt uns sofort Bescheid, wenn sich sein Zustand ändert. Und ich weiß nicht, ob ich diesen Anruf bekommen möchte.« Der junge Ortspolizist war nach dem, was er gestern erlebt und gesehen hatte, offensichtlich wenig optimistisch, was Lothar Mirows Überlebenschancen anbetraf.

»Der Arzt sagte mir, es war ein großes Glück, das Sie den Mirow rechtzeitig gefunden haben. Ohne umgehende ärztliche Hilfe hätte er heute schon tot sein können.«

Grambows besorgtes Gesicht hellte sich nicht auf. »Ich frage mich schon die ganze Nacht, wann das Ganze denn überhaupt passiert ist? Es muss doch helllichter Tag gewesen sein!«

Judith Brunner nickte. »Die Ärzte gehen davon aus, dass

Mirow schon ungefähr eine Stunde auf dem Boden gelegen hat, bevor Sie ihn entdeckt haben.«

»Also am Nachmittag. Aber viele Bauern machten schon Feierabend. Es könnte praktisch jeder gewesen sein!«

»Das Seil wird uns helfen, die Angreifer zu finden«, wies Judith Brunner zuversichtlich auf eine Möglichkeit hin. »Besonders vorsichtig waren die nicht. Die Spurensicherung hat gestern schon einiges eingesammelt ... Mirow ist jung, der schafft das.«

Grambow holte tief Luft. »Wenn wir bei den Eichners fertig sind, fange ich gleich an, die Nachbarn zu befragen und mich im Dorf umzuhören. Wir müssen die Kerle kriegen.«

Dieses Mal öffnete ein Mann die Haustür, der zu früheren Zeiten sicher als ein vornehmer Herr bezeichnet worden wäre. Groß, gut frisiert, routiniert lächelnd und dennoch etwas unnahbar wirkend. Er reichte Judith Brunner die manikürte Hand und stellte sich vor: »Ewald Eichner. Ich habe Sie eigentlich schon gestern erwartet«, tadelte er höflich. »Treten Sie bitte näher.« Er nahm ihr den Mantel ab und wies dann einladend auf das Wohnzimmer seiner Schwester.

Sie nahmen Platz und Judith Brunner betrachtete Ilonas Vater. Eichner war für die frühe Stunde verhältnismäßig elegant angezogen. Er trug eine schwarze Hose aus gutem Wollstoff, der auch bei längerem Sitzen kaum knittern würde, und einen ganz leichten langärmeligen nachtblauen Pullover aus Baumwolle. Seine Füße steckten in Seidenstrümpfen und Lederslippern. Auch in Schwarz. Ob diese Kleidung ein Zeichen von Trauer war oder er diese Garderobe bevorzugte, weil er sich darin wohlfühlte und sie ihm hervorragend stand, wer weiß? »Danke, dass Sie heute Morgen für uns Zeit haben. Ich störe Sie wirklich nur ungern«, sagte sie. »Es tut mir leid, dass wir es gestern nicht zu Ihnen geschafft haben, doch ein neuer Fall hat uns viel Zeit gekostet.«

»Habe ich schon gehört. Dieser Sonderling, der am Dorfrand wohnt, soll verprügelt worden sein.«

Judith Brunner ließ das im Raum stehen. »Sie kennen Ernst Grambow?«, stellte sie ihren Kollegen vor.

Eichner nickte. »Darf ich Ihnen etwas anbieten? Ohne unhöflich sein zu wollen, aber Sie sehen beide so aus, als ob Sie einen Kaffee gut brauchen könnten.«

»Nein, danke«, lehnte Judith Brunner ab. »Wir wollen keine Umstände machen ... Wie geht es Ihrer Schwester?«

Ewald Eichner wedelte unbestimmt mit der Hand. »Sie macht sich Vorwürfe, sie macht mir Vorwürfe, ... vor allem mir, glaube ich.« Er lachte unfroh auf.

Judith Brunner registrierte, dass Ewald Eichner bisher mit keinem Wort seine Tochter erwähnt hatte. Wollte er das Unvermeidliche hinausschieben, nicht darüber reden?

»Haben Sie Kinder, Frau Brunner?«

Na klar! Judith seufzte innerlich. Diese Frage musste ja kommen! Sie hatte sie schon erwartet, wenn nicht gar befürchtet, denn sie wurde ihr jedes Mal von Leuten gestellt, deren Kind etwas Furchtbares widerfahren war. Sie wusste, dass die Frage meistens nicht verletzend gemeint war und sich die Betroffenen nur vergewissern wollten, ob man ihren Schmerz nachempfinden könnte. Judith Brunner erlebte die Frage dessen ungeachtet stets als Unterstellung. Als wären eigene Kinder eine Grundvoraussetzung für tiefes Mitgefühl oder für unermessliches Leid! Sie hatte in ihrem Beruf genügend Väter und Mütter kennengelernt, denen das Schicksal ihrer Kinder völlig egal war. Eltern, die ihre Kinder verwahrlosen ließen oder, und auch das hatte sie leider allzu oft erleben müssen, die ihre eigenen Kinder grausam misshandelten. Auf der anderen Seite kannte sie viele kinderlose Männer und Frauen, die tief und aufrichtig den Kindern anderer Menschen zugetan waren. Ihr ging diese Unterscheidung in Eltern und Kinderlose gehörig auf die Nerven, aber sie ertrug sie auch dieses Mal, aus Respekt vor dem Leid und der Verzweiflung der Angehörigen.

Ewald Eichner hatte von ihr gar keine Antwort erwartet. Er begann zu erzählen: »Wissen Sie, meine Ehe war nicht gut. Wir haben zu jung geheiratet. Ich liebte meine Frau eigentlich nicht und auch zu meiner Tochter fand ich lange kein Verhältnis. Was sollte ich mit so einem kleinen Kind auch anfangen? Es schläft, trinkt und muss gewaschen werden. Ich fand die Perspektive einfach nur öde und geistlos, dieses Kinderwagenumhergeschiebe, beim Kinderarzt rumsitzen, am Sonntagmorgen an den Klettergerüsten den Aufseher spielen. Später dann die Elternabende in Gesellschaft besserwisserischer Eltern, lautstarke Kindergeburtstage – nein, Danke! Es ist ja nicht so, dass man als Vater nicht auch schöne Stunden hätte, doch mich hat das alles nur furchtbar gelangweilt. Mir fielen immer tausend Sachen ein, die ich viel lieber machen wollte. Meistens habe ich mich vor diesen lästigen Pflichten gedrückt und alles meiner Frau überlassen. Ich gebe ja zu, dass ich auch viel unterwegs war.« Er stand auf und ging zum Fenster. Er blickte hinaus, als er sagte: »Erst in den letzten Jahren, als sie etwas verständiger wurde, fand ich einen Zugang zu dem Mädchen.«

Ewald Eichner war sicher nicht der erste Vater, der erkannte, dass nicht alle Aspekte einer Elternschaft glücklich machten, doch gehörte er offensichtlich zu denen, die sich konsequent aus der Verantwortung stahlen. Konnte Judith Brunner das Missvergnügen an einem organisierten Familienalltag noch bis zu einem gewissen Grad nachvollziehen, machte sie der Egoismus dieses Mannes traurig. Doch das spielte in der gegenwärtigen Situation keine Rolle.

Ewald Eichner erzählte indessen weiter, ohne sich umzudrehen: »Als ich angerufen wurde und dann von ihrem Tod erfuhr ... Ich weiß überhaupt nicht, was man da so macht. Wie benimmt man sich denn in so einer Situation? Meine Schwester ist völlig fertig. Wir haben uns über die Beisetzung gestritten. Ich wollte das bei mir zu Hause machen, aber sie will das Grab unbedingt hier haben.«

Judith Brunner legte einen Finger über ihre Lippen und bedeutete Grambow, still zu bleiben. Sie wartete, ob Ewald Eichner weiter sprechen würde.

Der Mann stützte seine Arme aufs Fensterbrett und ließ den Kopf hängen. Dann hob er ihn wieder ein Stück und es schien, als lausche er auf ein Geräusch, das er erwartete, das aber nicht hörbar wurde. Dann drehte Ewald Eichner sich wieder um und setzte sich zurück in seinen Sessel. »Entschuldigen Sie bitte, ich war unkonzentriert. Sagen Sie, konnten Sie schon jemanden festnehmen?«

Judith Brunner nahm sich Zeit und berichtete ihm so ausführlich und detailliert, wie es die Umstände zuließen, von ihrer Suche nach seiner Tochter und von den bisherigen Ermittlungen. »Wir verfolgen mehrere Spuren und ich bin mir gewiss, dass uns eine zum Täter führt«, blieb sie in ihrer Vorhersage vage genug, um nicht zu große Hoffnungen zu wecken.

»Kann ich irgendetwas tun?«, fragte Ewald Eichner und

sein Blick beschwor Judith Brunner nahezu, ihn tatsächlich irgendetwas tun zu lassen.

»Ja. Wenn Sie mir einige Fragen beantworten würden? Das könnte uns helfen.«

»Bitte. Fragen Sie.«

Grambow zog Notizblock und Stift aus der Brusttasche seiner Uniform.

Judith Brunner begann: »Sie sagten, Sie hätten Zugang zu Ilona gefunden. Wie haben Sie den Kontakt zu ihr gehalten?«

»Ich hab ihr Ansichtskarten geschickt. Immer, aus jedem Ort, in dem ich gerade war.«

»Aber Ilona ihrerseits konnte Sie nicht erreichen?«

»Unterwegs nicht, nein, wozu auch? Ich hätte sowieso keine Zeit gehabt. Und zu Hause hat sie mich jederzeit anrufen können. Wir haben uns regelmäßig getroffen.«

»Aha.«

»Na ja, ab und zu ein Wochenende und dann im Sommer habe ich sie immer mit in den Urlaub genommen. Gelegentlich haben wir dann schon richtige Gespräche geführt.«

»Hat sie Ihnen gegenüber einen Freund erwähnt? Oder jemanden, der ihr nachstellte?«

»Nein, nie. Jedenfalls nicht in diesem, hm, sexuellen Sinne. Soweit war sie, glaube ich, noch nicht. Es ging eher allgemein um Schulfreunde und Geburtstage der Freundinnen, Klassenfahrten und solche Sachen. Trivialer Teenagerkram.«

Trivial? Zu diesem Teenagerkram gehörte unvermeidlich die erste Liebe, und die war mit all ihren unvorhersehbaren und dramatischen Missverständnissen beileibe nicht belanglos. Die Möglichkeit, dass irgendetwas in diesem

Zusammenhang zu Ilonas tragischem Tod geführt hatte, konnte und durfte Judith Brunner bei ihren Ermittlungen nicht außer Acht lassen. Deswegen fragte sie: »Hätte sie Ihnen davon erzählt?«

»Wovon?«

»Hätte Ilona sich mit Ihnen über einen Jungen und das Verliebtsein unterhalten? Über Sex?«

Ratlos zuckte Ewald Eichner die Schultern. »Vielleicht reden Sie noch mal mit meiner Schwester. Wenn es ihr etwas besser geht.« Er wusste im Grunde genommen nicht viel von seiner Tochter.

Judith Brunner machte weiter. »Ich weiß, dass Sie nicht hier leben und nur selten zu Besuch kommen. Doch der Vollständigkeit halber muss ich Sie das fragen. Fällt Ihnen jemand ein, dem Sie eine solche Tat zutrauen würden?«

Nahezu erschrocken sah Ewald Eichner sie an und antwortete erregt: »Sie meinen, ob ich jemanden kenne der ... Was denken Sie denn! Nein!« Wie aus dem Nichts versagte ihm fast die Stimme und er sprach gepresst: »Mich widert schon der Gedanke an, dass so ein krankes Stück Scheiße meine Ilona angefasst hat. Allein davon wird mir speiübel.«

Jetzt hatte er seine Tochter das erste Mal beim Namen genannt.

~ 39 ~

»Da hat er gelegen«, zeigte Ernst Grambow seiner Vorgesetzten die Stelle in der Scheune, wo er gestern Lothar Mirow entdeckt hatte.

Leute von der Spurensicherung waren wieder vor Ort. Judith Brunner und ihr junger Kollege mussten aufpassen, wohin sie traten. Auf dem Boden waren jetzt die Blutflecken deutlich zu sehen. Mehrere mobile Flutlichter beleuchteten die Scheune. Die alte Decke, die Grambow genutzt hatte, hing achtlos über einer halbhohen Bretterwand.

Um den Technikern nicht im Weg zu sein, hockten sie sich nebeneinander auf den Strohballen, der Grambow schon gestern als Sitzgelegenheit gedient hatte.

Judith Brunner sah nach oben. Nirgendwo war ein Seilende zu sehen. Die Balken waren eigentlich auch viel zu hoch, als dass man ohne eine große Leiter etwas festknüpfen, geschweige denn einen Menschen hochhieven konnte. Das ging ganz sicher nicht allein, es sei denn, man benutzte ein entsprechend langes Seil und zog sein Opfer damit über den Balken nach oben. Dann müssten sie abgeriebene Fasern an einem der Balken finden.

»War hier gestern eine Leiter?«, fragte sie Grambow.

Der überlegte kurz. »Ich habe keine gesehen. Nicht hier in seiner unmittelbaren Nähe. Und sonst?«, er sah sich suchend um und rief einem der Techniker zu: »Habt ihr hier eine Leiter gesehen?«

Der wusste, worum es ging, und antwortete hilfreich: »Keine Leiter. Auch kein Strick. Und kein Blut außerhalb der Markierungen.«

»Waren Sie schon im Wohnhaus?«, wollte Judith Brunner von dem Mann wissen.

»Es ist jemand von uns drüben. Gehen Sie ruhig rein.«

Sie liefen über den Hof und betraten das kleine Bauernhaus durch einen hölzernen Vorbau, der, wenn einige morsche Bretter ausgetauscht und die Holzwände frisch gestrichen würden, einen hübschen Eingang abgegeben hätte. Man stand gleich in einer kleinen Schwarzküche.

»Hallo!«, rief Judith Brunner. »Dürfen wir uns mal umsehen?«

Aus einer schmalen Tür neben einer alten Kochmaschine erschien Thomas Ritter. Er nickte grüßend. »Nur zu, ich bin eigentlich fertig.«

Grambow sah ihn auffordernd an. »Und?«

»Nach meiner bescheidenen Meinung ist hier im Haus nichts zu holen. Noch nicht einmal für uns. Das Drama hat sich wohl ausschließlich in der Scheune abgespielt. Den dortigen Spuren nach waren es wenigstens zwei Angreifer, vielleicht auch drei, die sich das Opfer geschnappt haben.«

»Er hatte keine Chance«, murmelte Grambow und Judith Brunner hatte den Eindruck, dass sich diese Bemerkung nicht nur auf den Überfall, sondern auf Mirows gesamtes Leben bezog.

Ritter wies unbestimmt in den Raum und sagte: »Also, einen Raubüberfall würde ich ausschließen. Ob in dieser Bruchbude irgendetwas für andere interessant ist, wage ich zu bezweifeln. Selbst im Kühlschrank fanden sich nur ein Würfel Margarine, auf Vorrat gekochte Nudeln und zwei Fischbüchsen an.«

Judith Brunner war geneigt, ihm sofort zuzustimmen. Die Küche war zwar sauber, doch die wenigen Kleinmöbel waren alt und abgenutzt, das aus den frühen Sechzigern stammende Schrankfurnier war an vielen Stellen beschädigt oder gar ganz abgeplatzt. Zerbeulte Blechtöpfe auf dem Herd und zerschlissene Handtücher an einem Wandbord ließen auf einen sehr langen Gebrauch schließen. Das Linoleum auf dem Fußboden war brüchig und wies bereits Löcher auf.

»Er benutzt immer noch die Sachen seiner Großeltern«, informierte Grambow. »Die sind vor ein paar Jahren kurz nacheinander verstorben.«

»In den anderen Zimmern sieht es auch nicht besser aus, kommen Sie«, lud Ritter zu einem Rundgang ein. In der Tat schien Lothar Mirow nach dem Tod seiner Großeltern keinerlei Neuanschaffungen getätigt zu haben; von einer Renovierung oder wenigstens einer Umdekoration der Räume war auch nichts zu erkennen.

Grambow und Judith Brunner sahen sich betroffen um. Diese bittere Armut war schwer zu ertragen.

Ritter wandte sich an seine Chefin: »Gut, dass wir uns hier treffen, ich habe nämlich schon erste Ergebnisse, das Seil betreffend. Ich habe es mir gleich besorgt. Mit allen Untersuchungen bin ich zwar noch nicht fertig, aber«, er machte eine dramatische Pause, »damit wurde der Mann auf keinen Fall aufgehängt. Viel zu dünn, ganz miese Qualität und schon ziemlich mürbe. Das wäre sofort gerissen. Der Knoten ist auch nicht zum Strangulieren geeignet. Ist bloß ein einfacher Doppelknoten. Also, um es kurz zu machen, wirklich aufknüpfen wollte den damit niemand.«

»Was sollte der Strick denn dann?«, mischte sich Grambow in das Gespräch.

Judith Brunner, die sich an das jammervolle Bild, das der Verletzte im Krankenhaus abgegeben hatte, erinnerte, beschlich ein furchtbarer Verdacht. »Den hat man Lothar Mirow umgelegt, um ihm Angst zu machen. Nicht nur einfach zu drohen. Man wollte ihn in Todesangst versetzen!«

Grambow ächzte. »Meine Güte! Ich hatte wirklich nicht gedacht, dass es mal so weit kommt. Vielleicht hätte ich öfter nach ihm sehen sollen.« Man sah, dass er sich maßlose Vorwürfe machte.

»Dadurch hätten Sie das auch nicht verhindern können. Bestimmt nicht. Die Typen hätten eine andere Gelegenheit gefunden. Sie können nicht rund um die Uhr auf jeden aufpassen.« Ritter klopfte dem Mann einige Male mitfühlend auf die Schultern und erntete einen dankbaren Blick von Judith Brunner.

»Überlegen Sie doch mal, wer Ihnen auf Anhieb einfällt, wenn Sie an diese Tat denken«, forderte sie Grambow auf, damit dem gar keine Zeit für Schuldgefühle blieb.

»Das mach ich schon seit gestern Abend. Den Mirow hatten einige ständig auf dem Kieker!«

»Und wer ganz besonders?«, fragte Judith Brunner nach.

»Na, hier in Engersen der Steffen Geiger, der hackt mit Vorliebe auf Schwächeren rum. Fühlt sich gern überlegen. Und dann der Achim Heppner, ein ziemliches Großmaul, dem die Fäuste recht locker sitzen. Mit dem bin ich zur Schule gegangen. Der war schon damals ein Angeber; es wird immer unerträglicher mit ihm ... Ich glaube, die beiden spielen auch im Fußballklub zusammen.«

»Und weiter?«

»Walter Dreyer hat auch einen Kandidaten. Diesen Schäfer. Der hat ihm am Sonntag schon gedroht.«

Judith Brunner erinnerte sich ebenfalls an Rudolf Boll. »Großartig. Fangen wir mit denen an. Ich will die drei heute noch in meiner Dienststelle haben. Befragen wir die Kerle. Wenn Ihnen noch mehr einfallen, dann die auch. Hören Sie sich im Dorf um. Wer ein Alibi hat, ist raus. Wer nicht, für den wird es ungemütlich, und zwar sehr.«

Grambow nickte und machte sich auf den Weg.

Die Hitze flimmerte unbarmherzig über der Straße, als Judith sich auf den Weg nach Gardelegen machte. Die erbarmungslos scheinende Sonne ließ auf der völlig leeren Landstraße weit vor ihrem Auto glänzende Pfützen im Asphalt erscheinen. Über einem bereits abgeernteten Getreidefeld herrschte eine so gleißende Helligkeit, dass Judith eine Fata Morgana nicht mehr für ausgeschlossen hielt. Sie hatte das Seitenfenster runtergekurbelt und der Fahrtwind verschaffte ihr wenigstens die Illusion einer kühleren Brise. Sie hoffte, dadurch etwas wacher zu werden.

Sie musste sich in Form bringen. Schneller denken, denn sie stand vor ihrer gewaltigsten Herausforderung: Ein Sexualmord an einem Kind. Eine Scheinhinrichtung an einem Wehrlosen. Ein zynischer Tierquäler. Womöglich eine Diebesbande, die in der Gegend operierte. Schlimmer konnte es kaum noch kommen.

~ 40 ~

Lisa Lenz saß seit Stunden am großen Tisch im Besprechungsraum und las. Es war kaum jemand im Haus; alle waren in den umliegenden Dörfern unterwegs. Diese Ruhe wollte sie nutzen. Mehr als achtzig Befragungsprotokolle lagen vor ihr, geordnet nach den Wohnorten der Zeugen und nach Beobachtungszeitraum durchnummeriert. Sie hatte bereits jedes einzelne gelesen, sobald es auf ihrem Schreibtisch gelandet war, Wort für Wort. Und nun las sie sie nochmals in geordneter Reihenfolge. Im Prinzip war an jede Haustür von Engersen und der umliegenden Dörfer geklopft worden. Entsprechende Listen der Meldestelle mit den abgehakten Adressen lagen zum Vergleich vor. Natürlich wussten nicht alle Befragten etwas Hilfreiches mitzuteilen. Die meisten hatten sich lediglich im Haus oder auf ihrem Gehöft aufgehalten und sich um Vieh oder Garten gekümmert. Manche waren zu alt oder zu krank, um noch vor die Tür zu gehen, und andere interessierten sich angeblich für nichts, was sich vor ihrer Tür abspielte. Einige waren auch verreist. Offiziell war die Aktion nun abgeschlossen; wenige Nachholtermine waren vermerkt.

Die Befragung der Kraftfahrer von Bussen, Tankwagen oder LKW hatte keinen einzigen brauchbaren Hinweis ergeben, es sei denn, man wollte diese Tatsache als eigenständiges Indiz werten.

Die Protokolle waren zum Teil von unerfahrenen Polizisten geschrieben worden, deren Handschriften und Formulierungen Lisa vor gewisse Herausforderungen gestellt hatten. Doch nun war es geschafft!

Sie reckte sich wohlig, trank den letzten Schluck Kaffee und überlegte, wie sie diese Unmengen an Informationen brauchbar auswerten konnte. Allen Berichten gemein waren Angaben zu Personen oder Fahrzeugen, die an ganz bestimmten Orten gesehen worden waren. Die genannten Uhrzeiten zu den jeweiligen Begegnungen oder Beobachtungen waren meistens nur geschätzt.

Nichtsdestotrotz wollte Lisa alle Beobachtungen des Sonnabends, egal, zu welcher Uhrzeit sie genau gemacht worden waren, in ihre Analyse einbeziehen. Ilona Eichner war am späten Nachmittag, zwischen halb fünf und halb sechs, ermordet worden, doch wer sagte denn, dass sich ihr Mörder nicht schon lange vorher oder auch nach der Tat noch eine Zeit lang in der Gegend aufhielt?

Sie hatte Orte, sie hatte Namen und sie hatte Zeiten. Also los.

Dr. Grede war es schon am Sonntagnachmittag gelungen, vom Stab der Zivilverteidigung mehrere Geländekarten mit großem Maßstab zu besorgen, die Engersen und seine Nachbardörfer exakt abbildeten. Eine dieser Karten hatte Ritter gestern an die Wandtafel geheftet und seine Tatortskizze und die Wege des Mörders mit verschiedenfarbigen Stiften eingezeichnet. Sobald die Kriminaltechnik oder das Labor mit der Untersuchung irgendeines Hinweises vom Tatort fertig waren, konnte er den jeweiligen Fundort in der Karte kenntlich machen.

Lisa nahm sich diese anschauliche Darstellung als Vorbild. Sie zweckte eine neue Geländekarte daneben. Hier wollte sie kennzeichnen, welcher Zeuge wo gewesen war, wenn er jemanden gesehen hatte. Den Standort des möglichen Verdächtigen würde sie ebenfalls eintragen und dazu die Nummer des Protokolls vermerken, in dem er erwähnt wurde. So müsste sie einen recht genauen Überblick bekommen, wer sich am Sonnabendnachmittag an welchen Orten aufhielt. Ebenso wollte sie auf einer weiteren Karte mit verdächtigen Fahrzeugen verfahren.

Außerdem plante sie, einen Zeitstrahl zu entwerfen, in dem jeder genannten Person eine Uhrzeit zugeordnet werden würde. In einigen Berichten waren sogar exakte Uhrzeiten angegeben. Mit denen wollte sie beginnen und danach die eher vagen Aussagen zuordnen. Lisa überlegte kurz und entschied sich dann, dass eine viertelstündliche Unterteilung genügend aussagekräftig sein müsste, um festzuhalten, wann jemand an einem bestimmten Ort gewesen war.

Nach drei Stunden hoch konzentrierter Arbeit war Lisa fertig und betrachtete prüfend ihr Werk. Von Nahem sahen ihre beiden mit Punkten, Namen und Zahlen bekritzelten Karten ziemlich verwirrend, wenn nicht gar chaotisch aus. Sie ging ein paar Meter zurück und musterte die Geländepläne erneut, nun aus größerem Abstand.

»Versuchst du dich in moderner Kunst?«, neckte Ritter

sie, der mit neuen Fotoabzügen in der Hand in den Besprechungsraum kam. Er wollte die Aufnahmen von Mirows Scheune an einer der bisher leeren Stellwände anheften. Ritter stellte sich dicht neben Lisa und kniff prüfend die Augen zusammen. »Ich kann mit Picassos späten Werken eigentlich wenig anfangen, aber das da gefällt mir«, lobte er spaßhaft das vermeintliche Kunstwerk.

Lisa stupste ihm wenig sanft einen Ellbogen in die Rippen, kniff ebenfalls die Augen zusammen und sagte dann geheimnisvoll: »Sieh einer an. Das ist ja erstaunlich!«

»Was, dass ich ein Kunstkenner bin?«, frotzelte Ritter weiter.

Lisa griente: »Das auch, ja. Doch noch viel erstaunlicher ist die folgende Tatsache.« Sie ging wieder dicht an den Plan heran und tippte dann auf einen blauen Punkt auf der Landstraße zwischen Engersen und der F 71. »Dieser Mann wurde nur von einer einzigen Person gesehen.«

~ 41 ~

Walter wollte sich nach Lauras Entdeckung eigentlich sofort mit ihr auf den Weg zum Zabel'schen Haus machen, um zu prüfen, welche Ähnlichkeit der dortige Zinken aufwies. Doch Margarethe Boll war ihnen, kaum das sie zusammengepackt und losgegangen waren, hinterher geeilt und hatte ratlos gefragt, wieso die Polizei in Gardelegen ihren Bruder zu sprechen wünsche. Sie hätte eben einen Anruf bekommen, doch der Rudi sei beim Wirt in der »Altmärkischen Schweiz«, um die Fleischlieferung für das kommende Wochenende zu besprechen.

»Das liegt ja an meinem Weg. Ich kümmere mich darum

und sage ihm gleich Bescheid«, versprach Walter Dreyer, selbst neugierig, was das zu bedeuten hatte.

Laura ahnte nach einem Blick in sein Gesicht, dass er womöglich längere Zeit aufgehalten werden würde. »Geh nur, ist schon in Ordnung; ich komme auch alleine zurecht.« Sie nahm ihm die Fotoausrüstung ab und ging zielstrebig in Richtung Pfarrhaus davon.

Die »Altmärkische Schweiz« hatte um diese Uhrzeit noch nicht geöffnet und so ging Walter Dreyer hinters Haus. Die Tür zum Wirtschaftskeller stand offen. Er stieg die schmale Treppe hinunter und nach wenigen Stufen hörte er Stimmen. Dann sah er Wolfgang Merker, den Wirt, und Rudolf Boll, wie sie in eine halb volle Kühltruhe starrten. Merker hielt eine beeindruckende Geflügelkeule in der Hand.

Die Männer wandten sich zu ihm um; sie begrüßen einander mit leichtem Kopfnicken.

»Ich müsste mal telefonieren«, begründete Walter Dreyer sein Erscheinen.

Merker blieb die Ruhe selbst und wies mit der Keule nach oben an die Decke, über der sich die Gaststube befand. Dann setzte er die Inspektion seiner Vorräte fort.

Walter nahm den Hintereingang durch das Vereinszimmer und benutzte den Telefonapparat am Tresen. Er erreichte Judith, die ihn kurz über die neuesten Erkenntnisse zum Verbrechen an Mirow ins Bild setzte. Eine unbändige Wut packte ihn, als er über die Schikane mit dem Seil nachdachte.

Judith sagte: »Ich muss irgendwo anfangen. Warum nicht mit denen? Grambow hat zwei Kandidaten und er hat noch einmal deinen Zusammenstoß mit Rudolf Boll erwähnt. Außerdem ist es nicht ganz unerheblich, dass es sein Hund war, den wir gefunden hatten. Ich wollte den Mann ohnehin sprechen. Er steht inzwischen ganz oben auf meiner Liste. Kannst du ihn gleich herbringen?«

»Das dürfte kein Problem sein. Ich weiß, wo er steckt«, meinte Walter grimmig.

Laura brauchte am Pfarrhaus keine Leiter, um zu erkennen, dass auch dieser Zinken nicht eingeschnitzt, sondern nur aufgemalt war. Das war bemerkenswert. Wann war die Markierung wohl angebracht worden? Und was war mit all den anderen?

Sie eilte nach Hause. Gestern Abend hatte sie es doch geschafft, ihre Fotos wenigstens einmal komplett durchzusehen, bevor sie aufs Angenehmste unterbrochen worden war. Bei der Erinnerung an die letzte Nacht durchzog ein süßer Schmerz ihren Körper. Rasch wandte sie sich ihrem Vorhaben zu, bevor die Traurigkeit über den Abschied ihr etwas anhaben konnte.

Fünf Fotos, auf denen mehr oder weniger deutlich die mit weißer Farbe aufgemalten Diebeszinken zu erkennen waren, lagen nun vor ihr auf dem Küchentisch. Laura übertrug die einzelnen Wörter der Balkeninschriften mit ihrem Bleistift sorgfältig auf Zeichenkarton. Dabei versuchte sie auch die Wortabstände und Verzierungen mit zu übernehmen. Dann nahm sie Buntstifte zur Hand und malte mit Rot oder Gelb die Anfangsbuchstaben nach. Zuletzt zeichnete sie mit einem grünen Buntstift den entdeckten Zinken auf das Blatt Papier und vermerkte am Rand seine Bedeutung. Weiter unten notierte sie die jeweiligen Adressen. Laura war froh, während ihrer Touren alles gut in Aufnahmenotizen dokumentiert zu haben. Sie hatte in den letzten Tagen mindestens fünfzig, sechzig Balkeninschriften gefunden und fotografiert, da hätte sie sich jetzt nur schwer an die korrekten Adressen erinnern können.

Zum Pfarrhaus sowie der Scheune der Schäferei in Waldau kamen ein verfallenes Gehöft in Schwiesau und zwei Gebäude in Wiepke hinzu.

Alles keine besonderen Lagen. Und alles keine Häuser, in denen Reichtümer zu erwarten gewesen wären. Warum hatten Diebe diese Gebäude markiert?

Die Farbverwitterungen, und vor allem die Botschaften der Zinken selbst deuten darauf hin, dass sich die Markierungen schon einige Zeit an den Häusern befanden. Alte Leute wohnen in der Schäferei nämlich schon lange nicht mehr. Laura könnte Tante Irmgard fragen, wann genau die Eltern der Bolls verstorben waren. Ihrer eigenen Erinnerung nach war das mehr als zehn Jahre her. Auch beim Pfarrhaus stimmte die Diebesnachricht nicht mehr. Ein Mann wohnte dort schon jahrelang nicht mehr im Haus. Tante Irmgard würde sicher auch noch wissen, wann der letzte Sohn der Zabel ausgezogen war. Sie kannte sich in den Waldauer Familiengeschichten bestens aus.

Ob die Nachrichten an den anderen Häusern auch so unzutreffend waren? Und ähnlich alt? Laura würde Walters Hilfe benötigen, um das herauszufinden. Doch der war immer noch nicht wieder aufgetaucht.

~ 42 ~

Judith Brunner wartete auf die Männer, die sie zum Überfall auf Mirow vernehmen wollte. Die Zeit bis dahin überbrückte sie mit allerlei Routinearbeiten. Zuerst sichtete sie die Dienstpost. Anschließend führte sie ein kurzes Gespräch mit der Staatsanwältin. Dann erst war sie bereit für das Unausweichliche und rief ihren Vorgesetzten in Magdeburg an.

Karl-Horst Stein hatte ihr mehrere Notizen mit entsprechenden Rückrufbefehlen in die Hand gedrückt, die er durchnummeriert und ab dem dritten mit entsprechend vielen Ausrufezeichen versehen hatte.

Als dieses Telefonat – erfreulich kurz und ohne die üblichen Ermahnungen – erledigt war, schrieb sie den Vermerk zum Gespräch mit Ingo Grille und gab sich erneut der Hoffnung hin, den Wachtmeister bald loszuwerden.

Nun hatte sie sogar noch Zeit und sah sich den neuesten Bericht an, der auf ihrem Schreibtisch gelandet war. Demnach waren gestern den ganzen Tag lang Polizisten mit Fotos vom Schlauchstück unterwegs gewesen. Judith Brunner las aufmerksam zu den *»Ermittlungen über die Herkunft des bei der Leiche gefundenen Gummischlauches«*. Unterzeichnet hatte ihn Karsten Windisch, der junge Bereitschaftspolizist, der Ilona Eichner gefunden hatte. *»In allen in der Umgebung befindlichen Tankstellen, Werkstätten und einschlägigen Geschäften, insgesamt 17, wurde ein solcher Schlauch nicht entwendet. Manche machten darauf aufmerksam, dass ein solcher Schlauch vor Jahrzehnten für die Zuführung von reinem Sauerstoff benutzt worden sein könnte. Eine Werkstatt verfügte noch über einen ähnlich alten Schlauch, aber mit viel stärkerer Wandung, der für Pressluft genommen wurde. Der bei der Leiche gefundene Schlauch kann also nicht für Pressluft gewesen sein. Ein Monteur der hiesigen Gaswerke erklärte mir außerdem, dass das keinesfalls ein Gasschlauch sei. Er gab aber zu bedenken, dass das ein Schlauch von einer alten Bierleitung sein könnte. Auf jeden Fall werden heute solche Schläuche nicht mehr genutzt.«* Dann hatte Windisch noch seine handschriftliche Liste mit den Adressen angefügt, säuberlich mit einem Haken hinter jedem Namen. Er hatte sie akribisch abgearbeitet.

Nun gut. Sie suchten also einen sehr alten Schlauch. Auf dem Lande. Judith Brunners Begeisterung hielt sich in Grenzen. Die berühmte Nadel im Heuhaufen war sicher einfacher zu finden.

Allerdings kam ihr in Bezug auf diesen engagierten, jungen Polizisten eine Idee. Schließlich wurde bei ihr demnächst eine Stelle frei.

Es klopfte an den Türrahmen und Lisa erschien grüßend. »Ich habe da was entdeckt. Hätten Sie einen Moment Zeit?«, bat sie.

»Sicher.« Judith Brunner sah auf. »Meine Güte, Lisa. Ihr Kleid ist ja umwerfend!« Anerkennend schmunzelte sie über die Selbstverständlichkeit, mit der Lisa wieder einmal ein raffiniert geschnittenes Kleid in dieser tristen Umgebung einer Polizeidienststelle trug.

Lisa drehte sich stolz einmal um die eigene Achse. »Am Wochenende hatte ich endlich alle Knöpfe angenäht. Sehen Sie mal, alles echtes Perlmutt! Die hatte meine Großmutter schon an einer Bluse.«

Judith stand auf und bestaunte ehrfurchtsvoll Lisas Schneiderkünste. Das rund ausgeschnittene, eng anliegende Oberteil war bis zur Taille mit diesen wunderschön schimmernden Knöpfen zu schließen. Der knielange Rock umschloss schmal die Hüften und schwang erst zum Saum hin etwas auf. Während der seidig glänzende Stoff den Körper blickdicht umschloss, hatte Lisa die Ärmel aus transparentem Material genäht. Ihr tiefschwarzes Haar hatte sie dazu im Nacken mit einem Band aus gleichem

Material zu einem Zopf zusammengebunden. »Fantastisch! Wie lange haben Sie dafür denn gebraucht?«

»Ach, fast vier Wochen«, klang Lisa leicht unzufrieden. »Ich wollte es schon eher fertigbekommen, doch irgendwie kam immer was dazwischen.«

»Na, auf jeden Fall gratuliere ich Ihnen zu diesem Stück. Es steht Ihnen hervorragend.«

Lisa freute sich. Sie trug, ungewöhnlich genug bei der Polizei, gerne ausgefallene Kleider. »Ich finde nie was im Laden«, hatte sie Judith einmal anvertraut, was die ihr, eingedenk von Lisas extravagantem Geschmack, sofort glaubte.

Im Besprechungsraum positionierte Lisa ihre Vorgesetzte zielstrebig neben Ritter, der die Karten wieder mit Abstand betrachtete und fragte: »Können Sie alles gut sehen?«

Judith Brunner wusste zwar nicht genau was, nickte aber dennoch.

Dann begann Lisa, ihr Herangehen zu erläutern und Judith konnte sich zunehmend für Lisas Methode erwärmen. Alles erschien ihr nachvollziehbar und verständlich. Außer Lisa hätte das niemand so präzise hinbekommen!

»Sagen Sie schon«, bat Judith Brunner dennoch ungeduldig, »was haben Sie entdeckt?«

»Na ja, in Engersen habe ich knapp fünfzig Begegnungen von Leuten erkannt.« Sie deutete für Judith Brunner nochmals auf die farbigen Markierungen ihrer Karte. »Ich weiß jetzt, wer wann und mit wem zum Stammtisch in die Kneipe ging, wer sich zu welchem Nachbarn zum Klönen auf den Weg gemacht hat, und wer seinen Hund wo ausgeführt hat.«

»Schön, und?«

»Niemand sonst hat einen Mann gesehen, wie er von diesem Zeugen«, sie wies auf eine Stelle, »ungefähr hier«, und zeigte dann auf einen anderen Punkt, unmittelbar daneben, »gesehen wurde.«

Judith Brunners ging zu der Karte und betrachtete Lisas Einzeichnungen. »Sind Sie sicher?« Ihr Blick schweifte über die Papierberge, die Lisa durchgearbeitet hatte.

»Ja. Ich habe es schon zweimal überprüft! Wenn ich die Vernehmungen all der Leute, die wir zu ihrem Aufenthalt auf der alten Landstraße befragt haben, vergleiche, fange ich an, an den Beobachtungen von diesem Manfred Peuker zu zweifeln. Walter Dreyer hatte zum Beispiel einen Zeugen aus Waldau, der am Nachmittag mit seinem Fahrrad Richtung Engersen unterwegs gewesen war, um nach dem Getreide zu sehen. Der alte Bauer konnte zwar nicht viel berichten, da er nicht auf seine Umgebung achtete, doch er schloss nicht aus, ein, zwei Radfahrern oder auch einem Auto begegnet zu sein, einen Fußgänger auf der Landstraße hat er jedoch nicht erwähnt. Zwei weitere Männer haben diese Nicht-Beobachtung quasi bestätigt, da sie genau so ausgesagt haben.«

»Große Klasse«, lobte Judith Brunner ihre Mitarbeiterin. »Hm. Was fangen wir nun damit an? Vielleicht bedeutet das einfach, dass der umherspazierende Kerl sich immer gut verstecken konnte, wenn nur einer der Zeugen ihn bemerkt hat?«

Lisa hob noch einmal hervor: »Dieser Peuker hat den Mann aber gesehen, und das nur circa 300 Meter vom Tatort entfernt. Der Junge – er ist gerade erst achtzehn geworden – hat offensichtlich eine gute Beobachtungsgabe und er hat ihn plastisch beschrieben.«

Judith Brunner musste innerlich schmunzeln, als Lisa

Lenz, selbst erst Mitte zwanzig, von einem »Jungen« sprach. Aber sie hatte eine wirklich gute Vorarbeit geleistet. »Prima. Dann können wir ja endlich nach jemandem suchen. Lassen Sie diesen Zeugen bitte herkommen; vielleicht bekommen wir ja eine Phantomzeichnung hin. Und zeigen Sie diesem Peuker auch die Fotos der vorbestraften Sexualstraftäter aus der Gegend. Vielleicht erkennt er ja einen wieder.«

»Wird erledigt«, wandte sich Lisa beflissen zum Telefon.

Judith Brunner räusperte sich. »Warten Sie! Unsere Überlegungen könnten zutreffen. Aber die Tatsache, dass nur ein einziger Zeuge den Mann gesehen hat, kann auch bedeuten, dass dieser Zeuge sich irrt.«

»Oder dass er lügt!« Ritter hielt prinzipiell nicht viel von Augenzeugen, formulierte aber genau, was Judith Brunner dachte.

»Warum sollte er das tun? Oh!«, fiel es Lisa jetzt selbst auf. »Es gibt diesen Spaziergänger gar nicht. Der Zeuge hat ihn erfunden, um von sich abzulenken. Er war's!«

Judith Brunner nickte. »Darauf wollte ich hinaus. Her mit diesem Peuker. Sofort! Unter Umständen bekommen wir ›nur‹ ein brauchbares Phantombild. Anderenfalls haben wir unseren Mörder.«

~ 43 ~

Es ging schon gut los. Grambow klingelte bei Achim Heppner und der ließ ihn unnötig lange warten, obwohl Grambow sicher war, vom Küchenfenster aus bemerkt worden zu sein. Er ließ den Daumen auf dem Klingelknopf.

Heppner schimpfte lauthals, bevor er die Haustür aufriss: »Hör auf zu randalieren, du Polizistendarsteller! Ich komme ja schon.« Die Tür wurde gerade so weit geöffnet, dass Heppner den Spalt ausfüllte. Bis auf eine lässige Jeans trug er nichts am Leibe.

Jetzt ließ Grambow seinen Daumen etwas länger als nötig auf dem Klingelknopf, sodass Achim Heppner genervt fragte: »Was willst du?«

In die plötzliche Stille sagte Grambow: »Du weißt doch ganz genau, weswegen ich hier bin. Oder hast du noch nichts von dem Überfall auf Lothar Mirow gehört?«

Selbstgefällig große Überraschung mimend, gab Heppner zurück: »Sag jetzt bloß nicht, dass dieser sabbernde Idiot die Polizei veranlasst hat, lästig zu fallen und vor meiner Tür zu stehen.« Aus seiner Abscheu gegen Mirow hatte er nie einen Hehl gemacht.

Ernst Grambow versuchte gar nicht erst, höflich zu sein: »Musst du eigentlich immer zeigen, was für ein Arschloch du bist?«

»Was meinst du?«, kam es süffisant zurück. »Dass ich nicht in Tränen ausbreche, bloß weil einer endlich mal die Lektion bekommen hat, die er verdient? Oder dass ich mir erst noch die Hände waschen wollte, nachdem ich eben beim Pissen war und meinen Schwanz in der Hand hatte. Aber ich kann einen alten Schulfreund auch so begrüßen.« Grinsend streckte Heppner Grambow die rechte Hand entgegen.

»Verzichte. Zieh dir was über; du musst mich begleiten. Zur Kreisdienststelle nach Gardelegen.«

»Muss ich das? Tatsächlich?«

»Ich kann dich auch von den Kollegen verhaften und abholen lassen, wenn dir das lieber ist.«

Heppner schien einen Moment zu überlegen, ob dies

genügend Aufmerksamkeit im Dorf erregen würde, um seinen vermeintlichen Ruf als unangepasster Rebell zu festigen, entschied sich dann aber anders. »Bringen wir's schnell hinter uns. Das soll nämlich ein schöner Nachmittag werden und vielleicht ist ja nach diesem netten Ausflug noch etwas davon übrig.«

Das bezweifelte Grambow erheblich, denn er hatte die Entschlossenheit im Blick von Judith Brunner gesehen, als er ihr vorhin die Namen der Verdächtigen genannt hatte.

Als Heppner im Auto anfangen wollte, weiter über seine unerträglichen Ansichten zu schwadronieren, unterband Grambow jedes Gespräch: »Ach, hör doch auf! Ich kenne dich seit Ewigkeiten, Heppner. Mich kannst du nicht mehr beeindrucken. Es langweilt! Also, nimm einfach dein bestes Stück wieder in die Hand und halt die Klappe bis wir da sind.«

Zwanzig Minuten später hatte Grambow Heppner in der Kreisdienststelle abgeliefert und saß nun im Besprechungsraum. Er wartete auf die Information, ob er auch gleich noch Steffen Geiger bringen sollte.

»Ernst! Was machst du denn hier?«, war Walter Dreyer überrascht, ihn zu sehen.

Grambow erklärte seine Anwesenheit.

»Und ich habe den Rudolf Boll gerade abgeliefert. Hoffentlich kommt bei den Vernehmungen der beiden was raus. Wollen wir nachher im Krankenhaus vorbei und mal sehen, wie es Mirow geht?«

»Unverändert«, wusste Lisa Lenz, die hinzukam und ihnen Kaffee brachte. Dann drückte sie Walter eine Mappe in die Hand. »Sie wollten doch die Diebstahlsanzeigen der letzten Zeit haben. Da drin sind alle der letzten zwölf Monate.«

Die Liste war erschreckend lang; dass so viele Leute bestohlen wurden, hatte Walter Dreyer nicht vorausgesehen. Bei ihm in Waldau waren Eigentumsdelikte die absolute Ausnahme. In der Stadt und in den Dörfern entlang der Fernverkehrsstraßen sah das offenbar anders aus.

»Meist geht es um Kleinkram, Kellereinbrüche, oder es fehlt etwas aus der Gartenlaube. Aber es werden auch Schmuckstücke, Elektrogeräte, Münzsammlungen und andere wertvolle Dinge gestohlen, und das ist dann beileibe nicht immer harmlos abgegangen. Die Eigentümer wurden zum Teil verletzt, oftmals ist der Schaden an den Wohnungseinrichtungen höher als der Wert der gestohlenen Sachen«, erläuterte Lisa die Menge der Einträge und wandte sich zum Gehen. »Wenn Sie mehr benötigen, sagen Sie einfach Bescheid. Ich suche auch längere Zeit zurück.«

»Besten Dank. Das hilft mir sicher«, rief Walter ihr hinterher und goss sich und Grambow dann Kaffee ein.

Nach einem winzigen Schluck fing Grambow an: »Du hast doch Sonntagnachmittag mit diesem Jungen aus Jemmeritz gesprochen.«

»Ja. Das habe ich dir doch schon erzählt.«

Grambow sagte nichts mehr und trank weiter Kaffee. Er sinnierte vor sich hin.

»Hat deine Frage irgendeinen Grund?«, erkundigte sich Walter.

»Ja. Entschuldige bitte. Was hattest du für einen Eindruck von ihm?«

»Was meinst du?«

»Na, schien der dir ehrlich?«

»Ehrlich? Eigentlich schon. Ein Teenager eben. Etwas verpennt, wirkte ein bisschen jünger, als er ist. Nicht der umtriebige Typ, wenn du weißt, was ich meine. Aber sonst ... Ernst, rück mit der Sprache raus! Was ist los?«

»Ich bin heute Morgen, nachdem ich mit der Chefin bei dem Vater des Mädchens war, los, um mich wegen Mirow umzuhören. Ich gehe also vor die Tür und hole tief Luft. Mir ging es zwar noch nicht so gut, aber was soll's. Und da geht mir auf einmal ein Gedanke durch den Kopf: Woher mögen wohl die Lindenblüten in der Papiertüte von Ilona Eichner stammen? An der alten Landstraße zu euch rüber gibt es nämlich keine Linden!«, kam Grambow dann auf den Punkt.

Walter Dreyer ärgerte sich ein wenig über sich selbst, dass ihm das nicht auch und vor allem früher aufgefallen war. Er kannte die Straße ja schon seit einigen Jahrzehnten.

Grambow redete weiter: »Aber auf dem Friedhof und vor allem ausgangs des Dorfplatzes von Engersen, nicht weit von meinem Büro stehen einige alte Lindenbäume. Ilona Eichner könnte da schon mit dem Sammeln der Lindenblüten angefangen haben.«

»Gut. Was ist denn nun mit Peuker?«

Grambow klärte ihn auf: »Das Haus seiner Großmutter steht genau bei diesen Bäumen. Ilona war am Nachmittag mit ihrer Tante spazieren, hat da vielleicht die Lindenblüten schon bemerkt und dann später dort angefangen, welche in ihre Tüte zu sammeln. Und vielleicht hat Peuker sie da schon gesehen und weiter beobachtet. Wenn er jede Woche bei seiner Oma ist, könnte er da das Mädchen nicht kennen? Zumindest vom Sehen? Normalerweise interessieren sich junge Männer doch für Mädchen.«

»Ist 'ne Überlegung wert«, stimmte Walter Dreyer seinem Kollegen zu. »Aber warum sollte er mir das verschweigen?«

Judith Brunner kam in den Besprechungsraum. »Frau Lenz sagte mir, dass ich Sie hier finde. Danke, dass Sie die beiden Verdächtigen hergebracht haben. Wir fangen gleich an, uns mit ihnen zu unterhalten. Inzwischen wollte ich Sie bitten, Herr Dreyer, einen Zeugen im Mordfall Eichner herzubringen, mit dem Sie sich bereits am Sonntag unterhalten haben. Manfred Peuker.«

»Was!«

»Wen?«

»Ist das so eine seltsame Anweisung?«, wunderte sich Judith Brunner über die synchronen Fragen ihrer beiden Ortspolizisten.

Walter Dreyer beeilte sich zu versichern: »Nein, nein. Doch haben wir eben über ihn gesprochen. Grambow ist da was Interessantes in Bezug auf diesen Jüngling aufgefallen.«

Ernst Grambow wiederholte seine Überlegungen.

Judith Brunner ging zu einer der Karten. »Frau Lenz hat eine weitere bemerkenswerte Sache herausgefunden. Manfred Peuker ist der Einzige, der diesen Spaziergänger gesehen hat.«

Walter ärgerte sich über sich selbst. »Ich habe dem Jungen seine Geschichte voll abgekauft. Der war so locker im Erzählen. Er hat den Mann, dem er begegnet sein will, so eingehend beschrieben.«

»Verdammt«, entfuhr es Grambow, »der Peuker will uns wohl verarschen!«

Das war zwar nicht optimal formuliert, aber es schien der Wahrheit sehr nahezukommen.

~ 44 ~

Dr. Grede begleitete Judith Brunner in den Vernehmungsraum. Sie hielten es schon lange so, schwierige oder wichtige Verdächtige gemeinsam zu befragen. Das hatte sich bewährt; einer beobachtete und der andere führte das Gespräch. Verteilte Rollen ließen ihnen auch die Möglichkeit, den Verdächtigen zu überraschen oder ihn zu verunsichern.

Über Achim Heppner hatten sie in der Kürze der Zeit nur das wenige erfahren können, das Grambow ihnen mitteilen konnte. Fast dreißig, ledig aus Überzeugung, kaum Affären, Bauingenieur und einigermaßen erfolgreich. Worauf seine Überzeugung beruhte, Prahlerei und Gemeinheiten würden seine Beliebtheit erhöhen, blieb Heppners Geheimnis. Oder hielt er damit absichtlich andere Menschen auf Distanz?

Judith Brunner betrat zuerst den Raum.

Noch bevor sie sich und Dr. Grede vorstellen konnte, bekam sie zu hören: »Na, immerhin nett, mal einen Rock vorbeizuschicken.« Heppner rückte ein wenig vom Tisch weg und begann, breitbeinig sitzend mit seinem Stuhl nach hinten zu kippeln. Seine Handflächen legte er auf seine Brust und begann, mit den Daumen auffällig über seine Brustwarzen zu kreisen.

Eine lauernde Stille entstand.

Judith Brunner trug keinen Rock. Die Bemerkung war ganz sicher nicht als Kompliment gemeint und Heppners Gesten waren ebenso wenig ein Zeichen von Nervosität. Er wollte mit sexuellen Anzüglichkeiten provozieren.

»Sie sollten zum Optiker gehen und nach einer Brille

fragen. Mit Ihren Augen ist etwas nicht in Ordnung, Herr Heppner.« Judith schleuderte ihm den freundlichsten Blick zu, den ihre plötzliche Wut zuließ. Sie hatte den Sexualmord an einem Mädchen aufzuklären. Das ging ihr sehr nahe und kostete sie viel Kraft. Und dieser Idiot hatte nichts Besseres zu tun, als eine Show abzuziehen, um sie zu verunsichern! Sah sie so anspruchslos aus, dass sie auf eine miese Bauarbeiteranmache reagieren würde? Sie ging auf Heppner zu, blieb ganz dicht neben ihm stehen und beugte sich herab, um ihm direkt in die Augen sehen zu können. Sie erkannte nur Verachtung darin. »Möchten Sie sich jetzt benehmen oder soll ich Ihnen noch etwas Zeit lassen, bis Sie sich wieder eingekriegt haben? Wir können auch später wiederkommen.«

Heppner linste grinsend an ihr vorbei zu Dr. Grede, auf etwas männlichen Beistand bauend.

Damit war er allerdings beim Falschen gelandet. Grede sah ihn auf eine eigenartige Weise, irgendwie gespannt, an. Judith Brunners feminines Wesen und ihre Eleganz hatten schon öfter Leute verführt, ihre Kompetenz zu übersehen oder sie infrage zu stellen. Ihr behutsamer Umgang mit den Opfern von Verbrechen und die Strenge und Ausdauer, mit der sie die Täter verfolgte, hatte die meisten recht schnell vom Gegenteil überzeugt. Woher sollte dieser Typ wissen, mit wem er es hier zu tun hatte? Grede wartete innerlich amüsiert, wann Heppner seinen Irrtum erkennen würde.

Judith Brunner berührte mit einer blitzschnellen Handbewegung Heppners Stuhllehne. Da er gerade wieder schwungvoll nach hinten gekippelt war, reichte ein winziger Impuls.

»He! Was soll die –«, konnte Heppner gerade noch rufen, bevor er hart auf dem Rücken landete und vor Überraschung und Wut kaum noch atmen konnte. »Scheiße ... Blöde Kuh!«, jaulte er.

Dr. Grede schob Judith Brunner ungerührt einen Stuhl auf der anderen Seite vom Tisch zurecht. Er selbst setzte sich neben die Tür, um den Mann von dummen Fluchtideen abzuhalten.

»Kommen Sie zu mir, Herr Heppner, oder möchten Sie die Vernehmung lieber da unten auf dem Linoleum liegend absolvieren?« Judiths Brunners Stimme klang ungemein freundlich, als sie ihm bedeutete, ihr gegenüber am Tisch Platz zu nehmen.

Mit so viel Würde, wie es unter diesen Umständen möglich war, rappelte Heppner sich auf. Seine Entrüstung war heftig. »Das dürfen Sie doch gar nicht! Scheiß Staat, überall Willkür! Na warten Sie, das werden Sie noch bereuen.«

Als er mit seiner Tirade weitermachen wollte, unterbrach Judith Brunner ihn: »Wir hatten noch gar keine Gelegenheit, uns vorzustellen. Ich bin Judith Brunner und leite diese Dienststelle. Und das ist mein Stellvertreter, Dr. Grede. Setzen Sie sich hin.«

Heppner blieb stur stehen und starrte sie böse an.

Judith Brunner registrierte, wie Grede sich aufsetzte, bereit, jederzeit einzugreifen. Sie meinte gelassen: »Wie Sie wollen. Herr Heppner, wir haben Sie hergebeten, um uns mit Ihnen über den Angriff auf Ihren Nachbarn Lothar Mirow zu unterhalten.«

Heppner schnaubte: »Iss nich' mein Nachbar, zum Glück. Wenn ich mir den schwachsinnigen Idioten jeden Tag ansehen müsste – na schönen Dank auch.«

»Schwachsinnige Idioten gibt es nicht«, bemerkte Judith Brunner trocken. Sie wollte Heppner ärgern. »Nur idiotische Schwachsinnige. Zumindest bis vor ein paar Jahrzehnten. Das würde Ihnen jeder Psychiater erklären können. Also, wenn Sie schon andere beschimpfen, dann geben Sie sich doch bitte etwas Mühe und machen Sie es richtig.«

»Sie ham se doch nich' mehr alle!«, schimpfte Heppner fassungslos.

»Und Sie mögen Lothar Mirow nicht.«

»Ich bitte Sie! Der …«, Heppner schien tatsächlich nach einem korrekten Begriff zu suchen, »… tickt doch nicht richtig!«

»Inwiefern?«

Schwungvoll nahm Achim Heppner nun doch wieder Platz. »Sie sind gut! Halten Sie es für normal, wenn ein Kerl seit Jahren in denselben Klamotten rumläuft? Keiner weiß genau, was der treibt in seiner Bude. Der hat nich' mal 'n Fernseher. Und redet andauernd mit Kindern. Kaum sieht der einen von uns, haut er ab und versteckt sich.«

»Uns?«

»Na Erwachsene, richtige Männer.«

»Und das, meinen Sie, rechtfertigt einen so brutalen Angriff?«

Dumm war Heppner nicht. »Dazu will ich nichts sagen. Was wollen Sie überhaupt von mir?«

Judith Brunner erklärte es ihm: »Nun, Sie haben sich mehrfach öffentlich abfällig über Mirow geäußert und auch nie einen Hehl daraus gemacht, ihn zu verabscheuen. Da liegt es doch nahe, dass wir Sie überprüfen.«

»Ich war das aber nicht. Das kann ich sogar beweisen.«

»Sie machen mich richtig neugierig«, forderte Judith Brunner ihn zum Weiterreden auf, ahnte aber im selben Moment, dass sie ein Alibi präsentiert bekommen würde.

Es klopfte an der Tür und Grede öffnete.

Lisa Lenz winkte Judith Brunner heraus. »Dreyer ist zurück. Er hat diesen Manfred Peuker dabei. Ich habe beide bei mir im Büro einquartiert, denn in unserem anderen Vernehmungsraum sitzt ja Herr Boll, der Besitzer von Melli Boll.«

Der Hundename aus Lisas Mund schaffte es, dass Judith fast wieder lächeln konnte. Es war wie immer bei solchen Ermittlungen. Stundenlang passierte oft gar nichts und dann kam alles zusammen. Jetzt hatte sie Heppner, Boll und Peuker auf einmal hier.

Peuker war ihr der Wichtigste. Es ging vorrangig um den Mord an Ilona Eichner. Der musste schleunigst aufgeklärt werden, bevor die rüde Stimmung mancher Leute weiter eskalierte und es weitere Opfer gab. Der Druck war enorm. Mit Mirow war schon ein vermutlich Unschuldiger im Krankenhaus gelandet, aber dadurch wenigstens in Sicherheit. Sie ging mit Lisa mit, um von der Tür aus unauffällig einen ersten Blick auf den jungen Mann zu werfen.

Als Lisa ihr Büro betrat, sah Manfred Peuker gelangweilt auf. Er hockte, die langen Beine von sich gestreckt, neben Walter auf einem Stuhl und knackte mit den Fingern. Ungekämmt, mit weiten Jeans und T-Shirt bekleidet, wirkte er fast lässig. In der Regel reagierten Männer anders auf Lisa, dachte Judith. Na, mal sehen, wie das Gespräch nachher verlaufen würde.

Lisa setzte sich hinter ihren Schreibtisch.

Walter ging raus zu Judith in den Flur und lehnte die Tür von außen an.

»Wie ist es mit diesem Kerl aus Engersen gelaufen?«, fragte er leise.

»Heppner ist ein überheblicher Mistkerl, aber nicht unser Täter. Höchstwahrscheinlich hat er ein Alibi.« Judiths Enttäuschung war nicht zu überhören. Sie hatte auf einen schnellen Erfolg gehofft und darauf, wenigstens einen Fall zügig klären zu können. »Wahrscheinlich ist es bei Boll genauso«, bedauerte Judith weiter. »Sagtest du nicht, er war mit seinen Schafen unterwegs und ist dabei von dir gesehen worden?«

»Stimmt. Gestern Nachmittag war er an der Bäke, hinten am Wald bei Schwiesau. Sein Neffe war ihm dorthin gefolgt. Aber eigentlich habe ich nur den Jungen gesehen.«

»Von da hätte er es aber nie geschafft, zur Tatzeit nach Engersen und zurückzukommen. Das sind bestimmt acht, neun Kilometer in jede Richtung. Da würde er ein Auto benötigen, was er aber nicht dabeihatte, wenn er mit seinen Schafen unterwegs war.«

Walter nickte. Er überzeugte sich, allein mit Judith im Gang zu stehen und sah sie dann verwegen an.

Sie kannte diesen Blick.

Er wollte sie küssen.

»Lass das. Ich muss mich konzentrieren, sonst schaffe ich das hier nie«, bat sie ihn, ohne allzu viel Tadel in der Stimme.

»Genau darum geht es mir«, behauptete Walter mit unschuldigster Miene. »Ich hab da zwei Gedanken für dich. Also erstens: Dass Heppner ein Alibi hat, bedeutet ja nicht, dass er nicht mit in der Sache drinhängt. Und zweitens, und das ist viel besser, Judith, hatte zwar Boll kein Auto. Er nicht, aber dafür jemand ganz in seiner Nähe. Und den hatten wir sogar schon hier!«

»Dieser Molitz!«, rief Judith leise, aber trotzdem voller Genugtuung aus.

»Also, quetsch den Heppner ruhig aus. Vielleicht weiß er ja mehr, außer dass er ein tolles Alibi hat. Solche Maulhelden quatschen immer viel!«

Wäre Judith mit Walter allein gewesen, hätte sie ihn jetzt küssen müssen. So blieb ihr nichts als ein leises Dankeschön.

Heppner unterließ bei ihrem Eintreten tatsächlich jede blöde Bemerkung und wartete, bis sie sich gesetzt hatte. Er wollte ihr triumphierend sein Alibi mitteilen, doch etwas in ihrem Auftreten hielt ihn zurück.

Judith Brunner seufzte und sagte dann tief betrübt: »Das war eben ein Anruf aus dem Krankenhaus, Herr Heppner. Lothar Mirow hat eine schwere Krise und wird den Überfall wahrscheinlich nicht überleben. Wenn er stirbt, ist das ein Mord. Und selbst, wenn Sie bei dem Angriff nicht persönlich vor Ort gewesen waren, sollten Sie sich genau überlegen, ob Sie nicht etwas gewusst haben, das uns hilft, Mirows Mörder dingfest zu machen. Sonst sind Sie der Beihilfe schuldig und auch das reicht für ein paar Jahre hinter Gittern.«

Eine ganze Menge Bluffs. Judith hoffte, dass Heppner sie schlucken würde. Das könnte ihr eine Menge Zeit und Arbeit ersparen.

Dr. Grede hatte ihrer Rede mit unbewegter Miene zugehört, wohl wissend, dass weder Mord noch Beihilfe noch das Gefängnis zutrafen. Aber ihn sollten diese Vokabeln ja auch nicht beeindrucken.

Bei Heppner wirkten sie. Erfreulicherweise.

»Gefängnis?«, fragte er zurück.

»Ja. Für eine sehr lange Zeit. Denken Sie also gut nach, wenn Sie jetzt antworten.«

Heppner stöhnte frustriert auf. »Damit will ich nichts zu tun haben. Die sollen ihren Arsch mal schön selber retten!«

Judith spürte, dass sie gewonnen hatte. Sie schwieg.

Heppner fuhr fort, sich reinzuwaschen. Nervös strich er sich über die Haare. »Also gut«, begann er seinen Bericht. »Die beiden haben einfach auf einen passenden Anlass gewartet, dem Mirow mal so richtig eins mitzugeben. Das hatten die schon länger vor. Wir sehen uns immer mal beim Fußball. Sonntag auch. Da waren alle ganz schön aufgeregt wegen des toten Mädchens. Jeder hat überlegt, wer das wohl gewesen sein könnte und der Boll hat dann den Mirow ins Spiel gebracht. Andere hatten aber vom Grambow gehört, dass der es nicht gewesen sein konnte. Beim dritten oder vierten Bier hab ich dann gehört, wie der Boll seinem Kumpel Molitz was von einer guten Gelegenheit ins Ohr laberte. Wie's aussieht, haben die dann gestern zugeschlagen. Ob noch mehr mitgemacht haben, weiß ich nicht. Ich bin dann los.«

Judith Brunner machte sich ein paar Notizen und fragte Heppner mit Eis in der Stimme: »Passender Anlass? Um einen Wehrlosen zu überfallen? Und Sie sahen keinen Grund, etwas zu unternehmen?«

»Wieso denn? Wissen Sie, wie oft die beiden schon davon gefaselt haben, diesem Hirni mal eins überzubraten? Woher sollte ich denn wissen, dass sie diesmal ernst machen.«

~ 45 ~

Thomas Ritter saß vor einem Mikroskop und grübelte vor sich hin. Er war von Lisas gelungener Analyse der Zeugenprotokolle immer noch ein wenig beeindruckt. Von ihren freimütigen Äußerungen zu sexuellen Fantasien allerdings auch. Ihm ging das gar nicht mehr aus dem Kopf. Sie hatte sachlich völlig recht, das war ihm schon klar, doch dass sie ihre Ansichten so unverblümt in die Debatte warf, hatte ihn schon verblüfft. Allerdings erstaunte Lisa ihn sowieso.

Ihr Verhältnis zur Chefin war völlig untypisch. Eigentlich war Judith Brunner ein eher distanzierter Typ, freundlich, aber kühl; ließ niemanden wirklich an sich ran. Doch bei Lisa war das anders. Die beiden Frauen verstanden sich oft ohne Worte und gingen sehr vertraut miteinander um.

Als die Chefin sie seinerzeit vom Empfang weg und in ihr Vorzimmer geholt hatte, war Ritter skeptisch gewesen. Wollte Judith Brunner sich nur ihr Vorgesetztenleben erleichtern und immer jemanden zum Scheuchen und Kaffeekochen haben? Nichts gegen Lisas Kaffee, der war wirklich gut. Inzwischen musste Ritter anerkennen, dass Judith Brunner offenbar ein gutes Gespür für Leute hatte. Als Lisa noch am Empfang Dienst in Uniform machte, hatte selbst er sie kaum wahrgenommen. Die anerkennenden Bemerkungen seiner Kollegen über ihre üppigen Formen gab es schon immer, doch neuerdings war viel bemerkenswerter: Lisa Lenz hatte entscheidenden Anteil am Erfolg ihrer Arbeit. Neidlos blieben die für sie am häufigsten benutzten Adjektive: klug, liebenswürdig, loyal, sexy. Immer öfter beneidete er den Mann, dem Lisa ihr Herz geschenkt hatte.

Thomas Ritter machte, was er immer machte, wenn er solche Anwandlungen hatte und intensiv über eine Frau nachdachte. Er stürzte sich in die Arbeit. Mit dem Thema Frauen war er nämlich durch. Das hatte er sich geschworen, als damals ... Schwamm drüber. Es tat nicht mehr weh. Er war ja auch nicht der Einzige, der auf die harte Tour hatte lernen müssen, dass es so etwas wie die ewige Liebe nicht gab. Polizisten waren eben nicht besonders gut in Beziehungsfragen. Er brauchte sich ja nur mal umzusehen. Etliche Kollegen waren geschieden; Grede stand mehr oder weniger ständig davor. Judith Brunner kannte offenbar nur die Arbeit; von einem Mann war nie die Rede. Wahrscheinlich traute sich keiner ran, denn an ihrem Aussehen konnte es nicht liegen. Von ihrem Privatleben erzählte sie eh nichts. Hatte sie überhaupt eins? Und dann sein alter Kumpel, Walter Dreyer. Der kam mit seiner Archivarin seit Jahren keinen Schritt voran und schien noch nicht einmal unglücklich darüber zu sein. Einzig Lisa war die Ausnahme in der Liebeslotterie, dabei stellte ihr Kerl ja nun wirklich keinen Hauptgewinn dar. Vorbestrafter Friedhofsverwalter! Aber offenbar hatte der es drauf. Jedenfalls kam Lisa manchmal mit einem inneren Strahlen zur Arbeit, bei dem er das Weite suchen musste, um nicht auf irgendetwas einzuschlagen.

Ritter rief sich zur Ordnung. Mann, er war zum Arbeiten hier! Was war nur mit ihm los?

Seine Arbeit erforderte höchste Konzentration und nach mehreren Anläufen hatte er jetzt Gewissheit. Nur … er konnte kaum glauben, was er herausgefunden hatte!

Er lief zu Judith Brunners Büro.

Niemand da.

»Lisa, wo ist die Chefin?«, fragte er über den Gang.

»In einer Vernehmung, hinten.«

»Hol sie raus. Ich muss mit ihr reden.«

Lisa war nicht wohl dabei. »Das habe ich eben schon mal gemacht. Ich weiß nicht, ob …« Doch als Lisa in Ritters aufgeregtes Gesicht blickte, stand sie auf. »… ihr das gefallen wird«, murmelte sie vor sich hin und wollte gerade ihr Büro verlassen.

Ein Türgeräusch war zu hören.

Ritter sah den Gang entlang. »Ah, da ist sie ja«, war er erleichtert. Er gab ihr unauffällig ein Winkzeichen.

Judith Brunner sah Grede kurz hinterher, der Heppner zum Ausgang geleitete, und kam dann auf ihre Mitarbeiter zu. »Dieser Typ war's nicht. Aber er hat mit seiner Aussage zwei Leute schwer belastet: Rudolf Boll und Otto Molitz. Einen haben wir schon hier, den anderen holen wir uns noch. Dr. Grede organisiert das gleich. Ich schaffe es heute nicht mehr, beide zu vernehmen. Wir müssen noch mit diesem Peuker reden. Aber zu einer Nacht unter unserem Dach verhelfe ich diesen Feiglingen gern. Lisa, hätten Sie einen Kaffee für mich? Ich brauche mal zehn Minuten Pause.«

Ritter räusperte sich, offensichtlich hatte sie sein Handzeichen übersehen. »Pause geht nicht, Chefin. Wissen Sie, ich habe da eben was rausgefunden.«

»Na, dann bitte Kaffee für alle, Lisa.« Judith Brunner öffnete ihre Bürotür.

»Das Seil um Mirows Hals, Sie wissen schon«, wieder machte er eine kleine Pause, um seiner Behauptung genügend Gewicht zu verleihen, »dieses Seil gleicht dem, welches um die Schnauze des Hundes gebunden worden war! Bis ins kleinste Detail!«

»Ach!«

Ritter legte, quasi als Beweis, Fotos stark vergrößerter Seilstücke auf den Tisch. »Material, Dicke, Alter, alles stimmt. Das Seil war schon mächtig morsch, wie ich heute früh schon sagte. Da konnte man sich mit einem kräftigen

Ruck einfach ein Stück abreißen. Ich würde meine Hand dafür ins Feuer legen. Es ist dasselbe Seil!«

~ 46 ~

Bevor sie Manfred Peuker vernehmen würden, hatten Judith Brunner und Dr. Grede sich nochmals die Niederschrift von Walter Dreyers Gespräch mit dem jungen Mann durchgelesen. Den Personalien war zu entnehmen, dass er volljährig und nicht vorbestraft war, bald seine Lehre in Klötze bei der Sparkasse abschließen würde und mit seiner Mutter sowie einer Schwester in Jemmeritz wohnte.

»Wie verdächtig ist der Mann?«, wollte Grede von ihr wissen.

»Nun, er ist unser einziger Verdächtiger – von seinem geheimnisvollen Fußgänger, den er überholt haben will und der sich dann in die Büsche verdrückt haben soll, mal abgesehen. Da hat Lisa uns einen entscheidenden Hinweis geliefert. Peuker hat also als Einziger den Mörder gesehen, oder er lügt. Ich will erst einmal herausfinden, was wahrscheinlicher ist. Dann sehen wir weiter.«

»Ich hoffe, dass er uns alles plausibel erklären kann. Doch wenn wir ihn beim Lügen erwischen, dann hat er was zu verbergen. Mein Gott! Er ist fast noch ein Kind.« Hans Grede sprach seine Befürchtungen offen aus.

»Das bedeutet leider nicht, dass er nicht fähig wäre, Ilona Eichner auf grausame Weise zu ermorden. Achtzehn ist sogar ein Alter, in dem er bereits eine gewisse Karriere hinter sich haben könnte.«

»Ich weiß, ich weiß«, winkte Grede ab. »Aber davon hätten wir schon mal was mitbekommen, oder?«

Judith Brunner hob unbestimmt die Schultern. »Einen Vorteil hat seine Jugend: Er wird nicht viel Erfahrungen mit polizeilichen Befragungen haben, vielleicht können wir das ausnutzen.« Ihr war eine Idee gekommen und sie beantwortete Dr. Gredes Ausgangsfrage: »Ich halte Manfred Peuker für sehr verdächtig. Hören wir uns an, was er zu sagen hat. Aber dieses Mal probieren wir was anderes.«

Der Mann im Vernehmungsraum wirkte nicht mehr kindlich, aber auch noch nicht richtig erwachsen. Manfred Peuker sah Judith Brunner mit unbekümmerter Miene an und stand höflich auf, als sie allein eintrat und ihn begrüßte. Er war groß; seine langen Arme und Beine ließen ihn etwas ungelenk wirken. Er war von Natur aus eher hager, doch unter seinem T-Shirt zeichneten sich kräftige Muskeln ab. In ein paar Jahren würde sein Gesicht womöglich einmal die markanten Züge eines energischen Mannes annehmen. Er gehörte bestimmt nicht zu den jungen Männern, denen die Mädchenherzen zuflogen; als erwachsener Mann hingegen dürfte Manfred Peuker den Frauen gefallen.

Judith Brunner stellte sich vor und bat ihren »Zeugen«, sich wieder zu setzen. Sie nahm ihm gegenüber Platz. Dann legte sie eine neue Tonbandkassette in den Rekorder und schaltete das Gerät ein.

Still sitzend hörte Manfred Peuker zu, wie sie Datum und Uhrzeit sowie die anwesenden Personen benannte.

Dann ging es los. Judith Brunner erinnerte Peuker an sein Gespräch mit Walter Dreyer. »Mein Mitarbeiter war am Sonntag bei Ihnen. Sie haben ihm vom Besuch bei Ihrer Großmutter in Engersen erzählt, am Sonnabend. Und von ihrem Heimweg am Nachmittag. Erinnern Sie sich?«

Peuker nickte kurz, bewegte sich ansonsten kaum.

»Inzwischen haben Sie sicher gehört, was passiert ist.«

»Das tote Mädchen. Alle erzählen davon.«

»Wir ermitteln angestrengt in diesem Fall und ich leite diese Ermittlungen«, teilte Judith Brunner dann mit. Sie wusste, dass Wiederholung eine bewährte Methode war, um die Geschichten von Zeugen zu überprüfen. »Deswegen brauche ich genaue Informationen. Würden Sie bitte auch mir noch einmal schildern, wie Ihr Sonnabend verlaufen ist?«

Peuker zögerte kein bisschen. »Ich besuche regelmäßig meine Oma. Sie ist die Mutter meines Vaters und wohnt in Engersen. Meine Familie wohnt in Jemmeritz. Das ist nicht weit und ich nehme immer das Fahrrad, wenn ich zur Oma will.«

Judith Brunner ließ sich nicht anmerken, dass diese Sätze in ihren Ohren seltsam klangen, eher wie geschrieben und nicht wie gesprochen. Sie fragte weiter: »Am Sonnabend also auch?«

»Ja.«

»Wann waren Sie denn unterwegs?«

»Ich wollte zum Mittagessen da sein. Oma kocht immer was Leckeres. Extra für mich. Beim Essen haben wir uns dann ein bisschen was von der Woche erzählt, was so los war. Meine Oma hatte ein neues Kaninchen für uns. Das sollte ich abholen. Mutter hat mir dafür eine kleine Holzkiste mitgegeben. Oma hat dann am Nachmittag Kaffee gekocht und wir haben gemütlich Kuchen gegessen. Dann bin ich wieder los. Spätestens zum Abendbrot sollte ich wieder zu Hause sein, da ist meine Mutter ein bisschen eigen.«

Er erzählte den Ablauf flüssig und fehlerfrei. Judith hatte angenommen, die von Walter notierte Aussage sei dem

Stil der polizeilichen Protokollprosa geschuldet gewesen, doch offenbar drückte Manfred Peuker sich tatsächlich so aus. Sie überflog das erste Protokoll. Tatsächlich tauchten einige Formulierungen dort bereits wortwörtlich so auf. Sie probierte es weiter.

»Wie spät war es, als Sie in Engersen losfuhren?«

»Kurz nach vier.«

Judith Brunner notierte den Zeitrahmen langsam und deutlich auf ihrem Schreibblock: vier Uhr fünf bis vier Uhr fünfzehn. Damit sollte ihr Gegenüber glauben, dass genau diese Information von besonderem Interesse war. Dann sah sie wieder auf. »Sie haben auch ausgesagt, einen Mann getroffen zu haben.«

Wieder nickte Peuker, nur kurz, und schwieg dann regungslos.

»Könnten Sie mir diesen Mann noch einmal beschreiben?«

Peuker schilderte seine Beobachtungen präzise, anschaulich, bis hin zum Seitenscheitel des Fußgängers und benannte sogar wieder die Hosenträger.

»Und dann sahen Sie, wie dieser Mann hinter einem Baum am Straßengraben verschwand?«

»Ja.«

»Gut.« Wieder notierte Judith Brunner überdeutlich langsam diese Bemerkung.

Im nächsten Moment betrat Dr. Grede das Zimmer. »Ich bitte, meine Verspätung zu entschuldigen. Ich konnte nicht eher weg«, begründete er sein verabredetes Zuspätkommen.

»Das ist mein Stellvertreter, Dr. Hans Grede«, stellte Judith Brunner vor. »Er würde sicher auch gern hören, was Sie mir eben berichtet haben. Wäre es zu viel verlangt, wenn Sie noch mal von vorn beginnen würden?«

»Kein Problem.« Peuker setzte sich kaum merklich auf, drehte seine Handflächen nach außen und begann, die Abläufe seines Sonnabendnachmittags erneut und exakt zu schildern.

Judith Brunner wusste, worauf sie achten musste.

Manfred Peuker wirkte ziemlich sorglos, fast naiv. Höflich antwortete er auf Gredes Fragen.

»Was machen Sie denn so, wenn Sie sich bei ihrer Großmutter aufhalten?«

»Ich helfe bei irgendwelchen Sachen auf dem Hof oder im Garten.«

»Schön. Kennen Sie dort andere junge Leute?« Das war die erste Frage, auf die Peuker bisher noch nicht hatte antworten müssen, weder bei Dreyers Befragung am Sonntag noch eben bei dem Gespräch mit Judith Brunner.

Er stockte, lehnte sich etwas zurück und verschränkte die Arme vor der Brust. »Was meinen Sie?«

Grede erläuterte: »Na, haben Sie Freunde in Engersen?«

»Nee.« Mehr sagte Peuker diesmal nicht.

»Haben Sie in der Nähe des Hauses Ihrer Großmutter jemanden bemerkt?«

Peuker blieb wortkarg. »Nee.«

Grede tat, als wäre ihm die veränderte Körperhaltung von Manfred Peuker nicht aufgefallen. »Sie sagten unserem Kollegen, dass Sie einen Fußgänger überholt haben.«

Peuker nickte und sah Grede ruhig und mit festem Blick an.

»Ich möchte Ihnen einige Fotos zeigen.« Dr. Grede legte ihm zwei Reihen Fotos von einschlägig vorbestraften Sexualstraftätern vor, ergänzt um einige Aufnahmen beliebiger Männer, die zur Verifikation angefertigt worden waren.

»Erkennen Sie jemanden?«

Nahezu bedächtig betrachtete Peuker die Aufnahmen. Dann schüttelte er den Kopf.

Grede sammelte die Fotos wieder ein, und Judith Brunner sagte: »Schade.«

Sie wandte sich an Peuker: »Was meinen Sie, würden Sie uns bei der Anfertigung einer Phantomzeichnung helfen können? Von dem Mann, dem Sie begegnet sind? Ich würde dann für morgen einen Zeichner herbitten.«

Lustlos nickend, hob Peuker unbestimmt die Schultern.

»Wann könnten Sie denn herkommen? Oder soll ich Sie wieder abholen lassen?«

Judiths Gelassenheit täuschte. Sie hatte ein ganz mieses Gefühl. Sie musste Zeit gewinnen. Sie musste dringend mit der Großmutter reden und mit Peukers Mutter auch, bevor sie mit dem jungen Mann selbst weiter machte.

Denn Manfred Peuker log. Er log beängstigend. Er musste kein einziges Mal überlegen, bei keinem Detail. Weder zu seinem Tagesablauf noch zu dem Spaziergänger. Die Präzision seiner Aussagen war bezeichnend. Nur ein Mal, ein einziges Mal, bei einer unerwarteten Frage, hatte er sich bewegt. Ansonsten saß er mit seinen langen Gliedmaßen nahezu still, sah sie direkt an und bewegte kaum die Augen, während er sprach. Doch Judith hatte genau hingesehen. Irgendetwas in seinem Blick weckte in ihr ein ungutes Gefühl.

~ 47 ~

Die leidenschaftliche Nacht und die Hitze des Tages forderten ihren Tribut. Laura döste im Dunklen auf der Gartenbank. Süße Erinnerungen ließen sie summen und Wilhelmina schnurrte dazu. Fast wären sie hier draußen eingeschlafen.

Als spät am Abend endlich die Autotüren klappten, lief Laura zur Haustür und hielt sie für Judith und Walter einladend auf. »War es so schlimm?«, fragte sie nach einem Blick in die Gesichter der beiden.

Judith verschwand wortlos im Bad.

Walter drückte Laura einen Kuss ins Haar und murmelte: »Ich brauche etwas zu essen. Und zu trinken. Und Judith auch.«

Ob sich letztere Bemerkung direkt auf Walters Bedürfnisse bezog oder Judiths Appetit gemeint war, blieb unklar, war Laura aber einerlei. Sie begann, den Tisch zu decken. Zwar musste sie ihre Hand noch immer schonen, doch wenn sie das Geschirr mit beiden Händen und vorsichtig anfasste, gelangen die meisten Handgriffe einwandfrei. Die Vorräte aus Speisekammer und Kühlschrank waren allemal ausreichend für ein Nachtmahl. Als sie fragend ein Weinglas hochhob, erntete sie ein selbstverständliches Nicken. Walter öffnete eine Flasche Rotwein, schenkte ein und begann zu essen. Schnell kam er wieder zu Kräften und verfügte bald über ausreichend Energie und Laune, Laura von dem langen Tag zu berichten. »Boll und Molitz hat Judith dabehalten, den Peuker hat sie nach Hause bringen lassen, lässt ihn aber überwachen. Sie vermutet stark, er weiß was über den Mord oder er war's sogar selbst«, schloss er.

»Und wie geht es diesem Mann aus Engersen?«

»Das Krankenhaus meinte, er ist über das Schlimmste weg. Gegen Abend ist er aufgewacht. Judith wird sich morgen mit ihm unterhalten können.«

»Na, das klingt doch alles ganz zufriedenstellend. War sicher anstrengend. Kein Wunder, dass ihr beide ausseht wie …«

Judith erschien wieder und ließ sich seufzend auf einen Stuhl fallen. »Sag's ruhig ganz offen. Wie Gespenster? Zombies? Mich kann heute nichts mehr erschüttern.«

»Schon gut«, lächelte Laura, »ruh dich aus.«

Während Walter einen Teller voller geschmierter Stullen in Judiths Reichweite schob und ihr gut gefülltes Weinglas auffordernd mit seinem anstupste, fragte er Laura: »Und? Wie ist es dir nach unserem Schäferei-Ausflug ergangen?«

Laura überlegte kurz, ob sie angesichts von Judiths Erschöpfung ihr Anliegen wirklich noch vorbringen sollte. Dann entschloss sie sich aber dazu, da sie befürchtete, sonst womöglich einen nützlichen Hinweis für die Ermittlungen nicht gegeben zu haben. Laura begann etwas umständlich: »Ich habe mir meine Inschriftensammlung noch mal durchgesehen und ein wenig systematisiert, nach Schriften, Typen, Bemalung, Farbgebung und so weiter. Schließlich will ich das alles ja im Paläografieseminar nutzen. Man könnte aber auch alles thematisch ordnen: Gebete, Hinweise auf Feuersbrünste ..., ich bin mir noch nicht sicher, worauf das alles hinauslaufen wird. Aber wisst ihr, eigentlich muss ich euch was anderes erzählen.«

Walter und Judith sahen sie an und kauten schweigend weiter.

»Also, in meinen zweiundsechzig Balkeninschriften habe ich fünf Diebeszinken entdeckt. Aufgemalte. Das konnte ich allein mit Hilfe der Fotos erkennen. Natürlich nicht bei der Schäferei, da war die Farbe schon fast weg. Es könnte doch sein, dass ich auch bei anderen verwitterten Inschriften den Zinken übersehen habe!«

»Fünf von zweiundsechzig. Ist das viel oder nicht?«, überlegte Walter laut.

»Darum geht es nicht.«

»Worum dann?«

»Mit diesen Zinken stimmt etwas nicht.«

Ihre Zuhörer warteten auf eine Erklärung.

»Passt auf: Bei der Zabel, also einer Witwe, steht ›Mann im Haus‹ und bei den Bolls ›Alte Leute‹. Beides haut nicht hin.«

Walter musste nicht lange überlegen. »Stimmt, heutzutage nicht. Die Hinweise sind einfach nicht mehr aktuell. Aber wenn, wie die Farbe ja beweist, die Markierungen schon älteren Datums sind, konnten sie doch früher gestimmt haben.«

Laura war noch nicht fertig: »Interessant ist aber, dass der ermordete Hund der Schäferei vor der Tür des anderen gekennzeichneten Hauses liegt«, betonte sie.

Judith nickte wieder und trank einen Schluck Wein.

Walter erinnerte sich an die umfangreiche Liste der Diebstahlsanzeigen, die er von Lisa bekommen hatte. Er griff in seine Jackentasche und holte sie hervor. In ihr suchte er die Adressen von Lauras fünf gefundenen Gebäuden. »Wenn ich es richtig sehe, befinden sich die Zinken an Bruchbuden oder Ruinen, an einem Stall oder bei Leuten, denen nie etwas gestohlen wurde. Eigenartig. Du hast recht.«

»Genau das versuche ich die ganze Zeit zu sagen.« Laura war froh, dass er ihr zustimmte.

Judith, die kaum ein Wort gesprochen hatte, seit sie nach Hause gekommen war, schluckte ihren letzten Happen runter und sagte dann: »Wäre es möglich ... also, was wäre, wenn die Zinken nicht als Hinweise für Diebe gedacht waren. Und auch nicht von Dieben angebracht wurden. Wenn jemand anders diese alten Codes nachgenutzt hat?«

»Was meinst du?«, fragte Walter.

Judith sah ihm fest in die Augen: »Mann im Haus. Alte Leute ... Das könnten genauso gut Hinweise sein, die anderen Übeltätern helfen könnten, bestimmte Opfer auszuwählen oder eben gewisse Häuser zu meiden. Beispielsweise auch Sexualstraftätern.«

Mittwoch

~ 48 ~

Grambow holte Judith Brunner gleich nach dem Frühstück ab. Sie hatten verabredet, gemeinsam zum Krankenhaus nach Gardelegen zu fahren. Sein morgendlicher Anruf auf der Station hatte ergeben, dass es Mirow weiter besser ging und der Arzt hatte ihnen ein paar Minuten für ein Gespräch zugestanden.

Lothar Mirow würde Grambow nicht zum ersten Mal sehen, und Judith hoffte, dass er ihn erkannte. Sie selbst war für den Schwerverletzten eine Fremde, und wenn sie bedachte, wie zurückhaltend er auf Erwachsene reagierte, war es sicher besser, wenn er mit jemand Vertrautem sprechen konnte.

Der Fahrstuhl brachte die beiden Polizisten in die dritte Etage des Krankenhauses. Als sich die automatischen Türen öffneten, standen zwei kichernde Lernschwestern mit erröteten Wangen vor ihnen und stiegen geräuschvoll ein.

»Wieso haben die von der Inneren nur immer so ein Glück?«

»Der ist viel zu alt für dich«, konnten Judith Brunner und Grambow noch verstehen, bevor sich die Türen wieder schlossen.

Als sie sich dem Schwesternzimmer näherten, um sich anzumelden, war auch dort eine amüsierte Stimmung nicht zu überhören. In der Tür stand eine dralle Schwester mit einem Infusionsbeutel in der Hand. »Ach, so könnte mein Traummann aussehen!«, stieß sie seufzend aus.

»Das wird deinem Willi aber gar nicht gefallen!«, erinnerte sie frotzelnd eine mahnende Stimme von drinnen.

»Das werde ich heute Abend mit seinem Willi ausdiskutieren«, gab die Angesprochene trocken zurück.

Die Frauen kreischten übermütig.

»Streitet euch nicht, es ist ja für jede von euch einer da«, rief eine andere Schwester grienend im Vorbeigehen.

Was war hier los? Warum waren alle so guter Laune? Wem diese weiblichen Beifallsbezeugungen wohl galten? Judith erinnerte sich an den ärztlichen Direktor, mit dem sie ab und zu dienstlich gesprochen hatte. Ein wirklich attraktiver Mann.

Die Frau in der Tür des Schwesternzimmers trat zur Seite und Judith Brunner stellte sich und Grambow vor.

»Er hat schon Besuch«, klärte die Stationsschwester, mit einem tadelnden Blick in die Runde, auf. »Und diese jungen Hühner sind ganz außer sich! Sie hören es ja!«

Mirow hatte schon Besuch? Mussten sie sich Sorgen machen?

»Ich hätte das ja niemals erlaubt«, warf die Stationsschwester indigniert ein, als sie mit den neuerlichen Besuchern zu Mirows Krankenzimmer ging, »aber der Chef höchstselbst meinte, das gehe schon in Ordnung. Er kenne die Männer.«

Grambow beschleunigte seinen Schritt und wollte gerade zur Klinke greifen, als sich die Tür zu Mirows Krankenzimmer von innen öffnete.

Judith wurde sofort klar, woher der Aufruhr bei der weiblichen Belegschaft der Inneren Station rührte. Zwei echte Mannsbilder, die ihre Motorradhelme unter den Arm geklemmt hatten, traten in den Gang und schlossen behutsam die Tür hinter sich. Es gab ein kurzes Blickduell mit der Stationsschwester, das mit einem unerwarteten Augenzwinkern der Frau endete. In schwarzen Jeans und Lederjacken, T-Shirts und mit lässig umgebundenen dunkelroten Halstüchern wirkten Sebastian und Gabriel Fischer unerhört maskulin. Ein vergessener Haarschnitt bei dem einen und eine raspelkurze Bürste bei dem anderen ließen jeden auf eigene Weise verwegen und bemerkenswert gut aussehen. Kein Wunder, dass den Mädchen die Knie weich wurden. Aber was machten diese beiden Waldauer Schürzenjäger hier?

Sie blickten kurz auf Judith Brunner, grüßten höflich und klopften dann Grambow mitfühlend auf die Schultern. »Scheiße, Mann. Tut uns leid.«

Judith staunte. Natürlich kannte sie die beiden vom Sehen, sie waren schließlich aus einem Dorf, also fast Nachbarn. Aber Grambow? In der Regel waren Motorradfahrer und Polizisten keine besten Freunde. Was hatte der mit den beiden zu schaffen? Und wieso besuchten sie Mirow?

Noch als sie überlegte, was sie davon halten sollte, verabschiedete Grambow sich überraschend vertraut: »Danke für euer Kommen. Sehen wir uns heute Abend?«

»Klar. Wieder um sieben?«

Grambow nickte. »Tanja freut sich schon.«

Als die beiden gegangen waren, sah Grambow verlegen zu Judith Brunner. »Entschuldigen Sie, ich wusste nicht, dass die beiden so früh herkommen würden. Ich hätte Ihnen auf jeden Fall noch von dem Besuch erzählt. Zumindest hatte ich es geplant.«

»Schon gut.« Grambow schien mit den Fischer-Brüdern befreundet zu sein. Das genügte ihr. »Woher kennen Sie sich?«

Judith Brunner spürte, dass er mit der Antwort auf ihre

harmlose Frage zögerte, als wäre ihm irgendetwas peinlich. Grambow sah an ihr vorbei, den langen Krankenhausflur hinunter. Dann antwortete er betrübt: »Aus dem Kinderheim. Wir waren dort lange Jahre zusammen.«

»Verzeihen Sie bitte. Ich wollte Sie nicht aushorchen.«

»Kein Problem. Sie können ja nichts dafür.« Unerwartet erhellte sich Grambows Gesicht. »Ich bin mit ihrer kleinen Schwester verheiratet.«

»Sie sind sogar eine Familie?«

»Das auch. Die beiden sind allerdings meine besten Freunde. Seit der Kindheit. Wir vier haben schon viel zusammen erlebt. Nicht nur Schönes. Ich meine ... Niemand hat nur Schönes erlebt, das wollte ich damit nicht sagen. Aber die Zeit im Heim, das war nicht immer einfach. Für Tanja war es am schlimmsten. Sie hat immer gehofft, dass eines Tages jemand kommt und uns alle mitnimmt, als Familie. Na ja, wir drei Jungs haben sie beschützt, so gut wir konnten. Tanja war schon immer meine Traumfrau und kaum waren wir achtzehn und aus dem Heim raus, haben wir geheiratet.«

»Und was haben die Fischers mit Mirow zu schaffen?«

Grambows Ton nahm eine bittere Färbung an. »Wir sind Heimkinder. Wir wissen, wie es sich anfühlt, Außenseiter zu sein. Fußabtreter für Leute, die glauben, was Besseres zu sein, nur weil sie von Eltern beschützt wurden. Als Kind versteht man das natürlich noch nicht. Kurz und gut, Sebastian und Gabriel hatten, genau wie ich, schon immer ein wachsames Auge auf Lothar Mirow. Jemand musste sich ja um die Schwachen kümmern. Deswegen bin ich ja auch so wütend auf mich. Ich hätte besser auf ihn aufpassen sollen.«

Judith Brunner hatte den Brüdern diese Art von Verantwortung nicht zugetraut. Sie hatte Gabriel und Sebastian Fischer unterschätzt, das musste sie sich eingestehen. Allerdings freute sie ihr Irrtum. Und sie mahnte Grambow erneut: »Hören Sie auf, sich Vorwürfe zu machen. Das meine ich ernst. Sie sind für das, was mit Lothar Mirow passiert ist, nicht verantwortlich.«

Nach diesen Worten öffnete sie die Krankenzimmertür und zog sachte Grambow am Ärmel mit hinein.

Da sie nun einmal im Krankenhaus war, beschloss Judith Brunner, bei Dr. Renz vorbeizusehen, um ihn auf dem Laufenden zu halten. Außerdem hoffte sie, nicht ganz uneigennützig, auf einen guten Kaffee eingeladen zu werden.

Auf dem Weg zu ihm begegnete sie zunächst Dr. Heiner Frederich im Erdgeschoss. Der ärztliche Direktor kam ausgesprochen freundlich auf sie zu.

Sie begrüßten sich.

»Wie kommen Sie voran?«, war er an ihren Ermittlungen interessiert.

»Gestern haben wir endlich was erreicht. Die Männer, die Ihren Patienten zusammengeschlagen haben, konnte ich schon dingfest machen, und auch für den Mädchenmord habe ich einen Verdächtigen. Danke nochmals für Ihre Unterstützung.« Judith wusste es aufrichtig zu schätzen, dass Dr. Renz hier im Krankenhaus ab und zu auch für die Polizei arbeiten durfte. Da Judith Brunner aber um dieses wertvolle Arrangement immer etwas bangte, versuchte sie sich mit allen Verantwortlichen gut zu stellen. Dann wechselte sie abrupt das Thema. »Mirow hatte eben interessanten Besuch. Ich will nicht unbedingt sagen, in Leder und Motorenöl gewandet, aber dennoch vor selbstbewusster Männlichkeit strotzend«, hoffte sie, ihre Neugier bezüglich der Verbindung der Biker zu diesem eloquenten Arzt befriedigt zu bekommen. »Die ganze Schwesternschaft schien außer sich geraten.«

Verstehend blitzten die Augen von Dr. Frederich humorvoll auf. »Ach, die beiden!« Der Klang seiner Stimme ließ seine Zuneigung erkennen. »Nun, ich bin ja nicht als ärztlicher Direktor auf die Welt gekommen. Schon während des Studiums im Praktikum und später als junger Arzt habe ich das Kinderheim in Langenberge quasi mit betreut. Kinderkrankheiten, Routineuntersuchungen, Sportverletzungen.« Dann lächelte Dr. Frederich fast zärtlich: »Die beiden Fischer-Bengel waren von, hm, wie soll ich mich ausdrücken, von einigem Temperament. Sie hatten es faustdick hinter den Ohren. Wenn es ihre Schwester betraf oder eines der kleineren Kinder, verstanden sie keinen Spaß. Jeder, der Schwächeren etwas antat, bekam ihre Meinung unmissverständlich zu spüren. Ohne Zögern. Da gab es schon mal die eine oder andere heftige Prügelei, bis hin zu Knochenbrüchen und Gehirnerschütterungen. Doch niemals, nicht ein einziges Mal, haben die beiden jemanden verpetzt oder sich selbst beschwert. Sie haben die Dinge auf ihre Weise geklärt.« Dr. Frederich hielt inne, um dann abschließend zu bemerken: »Um es kurz zu machen: Wenn Gabriel oder Sebastian Fischer heute irgendein, sagen wir mal ... gesundheitliches Problem haben, dann bin ich immer noch der bevorzugte Arzt ihrer Wahl.«

Judith Brunner hatte den Eindruck, ungelegen zu kommen. Das hatte man von unangemeldeten Besuchen!

Dr. Renz, der sie am Eingang zur Pathologie in Empfang nahm, fasste sich jedoch rasch. »Verzeihen Sie, ich bin nur etwas ungehalten. Das ist selbstredend nicht Ihre Schuld.

Im Gegenteil, Sie sind eine willkommene Abwechslung. Doch diese beiden Studenten da«, wies er mit dem Kopf in einen der Arbeitsräume hinter einer Glaswand, »die bringen mich zur Verzweiflung. Jeden Tag Theater!« Mit ungewohnt ärgerlichem Blick betrachtete er die zwei jungen Männer. Dann lud er Judith zu dem erhofften Kaffee ein und begann mit der Zubereitung. »Nehmen Sie doch bitte Platz.« Während er Tassen und Untertassen aus einem schmalen Glasschränkchen nahm und auf den Tisch stellte, erklärte er: »Die wollen mal Neurologen werden, haben sie zumindest behauptet. Ich habe sie heute in aller Frühe überrascht, wie sie, feixend über eine Leiche gebeugt, angeregt eine Skrotumrasur planten.« Seiner empörten Miene war deutlich anzusehen, dass diese beiden Praktikanten nicht seinen Vorstellungen von angehenden Spezialisten für Erkrankungen des Nervensystems entsprachen. Als Judith Brunner ihn verständnislos ansah, ergänzte Dr. Renz: »Das hatte mit ihren Aufgaben hier nichts zu tun.«

Jetzt erst brachte Judith ihre Kenntnisse von Anatomie und Latein zusammen. »Oh«, machte sie nur. Vertiefen wollte sie die Gedanken, die sich ihr hinsichtlich dieses möglichen Falles von postpubertärem Studentenhumor unweigerlich aufdrängten, nicht.

»Sie haben recht«, las Dr. Renz ihre Gedanken und servierte den Kaffee. »Lassen Sie uns über etwas Angenehmeres plaudern. Ihrem Patienten geht es wieder besser, habe ich gehört.«

Das konnte Judith bestätigen. »Die Verletzungen werden irgendwann wieder heilen. Er hat heftigste Prellungen, zwei Rippenbrüche, Platzwunden.« Sie nahm vorsichtig einen Schluck von dem heißen Kaffee. »Er sagte uns, es waren mehr als zwei Angreifer. Sie haben ihn beschimpft und mit harten Stangen geschlagen. Während dieser Gewaltorgie haben sie ihm gedroht, dass sie ihn zu Tode prügeln würden. Sollte er dadurch nicht sterben wollen, würden sie ihn aufhängen.«

»Unfassbar!«

»Das kann man wohl sagen. Immerhin konnte ich ihm die gute Nachricht bringen, dass wir bereits zwei der Schläger gefasst haben.«

»Gratulation!«

»Den Dritten werde ich aber auch bald haben.« Judith war sicher, in den Verhören von Boll oder Molitz den fehlenden Namen zu erfahren. Und sie würde alles tun, damit diese Widerlinge keine Milde erfuhren. Was auch immer die Täter geplant hatten, Lothar Mirow tatsächlich anzutun, sie hatten ihn danach in seinem Blut liegen gelassen und seinen Tod billigend in Kauf genommen.

~ 49 ~

Walter betrat die Küche und fand Wilhelmina und Laura schlafend vor. Leise stellte er ein Glas mit frisch gekochter Erdbeermarmelade auf dem Tisch ab. Während der Anblick der schlummernden Katze auf dem Küchentisch, zusammengerollt auf einigen Blättern Papier liegend, nicht ganz so ungewöhnlich war, sah Laura, die mit dem Kopf auf ihren zusammengelegten Unterarmen tief schlief, geradezu mitleiderregend erschöpft aus.

Wilhelmina warf aus schmalen Augen einen Blick erkennbaren Unbehagens auf den Eindringling, begann dann aber umgehend zu schnurren, überzeugt davon, dass endlich jemand gekommen war, um sie zu füttern. Als sie sich zielstrebig erhob und wohlig streckte, verschoben sich einige der mit Skizzen und Notizen gefüllten Seiten. Ein Bleistift rollte vom Tisch und als der auf dem Boden auftraf, erwachte Laura.

»Wieso bist du aufgestanden? Ich dachte, Judith ist bei dir?«, fragte sie Walter, offenbar annehmend, es sei noch Nacht. Dann bemerkte sie den Sonnenschein und sprang erschrocken auf, um schmerzverzerrt sofort wieder niederzusinken.

Walter eilte zu ihr. »Was hast du denn? Bist du in Ordnung?«

Laura griff sich unbeholfen in den völlig steifen Nacken und stöhnte: »Ich habe mich anscheinend furchtbar verlegen«, lamentierte sie verhalten. »Die halbe Nacht muss ich so gesessen haben. Erst wurde ich ewig nicht müde und dann muss es mich gleich am Küchentisch umgehauen haben.« Sie rieb sich die verspannten Muskeln, so gut das mit der linken Hand ging.

»Lass mich mal ran«, wies Walter an und griff beherzt zu. »Ich massiere dich ein bisschen und dann können wir gemütlich frühstücken.«

Laura hütete sich zu protestieren und ergab sich seiner entspannenden Behandlung.

»Du warst gar nicht im Bett?! Was treibst du eigentlich schon wieder mit diesem Kram?«, war Walter interessiert genug, um einen langen Blick auf ihre Papiere zu werfen.

»Ach, ich konnte mich nach Judiths Bemerkung gestern Abend irgendwie nicht mehr beruhigen. Ihre Idee, die Zinken könnten keine Diebeszeichen, sondern ein Code für Sexualverbrecher sein! Dieser Gedanke hat mich völlig überrascht.«

»Mal ganz abgesehen davon, dass ich mich Judiths Interpretation keinesfalls anschließe, erklärt das nicht, wieso du am Küchentisch eingeschlafen bist und dein Nacken sich anfühlt wie Beton. Was hattest du gehofft zu finden?«

»Irgendwann nach Mitternacht habe ich den Versuch, einzuschlafen, aufgegeben und meine Unterlagen wieder rausgekramt.« Eigentlich hatte Laura gestern alles weggeräumt, denn die wesentlichen Ordnungs- und Beschreibungsarbeiten waren geschafft. Ein paar Tage Abstand würden wie immer helfen, einen klaren Kopf und die nötige Distanz herzustellen, um frische Anregungen und neue Einsichten zu ihrem Thema zu gewinnen. Dieses bewährte Verfahren musste nun allerdings zurückstehen. Die Zeit gab es einfach nicht. »Ich habe alles notiert, was ich über die Häuser und ihre Bewohner noch aus der Erinnerung wusste. Viel war's nicht gerade. Wenn man bedenkt, wann die Zinken aufgemalt worden sind – da war ich vielleicht noch gar nicht auf der Welt ... Na, jedenfalls war mir nach anderthalb Stunden mehr oder weniger sinnlosen Grübelns klar: Das alles hilft kein bisschen weiter.«

Walter beendete seine Massage. »Du machst dir zu viele Sorgen, glaub mir. Judith war gestern Abend einfach nur fertig und sah überall Gespenster. Kein Wunder, wenn man bedenkt, wie dieser Mord sie mitnimmt. Der Tod des Mädchens macht ihr mehr zu schaffen, als man annehmen müsste, und sie will eben nichts übersehen. Sie schläft kaum noch. Aber Zinken als Hinweise für Kinderschänder oder Vergewaltiger! Von so etwas hätte man doch schon mal gehört.«

Wilhelminas Geduld war mittlerweile am Ende. Sie saß vor dem Kühlschrank und begann kläglich mauzend auf ihre Bedürfnisse aufmerksam zu machen, als wäre sie dem Hungertod geweiht, wenn nicht umgehend ihr Schälchen gefüllt würde.

Walter entnahm dem Kühlschrank ein Päckchen. Trotz des zusätzlich darum gewickelten Bogens der »Altmärkische Volksstimme« von vorgestern entwich dem Ölpapier schon vor dem Öffnen ein äußerst deftiges Aroma. Wilhelmina begann sofort damit, Walter mit festem Blick und lautem Schnurren zu hypnotisieren. Als Lohn bekam sie zwei geräucherte Sprotten von seiner Hälfte, die er für das Frühstück aufteilte, ab. Nach wenigen Sekunden war klar, dass die Katze bereit war, einen neuen Rekord im Fischevertilgen aufzustellen. Walter opferte ein weiteren Fisch. Besorgt fragte er: »Nach wie vielen Sprotten würde Wilhelmina platzen?«

»Du darfst dich ruhig an meinen mit bedienen«, bot Laura großzügig an. »Das bin ich dir nach deiner professionellen Massage schuldig.«

Walter grinste und setzte Wasser für den Kaffee auf. »Angenommen.«

Als er Laura ein Brötchen aufschnitt, sagte er, wieder zum Thema kommend: »Auch wenn ich in der Sache recht skeptisch bin, so habe ich Judith dennoch versprochen, weiter ein waches Auge auf die Zinken zu haben. Nicht zuletzt deshalb, weil die Angelegenheit mit dem verstümmelten Hund immer noch ungeklärt ist und eine wichtige Rolle spielen könnte.«

Laura nickte, inzwischen wesentlich munterer. »Vergiss unseren unheimlichen Psalm nicht. Schwere Sünden und so weiter. Was wäre, wenn Judith recht hätte? Stell dir das doch mal vor … hier bei uns, in Waldau! Es muss eine andere Erklärung als ihre geben.« Sie trank einen Schluck Kaffee, griff zu einem alten Ordner, der auf der Lehne des Küchensessels lag, und fuhr fort: »Ich grübelte heute Nacht noch mal über mein Studium und holte das Zeug wieder hervor. Paläografie. Ich hab dir davon erzählt.«

»Klar erinnere ich mich, Laura, das war nämlich erst vor zwei Tagen«, mahnte Walter sacht.

»Nun, pass auf. Ich irrte mich, als ich annahm, die Zinken sind Zeichen für Diebe. Also, es sind schon Zeichen für Diebe, aber nicht nur. Hier: die Mitschriften von meinem damaligen Seminar. Zum Glück liegen sie immer noch hier; in Berlin hätte ich auch gar keinen Platz mehr dafür. Es ist fast fünfzehn Jahre her und das hier hatte ich vollkommen vergessen.« Sie schob Walter den Ordner rüber.

In ordentlicher Mädchenhandschrift war da eine Liste zu lesen: Diebe, Bettler, Hausierer, Landstreicher, fahrende Handwerker, Scherenschleifer. Die Aufzählung war lange noch nicht beendet. »Nicht sesshaft«, war zusätzlich am Rand notiert, und »Geheime Kommunikationsform«.

Walter blätterte um. »Warum fällt dir das jetzt erst ein? Hast du nicht neulich schon hier drin gesucht? Und wessen Schrift ist das?«

Laura gab sich Mühe, gelassen auszusehen. »Das sind nicht meine Mitschriften. Ich war nicht immer eine vorbildliche Studentin und habe eben manchmal geschwänzt. Eine meiner Kommilitoninnen hat mir dann ihre Aufzeichnungen geliehen. Ich hätte sie abschreiben sollen, doch wie es aussieht, habe ich sie einfach abgeheftet und behalten. So war mir nur das eine Seminar zu den Diebeszinken in Erinnerung und die anderen Bedeutungen sind mir leider entgangen.«

Walter sah sie mit gespieltem Tadel an. »Geschwänzt. Hm. Gehe ich recht in der Annahme, dass ein Er dahintersteckte?«

»Ich sagte, es ist fünfzehn Jahre her, also erinnere ich mich nicht mehr so genau«, beendete Laura die aufkommende Diskussion zu ihrem studentischen Liebesleben.

Walter gab nach und las weiter. Als er fertig war, blickte er lächelnd zu Laura auf. »Gefällt mir.«

»Ich war auch mächtig erleichtert. Zinken für kostenlose Mahlzeiten, Mahlzeiten nur gegen Arbeit, Schlafplätze, sogar Zinken als Wegweiser – das klingt schon nicht mehr so bedrohlich. Also, vielleicht finden wir ja noch eine harmlose Erklärung für alles.« Laura fragte hoffnungsvoll: »Fällt dir sofort etwas ein?«

Die Frage ließ Walter leise schmunzeln. »Ich fange ganz bewährt an und rede mal mit Meiring. Der lebt erstens schon ewig in Waldau, schon weit vor meiner Zeit. Und zweitens: wenn jemand noch etwas weiß, gerade über Banden, Bettler und Herumtreiber, dann sicher ein alter Dorfschullehrer. Ich habe sowieso noch meinen Besuch vom Sonntag bei ihm nachzuholen. Darf ich deine Aufzeichnungen mitnehmen?«

»Sicher. Botho Ahlsens könntest du auch noch fragen … oder besser noch Tante Irmgard«, schlug Laura dann, als ihr eingefallen war, dass die Ahlsens unterwegs waren, ohne schlechtes Gewissen vor. »Die klönt doch mit jedem, der ihr über den Weg läuft. In dieser Sache bist du meines Erachtens sowieso auf Gerüchte und Tratscherei angewiesen. Und du brauchst sie noch nicht einmal auszuquetschen. Ein winziger Stups und die Quelle sprudelt wie ein munterer Bach.«

~ 50 ~

Auf der Fahrt nach Engersen war Grambow in sich gekehrt und sprach kaum ein Wort. Manchmal umklammerte er das Lenkrad so fest, dass seine Fingerknöchel weiß wurden. Der Besuch am Krankenbett von Lothar Mirow hatte ihm arg zugesetzt. Seine finstere Miene machte ihn um viele Jahre älter.

Judith Brunner ließ ihn in Ruhe. In seinem Dorf war die Hölle los. Misstrauen. Niedertracht. Angst. Trotzdem würden alle in Engersen damit weiterleben müssen.

»Sie heißt Charlotte«, sagte Ernst Grambow. Seine Stimme hatte den harten Klang von Bitterkeit angenommen.

»Wer?«

»Peukers Großmutter. Charlotte Peuker. Sie und ihr Mann haben früher in der Stadt gearbeitet, in Salzwedel, beim Rat des Kreises. Man kommt da gut mit dem Bus hin. Die Familie von ihm stammt von hier. Seit ein paar Jahren ist sie aber schon Witwe. Lebt von der Rente. Ein Vermögen hat er ihr sicher nicht hinterlassen, aber sie hat das Haus, kleines Vieh und den Garten. Ich denke, sie kommt zurecht.«

»Und im Dorf? Wie ist da ihr Stand?«

Grambow musste nicht überlegen. »Gut, völlig normal. Sie hat Freundinnen, besucht Kaffeekränzchen, macht Besorgungen. Das Übliche eben.«

»Und über die Familie, wissen Sie da noch etwas mehr?«

»Nee, dafür bin ich noch nicht lange genug im Dorf. Für die meisten bin ich zu jung und außerdem zu auswärtig, um mir ihre alten Familiengeschichten anzuvertrauen. Vielleicht müsste ich öfter in unsere Kneipe gehen, damit ich mehr erfahre. Aber ich mag das nicht so. Und ob ich wirklich am Stammtisch begrüßt werden würde? Ich hab da so meine Zweifel. Immerhin bin ich die Polizei … Jetzt, wo Tanja unser Baby bekommt, na ja, da bin ich sowieso viel lieber zu Hause«, setzte er sanft hinzu.

»Das glaube ich Ihnen aufs Wort. Wissen Sie denn schon, was es wird?«

Grambow grinste. »Als ich Tanja vorschlug, beim Ultraschall danach zu fragen, hat sie gesagt, sie weiß schon längst, was es wird. Nämlich: ein Baby. Und dann hat sie mir bei Höchststrafe verboten, weiter nachzufragen. Nun necken wir uns andauernd wegen eines passenden Vornamens für unser Baby.«

»Höchststrafe?« Judith verstand die Bemerkung nicht gleich.

Grambow wurde tatsächlich ein wenig rot.

»Oh. Ich frage nicht weiter.« Sein Familienleben ging sie nun wirklich nichts an. Judith Brunner griente und war nach diesem ungezwungenen Themenwechsel heilfroh, Grambows beglücktes Gesicht zu sehen. »Und, was wünschen Sie sich? Ein Mädchen oder einen Jungen?«

Grambow zögerte keine Sekunde: »Noch eine Prinzessin.«

Sie klingelten an der Gartentür. Charlotte Peuker hatte von Grambow erfahren, dass er am Vormittag kommen würde. Judith Brunner hatte er nicht erwähnt.

Die Frau kam mit raschen, kleinen Schritten die wenigen Meter vom Haus auf sie zugelaufen und sah seine Begleiterin neugierig an. Grambow übernahm die Vorstellung der Frauen.

»Kommen Sie rein, bitte.« Charlotte Peuker war ausgesprochen sympathisch.

Sie folgten ins Haus und wurden in die gute Stube geleitet.

Judith Brunner überlegte kurz, ob sie der Frau eingangs des Gespräches für den Hinweis auf ihren Enkel als möglichen Zeugen danken sollte, unterließ es dann aber. Denn sollte Manfred Peuker womöglich eines schweren Verbrechens überführt werden, könnte sie das im Nachhinein als unnötige Verhöhnung betrachten. So begann sie ganz allgemein: »Wir haben uns gestern noch einmal mit Ihrem Enkel unterhalten. Es ging erneut um seinen Aufenthalt am vergangenen Sonnabend hier bei Ihnen. Und vor allem um seinen Heimweg. Das Gespräch war interessant: Er hat uns einen Mann recht genau beschreiben können. Heute kommt er sogar noch einmal in die Kreisdienststelle, um uns bei der Anfertigung eines Phantombildes zu helfen.«

»Ja, der Manfred ist wirklich ein hilfsbereiter Junge. Nicht so ein Halbstarker.« Charlotte Peuker klang überzeugt.

»Er hat uns erzählt, dass er öfter Kleinigkeiten für Sie erledigt, am Haus oder im Garten.«

»Stimmt. Er macht das ohne Murren. Für sein Alter ist er recht gehorsam. Gibt heutzutage nicht viele Jungs, die ihren Omas noch helfen, erst recht nicht am Sonnabend. Sie sollten mal die anderen Frauen hier im Dorf hören. Alle klagen ständig über ihre Enkel; nur auf ihren Mopeds unterwegs, immer inne Disco, dann besoffen rumkajohlen, und dann noch hinter den Mädels her. Richtige Raufbolde. Da ist mein Manfred ganz anders.«

Genau das hatte Judith Brunner befürchtet. »Leider konnte Ihr Enkel sich nicht mehr genau an die Uhrzeiten erinnern. Wären Sie so freundlich und schildern uns noch einmal den Ablauf des Nachmittags? Dann können wir das vielleicht ergänzen?«

Anfangs deckte sich der Bericht von Charlotte Peuker mit dem von ihrem Enkel. Doch dann wurde Judith Brunner hellhörig.

»Nach dem Mittag sind wir zum Friedhof gegangen. Manfred hatte nämlich Blumen mitgebracht, die ihm seine Mutter mitgab. Für meinen Mann. Die beiden haben sich nämlich prächtig verstanden.« Stimme und Körperhaltung beim Sprechen des letzten Satzes verrieten, dass sie sich darüber immer noch irgendwie wunderte. »Auf dem Friedhof hielten wir uns aber nicht lange auf. Als wir wieder nach Hause kamen, machte ich uns das Radio an und da gab es gerade die Nachrichten um halb drei. Ich habe Kaffee gekocht und wir aßen meinen Kuchen. Dann haben wir uns um das Kaninchen gekümmert. Mit Tieren ist der Manfred inzwischen ganz vorsichtig. Na, und kurz nach vier is' er dann wieder los.«

Den Besuch des Friedhofes hatte Peuker mit keinem Wort erwähnt. Und die Bemerkung zu den Tieren war zumindest eigenartig. »Hm, danke. Sagen Sie, hatte Manfred Freunde hier im Ort? Kannte er jemanden näher?«

Charlotte Peuker antwortete ohne Zögern: »Nicht dass ich wüsste. Woher auch? Er lernt ja in Klötze. Wie soll er da hier jemanden kennen?«

»Sie sagten doch, er wäre regelmäßig hier bei Ihnen.«

»Ja schon, aber da hält er sich nur bei mir im Haus oder im Garten auf. Manchmal fährt er noch mit seinem Fahrrad rum. Aber sonst? Wozu ist das wichtig?«

»Ich dachte, vielleicht hätte ihn ein Bekannter gesehen und wir könnten die Uhrzeiten vergleichen«, wich Judith Brunner der Frage aus. »Sie erwähnten das Kaninchen. Davon hat er uns erzählt. Was meinten Sie mit ›vorsichtig‹?«

»Ach, der Manfred war schon immer ganz verrückt nach Tieren. Schon als Kind. Er wollte sie immer anfassen und streicheln oder ihnen Kunststückchen beibringen. Wie im Zirkus, wissen Sie?«

Judith Brunner nickte unbestimmt.

»Ihm sind dann auch ein paar Tiere …, also, er war wohl ungeschickt und hat sie verletzt. Wir mussten sie dann erlösen ... Aber inzwischen ist er vorsichtig und weiß ganz genau, wo er ein Tier anfassen muss, damit ihm das nicht mehr passiert.«

»Gut«, gelang es Judith Brunner, mit einem dicken Kloß im Hals, erschrocken zu bemerken.

»Ach, das waren doch nur ein paar Katzen. Ja, und das eine Ferkel.«

~ 51 ~

Bevor Walter Dreyer zu Johannes Meiring aufbrechen konnte, hatte er etwas anderes zu erledigen, in Jemmeritz: Ihm war die Aufgabe zugefallen, Monika Peuker zu befragen, und zwar zeitgleich, wenn Judith mit ihrer Schwiegermutter redete. Die Frauen sollten sich nicht absprechen können. Monika Peuker war Lehrerin an der Polytechnischen Oberschule in Klötze. Da Ferien waren, hoffte Walter Dreyer, sie zu Hause anzutreffen. Nötigenfalls würde er sie auch im Dorf suchen. Judith und er hatten einen kleinen Fragenkatalog festgelegt. Mit Absicht hatte er auf eine Anmeldung verzichtet, damit auch Mutter und Sohn sich nicht auf das Gespräch vorbereiten konnten.

Als er das Grundstück betrat, kam ihm eine schlanke Frau von Anfang vierzig entgegen. Sie hielt einen Einkaufskorb in der Hand und vermochte es nicht zu verbergen, dass sie den Besuch als Störung empfand. Sie sah ihn mit zusammengekniffenen Augen an.

»Frau Peuker?«, fragte Walter Dreyer. Er überlegte kurz,

ob er sie kannte. Irgendwie kam ihm das Gesicht vertraut vor, jedoch stellte sich keine Erinnerung ein.

Sie nickte und hob leicht den Korb an. »Ich wollte gerade los.«

»Kein Problem, gehen Sie nur«, log Walter Dreyer. Da er in Uniform unterwegs war, musste er seinen Beruf nicht vorstellen, nannte jedoch seinen Namen. »Ich bin der Ortspolizist in Waldau und wollte Manfred, wie besprochen, nach Gardelegen bringen.« Er tat völlig arglos und nutzte die Erstellung des Phantombildes als Vorwand, um sein unangemeldetes Erscheinen zu begründen.

»Ich verstehe nicht ...«

»Nun, Manfred ist doch Ihr Sohn?« Als sie das mit einem zögerlichen Nicken bestätigte, fuhr Walter Dreyer fort: »Er war ja gestern schon auf der Dienststelle und wir hatten vereinbart –«

»Wie bitte?«, unterbrach sie seine Erklärungen.

»Manfred war gestern schon in Gardelegen auf der Kreisdienststelle«, wiederholte Walter Dreyer.

»Davon hat er mir kein Wort gesagt!«, bedauerte Monika Peuker und wirkte mit einem Mal ratlos.

Bestens, dachte Walter. Da kann ich wenigstens meine Fragen unterbringen, ohne Verdacht zu erregen. »Manfred wollte helfen, ein Phantombild anzufertigen. Sie haben doch sicher von dem Mord an dem Mädchen in Engersen gehört?« Nach seinem Kenntnisstand müsste Manfred Peuker längst in Gardelegen sitzen und dem Zeichner seine Angaben machen.

Monika Peuker stellte ihren Einkaufskorb beiseite und versuchte, sich zu konzentrieren. Dann sah sie hinter sich ins Haus, als müsse sie überlegen, wo ihr Sohn stecken könnte. Als sie sich wieder Walter Dreyer zuwandte, sah er, dass sie kreidebleich geworden war.

»Frau Peuker, kommen Sie, es ist besser, Sie setzen sich hin.« Er führte sie behutsam zum erstbesten Raum, der vom Hausflur aus zu erreichen war, wohl ihr Arbeitszimmer.

Sie ließ sich auf einen unbequem aussehenden Stuhl fallen und sprang sofort wieder auf. »Verzeihen Sie. Sie müssen ja denken, ich ... Nun, Manfred, er ist nicht zu Hause. Er arbeitet.« Das klang nach Rauswurf.

Walter Dreyer gab den Enttäuschten. »Warum hat er das denn nicht gesagt? Ich bin extra deswegen hergekommen! Wir brauchen dringend seine Hilfe.«

Monika Peuker wurde nicht zugänglicher und schwieg.

»Vielleicht können Sie mir ja etwas erzählen. Dann bin ich wenigstens nicht ganz umsonst hergekommen.«

»Was soll ich Ihnen denn dazu sagen können?«

»Von Manfreds Großmutter wussten wir, dass er zum Tatzeitraum unterwegs war und wir erfuhren von ihm, dass er eventuell etwas beobachtet hat. Wenn er Ihnen nichts davon erzählte, dann vielleicht Ihrem Mann oder seiner Schwester?« Walter Dreyer tat weiterhin so, als wisse er nichts Genaues und als sei er nie im Haus der Lehrerin gewesen.

»Meine Schwiegermutter hat Ihnen von Manfred erzählt?«, fragte sie mit ungläubiger Stimme und zog die Schultern zusammen. »Wir reden nicht oft miteinander.« Die Züge von Monika Peuker verhärteten sich deutlich. »Mein Mann und ich sind schon seit über zehn Jahren geschieden und er hat sich eine Ewigkeit nicht bei seinen Kindern gemeldet. Und meine Tochter ist unter der Woche nicht hier. Am Wochenende war sie bei einer Freundin. Sie zieht sowieso dieser Tage aus. Den beiden kann Manfred nichts erzählt haben.«

»Und wenn er sie angerufen hat?«

»Na, seinen Vater kennt der kaum noch. Telefonieren, mit dem? Und zu seiner Schwester hat er kein gutes Verhältnis.«

»Verpasst Manfred denn öfter Verabredungen?« Walter Dreyer wollte langsam seine eigentlichen Fragen anbringen.

»Was meinen Sie?«

»Na, mit mir hatte er heute immerhin einen festen Termin. Macht er das mit seinen Freunden auch, dass er sie versetzt? Oder gar mit seiner Freundin?«

Monika Peukers rasselndes Lachen war erschreckend. »Freunde? Freundin? Manfred ist eher ein Einzelgänger. Ob bei meinem Jungen der Knoten noch mal platzt?«

»Es war sicher nicht immer einfach für Sie, allein die beiden Kinder großzuziehen.« So platt diese Feststellung auch war, sie verfehlte selten ihre Wirkung. Walter Dreyer hatte kein schlechtes Gewissen.

»Das können Sie laut sagen«, nahm Monika Peuker auch sofort den Faden auf. »Meine Eltern sind früh verstorben und meine Schwiegermutter hat ja bis vor ein paar Jahren auch noch gearbeitet. Wenn ich meinen Bruder nicht gehabt hätte und der mir nicht hin und wieder unter die Arme gegriffen hätte ...«

»Ach.« Mehr brauchte Walter Dreyer nicht zu sagen, damit sie weitersprach.

»Ja. Er ist wesentlich jünger als ich und wohnte sogar eine Zeit lang, nach dem Tod unserer Eltern, hier bei mir und den Kindern. Er war viel mit Manfred unterwegs und ich war froh darüber. Der Junge hatte wieder etwas männliche Gesellschaft.«

»Würden Sie mir bitte den Namen Ihres Bruders verraten?«

Zwar staunte Monika Peuker über die Frage, die in keinem Zusammenhang mit dem verpassten Termin ihres Sohnes stand, doch gab sie ihn dann preis: »Matthias. Matthias Boll.«

~ 52 ~

Dr. Grede wartete geduldig, was die Hausdurchsuchungen am Morgen bei Rudolf Boll und Otto Molitz ergeben würden. Er sollte die Männer vernehmen, wollte aber mit so vielen Informationen wie möglich in die Gespräche gehen. Für ihn bestand in dieser Hinsicht kein Zeitdruck. Die beiden Schläger konnten nicht mehr abhauen und für Mirow gab es im Moment keinen sichereren Ort als das Krankenhaus.

Lisa Lenz würde bei den Verhören anwesend sein und ihm assistieren. Sie sollte mitschreiben und möglichst auch notieren, was ihr an den Verdächtigen auffiel. Das Tonband konnte nicht alles dokumentieren.

Beide überlegten nun, was sie mit Walter Dreyers Nachricht anfangen sollten, dass die Familie Peuker offenbar mit der Familie Boll verwandt war. »Die Chefin wird staunen!«, war sich Lisa sicher.

»Dieser Schäfer hat eine Menge Geschwister«, stellte Grede neidlos fest.

»Eine seiner Schwestern ist also die Mutter von unserem jugendlichen Hauptverdächtigen. Wirklich interessant. Wenn die miteinander verkehrt haben, könnte der Manfred Peuker sich auch auf dem Gelände der Schäferei auskennen und sogar den Hund auf dem Kerbholz haben.«

In dem Moment, als Dr. Grede Lisa zustimmen wollte, wurden sie von Ritter, der endlich von den Hausdurchsuchungen zurückkam, unterbrochen.

Man sah dem Spurensicherer an, dass er mit einem Erfolg aufwarten konnte. Ritter legte auch sofort los: »Also, einen alten, harten Schlauch habe ich nicht gefunden. Boll verwendet ausschließlich neuere Teile auf seinem Hof. Aber …«, und hier machte er wieder seine bedeutungsvolle Pause, – völlig unnötig, denn seine Zuhörer hingen ihm bereits in höchster Spannung an den Lippen – »ich habe was anderes gefunden! Eine Rolle altes Seil, in Bolls Scheune! Und das sieht genau so aus, wie das Seil, das wir an Mirows Hals fanden und womit diesem Hund die Schnauze zugebunden worden war.«

Lisa war platt. »Warum sollte Boll seinem Hund so etwas antun?« Ihr war die Vorstellung, das eigene, treue Haustier umzubringen, unmöglich.

»Das Seil muss schnellstens unters Mikroskop«, wies Dr. Grede seinen Mitarbeiter an, den Beweis für seine Behauptung zu erbringen. »Aber gehen wir schon mal davon aus, dass es sich tatsächlich um dieselbe Seilrolle handelt. Was hat das zu bedeuten?«

»Boll muss es nicht selber gewesen sein. Das Seil stammt zwar aus seiner Scheune; aber eigentlich kann es jeder an sich genommen haben. Die Schäferei ist ja kein Hochsicherheitstrakt oder so. Sie war unbewacht.« Lisa suchte immer noch nach einer Entlastung für den Hundehalter.

»Das stimmt nicht ganz«, warf Ritter ein, »es gab zwei ausgebildete Hunde. Wachhunde. Das Seil bot zumindest eine praktische Gelegenheit: Um die Schnauze gebunden, hat es erst einmal für Ruhe gesorgt. Einen Hund damit umzubringen, hätte man wiederum nicht geschafft.«

Dr. Grede schnaubte eine Ermahnung: »Darf ich daran erinnern, dass wir außer dem Haustier noch einen Menschen haben, dem das Seil um den Hals gelegt wurde?«

Lisa sah tatsächlich etwas betreten aus.

»Ich bin gespannt, wie Rudolf Boll uns das erklären wird. Kommen Sie, Lisa, fangen wir gleich mit ihm an«, stand Grede auf.

»Und ich mach mich inzwischen an meine Untersuchungen«, rief Thomas Ritter seinen beiden Kollegen hinterher.

Zwei Stunden später fand Ritter sie in Lisas Büro bei einem Glas grünbräunlichen, geruchsintensiven Kräutertee beisammensitzen. Sie lauschten einem plärrenden Kassettenrekorder: »Mirow ist sicher ein Sonderling, gewiss, doch das gibt Ihnen weder das Recht noch die Vollmacht, Ihre Aggressionen an ihm auszulassen«, war Grede zu hören. »Mirow war der Schwächste und er konnte sich nicht wehren. Ein leichtes Opfer. Sie wussten, dass er das Mädchen nicht umgebracht haben konnte. Er hatte ein Alibi. Alle wussten das.«

Ein Mann sprach, und er klang fast amüsiert: »Machen Sie sich doch nicht lächerlich!«

»Keine Sorge, das tun wir bestimmt nicht, Herr Boll«, gab Grede kühl zurück.

Lisa bemerkte Ritter und drückte die Stopp-Taste.

»Gar nicht nett, der Mann«, kommentierte der das eben Gehörte und fragte gleich nach: »Und, wie ging es weiter?«

»Geständnisse!« Lisa jubelte fast. »Wir haben Geständnisse.«

Ritter freute sich für sie. Doch warum sah sein Chef so verdrießlich aus?

Dr. Grede antwortete auf die unausgesprochene Frage: »Otto Molitz hat uns den Namen eines weiteren Tatbeteiligten genannt. Ich habe die Staatsanwaltschaft schon informiert. Leider musste ich Boll und Molitz nach Hause entlassen; die Staatsanwältin sah keine zwingenden Haftgründe, versicherte mir aber eine rasche Anklageerhebung. Sie wollen auf eine empfindliche Haftstrafe hinaus. Ich darf nun also, bis es soweit ist, auch noch dafür sorgen, dass die Polizei ein sorgsames Auge auf dieses gemeingefährliche Trio hat.« Er schimpfte, aufrichtig verärgert.

»Ich kann für bessere Stimmung sorgen«, war sich Ritter gewiss. »Das Seil bei Mirow und bei dem Hund stammt definitiv von der gefundenen Rolle. Material und Alter sind unter dem Mikroskop identisch. Und das Ende der Rolle passt ohne Zweifel mit dem Stück von Mirows Hals zusammen.«

Wieder offenbarte Lisa seufzend ihr großes Mitgefühl für Tiere: »Melli Boll wurde also doch auf ihrem Hof ermordet.«

~ 53 ~

Nach seinem Anruf in der Kreisdienststelle war Walter beruhigt. Lisa Lenz hatte ihm versichert, alle Informationen bei nächster Gelegenheit an Judith weiterzugeben, und er wusste, dass er sich auf die junge Assistentin verlassen konnte. Er mochte Lisa und war ihr dankbar, dass sie Judith so grandios unterstützte.

Ein Blick auf die Uhr sagte ihm: höchste Mittagszeit. Walter zog sich Zivilkleidung an und eilte zu Johannes Meiring. Er hatte rasch noch seine Vorräte geplündert und ein Einkochglas Semmelwürste, eine Salatgurke und ein paar neue Kartoffeln zusammengesucht, denn üblicherweise war er sonntags mit seinem ehemaligen Lehrer zum Mittagessen verabredet. Da es am vergangenen Wochenende nicht geklappt hatte, wollte er heute das verpasste Essen nachholen.

Seine Auswahl war hochwillkommen. »Hm, lecker, die Würste hast du bestimmt selbst gemacht«, freute sich Meiring. »Kartoffeln habe ich aber. Hat mir Alfi Schuler erst gestern ausgebuddelt.« Er deutete hinter sich in die Speisekammer. »Bring doch gleich noch das Bier mit.«

Walter folgte gern der Aufforderung und begann, nachdem sie sich zugeprostet und einen Schluck getrunken hatten, in der vertrauten Küche mit der Zubereitung der einfachen Mahlzeit.

Meiring, den die Gebrechen des Alters zu mehr Ruhe zwangen als ihm lieb war, saß am Tisch und ließ Walter machen. »Habt ihr inzwischen was zu dem Mädchen?«, fragte er ohne Umschweife. »Ist ja immerhin schon vier Tage her.«

»Einen Verdächtigen. Sogar dringend verdächtig! Meine Kollegen müssen es ihm nur noch beweisen. Mal sehen, was uns der Tag noch bringt!«

»Na, dann viel Erfolg! So einer darf nicht frei rumlaufen.«

»Wir haben ihn«, verkündete Walter Dreyer voller Optimismus. Er setzte den Topf mit den geputzten, ungeschälten Kartoffeln auf den Gasherd, gab Salz ins Kochwasser und schenkte ihnen Bier nach. »Es gibt allerdings noch mehr Probleme«, begann Walter dann, von den Zinken zu berichten. Auch vom Hund der Schäferei erzählte er, ohne die grausigen Details auszulassen.

»Von dem Hund hatte ich schon gehört, allerdings nicht, was dem Tier angetan wurde. Gerüchte eben, du weißt schon. Der Rudolf Boll erzählte Anfang der Woche überall rum, dass ein Perverser unterwegs ist, der Kinder und Tiere anfällt, und dass er schleunigst für Ordnung sorgen muss.«

Walter kam es bitter hoch. Er klärte Meiring über die Vorstellungen Bolls und über dessen Kreuzzug auf. Die Folgen, die das für Lothar Mirow hatte, schilderte er nur äußerst knapp. Er wollte dem alten Mann nicht den Appetit rauben.

»Was wird nur aus manchen Leuten«, klagte Meiring, »ich kenne den Rudolf noch als Jungen. Was seine Eltern wohl dazu sagen würden. Das waren manierliche Leute. Rechtschaffen.«

»Rechtschaffen?! Das nimmt der Boll sicher auch immer noch für sich in Anspruch«, vermutete Walter zynisch. »Was ist mit seinen Geschwistern? Kennst du die auch?«

»Kaum, die waren jünger als er und ich habe damals nicht mehr an dieser Schule unterrichtet. Seine eine Schwester wohnt ja mit auf dem Hof und die andere hatte sich doch verheiratet, nach Jemmeritz, glaube ich. Lebt sein jüngerer Bruder nicht auch dort? Die beiden habe ich nach ihrem Wegzug nie wieder gesehen.«

»Kompliment! Ihr Gedächtnis funktioniert fabelhaft.« Walter stand auf, um nach den Kartoffeln zu sehen. Dann nahm er eine eiserne Pfanne, gab das abgesetzte Fett aus dem Glas hinein und legte die Semmelwürste dazu. Er mochte sie mit knusprig gebratener Haut am liebsten. Dann schnitt er die Gurke in dünne Scheiben und bestreute sie mit Schnittlauch.

Während sie warteten, dass die Kartoffeln gar wurden, brachte Walter wieder die Zinken zur Sprache. Ein essenstaugliches Thema, welches er gern vertiefte, zumal Laura herausgefunden hatte, dass es neben Diebesbanden und Sexualstraftätern auch noch harmlosere Deutungsmöglichkeiten für deren Urheberschaft gab. »Die Zeichen sind aufgemalt, mit weißer Farbe. Was eher unüblich ist, denn die Diebe benutzten ja meistens weniger haltbare Dinge, wie Kreide, Kohle oder Ziegel … Wusste Laura«, fügte er dann, sein Detailwissen erklärend, hinzu.

Meiring nickte zustimmend. »Du sagst, die Inschriften sind teilweise verwittert. Das dauert schon eine Weile, bis so etwas passiert. Also, nach meiner Erfahrung hält Farbe auf Holz ein paar Jahre, wenn sie gut aufgetragen wurde. Trockenes, sauberes Holz, eine ordentliche Grundierung, teure Leinölfarbe – gute zehn Jahre kann das schon mal dauern, ohne dass man wieder ran muss.«

»Zehn Jahre, hm, mal überlegen. Vielleicht kann unsere Spurensicherung anhand der Farbreste irgendetwas rausfinden. Zum Beispiel, was für eine Farbe verwendet wurde? Damit würden wir den Zeitpunkt genauer bestimmen können. Wenn der Mord geklärt ist, haben die auch wieder Luft für so was.«

»Zeig noch mal die Adressen«, forderte Meiring dann Walter auf. Er besah sich Lauras fünf Zettel und legte einen beiseite. »Die alte Zabel kenne ich natürlich ein wenig, schließlich war ihr Mann auch Lehrer. *Mann im Haus* stimmt also. Ich denke, wenn das Zeichen noch aus der Zeit stammen würde, als unser alter Pfarrer das Haus nutzte, würde doch hier eher so ein Zinken aufgemalt sein, wie Laura ihn in Schwiesau entdeckt hat.« Er deutete auf das Blatt, das ein aufrechtes Kreuz zeigte. *»Fromm stellen; Fromm* *tun lohnt sich«*, hatte Laura notiert. »Ich kenne dieses Haus. Da wohnte eine sehr hilfsbereite, alleinstehende Frau. Früher wohnte ihr Vater noch bei ihr. Nach seinem Tod ist niemand mehr zu ihr gezogen. Vielleicht lebt sie sogar noch?« Meiring griff zum dritten Blatt. »Jo, jo, die Schäferei. Da könnten unserer Schätzung nach die alten Bolls noch gelebt haben. Der Zinken passt also. Dort wohnten vor zehn Jahren *›Alte Leute‹*.«

Walter kam ein beruhigender Gedanke: Sollte die Markierung sogar viel älter sein, als sie annahmen, hätten auf dem Hof der Schäferei vier Kinder gelebt. Falls Judiths Hypothese zutreffen würde, wäre dann nicht mit einem eindeutigeren Zinken darauf hingewiesen worden? Also dieses Zeichen wurde nicht von Sexualtätern oder gar Kinderschändern angebracht.

Johannes Meiring brütete über einem Blatt, auf das Laura eine gleichmäßige Zackenlinie gezeichnet hatte und überlegte, als er die Adresse in Wiepke las. »*Bissiger Hund*. Ha! Das glaub ich gerne. Dort wohnten Vater und Sohn, Säufer aus Leidenschaft. Der Köter hat die beide überlebt und das will schon was heißen! Dass deren Kate noch steht, wundert mich eigentlich. Das Haus war damals schon recht verfallen, und da es später nicht bewohnt wurde ... Für Diebe wären die beiden vielleicht leichte Beute gewesen, doch zu holen gab es da nichts.« Beim letzten Blatt erhellten sich die Gesichtszüge von Meiring: »Ein Kreis. *Hier gibt es nichts*. Das will ich wohl wissen! Dort wohnen nur arme Schlucker, ähnlich wie in unserem Millionenviertel hier in Waldau.«

Walter stand auf, goss die Kartoffeln ab und begann, sie zu pellen. Er richtete die Mahlzeiten auf großen, flachen

Tellern her und deckte den Tisch. Lauras Notizen legte er beiseite. Dabei dachte er über Meirings Kommentare nach und dann fiel es ihm plötzlich auf: Wenn man eine Linie entlang der Häuser zog, die ... Das war es: Wege, keine Straßen! »Wissen Sie, für jemanden der zu Fuß über die Dörfer unterwegs ist, wäre das der kürzeste Weg zur Fernverkehrsstraße, vor zur F 71 gewesen!«, brachte er überschwänglich heraus.

Meiring brauchte einen Moment, um Walters Gedankensprung nachvollziehen zu können. Dann war er genauso überzeugt. »Richtig.«

»Und wissen Sie auch, was vor zehn, fünfzehn Jahren mächtig in Mode kam, sogar hier bei uns in der Altmark? Das Trampen!«

~ 54 ~

Walter Dreyer nahm sich die Zeit und fuhr die Adressen der Häuser ab. Die Schäferei konnte er auslassen, da er bereits wusste, dass die Zinken nicht von Weitem zu sehen waren. Das Nachmittagslicht war ideal und er konnte die übrigen Zinken sofort erkennen. Als er vor dem letzten Haus stand, suchte er nach Gemeinsamkeiten. An all diesen Häusern kamen nicht viele Menschen vorbei. Wer sollte also diese Zeichen sehen? Je mehr er darüber nachdachte, desto sicherer war er, recht zu haben. Diebesbanden und Bettler? In den Siebzigern? Niemals! Das wäre kaum unerkannt geblieben und schließlich war er damals schon bei der Polizei und hätte dies in Erinnerung behalten. Er blickte nochmals auf Lauras Aufzeichnungen. *Mord-*

brenner? Keine Spur! *Herumtreiber?* Eher nicht. Das wurde von den Behörden nicht geduldet. Das Trampen wurde zwar auch nicht gerne gesehen, besonders hier, nahe der Grenze, war aber kaum zu unterbinden. Gerade für viele Soldaten der Grenztruppen war das der schnellste und einfachste Weg, an den knapp bemessenen Urlaubstagen zügig und kostenfrei an ihr Ziel zu kommen. Dann musste Walter grinsen. Herumtreiber? Vielleicht doch gar nicht so falsch! Ihm stand sofort Michael Siegel vor Augen, ein Typ, der mit seinen Freunden damals gerne für Aufsehen sorgte. Er gehörte in den Siebzigern mit vielen anderen zur – ha!, Blueserszene. Wie merkwürdig sich das Wort heute anhörte! Walter musste über sich selbst lachen. Die Musik war unbestritten gut. *Kerth* war toll, und *Engerling* gefiel Walter auch. Er mochte Blues, immer schon. Und die Typen! Diese Blueser und ihre Fans. Offiziell wurden diese Männer, es waren zumeist Männer, von den entsprechenden Dienststellen gerne als Gammler bezeichnet. Lange Haare und Bart waren eben nicht nur Geschmackssache. Äußerlichkeiten waren den Bluesern wichtig, um den Willen zur Unangepasstheit zu demonstrieren, den Anspruch auf Echtheit und Ursprünglichkeit. Und, wer will nicht in Freiheit leben? Mit ihrer Auffassung waren die Männer zwangsweise bei der Staatsmacht angeeckt. Walter kannte ein paar dieser Typen, und von Michael Siegel wusste er, dass er noch in der Gegend war.

Er würde dort wohl vorbeischauen müssen, um mehr zu erfahren. Walter spürte, wie er sich seltsamerweise auf diesen Besuch freute.

Als er am frühen Abend mit stolzgeschwellter Brust zu Laura eilte, um mit seinen gewonnenen Erkenntnissen anzugeben, fand er sie im Garten vor.

Sie goss die Tomaten und ließ ihn gar nicht erst zu Wort kommen: »Gut, dass du kommst. Ich habe etwas für dich!«, kündigte sie an und unterbrach ihre Arbeit. »Setz dich doch«, schob sie ihm einen Gartenstuhl aus der Sitzgruppe zurecht. Aus dem Wohnzimmer holte sie ein Foto und drückte es Walter in die Hand. »Hier. Ich dachte, das würde dir gefallen. Ist aus Einwinkel.«

Walter entzifferte gehorsam die Balkeninschrift: *»Bier trinken macht fröhlich, Gott fürchten macht selig. Drum fürchte Gott und trinke Bier, so wirst du froh und selig allhier«.* Das passte bestens zu seinem Gemütszustand. »Und? Wo bleibt mein Bier?«, fragte er übermütig, den gottgefälligen Teil des Spruches großzügig ignorierend.

Laura brachte ihm eine Flasche und ein Glas. Sie setzte sich auf die Gartenbank. »Na, erzähl schon. Du hast doch was rausgefunden. Man kann es dir an der Nasenspitze ablesen.«

Walter ließ sich nicht zweimal bitten und berichtete von seinem Besuch bei Michael Siegel. »Er hat ohne Weiteres zugegeben, dass die Zinken von einem seiner Kumpel angebracht worden sind. Sie hielten das für eine tolle Idee und es hat wohl auch funktioniert. Die Fans reisten am Wochenende gern ihren Bands hinterher, vornehmlich per Anhalter. Die Blues-Seligkeit konnte man in so mancher Dorfkneipe haben, vor allem in der Provinz oder auf Volksfesten. Nur, hinkommen musste man eben erst einmal. Trampen war die billigste Möglichkeit.« Walter trank einen kräftigen Schluck und lachte laut. »Mein Besuch bei Siegel war wie eine Zeitreise. Stell dir vor, der Mann lebt immer noch nach diesem Klamottencode, Levi's, T-Shirt und Jesuslatschen. Für den Parka war es heute sicher nur zu warm. Damals war das Zeug ja nicht für jeden leicht zu beschaffen. Wer da nicht rankam, nahm auch mal 'ne Uniformjacke aus den Fünfzigern oder Sechzigern. Sogar alte Polizeiuniformen haben manche angehabt. Diese Uniform an einem Blueser! Wenn das nicht ein Witz an sich ist ... Geschmack hin oder her. Der Michael Siegel hatte an seiner Flurgarderobe sogar noch einen dieser unförmigen Hirschbeutel rumhängen!«

Laura bestätigte die Kuriosität: »Es dürfte eigentlich kaum noch alte Wandteppiche mit Hirschmotiv oder ähnlichem Kitsch geben. Die sind sämtlich dem Nähen dieser bescheuerten Umhängetaschen zum Opfer gefallen«, war sie überzeugt.

Walter prostete ihr launig zu. »An ihrer Feierkultur haben die Leute jedenfalls festgehalten; in Siegels Garage türmten sich die Bierkästen und Kisten mit leeren Schnapsflaschen.« Walter fing an, Laura von der Musik jener Jahre vorzuschwärmen.

Als sie so auf dem Hof saßen und plauderten, begannen die Kühe auf den nahe gelegenen Weiden zu muhen. Sie wurden ungeduldig, warteten auf ihr abendliches Melken. Diese vertrauten Laute gehörten zu den Abendstunden in Waldau, seit Laura denken konnte. Doch heute bekam sie einen Schreck. Es traf sie wie eine unerwartete, heftige Welle. Das war es! Ihr fiel ein, wonach sie seit Tagen vergeblich in ihrem Gedächtnis gesucht hatte. Die Kühe! Tierquälerei? Tierverstümmelungen! Sie sprang auf. »Walter!«

»Ja?«, antwortete er verhalten, plötzlich aus seinen Erinnerungen gerissen. Ihr erregter Ton machte ihn hellhörig.

»Letztes Jahr habe ich doch das Archiv in Judiths Dienststelle gesichtet, wegen dieses Lemkes.«

Walter wusste genau, wovon Laura sprach. Judith hatte es sich zur Aufgabe gemacht, einem verurteilten Serienmörder weitere Taten nachzuweisen, weil sie überzeugt war, das den Angehörigen seiner Opfer schuldig zu sein. Und Laura hatte mitgeholfen, diesem Lemke einen weiteren Mord an einer Postfrau nachzuweisen. Doch dieser Fall konnte jetzt nicht gemeint sein. Und mit Bluesmusik hatte das nun überhaupt nichts zu tun. »Weiter!«, drängte er mit einer leisen Ahnung, dass er sich zu früh einer wohligen Feierabendstimmung hingegeben hatte.

»Da hatte ich eine ältere Akte in der Hand – ich weiß genau, dass es da um Tierverstümmelungen ging. Bei Kühen! Das war eine ziemlich widerwärtige Lektüre. Den Tieren war immer ein harter Gegenstand brutal über die, hm, hinteren Körperöffnungen bis in den Bauch gestoßen worden. Mich hat das interessiert, weil es hier ganz in der Nähe passiert war, und deswegen habe ich etwas gründlicher gelesen. Zumindest sind in der Akte allerhand Anzeigen gewesen, das weiß ich noch genau. Vielleicht helfen euch ja Namen aus der Akte, etwas über den Fall mit dem Hund herauszufinden.«

Nun erinnerte sich auch Walter dunkel an die Vorgänge, welche die Bauern in der Altmark damals stark beunruhigt hatten. »Das war auch in den Siebzigern, stimmt's? Es ist, soweit ich mich erinnere, seinerzeit nicht gelungen, einen Täter zu finden.«

»Ich suche die Akte sofort noch mal raus«, verkündete Laura, keinen Einwand erwartend. Seine leere Bierflasche ignorierte sie einfach. »Fahr mich bitte gleich nach Gardelegen.«

~ 55 ~

Da Walter Dreyer vorsichtshalber bei Lisa Lenz angerufen hatte und die junge Frau am Eingang auf sie wartete, kamen sie einigermaßen ungeschoren an Karl-Horst Stein vorbei.

Laura und Lisa verschwanden gleich in Richtung Archivkeller.

Lediglich ein »He, Sie dürfen sich hier im Gebäude nicht ohne Begleitung bewegen, ich mache sofort Meldung«, rief der Zerberus dann pflichtbewusst Walter Dreyer hinterher.

Der grinste still in sich hinein, als er sich die entsprechende Stein'sche Niederschrift vorstellte. *Dr. ohne BGL bew.?* Walter hätte den Weg zu Judiths Büro mit verbundenen Augen finden können. Er hoffte, sie einen Moment allein anzutreffen, um sie zu berühren und ihr einige sehr private Worte zuflüstern zu können. Er wusste, dass würde sie aufmuntern.

Es gelang.

Nun saßen sie sich, wieder dienstlichen Abstand wahrend, an dem großen Tisch gegenüber und Judith erzählte ihm von den Ereignissen des Tages. Beflügelt durch die Aufklärung des Überfalles auf Mirow war die gedrückte Stimmung in der Kreisdienststelle einer konzentrierten Betriebsamkeit gewichen. Die bevorstehende Aufklärung des Mädchenmordes ließ alle den Frust der vergangenen Tage vergessen.

Nach kaum zehn Minuten klopfte Lisa an den Türrahmen. »Dürfen wir?«

»Kommen Sie, bitte«, winkte Judith sie heran. »Haben Sie tatsächlich schon etwas gefunden?«

»Ja, Frau Perch hat ein phänomenales Gedächtnis. Sie erinnerte sich noch genau an das Regalfach, in dem die Akte liegen musste.«

Laura hielt eine ziemlich dicke Akte hoch. »Grüß dich, Judith. Das hier ist eine wirklich üble Geschichte.«

Judith Brunner nahm den Hefter entgegen und begann zu lesen. Nach zwei- bis dreimaligem Umblättern öffnete sie den Heftstreifen und gab die gelesenen Blätter an Walter Dreyer weiter. »Das sollten Sie auch lesen.« Dann blickte sie auf. »Lisa, bitten Sie doch Thomas Ritter und Dr. Grede her. Wir müssen das gemeinsam bereden.«

Zusammen studierten sie die Unterlagen. Eine Viertelstunde blieb es relativ ruhig. Nur vereinzeltes Stöhnen, Laute der Missbilligung oder des Ekels waren zu vernehmen.

Lisa brach das Schweigen. »Dass es solche Menschen gibt! Wer tut Tieren so etwas an?« Ihr Entsetzen war unbeschreiblich.

Ritter schloss sich an: »Unfassbar! Selbst wenn man die Fotos außen vor lässt – hier steht es schwarz auf weiß: Der Täter hat sich nur die Jungtiere ausgesucht, Färsen, also Kühe, die noch kein Kalb geboren hatten. Er hat ihnen die Sehnen an den Hinterläufen durchgeschnitten und am übrigen Körper weitere tiefe Schnittwunden hinzugefügt. In den Scheiden mehrerer Tiere fanden sich Holzstiele von Gartengeräten oder Holzlatten. Und ... mein Gott ... Schlauchstücke.«

»Was! Zeig her!« Grede las nach. »Keine genaue Beschreibung. Schade!«

»Können wir die nicht noch irgendwo herbekommen?«, überlegte Judith Brunner. »Der Fall liegt zwar schon länger als zehn Jahre zurück ...« Sie dachte nach. »Lisa, fragen

Sie doch bitte mal beim Amtstierarzt nach. Vielleicht steht noch was Genaueres in dessen Akten. Der war seinerzeit an den Ermittlungen beteiligt.«

Ritter grübelte. »Wieso kann ich mich nicht an diese Sauerei erinnern? Ich war doch damals auch schon hier. Und du auch, Walter.«

Der sah noch einmal genau in den Unterlagen nach. Die ersten Tiere waren 1977 gefunden worden und die Akte schloss zwei Jahre später. Ohne irgendwelche konkreten Hinweise. »Die Ermittlungen lagen bei einem Oberleutnant Rudi Lehnert, wenn ich das richtig sehe. Er ist vom Bezirk extra für diesen Fall delegiert worden.«

Judith Brunner horchte auf. »Wohl eher strafversetzt. Ich erinnere mich noch an ihn. Er hatte ein riesiges Alkoholproblem und wurde dann vorzeitig in Rente geschickt.«

Walter Dreyer setzte fort: »Na, jedenfalls hat er sorgfältig alle Anzeigen und Berichte abgeheftet, aber praktisch hat er nicht viel unternommen. Hier, ein Durchschlag zeigt es: Er hat den Leuten bedauernde Briefe geschrieben, dass die Ermittlungen eingestellt werden würden, da es keine verwertbaren Hinweise auf einen Täter gäbe. Du musst also gar nichts davon mitbekommen haben, Thomas. Und Waldau war nicht direkt betroffen. Ich hatte zwar was davon gehört, ging aber davon aus, dass die Kreisdienststelle schon ordentlich ermitteln würde ... Das Ganze verlief irgendwie im Sande.« Bedauernd hob er die Schultern.

Lisa presste aufgebracht hervor: »Das ändert sich wohl nie! Tierquälerei wird quasi als Kavaliersdelikt betrachtet! Das kümmert keinen! Gibt doch sowieso keine Strafe. Warum sollte man da überhaupt ermitteln? Scheißkerle! So was macht mich rasend!« Sie stieß vor Erregung ihre Kaffeetasse um, die zum Glück leer getrunken war. Ihre Hände zitterten, als sie die Tasse wieder aufstellte.

»Das ist wirklich skandalös«, stimmte Judith Brunner ihrer Mitarbeiterin zu, deren Gesicht von einer tiefen Zornesröte überzogen war. Lisa hatte zwar nicht ganz recht, was die Straffreiheit für Tierquälerei betraf – immerhin konnte das Delikt mit einem öffentlichen Tadel, einer Geldstrafe oder einer Bewährungsstrafe geahndet werden –, doch angesichts dieses Strafmaßes war es tatsächlich so, dass oftmals schlampig ermittelt wurde. »In unserem Fall ist die Tierquälerei sogar besonders ernst zu nehmen. Ihr Bagatellisieren wäre ein ernstes Problem, nein, ein großer Fehler! Sie ist keineswegs nur eine präpubertäre Verhaltensstörung. Es ist bekannt, dass spätere Serienmörder in ihrer Kindheit und Jugend überproportional häufig Tiere quälten, missbrauchten oder töteten. Dass in unserem Fall Tierquälerei eine Rolle spielen könnte, wussten wir seit dem Auftauchen des toten Hundes«, legte Judith nochmals dar. Sie versuchte, mit ihren Bemerkungen von Lisas Ausbruch abzulenken, ihr ein wenig Zeit zu geben, sich wieder zu fassen. Sie wusste selber nur zu gut, wie anstrengend es sein konnte, menschliche Grausamkeiten verkraften zu müssen.

Walter, der Lisas Entrüstung über die Scheißkerle nicht persönlich nahm, unterstützte Judiths Absicht, indem er mit ruhiger Stimme mit den Fallerörterungen weitermachte: »Stets waren nur Großtiere wie Rinder und Schafe betroffen, soweit ich mich erinnere. Manche sind qualvoll verblutet und waren bereits tot, als man sie morgens fand, den anderen Tieren gab man dann den Gnadenschuss, um sie von ihren Leiden zu erlösen.«

»Wer hat das gemacht?« Judith Brunner fragte nicht ohne Grund.

»Das wurde damals nicht aufgeklärt, steht doch da«, wies Dr. Grede sie geduldig hin, verwundert über ihre Unaufmerksamkeit.

»Nein, ich meine, wer erschoss die Tiere?«

Lisa, die um Verzeihung bittend zu Walter Dreyer geblickt hatte und mit einem nachsichtigen Zwinkern belohnt worden war, blätterte eifrig, fand jedoch keinen Hinweis. »Das müssen wir noch recherchieren ... Sie meinen, der Schütze könnte der Täter sein? Wie der Brandstifter, der bei der Feuerwehr arbeitet? Der Tierquäler bringt's dann am nächsten Tag zu Ende? Und im Extremfall nicht nur mit einem Hund, sondern mit einem Mädchen?!«

Judith Brunner hob unbestimmt die Schultern.

»Das ist doch krank!«, wiederholte Ritter seine bereits mehrfach vorgebrachte Meinung. Dieses Mal widersprach niemand.

»Wir haben bei der Weiterbildung mal einen ähnlichen Fall erörtert«, begann Dr. Grede. »Der Täter war ein ganz gewöhnlicher Mann, allerdings lebte er allein und sein größter Wunsch war eine Frau. Er begann, genau wie hier, Großvieh zuerst mit Gegenständen zu penetrieren. Irgendwann nahm er dann seine Hand dazu. Das Blut der verletzten Tiere half ihm, leichter einzudringen. Das Eintauchen in den warmen Leib beschrieb er als unglaubliches Gefühl. Das wollte er. Er glaubte, so das warme Innere einer Frau fühlen zu können.«

Laura wurde zunehmend unbehaglicher zumute. Diese Art von Informationen hatte sie nicht erwartet. Meine Güte, glaubte irgendein Mann auf diesem Planeten wirklich, die Eingeweide einer Kuh würden ihm solch ein Gefühl ermöglichen?

Die Polizisten am Tisch nahmen Gredes Schilderung

hingegen weitaus nüchterner auf und debattierten die Ähnlichkeiten zu ihrem alten Fall aus den Akten. Vermutungen wurden angestellt, aber die entscheidenden Fragen blieben unbeantwortet im Raum stehen.

»Übte damals bereits jemand das Quälen und Morden von Menschen an den Tieren? Und jetzt, nach über zehn Jahren, legt er los?« Lisas Überlegung stieß bei den anderen auf Kopfschütteln.

»Nein, das glaube ich nicht«, sagte Dr. Grede. »Und was hat der Typ inzwischen gemacht?«

»Oft sind bei vergleichbaren Verbrechen die Tatmuster an Tieren und Menschen fast identisch«, machte Judith Brunner ihre Mitarbeiter aufmerksam.

Dr. Grede fragte interessiert: »Praktizierte der Täter seinerzeit sodomitische Akte?«

Keinem war beim Lesen ein entsprechender Hinweis aufgefallen. Ob überhaupt danach gesucht worden war?

Grede bemerkte weiter: »Es könnte eine weitere Parallele vorhanden sein: Vielleicht gab es damals auch kein Sperma, so wie jetzt – weder bei diesem Hund noch am Mädchen.«

»Und was soll das alles bitte bedeuten? Mir reicht das nicht, um eine Verbindung herzustellen.« Ritter wirkte irgendwie aufgebracht.

»Aber es ist auch nicht so unbedeutend, dass wir eine Verbindung von vornherein ausschließen sollten«, stimmte Judith Brunner Grede zu.

»Der Täter wäre inzwischen auch etliche Jahre älter. Also definitiv kein unerfahrener Achtzehnjähriger mehr«, überlegte Walter Dreyer laut.

»Halt! Was wird aus meinem Lieblingsverdächtigen?«, hakte Lisa an dieser Stelle ein und fragte in die Runde: »Wir waren doch alle davon überzeugt, dass es dieser Manfred Peuker war, der Ilona ermordet hat.«

Am Tisch blieb es einige Sekunden lang still.

Judith Brunner sprach es aus: »Was ist, wenn wir uns getäuscht haben? Wenn Peuker weder jemanden umgebracht noch etwas verwechselt hat? … Aber was ist, wenn er jemand anderen deckt? Jemanden, der vorsätzlich und mit Freuden quält?« Sie erinnerte sich an eines ihrer zerlesensten Fachbücher; eine Passage über sexuelle Sadisten. »Hinter Peukers Verhalten lauert womöglich weitaus mehr, als wir bisher erkannt haben. Wissen Sie, was man über Leute wie ihn sagt?« Judith Brunner wartete, bis alle gespannt auf sie blickten. »Es gibt nie nur *ein* Geheimnis.«

Donnerstag

~ 56 ~

Mit den vielen neuen Informationen und Überlegungen vom Vortag gingen Horst Grede und Judith Brunner in das Verhör von Manfred Peuker. Sie waren selber gespannt, wie es verlaufen würde.

Ein Streifenwagen hatte den jungen Mann gleich am Morgen in die Kreisdienststelle gebracht. Er sagte kein Wort, als er abgeholt wurde. Seine Mutter hatte ihn begleiten wollen, war jedoch von den Polizisten abgewiesen worden.

Judith wusste, dass sie ihrem Jungen im eigenen Auto hinterhergefahren war. Nun saß Monika Peuker unten im Wartebereich für Besucher. Wer weiß, vielleicht würde sich das noch als Vorteil erweisen.

Unbekümmert wirkend, begrüßte Manfred Peuker die ihm bekannten Polizisten und setzte sich dann wieder ruhig hin.

Dr. Grede nahm schräg gegenüber Platz, legte Papier und Stifte bereit und steckte eine neue Kassette in den Rekorder.

Seine Vorbereitungen blieben fast unbeobachtet. Peukers Blick ruhte lediglich auf Judith Brunner, in Erwartung des beginnenden Gesprächs.

Für ihn völlig überraschend, begann dieses Mal Dr. Grede, sich mit ihm zu unterhalten: »Vielen Dank für Ihre gestrige Hilfe, Herr Peuker. Vielleicht können wir mit der Zeichnung nun tatsächlich den Spaziergänger finden, den

Sie überholt zu haben glauben.«

Peuker war nicht auf den Kopf gefallen. Er hatte diese einschränkende Formulierung genau mitbekommen. »Was meinen Sie?«

Grede gab sich entgegenkommend: »Wissen Sie, wir haben natürlich auch andere Leute gefragt, was sie am Sonnabend gemacht und was sie gesehen haben. Aus Engersen und Waldau, aus Jemmeritz und Wernstedt. Manche waren genau zur selben Zeit unterwegs wie Sie. Nach vier Uhr. Und in derselben Gegend. Dann haben wir diese Aussagen verglichen und dabei sind uns ein paar Dinge aufgefallen. Zum Beispiel, dass die Person, die Sie uns so eingehend beschrieben haben, von niemandem sonst gesehen worden ist.«

Peuker hatte sofort Erklärungen parat: »Kann doch sein, dass er bei dem schönen Wetter über die Feldwege spaziert ist oder vielleicht hatte er vorher seine Jacke noch an und jemand verwechselt da was.« Er nickte, als müsse er sich selbst dieser Möglichkeiten versichern.

»Und für sich selbst schließen Sie aber eine Verwechslung aus? Oder gar einen Irrtum?«

»Sicher.«

»So etwas kann passieren, Herr Peuker. Ihr Mann, also der, den Sie überholt haben wollen, wäre zufälligerweise der einzige Fußgänger in der Nähe des Tatortes, wenn ich mal so sagen darf. Ohne Fahrrad, Moped oder Auto. Gesetzt den Fall, er wäre der Täter, dann wäre er recht langsam vom Tatort weggekommen. Kein guter Fluchtplan.« Dr. Grede sah sein Gegenüber weiter betont skeptisch an.

»Glauben Sie mir etwa nicht?« Diese Möglichkeit schien Manfred Peukers Vorstellungskraft zu übersteigen, so ungläubig klang er.

Um den jungen Mann weiter zu verunsichern, entließ ihn Grede nicht aus dem Blickkontakt und schüttelte betont langsam den Kopf.

Judith Brunner konnte zusehen, wie Peuker wütend wurde. »Der Mann war da. Ich habe ihn genau gesehen«, zischte er.

»Herr Peuker, Sie benehmen sich einfach kindisch«, sagte Dr. Grede dann, bewusst einen beleidigenden Unterton wählend. Das hörte niemand gerne, schon gar nicht ein Achtzehnjähriger. »Sie werden doch in der Lage sein, die Situation zu erkennen. Wir haben, wie gesagt, auch noch andere Leute gefunden, die an diesem Nachmittag unterwegs waren. Die haben aber niemanden gesehen, auf den Ihre Beschreibung eines Mannes zutrifft.«

Peuker starrte Grede nur weiter verärgert an.

Der machte unbeirrt weiter: »Also nehmen Sie Ihren Grips zusammen und überlegen bitte genau.«

Wieder erfolgte keine Antwort.

Grede änderte seinen Tonfall und fragte wissend: »Na, was könnten diese anderen Zeugen uns wohl erzählt haben, was anstelle Ihres Mannes zu sehen war?«

Dieser kleine Bluff haute Peuker um. Er ächzte. Dann wirkte er mit einem Mal etwas verlegen. Er murmelte kleinlaut: »Dass ich mit einem Mädchen geschnackt habe.«

»Ach? Sie wollen mit einem Mädchen geredet haben?«

»Ja.«

»Warum?« Dass Peuker diese Begegnung bisher nie erwähnt hatte, thematisierte Dr. Grede an dieser Stelle nicht. Allerdings war dies ein gravierender Unterschied zu seinen bisherigen Aussagen.

»Na, als ich mein Fahrrad aufgepumpt habe, hat die immer zu mir rüber geguckt.«

»Ach. Und worüber haben Sie denn beide so geredet? War es etwas Unanständiges oder Ihnen sonst irgendwie Peinliches? Immerhin haben Sie uns diese Begegnung bisher verheimlicht.«

Der Vorwurf kam an. Peuker wirkte betroffen. Sein Widerstand war gebrochen. »Nein, so war es nicht. Ich bin mit Absicht vom Rad gestiegen, als ich das Mädchen da hocken sah. Mein Rad hab ich vorsichtig an einen Baum gelehnt und bin zu ihr hin.«

»Warum?«

»Ich hatte im Körbchen noch Kuchen und hinten das Kaninchen von Oma dabei.«

»Sie haben mich missverstanden. Ich meine nicht, warum Sie vorsichtig mit Ihrem Fahrrad waren, sondern warum haben Sie überhaupt angehalten?«

»Sie hätte das Kaninchen anfassen dürfen.« Manfred Peuker nickte versonnen. »Angehalten habe ich, na, weil ich mal wollte. Ganz klar. Bin ja auch in dem Alter. Ich hatte noch nie eine Frau. Alle erzählen immer davon. Von denen hatte schon jeder eine Freundin gehabt. Aber ich? Bis ich mal ein Mädchen bekomme, kann ich immer nur selbst ...« Er brach ab.

Dr. Grede half ihm weiter: »Seit einiger Zeit beschäftigt Sie also lebhaft der Gedanke, mit einem Mädchen zu schlafen?«

»Ja. Ich wollte endlich ein richtiger Mann sein. Wie die anderen in meiner Klasse. Und ich hatte ein Ziel. In diesem Sommer wollte ich es machen.«

Judith Brunner war sich schon vor ein paar Minuten sicher gewesen, worauf dieses Verhör hinauslaufen würde: auf ein Geständnis. Womit sie nicht gerechnet hatte, war die Kaltblütigkeit, aber auf der anderen Seite auch die Naivität dieses Täters. Da findet er keine Partnerin für eine sexuelle Beziehung und fängt an umherzustreifen. Er beobachtet wie ein Raubtier seine Umwelt und sucht sich dann gezielt ein jüngeres, schwächeres Opfer. Er missbraucht und ermordet ein unschuldiges Kind. Leider waren Täter wie Peuker kein Einzelfall. Doch ab heute würde zumindest einer weniger von diesen Männern unterwegs sein, dachte sie grimmig.

Hans Grede leitete Peuker zu weiteren Aussagen. »Und am Sonnabend ergab sich eine Gelegenheit?«

Die Antwort bestand aus einem lockeren Achselzucken.

»Ja? Oder nein?«

Peuker zögerte. »Na, ja.«

Grede beugte sich zu ihm über den Tisch und sah Peuker auffordernd an. »Ich höre! Von Anfang an, bitte!«

Peuker begann ungehemmt zu reden: »Am Morgen habe ich wieder im Kuhstall im Dorf geholfen. Als dort alles erledigt war, habe ich mich gewaschen und umgezogen, denn ich wollte ja zu meiner Oma. Ich ging in unsere Scheune. Dort stand mein Rad und ich pumpte Luft auf die Reifen. Dabei fiel mein Blick auf den ollen Schlauch. Den konnte ich für alle Fälle mitnehmen. Auf meinem Gepäckträger war sowieso die Holzkiste für's Karnickel befestigt. Da meine Mutter mir auch noch einen Blumentopf, den ich auf das Grab meines Großvaters stellen sollte, mitgegeben hatte, konnte keiner den Schlauch sehen.«

Dass Manfred Peuker so ausdrücklich das Tatwerkzeug erwähnte, zeigte deutlich, dass der Schlauch eine besondere Rolle spielen sollte. Dr. Grede hakte nach. »Warum nahmen Sie den Schlauch mit?«

Die Erklärung lag für Peuker auf der Hand. »Na, falls ich unterwegs was Passendes treffen würde, wollte ich sie fragen, ob sie es mit mir macht, und wenn sie sich wehren würde, wollte ich ihr mit dem Schlauch die Richtung weisen. Das machen die Leute hier auch bei ihren störrischen Tieren. Ich wusste, dass sich ein Mädchen wehren kann, und dann wollte ich ihr damit eine überziehen.«

Dr. Grede lehnte sich wieder zurück. »Woher wussten Sie denn, dass Mädchen sich verteidigen können?«

»Von meiner Schwester. Die ist öfter mal ausgegangen. Sogar schon mit Soldaten. Sie hat mir erzählt, wie Mädchen das so machen: angefangen bei Backpfeifen bis hin zu Tritten in die Eier. Und auch meine Mutter hat so was angedeutet. Da dachte ich mir: Besorg dir lieber was, womit du zurückhauen kannst, wenn ein Mädchen, das du willst, dich schlägt.«

»Und wo besorgten Sie sich den *ollen* Schlauch?« Grede griff Peukers Formulierung auf.

»Vor zwei Wochen habe ich beim Eggen geholfen. Der Acker liegt gleich hinterm Dorf, neben dem Trafohäuschen. Dort ist ein Düngerschuppen. Unter der Tür sah ich den Schlauch und zog ihn heraus. Ich hatte eigentlich gehofft, er wäre länger. Na ja, dafür war er halbwegs sauber. Nur mein kleiner Finger passte in das Loch, aber für meine Zwecke würde er schon reichen. Keiner hat gesehen, dass ich den Schlauch aufhob und mitnahm. Ich hab ihn dann in der Scheune liegen gelassen.«

»Sie haben den Schlauch schon seit zwei Wochen gehabt?«, fragte Grede nach. »Wollten Sie bereits vor vierzehn Tagen ein Mädchen suchen?« Er überlegte fieberhaft, ob innerhalb der letzten beiden Wochen irgendein sexueller Überfall gemeldet worden war. Ein kurzer Blick zu Judith Brunner, die den Kopf leicht schüttelte, bestätigte seine Erinnerungen. Nein.

Der junge Mann war nach Gredes letzter Frage puterrot geworden. »Nein. Da noch nicht.« Peuker starrte die Tischplatte an. »Na …, ich wollte es erst mal ausprobieren. Im Stall. Mit ’ner Kuh.«

Judith Brunner traute ihren Ohren nicht. Was wollte Peuker ausprobieren? Die Penetration mit dem Schlauch oder wollte er etwa selber? Sie bewunderte Dr. Grede, dem es gelang, eine unbeteiligte Miene beizubehalten.

Er fragte sogar weiter, mit einem Tonfall, der schon fast für echtes Interesse gehalten werden konnte: »Und?«

Peuker sah erschrocken auf: »Habe ich aber nicht.«

»Aha«, machte Grede, als führten sie eine normale Unterhaltung. »Und weiter?«

»Auf der Hinfahrt zu meiner Oma bin ich keinem Mädchen begegnet.«

»Aber auf der Rückfahrt haben Sie dann eins gesehen.«

Peuker nickte. »Sie gefiel mir sofort, wie sie da hockte, irgendetwas pflückte und in eine Papiertüte füllte. Und da dachte ich, das ist eine für mich. Die wollte ich gerne fütern!«

»Wie bitte? Was wollten Sie?« Dr. Grede glaubte, den Mann nicht richtig verstanden zu haben, obwohl der deutlich sprach.

»Na, mit der mache ich es jetzt. Fütern.«

Hans Grede hatte dieses Wort noch nie gehört. Er konnte sich natürlich denken, was gemeint war.

Judith Brunner bedeutete ihm stumm, nicht weiter zu insistieren.

Deswegen fragte er nur: »Und dann?«

»Ich drehte mich um, ob jemand zu sehen war. Niemand. Die Gelegenheit kam mir wie gerufen.«

»Was geschah nun?«

»Ich nahm den Schlauch aus der Kiste und steckte ihn in meine Hosentasche. Dann bin ich locker zu ihr hin und legte ihr meinen Arm um den Hals. Sie hockte immer noch da und hatte gar nicht gemerkt, dass ich ran kam.« Peuker beugte sich etwas seitlich hinunter und demonstrierte es mit seinem rechten Arm. »Dann hab ich sie gefragt, ob sie Liebe machen will. Sie versuchte hochzukommen. Sie sagte: ›Nein. Ich habe schon einen anderen!‹ Umso besser, dachte ich, dann weiß sie ja, was jetzt kommt. Ich habe sie fest an mich gedrückt und wollte sie in das Feld ziehen. Sie wehrte sich, riss sich fast los und schrie mich an, ich solle sie sofort gehen lassen. Um Hilfe hat sie aber nicht gerufen!« Das klang wie eine Rechtfertigung. »Als ich sie dann an einem Arm den Weg entlanggezogen habe, hat sie mit einem Heft nach mir geschlagen. Aber es tat nicht sonderlich weh. Sicherheitshalber habe ich ihr mit dem Schlauch ins Kreuz gehauen. Da hat sie dann alles fallen gelassen. Ich schnappte mir ihre Arme und zog sie über meine Schultern, sodass sie wie ein Sack auf meinem Rücken hing. Ein halber Sack Korn hätte mehr gewogen. Ich schleppte sie ins Feld und hab sie da noch mal gefragt, ob sie mich liebt. Sie hat nur nein, nein, nein geschrien und da hab ich sie kurz am Hals gedrückt. Sie sollte endlich Ruhe geben.«

»Sie haben sie erwürgt«, stellte Dr. Grede klar.

»Das wollte ich doch gar nicht. Warum hat sie sich denn bloß gewehrt?«

»Was ist dann passiert?«

»Plötzlich hat die sich nicht mehr bewegt. Ich merkte, dass sie tot war. So konnte ich sie nicht mehr gebrauchen. Da hab ich ihr den Rock hochgeschoben und den Schlüpfer runtergezogen. Ich war einfach nur wütend. Da hab ich dann den Schlauch genommen, und ihr den unten reingesteckt.«

»Warum? Warum haben Sie das gemacht?«

»Es sollte so aussehen, als hätte sie jemand gefickt.«

»So wütend waren Sie? Das Mädchen war tot.«

Peuker spuckte die Antwort förmlich aus sich heraus: »Die ganze Zeit über, schon als ich vom Fahrrad stieg, hatte ich einen riesigen Steifstand. Und dann macht die blöde Trine einfach nicht mit?! Geht tot. Und geblutet hat die auch noch.«

~ 57 ~

Auf dem Weg zum Besprechungsraum sprach Dr. Grede seine Gedanken offen aus: »Dieser Typ hat keinerlei Unrechtsbewusstsein! Das macht ihn enorm gefährlich. Mann, ich bin wirklich froh, dass wir diesem Kerl schon jetzt draufgekommen sind.«

»Ich bin auch mächtig erleichtert«, gab Judith Brunner zu. »Hoffentlich reicht, was wir haben, um ihn für immer wegzusperren.«

»Was meinen Sie?« Für Hans Grede gab es keinen Zweifel.

»Peuker ist achtzehn, fast noch ein Kind. Welchen Wert hat da sein Geständnis? Für ihn ist das kaum mehr als ein Unfall. Und wir wissen doch, dass hier streng genommen kein Mord vorliegt. Er wird mit weniger davonkommen. Und morgen könnte er es sich sowieso wieder anders überlegen und uns erneut den großen Unbekannten präsentieren.«

Dr. Grede war zuversichtlicher: »Der Peuker war es. Nur

er konnte wissen, wie sie im Feld lag. Auch von dem Detail mit dem Schlauch konnte nur der Täter wissen. Er hat die Penetration und den Tatort genau so beschrieben, wie wir das vorgefunden haben.«

Sie erreichten den Besprechungsraum, wo Lisa Lenz und Thomas Ritter schon gespannt auf sie warteten. Außerdem war Dr. Renz eingetroffen und hatte mit am Tisch Platz genommen.

»Wir haben ein Geständnis«, informierte Judith Brunner die drei ohne Umschweife.

Man konnte spüren, wie die Atmosphäre im Raum von hoffnungsvoller Erwartung zu befriedigender Gewissheit umschlug.

»Gott sein Dank!«, freute sich Dr. Renz mit den Ermittlern, als er aufstand, um Judith Brunner und Dr. Grede die Hand zu reichen. »Verzeihen Sie meinen unangemeldeten Besuch. Ich wollte Ihnen meinen Abschlussbericht zur Obduktion von Ilona Eichner vorbeibringen. Und den Freundschaftsring des Mädchens auch, der war noch bei mir im Labor«, erklärte er seine Anwesenheit und deutete auf den Tisch, wo zwei Umschläge lagen. »Und als ich erfuhr, dass Sie gerade den Hauptverdächtigen vernehmen, konnte ich nicht widerstehen, der freundlichen Einladung von Frau Lenz auf eine Tasse Kaffee zu folgen«, gab er galant seine Neugier zu.

»Sie sind hier immer herzlich willkommen, Dr. Renz«, gab Judith Brunner ebenso charmant zurück.

»Nun erzählen Sie doch mal genau. Wie haben Sie ihn zum Reden gebracht?«, drängte Lisa ungeduldig, während sie ihrer Chefin einen Kaffee einschenkte.

Dr. Grede griff zu einer Flasche Mineralwasser, trank einen Schluck und ließ sich nicht lange bitten. Seinem Bericht wurde mit konzentrierter Aufmerksamkeit gelauscht.

Judith Brunner schilderte anschließend ihre Eindrücke. Zum Schluss sagte sie: »Es ist unglaublich! Die geplante Penetration der Kühe mit dem Schlauchstück war ihm peinlich. Der Mord an dem Mädchen dagegen nicht.«

Lisa Lenz stand auf und öffnete ein Fenster. Jetzt, um die Mittagszeit, stand die Sonne hoch am hellblauen Himmel und schien nie mehr Leuchtkraft gehabt zu haben. Sie sah auf die baumlose, graue Straße, die ein heruntergekommenes Villenviertel nahe dem Bahnhof mit der Innenstadt verband. Der Stadtverkehr floss vor der Kreisdienststelle träge vor sich hin. »Wieso geht ihm seine Tat nicht nahe?«, fragte Lisa sich laut im Umdrehen.

»Der Täter hatte doch keinerlei Beziehung zu dem Mädchen. Sein Opfer war willkürlich ausgesucht. Was mit ihm passierte, war dem Mörder völlig egal«, sprach Dr. Renz die schlichte Wahrheit aus.

»Sein Verbrechen tut ihm tatsächlich kein bisschen leid, im Gegenteil«, ergänzte Judith Brunner. »Peuker war selbst im Verhör noch wütend, dass Ilona Eichner keinen Sex wollte.«

Lisa schüttelte den Kopf. »Was ist nur los mit dem? Seine Probleme mit Mädchen sind doch nicht außergewöhnlich. Viele Jungen haben mit achtzehn noch keinen Geschlechtsverkehr gehabt. Wenn die alle ihre Nöte so abreagieren würden!« Sie war ratlos. »Wie kann das passieren, ohne dass jemand etwas merkt? Die Schule? Die Freunde? Einfach niemand?!«

Ritter schnaubte: »Ignorantes Umfeld, so einfach ist das! Verdammte Scheiße!«

»Richtig. Vollkommen richtig«, war Judith Brunner mit ihm in beiden Punkten einer Meinung und ergänzte: »Vielleicht kommt sogar noch ein destruktives Familiengefüge dazu. Ich denke, das müssen wir auf jeden Fall noch genauer untersuchen. Peukers Mutter und auch Charlotte Peuker, die Großmutter, wussten mit Sicherheit, dass mit diesem Jungen etwas nicht stimmt. Ich kann mir nicht vorstellen, dass ihnen das entgangen sein soll.«

Dr. Renz mischte sich ein: »Oh nein, das ganz sicher nicht. Aber oft fühlen sich die Mütter mitschuldig, sie spüren ja schließlich, dass da etwas eigenartig ist mit ihrem Nachwuchs. Manchmal sind sie sogar verantwortlich für das, was später passiert – die Kindheitserlebnisse der Täter sind oftmals unter den Augen der Mütter geschehen.«

»Es gibt bei Peuker keine Hinweise auf Opfererfahrungen in seiner Kindheit«, warf Dr. Grede ein. »Zumindest haben wir das noch nicht weiterverfolgt«, schränkte er dann ein und machte sich gleich eine entsprechende Notiz.

»Der Hinweis auf Manfred Peuker kam von seiner Großmutter, vergessen wir das nicht. Und er kam gleich am Sonntagnachmittag, kaum dass sich das Verbrechen im Dorf rumgesprochen haben dürfte.«

»Warum hat sie das wohl getan?«

»Genau das habe ich vor, sie zu fragen. Und mir sind noch ein paar andere Dinge unklar. Peuker hat so seltsame, richtig altmodische Worte benutzt. Steifstand. Fütern. Backpfeifen. So spricht doch heutzutage kein junger Mann!«, war Judith Brunner überzeugt.

»Was?!« Lisa sprang auf und holte die Archivakte zu den Tierquälereien aus dem Regal neben den Wandtafeln. Sie hatte die Unterlagen gestern Abend, als die anderen schon gegangen waren, noch einmal intensiv studiert. »Einer der Zeugen, der 1977 vernommen wurde, hat genau diese Wörter benutzt! Wie hieß der noch mal?« Sie blätterte ungeduldig. Dann sah sie auf und sagte: »Matthias Boll!«

Als Judith Brunner den Namen hörte, wurde ihr heiß im Nacken. »Die Welt ist wohl kleiner, als ich dachte. Noch ein Grund mehr, mit den Frauen zu reden.«

»Die Mutter sitzt unten«, erinnerte Lisa.

Judith Brunner nickte. »Später. Ich will die Großmutter zuerst sprechen. Holt sie her. Sie hat uns ihren Enkel quasi frei Haus geliefert. Ich will wissen, warum.«

~ 58 ~

Nach den morgendlichen Routinearbeiten fand Walter Dreyer gegen Mittag Gelegenheit für seinen Besuch bei den Bauers. Er klopfte an die Haustür und trat ein, ohne die entsprechende Aufforderung abzuwarten. Ein mehrstimmiges Gebrüll war aus der Küche zu vernehmen und im ersten Moment ließ sich nicht unterscheiden, ob das Wutgeheul, Triumph- oder Schmerzensschreie waren.

Alarmiert eilte Walter zum Kampfgetümmel und sah Tommy, der, bewaffnet mit einem langen Holzlöffel, mit Fritzi, der einen wuchtigen Teigroller in der Hand hielt, ein Duell ausfocht. Dany hatte sich eine tiefe Schüssel als Helm auf dem Kopf gesetzt und feuerte ihren Bruder in die Hände klatschend an. Mario Boll, der eine Tüte Mehl umklammert hielt, hatte sich offensichtlich entschieden, der anderen Seite seine lautstarke Unterstützung zukommen zu lassen, und Baby Henry, das bei Elvira auf der Hüfte saß, quietschte und zappelte vergnügt mit. Seine Mama hatte über ihr weißes Minikleid eine ebenso kurze, knallbunte Kochschürze gebunden, die mit kleinen Rüschen versehen und aus demselben Stoff geschneidert war wie das Sommerhöschen des Kleinen. Ihr Haar trug sie zu einem eleganten Knoten gebunden, den eine schillernde Schleife hielt.

»Wenn ihr nicht bald aufhört, euch wie die Musketiere aufzuführen, wird das nie etwas mit unserem Plätzchenbacken«, ermahnte Elvira die Kinder. »Und die Beerdigung ist schon heute Abend.«

Das half, um die Helden einigermaßen zu beruhigen. Oder war es doch der Besucher?

»Oh, lasst euch nur nicht von mir stören bei eurem Vorhaben, was immer das auch werden soll«, begrüßte Walter die aufgekratzte Runde und deutete mit beiden Händen auf den voll geräumten Küchentisch. Dann fragte er bei Elvira nach: »Benötigst du meine Unterstützung?«

Sie kam auf ihn zu. »Ja, du kannst Henry nehmen. Wir haben nämlich wirklich allerhand zu tun. Danke.« Sie drückte ihm den kleinen Kerl in den Arm.

»Wir begraben Melli!«, platzte Mario Boll aufgeregt heraus. »Eingewickelt in mein Lieblingsbadetuch.«

»Mit Lampions und mit einem Gedicht am Grab!«, ergänzte Dany.

Tommy sah Walter Dreyer an und raunte ihm verschwörerisch zu: »Melli ist doch eine Leiche. Und wir machen einen« – er sah kurz zu Fritzis Mama auf und sprach das Wort beinahe ehrfürchtig aus – »Leichenschmaus. Im Wald.« Für einen winzigen Moment sah es so aus, als würde der Junge weinen wollen.

Fritzi erzählte Walter, was ihnen seine Mama erklärt hatte: »Das macht man bei toten Menschen auch. Dabei unterhalten sich Familie und Freunde über schöne Dinge, die man mit dem Menschen erlebt hat. Mama sagt, dass das auch bei einem Hund geht, weil er ja auch ein Freund war.« Dann ging er zu Tommy, kramte einen Bonbon aus seiner Hosentasche und drückte ihn seinem Freund unauffällig in die Hand.

»Es gibt Kakao und Kekse«, gab Dany die Speisefolge bekannt und las dann langsam von einem alten Zettel das Rezept vor: *»Haferflockenmakronen.*

250 g Haferflocken
100 g Butter
60 g Zucker
75 g Mehl
1/2 Päckchen Backpulver
1 Päckchen Vanillezucker
2 Eier.«

Prüfend hatten die Kinder bei jeder Zutat auf dem Tisch kontrolliert, ob auch alles bereitstand.

Dann las Dany weiter: »Butter in eine Pfanne geben und schmelzen. Mit den Flocken braten und den Zucker darüberstreuen. Umrühren, bis der Zucker geschmolzen ist. Dann das Mehl und das Backpulver vermischen, den Vanillezucker dazugeben und alles über die Flocken streuen. Die Eier verquirlen und darüber geben. Nun alles vermengen.« Dany machte eine Pause. »Das ist der Teig«, fasste sie staunend zusammen. »Davon mit einem Teelöffel kleine Häufchen auf das Blackblech verteilen und dann bei mittlerer Hitze – 200 Grad – 10 bis 15 Minuten backen.«

Fritzi und Tommy wirkten angesichts dieser Arbeitsanweisungen etwas verzagt. Mario blickte nicht zuversichtlicher in die Welt. Dany suchte schon mal nach einem geeigneten Topf. Leider im falschen Schrank.

Elvira Bauer munterte die unsichere Schar auf: »Das

schafft ihr allemal. Ich helfe auch ein bisschen mit. Wascht euch erst einmal die Hände und schon können wir anfangen.«

Währenddessen flüsterte Elvira Walter zu: »Das Rezept hat mir die alte Frau Weber zugesteckt. Sicherheitshalber bäckt sie auch ein paar Kekse und bringt sie nachher noch vorbei. Tommys Mutter muss noch arbeiten, deswegen bereiten wir das Ganze bei uns vor«, erklärte sie die turbulenten Umstände. »Rudolf Boll wollte wohl nicht einsehen, dass für seinen toten Hund irgendein Aufwand getrieben wird. Marios Mutter kocht aber trotzdem den Kakao. Und sie bringt natürlich Melli mit. Wir treffen uns hier nach dem Abendbrot und gehen dann gemeinsam los. Für Mario ist das wichtig. Und für Tommy sicher auch.«

Walter sah sie beeindruckt an. »Gute Idee, Frau Bauer.«

Elvira seufzte leise. »Tommy hat vorhin noch mal erzählt, wie er den Hund vorgefunden hat. Danach haben die Jungs wohl etwas Angst bekommen, was den Kadaver angeht. Ich habe ihnen erklärt, dass der Tierarzt das repariert hat und Melli aussehen wird, als schlafe sie ganz fest. Das hat dann aber wieder die Neugier von Dany geweckt. Sie will nun unbedingt die Nähte sehen, mit denen der Hund zusammengeflickt wurde.«

Dank des vertrauten Flüsterns seiner Mutter, des zurückhaltenden Gejohles am Waschbecken und des vorsichtigen Geschirrklapperns am Tisch war Baby Henry auf Walters Arm wohlig eingeschlafen und kuschelte sich an seine warme Brust. Der wagte kaum zu atmen. »Wo genau wollt ihr denn Melli begraben?«, fragte er leise.

Mario erklärte, während er ein Backblech mit einem Klecks Butter einfettete: »Sie lag gern am Waldrand in der Sonne, wenn ich auf meinen Aussichtsbaum geklettert bin.

Da hat sie immer brav gewartet.«

Die anderen Jungen nickten.

»Unter dem Baum soll sie –« Nun kullerten bei Mario doch ein paar Tränen.

Elvira nahm ihn tröstend in die Arme. »Es wird ihr dort gefallen, glaub mir.«

»Ihr werdet einen guten Spaten mitnehmen müssen«, bemerkte Walter, der an die Wurzeln im Waldboden dachte. »Und eine Schippe für den Sand und die Steine. Ihr müsst mindestens einen Meter tief graben.«

So konkret hatten die Kinder darüber noch nicht nachgedacht. Erschrocken sahen sie sich an. So tief? Was musste noch alles bedacht werden? »Du kommst doch sicher auch?«, fragte Fritzi dann hoffnungsvoll den Polizisten und Tommy nickte bittend.

»Auf jeden Fall«, versprach Walter ganz spontan. Seine Mundwinkel zuckten, doch es gelang ihm, überzeugend, ein lautes Lachen zu unterdrücken. So kam man zu einer unvorhergesehenen Beschäftigung! Er würde am Abend also ein Hundegrab ausheben. Und mindestens einen Meter tief. Das würde jetzt genauestens kontrolliert werden. Er lehnte sich mit dem schlafenden Baby auf dem Arm an den Küchenschrank zurück und sah der quirligen Kinderschar beim Backen zu. Über sein hartes Schicksal konnte er sich nun nicht einmal mehr beklagen. Sein glücklicher Gesichtsausdruck hätte ihn verraten.

~ 59 ~

Judith Brunner drückte die Aufnahmetaste des Kassettenrekorders. Es folgten die unvermeidlichen Begrüßungs-

und Vorstellungsrituale. »Frau Peuker, wir haben den Täter im Fall des ermordeten Mädchens überführt.« Aufmerksam musterte sie die Miene der Frau.

Charlotte Peuker zeigte keinerlei Regung. Das Gesicht strahlte eine gleichmäßige Freundlichkeit ohne irgendein Interesse aus. Nicht einmal die triste Umgebung des Verhörraums konnte der alten Frau ihre Gelassenheit nehmen.

Judith Brunner bemerkte: »Ihr Hinweis auf einen möglichen Zeugen war der Schlüssel zur Ergreifung des Mörders.«

»Ach. Bin ich deswegen hier? Wollen Sie sich bedanken?«

»Nicht nur. Sie erinnern sich bestimmt: Sie hatten meinen Kollegen, Ernst Grambow, auf die Heimfahrt Ihres Enkels am letzten Sonnabend aufmerksam gemacht.«

»Is ja doll, hat der Junge also tatsächlich helfen können?« Charlotte Peuker tat weiter so, als wüsste sie nicht, worum es in diesem Gespräch ging.

Das verärgerte Judith Brunner so sehr, dass sie schonungslos wurde: »Dieser *Junge* hat gestanden, Ilona Eichner ermordet zu haben. Es war ein Sexualmord.« Sie ließ ihren Worten Zeit zur Wirkung.

Charlotte Peuker zeigte weder Erschrecken noch stritt sie die Möglichkeit ab, dass ihr Enkel etwas derart Abscheuliches getan haben könnte. Eher wirkte sie etwas unkonzentriert und ein ganz klein wenig beschämt. Noch trug sie ihren Panzer der Gleichgültigkeit. Nur ihre Lippen fingen an, nervös zu zucken.

»Warum haben Sie uns auf Manfred aufmerksam gemacht?«, forderte Judith Brunner mit äußerstem Nachdruck zur Antwort auf. Ihre scharfe Stimme sollte jegliche Ausflüchte verhindern.

Die Frau seufzte, als hätte sie einen schweren Fehler erkannt. »Ich habe doch alles nur für ihn getan. Sie sollten aber nicht Manfred finden, sondern auf seine Familie aufmerksam werden. Ich meine, die Sippschaft dieser Frau, seiner Mutter. Ihr wollte ich es heimzahlen! Dass das der arme Junge war, konnte ich beim besten Willen nicht ahnen!«

»Tatsächlich nicht? Was dachten Sie denn, wer das Mädchen umgebracht hat?«, fragte die Ermittlerin, eigentlich nur rhetorisch.

»Na, der Bruder dieser –« Charlotte Peuker sprach nicht weiter.

Nun war Judith Brunner leicht erstaunt. »Was meinen Sie genau? Sie haben da eben etwas angedeutet. Von wem reden Sie?«

Charlotte Peuker kniff ihre Lippen zusammen, sodass ihr Mund nur noch einen Strich bildete. Ihre Augen wurden ebenfalls schmal, als sie voller Verachtung rief: »Na, dieser Tierschänder! Pah! Und meine feine Schwiegertochter hat nichts Besseres zu tun, als dem erneut Tür und Tor zu öffnen. Meinem Sohn hat sie das Leben zur Hölle gemacht. Der ist auf und davon. Er lässt sich kaum noch in der Gegend blicken. Nicht einmal bei mir kommt er vorbei. Diese Schlampe behauptet, wenn meine Enkeltochter aus dem Haus geht, ist wieder Platz für diesen, diesen ... Perversen.« Die Empörung drohte mit jedem weiteren Wort in Hysterie umzuschlagen.

Judith Brunner gebot ihr mit einem Handzeichen, sich wieder zu beruhigen. Was hatte das jetzt mit dem Mädchenmord zu tun? Als die Frau einigermaßen gleichmäßig atmete, setzte sie das Gespräch fort: »Frau Peuker, können Sie bitte etwas konkreter werden?«

Die Frau schwieg und blickte beleidigt zur Seite.

Judith Brunner konnte natürlich mutmaßen, auf wen die letzte Bemerkung zielte. »Sie meinen den Bruder Ihrer Schwiegertochter? Matthias Boll?«

»Genau!«, schrie sie wieder. »Der Perversling will doch dort wieder einziehen! Manfred hatte mir von der Sache erzählt, da musste ich doch handeln. Ich konnte ja nicht ahnen, dass es schon zu spät war.«

»Handeln? Was haben Sie denn getan?«

Jetzt sah Charlotte Peuker irritiert auf: »Na, Sie haben den Hund doch längst gefunden, oder nicht?«

Für Judith Brunner kam die Erkenntnis mit Wucht: Diese Frau hatte den Schäferhund der Bolls getötet, verstümmelt und drapiert! Was war hier los?

»Sie haben ihn also gefunden«, stelle Charlotte Peuker nüchtern fest, als die Polizistin mit einer Antwort zögerte.

»Ja, das Tier war schließlich nicht zu übersehen. Warum haben Sie dem Hund das angetan? Wollten Sie die Bolls ärgern? Der Hund konnte doch nichts für Ihren Familienzwist.«

Die Frau schüttelte den Kopf. »Natürlich nicht. Ich wollte, dass die Bolls mal genauer unter die Lupe genommen werden: Der Hund vom Boll, der Strick vom Boll, die Verstümmelungen vom Boll… Mein Ziel war es, die Polizei auf diesen ..., na, eben auf ihren Bruder zu lenken.«

»Rücken Sie endlich mit der Sprache raus, Frau Peuker! Was ist mit Matthias Boll?«

»Das wissen Sie doch!«

»Reden Sie!«

»Dieser Mann quält Tiere zum Spaß! Mehr noch: Er missbraucht sie. Das geilt ihn auf. Was meinen Sie, woher der Manfred das hat! Der Junge fing an damit, als dieser

Boll bei ihnen einzog.«

»Und das wissen Sie genau?«

»Fragen Sie den Manfred! Der hat mir davon erzählt, als ich ihn bei mir im Stall erwischt habe. Den Jungen haben Sie doch hier! Oder fragen Sie seine Mutter. Die müsste Ihnen allerhand zu ihrem Bruder erzählen können.«

Genau das hatte Judith Brunner auch vor. Was würde Manfred Peukers Mutter zu alldem zu sagen haben? Doch sie war mit Charlotte Peuker noch nicht fertig. »Und Ihr Sohn hat nichts gewusst von dem Problem mit seinem Schwager? Er hat diesem Tierquäler über Jahre den Umgang mit seinem Sohn gestattet?«

»Woher sollte er denn davon wissen? Meine Schwiegertochter hat doch lieber meinen Sohn in die Wüste geschickt, als das Familiengeheimnis preiszugeben! Und mir war die ganze Geschichte furchtbar peinlich! Sollte ich die Sache mit meinem Enkel auch noch breittreten?«

Judith Brunner konnte es kaum glauben. »Und Sie denken, Ihre abscheuliche Inszenierung mit dem Hund ist besser? Sie hätten doch bloß den Mund aufmachen müssen! … Wie kamen Sie eigentlich an den Hund der Bolls ran?«

»Ich kaufe öfter frisches Fleisch auf dem Hof. Und entfernt verwandt sind wir ja gewesen. Also redet die Bäuerin, ich meine Margarete, immer ein paar Sätze mit mir. Die ist recht freundlich. Fragt, wie es mir geht und so. Ihr Bruder ist ganz anders. Kaum ein Wort wechselt der mit einem. Mehr als den Preis für das Fleisch hört man nicht. Und nicht, dass Sie denken, ich bekomme als Verwandtschaft mal irgendetwas billiger! Nee, nee. Vielleicht ist der ja genauso krank, wie sein jüngerer Bruder. Steht nur auf Tiere und solchen Schweinkram. Ne richtige Frau hat der ja och nich'.«

Charlotte Peuker mochte die Familie Boll wirklich nicht, dachte Judith Brunner. Was die Frau jedoch nicht davon abhielt, dort regelmäßig einzukaufen. »Können wir auf den Hund zurückkommen?«

»Na, der Köter kennt mich eben. Bin doch fast jede Woche dort gewesen. Da war es nicht schwer, ihn anzulocken und zu ersticken. Hab einfach ’nen Plastebeutel genommen. Ich hatte mir genau überlegt, was ich tun wollte.«

»Ich höre«, sagte Judith Brunner.

»Das Haus von Waltraud Zabel kenne ich gut. Waltraud und ich waren früher oft zusammen. Wir sind ein Jahrgang. Bis vor Kurzem besuchten wir uns noch regelmäßig. Aber jetzt ist sie ja bei ihrem Sohn ... Den Spruch über ihrer Tür habe ich oft genug gelesen; ein Bußpsalm schien mir passend zu sein, um auf diesen widerwärtigen Mann und seine perversen Neigungen hinzuweisen. Waltraud hat sich oft genug bei mir darüber beklagt, dass ihr Grundstück als Abkürzung benutzt wird. Also konnte ich davon ausgehen, dass der Hund bald entdeckt würde. Das mit dem Schwanz war vielleicht übertrieben, doch ich wollte deutlich machen, was der Perversling mit den Tieren macht. Und das Klimpergeld, na ja, dreißig Silberlinge – die abgeschnittene Zunge allein hätte es bestimmt auch getan. Sie sind sicher schnell darauf gekommen. Verrat. Denn irgendwie habe ich meine Familie verraten, auch wenn es nur die angeheiratete Seite meines Sohnes war.« Charlotte Peuker seufzte: »Am Ende stellt sich nun heraus, dass ich Ihnen auch noch meinen Enkel ausgeliefert habe ... Ist das nicht eine schreckliche Geschichte? Na, ist vielleicht besser so. Das arme Ding hatte ich am Nachmittag noch gesehen, wie sie draußen Lindenblüten gesammelt hat. Ich war gerade beim Tischabräumen.«

Es gab eigentlich nicht mehr viel zu sagen. Judith Brunner beendete das Verhör. Sie erklärte der Frau kurz das weitere Verfahren und wartete, dass sie abgeholt und aus dem Zimmer gebracht wurde. Judith Brunner stand, immer noch ein wenig konsterniert, auf und verabschiedete sich förmlich von Charlotte Peuker.

Die schwieg. Erst kurz bevor sie den Verhörraum in Begleitung eines Uniformierten verließ, fand sie ihre Sprache wieder. Die alte Frau drehte sich mit leeren Augen um und fragte dann: »Gibt es auch glückliche Familien?«

~ 60 ~

Judith Brunner machte nur zehn Minuten Pause. Sie wollte die Sache zum Ende bringen. Kurz sah sie in ihrem Büro die neuesten Mitteilungen durch, stärkte sich mit einem Kaffee und wartete, bis Dr. Grede die Mutter des Mörders aus dem Wartebereich abgeholt hatte.

Grede klopfte leise an den Türrahmen. »Sie sitzt drin«, deutete er auf den Verhörraum. »Im Treppenhaus ist es zu einer kurzen Begegnung der beiden Frauen gekommen. Die haben kein Wort miteinander gewechselt. Wenn Blicke töten könnten, hätten wir jetzt zwei Leichen da liegen«, schilderte er seine Eindrücke.

»Kein Wunder. Ich denke, Monika Peuker kann nicht entgangen sein, dass mit ihrem Sohn etwas nicht in Ordnung war. Wenn es der Wahrheit entspricht, was uns Charlotte Peuker erzählt hat, dann hat auch sie die Abnormitäten ihres Bruders toleriert. Und sie weiß, dass ihre Schwiegermutter uns den Hinweis auf ihren Jungen gegeben hat. Die Frauen werden in diesem Leben keine Freundinnen mehr.«

Als sie den Verhörraum betraten, stand Monika Peuker mit dem Rücken zum Fenster und kam sofort ein paar Schritte auf sie zu. »Was ist mit Manfred?«, fragte sie, ohne Judith Brunners Gruß zu erwidern. Ihre Stimme war etwas zu laut und rote Flecke überzogen ihr Gesicht. Im Gegensatz zu ihrer Schwiegermutter zeigte diese Frau ihre Nervosität.

»Setzen Sie sich bitte, Frau Peuker«, wich Judith Brunner zunächst der Frage aus und stellte sich und Dr. Grede offiziell vor. »Wir nehmen dieses Gespräch auf Band auf. Wir haben sehr ernste Dinge mit Ihnen zu bereden. Ich denke, das wissen Sie auch.«

Diese Bemerkung bewirkte, dass sich Monika Peuker auf den Stuhl fallen ließ. Mit Mühe klammerte sie sich an der Tischkante fest, um aufrecht sitzen zu können.

»Möchten Sie etwas trinken?«, wies Dr. Grede auf das bereitstehende Mineralwasser hin. Ohne eine Antwort abzuwarten, schenkte er ein und stellte das Glas vor die Frau.

Als alle drei saßen, sagte Judith Brunner: »Wir haben Ihren Sohn wegen Mordes verhaftet. Er wird beschuldigt, Ilona Eichner, ein Mädchen aus Engersen, erwürgt und anschließend sexuell missbraucht zu haben.« Ob es tatsächlich in dieser Reihenfolge geschehen war, mussten sie in den kommenden Verhören noch herausarbeiten, hielt Judith im Stillen für sich fest.

Lautlos begannen die Tränen über das Gesicht von Monika Peuker zu laufen. Sie rührte sich eine Weile nicht, bevor sie mit gesenktem Kopf anfing, in ihrer Handtasche nach einem Taschentuch zu nesteln. Sie schniefte und wischte sich das Gesicht ab. Genauso plötzlich, wie er begonnen hatte, hörte der Tränenstrom auf zu fließen. Als

Monika Peuker wieder aufblickte, war sie um Jahre gealtert. Ihr Gesicht wirkte erschreckend hohl und grau. Schwer atmend, sagte sie mit immer noch schniefender Stimme: »Fragen Sie.«

»Was soll ich Sie fragen?«

»Na, was Sie in solchen Fällen fragen müssen. Was ich davon weiß und so.« Auch sie bestritt mit keinem Wort die Möglichkeit oder die Wahrscheinlichkeit, dass ihr Sohn der vorgeworfenen Taten fähig war. In dieser Hinsicht stimmte sie mit ihrer Schwiegermutter überein.

»Gut. Dann fangen Sie so an: Was wissen Sie?«

Argwöhnisch sah Monika Peuker den Vernehmern in die Augen. In die unangenehme Stille hinein sagte sie: »Manfred ist nicht schuld.«

Judith Brunner widersprach: »Doch. Das ist er. Er wusste, dass es falsch ist, was er tut.«

Fast unwillig gab Monika Peuker zurück: »Das meine ich nicht. Ich meine, er ist nicht schuld daran, dass er so geworden ist. Er ist doch noch ein Kind.«

»Er ist volljährig«, wies Judith Brunner mehr der Vollständigkeit halber auf das Alter hin. »Was denken Sie, wieso hat er das Mädchen ermordet?«

Monika Peuker hatte sofort eine Erklärung anzubieten: »Das ist sicher nur aus Versehen passiert, es war ein Unfall. Er sieht recht gut aus. Der hat das gar nicht nötig.«

Diesen Satz hatte Judith Brunner schon mehr als einmal gehört, wenn Söhne, Ehemänner oder Väter eines Sexualverbrechens verdächtigt wurden. Glaubten die Frauen wirklich, was sie da sagten? »Was für ein Mensch ist Ihr Sohn? Können Sie ihn uns beschreiben?«

»Er ist immer ein guter Schüler gewesen; jetzt als Lehrling macht er sich auch gut. Da können Sie gern nachfragen. Er hilft mit im Haus und ist anstellig. Er war nie frech oder ungezogen. Mein Sohn ist kein Angeber. Grüßt immer alle Leute im Dorf. Mein Junge hat nie etwas Unrechtes getan!«

Judith Brunner war kurz sprachlos. Was sollte sie dem entgegenhalten? »Ihre Schwiegermutter hat uns erzählt, dass Manfred schon als Kind Tiere absichtlich verletzt und sogar getötet hat. Er scheint eher ein Einzelgänger zu sein, ohne festen Freundeskreis, verbringt die Wochenenden zu Hause oder bei der Oma, anstatt mit Gleichaltrigen unterwegs zu sein. Ihre Einschätzung ist recht unvollständig.«

Monika Peuker schnaubte unwillig: »Macht das nicht jeder mal, als Junge? An Tieren rumprobieren?«

»Frau Peuker! Was Manfred getan hat, ist alles andere als ein Doktorspielchen! Ich kann nicht glauben, dass Sie den Unterschied nicht erkannt haben.«

Monika Peuker sah aus dem Fenster und tat, als ringe sie mit etwas. Dann sagte sie: »Das hat er bestimmt von meinem Bruder. Der muss ihn dazu angestiftet haben. Die beiden haben sich immer gut verstanden.«

»Was hat Ihr Bruder ihm gezeigt?«, fragte Dr. Grede.

Er bekam keine Antwort.

»Das ist doch keine schwierige Frage, Frau Peuker.« Judith Brunner blickte sie aufmunternd an.

Monika Peuker holte tief Luft. »Er hat Manfred gezeigt, wie man sich befriedigen kann.«

»Im Prinzip ist daran nichts auszusetzen, wenn es nicht zu Missbrauch –«

»Nein! Niemals!«, unterbrach Monika Peuker laut. »Das bestimmt nicht.«

»Sondern?«

»Nun, sie nahmen Tiere. Also, nicht direkt, ich meine, sie haben nicht mit den Tieren … sondern eben mit Gegenständen.«

Dr. Grede wechselte seine Sitzhaltung. Allerdings wurde sein Unbehagen davon nicht besser. »Ich verstehe das nicht! Wie konnten Sie das zulassen! Sie wussten von dem Verhalten Ihres Bruders und haben diesem Mann Ihren Sohn überlassen?« Wer saß hier vor ihm? Die Frau sah völlig normal aus, war sogar recht hübsch. Hatte einen guten Beruf, eine Familie, schien intelligent zu sein. Was war da passiert?

Als hätte Monika Peuker seine Gedanken gelesen, rechtfertigte sie sich: »Wir alle haben das mit meinem Bruder gewusst, auch unsere Eltern. Auf dem Hof gab es ab und zu verletzte Tiere. Mein Vater hat den Matthias dann verdroschen, richtig hart mit dem Gürtel. Er hatte ihm verboten, die Tiere so zu fütern. Ansonsten ist mein Bruder kein schlechter Mensch! Er war der Mann in meinem Haus, ich meine, natürlich nur für Manfred.«

Manfred Peuker hat die eigenartige Begrifflichkeit also vom Boll'schen Familienzweig übernommen, registrierte Judith Brunner für sich.

»Keiner hat da richtig was unternommen. Alle hofften wir, das legt sich von alleine«, fuhr Monika Peuker fort, ihre passive Haltung zu verteidigen. »Meine Geschwister hätten sich genauso gut um Matthias kümmern können. Warum ich es getan habe? Ich bin die Jüngste. Zu mir war er immer sehr nett. Er ist mein Bruder. Blut ist nun mal dicker als Wasser. Ich konnte ihn doch nicht im Stich lassen.«

Judith Brunner hatte es satt, sich diese Banalitäten anzuhören. »Das erwartet auch niemand. Aber Sie hätten trotzdem etwas unternehmen müssen. Vielleicht wäre Ihr Sohn dann nicht zum Mörder geworden.«

»Was hätte ich denn tun sollen? Manfred anzeigen und ans Messer liefern? Wie es seine ach so liebe Großmutter offensichtlich getan hat?« Jetzt flossen Tränen der Empörung über Monika Peukers Gesicht.

Dass Rudolf und Marianne Boll ihren Bruder nicht wieder auf dem Hof, bei den Tieren, haben wollten, leuchtete Judith Brunner noch ein. Dass die Geschwister die Vorfälle aber ebenfalls verschwiegen hatten, konnte sie nicht nachvollziehen. Erst recht nicht, nachdem ihr Hütehund so aufgefunden worden war. Eigentlich hätten sie sofort an das schwarze Schaf unter ihnen denken müssen. Stattdessen hatte Rudolf Boll die Hetzjagd auf einen Unschuldigen initiiert. Judith Brunner durchfuhr ein kalter Schauer bei dem Gedanken, was noch alles rund um diese Familie aufgedeckt werden könnte.

Dr. Grede bohrte weiter: »Wusste Ihr Mann eigentlich davon?«

Monika Peuker zuckte bei der Erwähnung ihres Ehemannes herablassend mit den Schultern. »Das von meinem Bruder? Eher nicht. Ich habe es ihm bestimmt nicht erzählt. Und wir trennten uns, als Manfred noch nicht einmal in der Pubertät war. Matthias zog dann zu uns und, na ja.« Ihre Schultern hoben sich erneut. Mehr als Gleichgültigkeit war dieser Geste nicht zu entnehmen.

Judith Brunner übernahm wieder. »Hm. Kommen wir zur Tat Ihres Sohnes zurück. Er hat uns erzählt, dass er schon öfter unterwegs gewesen war, um nach einem Mädchen Ausschau zu halten, mit dem er dann gleich Sex haben wollte. Normales Werbeverhalten war ihm gar nicht in den Sinn gekommen. Er hatte sich sogar bewaffnet, um das Mädchen gefügig machen zu können.«

Dieser Schilderung hörte Monika Peuker reglos zu.

»Hatten Sie eine Ahnung, welche großen Probleme es Ihrem Sohn machte, dass er noch keinen Geschlechtsverkehr hatte?«

»Glauben Sie, darüber hat er sich mit mir unterhalten? Bei mir hat er sich jedenfalls nicht beklagt. Und ganz nebenbei, andere haben das Problem doch auch, so extrem ist die Situation sicherlich nicht.«

»Manfreds Lösung für das Ihrer Meinung nach nicht *so extreme* Problem war allerdings äußerst radikal«, wies Dr. Grede mit einigem Sarkasmus in der Stimme auf das Offensichtliche hin. »Fiel Ihnen da wirklich nichts auf?«

»Wofür halten Sie mich? Ich bin eine gute Mutter! Natürlich habe ich Matthias auch aufgeklärt, über den üblichen Gang der Dinge zwischen Mann und Frau. Seine Schwester war ja auch noch da und die hat schon mit viel zu vielen Kerlen rumgemacht. Glauben Sie mir.« Monika Peuker trank einen Schluck von dem Wasser, schnäuzte sich noch einmal und fragte dann distanziert, als hätte sie einen wichtigen Termin einzuhalten: »Wollen Sie noch was wissen?«

~ 61 ~

»Die Gutachter werden vor Begeisterung in die Hände klatschen!«, prophezeite Dr. Grede. »Pubertät, Tierquälerei, Sodomie, problematische Geschwisterbeziehungen, ein Sexualmord – kurz: Teenager als Triebtäter. Eine Menge interessanter Psychiatriemist auf einem Haufen!«

Judith schmunzelte über Dr. Gredes Bemerkung. Er hatte vollkommen recht. »Ich kann Ihnen immer wieder nur bestätigen, wie sehr es mich freut, dass wir den Peuker so schnell gefasst haben. Ich bin überzeugt, wenn sich bei dem der Ärger gelegt hätte, wäre er aufs Neue losgezogen. Er hatte ja nicht bekommen, was er wollte.«

Es war Nachmittag geworden. Wie immer nach so intensiven, erfolgreichen Tagen fühlte Judith eine bestimmte Form von Freude, die Befriedigung und Dankbarkeit zusammenführte.

Lisa hatte für Verpflegung gesorgt und so saßen sie in lockerer Atmosphäre beieinander. Dr. Grede berichtete den anderen wieder von den Gesprächen, während Judith Brunner sich stärkte. Nach zwei Leberwurstbrötchen und einem Schinkenbrot fühlte sie, wie sich eine behagliche Trägheit in ihr breitmachte. Sie genoss ihren Kaffee und gestattete sich sogar einige Gedanken darüber, wie sie das nahende Wochenende verbringen wollte. Außer vielem Schlaf und gelegentlichem Essen sah ihr Plan lediglich vor, endlich die kleine Holzbank zu streichen. Das machte ihr Spaß und sie konnte dabei hervorragend abschalten.

»Wir werden uns auch mit dem Bruder befassen müssen, diesem Matthias Boll«, bemerkte Dr. Grede in dem Moment, als Judith Brunner wieder den um sie herum laufenden Gesprächen folgte. »Wer weiß, was in dieser Familie noch alles im Argen liegt.«

Die Männer begannen, über diverse Möglichkeiten sexueller Störungen zu debattieren.

»Kommt diese Charlotte Peuker mit dem Mord an Melli Boll davon?«, fragte Lisa ihre Chefin leise.

»Da muss ich leider passen. Ich habe keine Ahnung, wie wir da was unternehmen könnten. Ich bezweifle, dass die Bolls Anzeige erstatten werden.« Judith beugte sich zu Lisa: »Sie haben doch juristischen Sachverstand in Ihrer Nähe. Fragen Sie Herrn Uhlig, ob er eine Idee hat.« Sie spielte auf die verheimlichte Liebesbeziehung Lisas an. »Ich höre mich auch etwas um. Für heute nur soviel: Ich bin gerne dabei, wenn wir dieser selbstgefälligen Frau ein bisschen Feuer unterm Hintern machen könnten.«

»Danke«, flüsterte Lisa. Dann seufzte sie laut: »Warum haben die Frauen bloß nicht schon eher etwas unternommen?«

Dr. Grede vermutete nach seinen Eindrücken aus dem Verhör: »Monika Peuker schien sich der hochgradig problematischen Entwicklung ihres Sohnes tatsächlich nicht bewusst zu sein.«

Judith Brunner wandte ein: »Ich weiß nicht, ob ich ihr diese Unwissenheit abkaufe. Ich denke, als die Nachricht vom Mord an dem Mädchen die Runde machte, ahnte sie schon, was passiert war. Sie – wie im Übrigen auch die Großmutter – hat an keiner Stelle der Vernehmung bestritten, dass ihr Sohn ein Mörder sein könnte. Natürlich möchte sie das nicht offen zugeben.«

Dr. Renz ergänzte: »Dieses Verleugnen ist sogar nachvollziehbar. Die Frau fühlt ja gewissermaßen eine Mitschuld an dem Tod des Mädchens. Aber: Sie liebt ihren Sohn. Sie sieht die verhängnisvolle Entwicklung von frühster Kindheit an, hat ihn ihrer Meinung nach verantwortungsvoll und gut erzogen – und hat trotzdem nicht verhindern können, dass ihr Sohn zu einem Mörder wurde.«

Judith Brunner vermutete einen weiteren Grund für Monika Peukers Schweigen: »Vor ihrem Mann stünde sie auch als Versagerin da, als Frau, noch dazu als Pädagogin, die nicht einmal ihr eigenes Kind hat ordentlich erziehen können. Und möglicherweise hat die Trennung der Eltern, die von der Mutter initiiert wurde, sich auf die Entwicklung von Peuker ausgewirkt. Ich meine, dass er keine normalen Beziehungen eingehen konnte. Das ist nicht leicht zu verarbeiten.«

Thomas Ritter knurrte: »Mir tut die nicht leid. Und sie ist definitiv auch nicht die Erste mit dem Problem. Denkt nur mal an das Sprichwort: ›*Lehrers Kinder, Pastors Vieh – gedeihen selten oder nie.*‹ Sie hat sich um Hunderte Kinder gekümmert, den eigenen Sohn aber sträflich vernachlässigt. Hat ihn sogar noch in die Obhut ihres gestörten Bruders gegeben. Warum ist die nicht einfach mit ihm zum nächsten Arzt gegangen? Nach Uchte, oder so?«

Judith Brunner meinte: »Ich habe auch kein Mitleid mit Monika Peuker. Aber wir wissen doch, wie stark die Kraft der Verdrängung sein kann. Da ist die Mutter von Manfred Peuker keine Ausnahme.«

»Und die Großmutter?«, fragte Lisa.

»Die Großmutter hat ja reagiert, als sie merkte, dass die Situation eskalieren könnte, wenn Matthias Boll wieder bei ihrer Schwiegertochter einzieht. Charlotte Peuker hat nur nicht den richtigen Weg gewählt, um ihren Enkel zu schützen: Einen armen Schäferhund für eine völlig wirre Botschaft zu missbrauchen, anstatt mit jemandem zu reden. Und ihren Enkel hat sie auch nur als Zeugen benannt, damit wir schneller auf die Bolls stoßen sollten. Direkt zu uns zu kommen, war ihr nicht möglich, denn sie wollte ihren Enkelsohn behalten.«

Wie traurig, dachte Lisa. Für Ilona Eichner war der Moment des Handelns zu spät gekommen.

~ 62 ~

Als Judith es endlich geschafft hatte, in Walters Garten zu schleichen, glitzerten die Sterne vom tiefschwarzen Nachthimmel. Kleine Wolkenfetzen verbargen ab und zu etwas von ihrem Glanz. Matt und geschafft, aber auch erfüllt von dem aufrührenden Tag, war Judith einfach zu müde, um die funkelnde Pracht genießen zu können.

Walter saß, nahezu unsichtbar, auf dem Trittstein seiner Gartentür. Er hatte sich entspannt mit der Schulter am Türpfosten angelehnt und wartete. Die Steine hatten noch die Energie des Sonnentages getankt.

»Was machst du denn um diese Zeit hier draußen?«, hauchte Judith ihm zu. Dabei wusste sie genau, worauf Walter gewartet hatte. Sie sehnte sich nach denselben Berührungen.

Er stand lautlos auf, deutete mit dem Kopf nach oben und antwortete ebenso leise: »Heute Nacht kann man bis in die Unendlichkeit sehen. Schau nach oben! Ist das nicht wunderschön?«

Gemeinsam schwelgten sie noch einige Momente im Universum.

»Du kommst spät«, bedauerte er Judith und zog sie mit einem zielstrebigen Griff ins dunkle Haus. Drinnen bekam sie ihren ersehnten Kuss.

»Das Telefonieren hat ewig gedauert«, erklärte Judith ihr langes Ausbleiben. »An allen Stellen waren sie erleichtert, dass wir den Täter so schnell ermittelt haben. Natürlich hat man mich an die schriftlichen Berichte erinnert, die unsere übergeordneten Dienststellen am liebsten schon gestern gehabt hätten. Lisas Schreibmaschine wird wohl in den nächsten Tagen heiß laufen. Einiges konnten wir bereits vorbereiten. Und schon war es Abend. Dann bin ich über Engersen nach Hause gefahren, war mit Grambow bei den Eichners. Ich wollte ihnen erzählen, dass wir Ilonas Mörder gefasst haben. Clara Eichner hat kein Wort gesagt; aber ihr Bruder hat sich immerhin zu ihr auf das Sofa gesetzt und mit seiner Nähe versucht, sie zu trösten. Hoffen wir, dass die beiden einen Weg finden, mit Ilonas Tod umzugehen … Heute Mittag schon hatte Dr. Renz mir Ilonas Freundschaftsring vorbeigebracht; den wollte ich Kristin noch geben, als Andenken an ihre Freundin. Wie sie und all die anderen Kinder, die Ilona kannten, wohl den Mord verkraften werden? Also bin ich auch noch zu den Lindners. Zuerst hat sich das Mädchen wirklich doll gefreut. Aber auf einmal hat sie ganz jämmerlich losgeheult. Da habe ich Kristin noch ein wenig trösten müssen.«

»Du bist umwerfend nett, weißt du das?« Walter küsste sie erneut.

»Manchmal«, schränkte Judith lächelnd ein. »Einige sehen das sicher anders. Und mit dem heutigen Tag sind das bestimmt ein paar Leute mehr.«

Walter spürte, dass sie vollkommen erledigt war, und führte sie in sein Wohnzimmer. »Was möchtest du?«

Judith ging nicht auf seine Frage ein. Sie war immer noch in ihren Gedanken bei der Arbeit. »Kann man es fassen? Da will eine intelligente Frau nicht sehen, was für einen verderblichen Einfluss ihr Bruder auf ihren Sohn hat; die andere Frau bringt lieber auf total bizarre Weise einen Hund um, statt einfach den Mund aufzumachen. Hätte wenigstens eine nicht versagt, dann könnte Ilona vielleicht noch leben. Das macht mich verrückt! Ich habe den ganzen Nachmittag überlegt, was es ist, was diese merkwürdige Familie zusammenschweißt. Sogar dann, wenn keiner den anderen mag?«

Walter setzte sich neben Judith, als er sagte: »Mich erstaunt eher, dass erwartet wird, man müsse sich in der Familie immer vertragen. In den allerwenigsten Fällen gelingt das wirklich.«

»Es heißt doch, das Blut halte Familien zusammen«, ließ Judith sich, trotz Walters verliebten Blicken, nicht vom Thema bringen.

»Na ja, mag sein", war Walter skeptisch, »doch ich denke, das kannst du vernachlässigen. Was wäre sonst mit den angeheirateten Verwandten? Ich bin überzeugt: Das, was eine Familie zusammenhält, ist das Gefühl von Verbundenheit der Menschen untereinander und vor allem die Fähigkeit, einander gelegentlich zu vergeben.«

»Zu vergeben? Wie meinst du das?«

»Genau so. Du siehst es doch selbst. Mütter und Großmütter vergeben, selbst schlimme Dinge.«

Judith war nicht so nachsichtig: »Der Grund ändert das Ergebnis nicht! Verzeihen? Nicht in so einem Falle.« Sie war immer noch fassungslos.

Walter stimmte ihr zu. »Da hast du natürlich recht.« Irgendwie wollte es ihm nicht gelingen, sie auf schönere Gedanken zu bringen. Er goss ihr ein Glas Wein ein, stieß mit ihr an. Und bevor Judith erneut ansetzen konnte, erzählte Walter von der rührenden Beisetzung des Hundes: »Das war schon eine beeindruckende Karawane! Wir hatten vier Bollerwagen. Im Wald war es ziemlich beschwerlich voranzukommen, aber mit den großen Luftreifen ging es dann doch. Niemand hielt sich beim Ziehen und Heben zurück. Mit meinem Wagen mit allerhand Decken, Kissen und meinen Grabeutensilien fuhr ich voran. Ich habe den Kindern erklärt, der erste Wagen testet immer den Weg. Wenn der umstürzt, ist das nicht weiter schlimm, aber wir erkennen die Gefahr. Dann folgte der Wagen mit den Vorräten für den Leichenschmaus, in dem nächsten schlief das Baby – und ließ sich von dem ständigen Geruckel und Gezerre kein bisschen stören – und zuletzt kam der Wagen mit dem Hundeleichnam. Die Kinder hatten ihn mit grünen Luftballons geschmückt. Sie waren überzeugt, dass dies Mellis Lieblingsfarbe war. Über das Tier war ein alter Schlafsack gebreitet, darauf lagen frische Blümchen, Glockenblumen und Nachtnelken, die die Kinder unterwegs gepflückt hatten. Natürlich wollten alle mal diesen Wagen ziehen. Sie mussten sich abwechseln. Meist haben sie zu zweit angefasst. Stell dir vor, die Kinder hatten Bilder gemalt und ein jedes hat dem Hund das ins Grab mitgegeben. Mario hat noch einen völlig zerbissenen Ball hineingeworfen, bevor er sich zu den anderen zum Essen an den Waldrand gesellte. Ich habe dann alleine das Grab zugeschaufelt.« Am Ende seines Berichtes fragte er Judith beiläufig nach einem weiteren Glas Wein.

Sie küsste ihn auf den Mundwinkel. »Unbedingt! Du kräftiger Held! Das hast du dir heute verdient!«

Walter füllte die Gläser erneut und stieß mit Judith an. Nach dem ersten Schluck forderte er sie flüsternd auf: »Komm dichter zu mir und erzähle weiter. Ich will fühlen, wie es dir dabei geht.« Er zog sie an sich. Sein Blick wärmte sie. Im Hintergrund knackste leise eine Schallplatte und Holger Biege sang eines seiner schönen Liebeslieder.

Aufgemuntert von einem gelegentlichen »Ach« oder einem »Und dann?« aus Walters sie immer mal wieder küssenden Mund, redete sich Judith den Tag und den Fall von der Seele.

Sie spürten beide, wie sie gerettet wurde.

~ ~ ~

Als die Tür zum Wohnzimmer in Lauras Haus mitten in der Nacht lautlos geöffnet wurde, lugte Wilhelmina wachsam aus der Sofaecke. Würde es nötig werden, sich einen neuen Ruheplatz zu suchen? Vorsichtshalber fing sie an, leise zu schnurren.

Der Besucher hielt das Foto eines alten Hauses mit vielen Buchstaben an der Wand in seiner Hand, setzte sich für einen Moment neben sie, kraulte ihr den Nacken und las ihr flüsternd vor: *»Pflanz Redlichkeit in meine Brust und lass mich stets mit wahrer Lust der Liebe Pflichten üben.«* Dann stand der Besucher wieder auf und legte das Foto auf den Tisch. »Bis zum nächsten Mal«, verabschiedete er sich von ihr und verließ das Haus.

Wilhelminas Schnurren wurde lauter. Sie wusste, welche Frau diese Worte zum Lächeln bringen würden.

Anhang

Liebe Leserinnen und Leser,

wer etwas mehr zu den Hausinschriften in der Altmark erfahren möchte, kann sich in dem Buch »Die Altmark. Ein Lesebuch« informieren. Es wurde von Hanns H. F. Schmidt herausgegeben und ist 1988 im Hinstorff Verlag Rostock erschienen. Ein Beitrag nimmt Texte von Fritz Schwerin (geb. 1829 zu Rohrberg bei Beetzendorf, gest. 1870 in Altenhausen) auf, der sich in seinen Veröffentlichungen mehrfach Sprichwörtern, Volksweisheiten und Hausinschriften gewidmet hat. Aus diesem Beitrag stammen folgende im Roman zitierte Sprüche:

Pflanz Redlichkeit in meine Brust und lass mich stets mit wahrer Lust der Liebe Pflichten üben. (**Binde**)

Hierin sind die Schwein. Gott gebe, das gedeihn! (**Doberkau**)

Bier trinken macht fröhlich, Gott fürchten macht selig. Drum fürchte Gott und trinke Bier, so wirst du froh und selig allhier. (**Einwinkel**)

Bei meinen regelmäßigen und immer wieder von Überraschungen geprägten Ausflügen in der Altmark habe ich selbst weitere schöne und interessante Balkeninschriften gefunden. Im Jahre 2012 konnte ich diese hier entdecken und im Roman verwenden:

Kalbe an der Milde (Gerichtstraße; Grundstück ohne Wohnhaus, nur mit einem Wirtschaftsgebäude bebaut)

Im Jahr 1831 am 19ten September wurden diese Gebäude durch Frevlers Hand ein Raub der Flammen; durch Gottes Hülfe neu er-

richtet am 8ten Juni 1832 durch der Wittwe Blume geborene Blume.

Kalbe an der Milde (Rathausstraße, Balkeninschrift)
WER NUR DEN LIEBEN GOTT LEST WALTEN UND HOFFET AUF IHN ALLE ZEITEN, ... ERHALTEN IN ALLEM NOT UND TRAURIGKEIT. WER GOTT DEM ALLERHOCHSTEN TRAUT, DER HAT AUF KEINEN SAND GEBAUT. DEN 26. MAIUS 1787

Neuendorf am Damm (Dorfstraße 17, Balkeninschrift an einem Wohnhaus)
Ich trau auf Gott in allen Sachen, denn wer wolt sonst mein Helfer seyn. Ach, niemand hilft den armen Schwachen, denn nur mein Gott der thuts allein. Drum seh ich auch in meiner Noth zuförderst auf den lieben Gott. Und muss ich gleich zu trüben Zeiten was dulden, ey was ists denn nun, Ich will es herzlich gerne leiden.

Neuendorf am Damm (Dorfstraße 19a, Balkeninschrift an einem Wohnhaus)
Alles ist an Gottes Segen und an seiner Gnad gelegen, über alles Geld und Gut. Wer auf Gott sein Hoffnung setztet, der behält ganz unverletzet einen freyen Heldenmuth. Der mich hat bisher ernähret, und so manches Gut beschehret, ist und bleibet ewig mein. Der mich wunderlich gefuhret, und noch leitet und Regieret, wird forthin mein Helfer seyn. Viel bemühen sich um Sachen, die nur Sorg und Unruh machen, und ganz unbeständig sind. Ich will aber darnach ringen, was die Seelenruh kann bringen, die man itzt gar selten find't. Hoffnung kann ... (Inschrift nicht komplett erhalten).

Gardelegen (o. Straße und Nr., Balkeninschrift an einem Eckhaus mit Kiosk)
NACH DEN ABERMALICHEN ERLITENEN

UND ERBÄRMLICHEN GROSEN BRANDTSCHADEN SO MIR LEIDER ZVM DRITTEN MAHL HERTZ WIEDER SEHR SCHWER BETROFFEN HABE ICH ELIAS WENTLANDT UND CATRINA NIPASEN DIESES HAVS DURCH GOTTES GNADE VND SEGEN IM SELBIGEN JAHR ANNO 1685 DEN 30. SEPTEMBER WIEDER AVFBAVEN LASSEN

Da wundert es nicht, dass darüber außerdem steht: *Klove, Leve, True, Ehre, schlopen Leider alle Vere.*

Gardelegen (Holzmarkt 6, Balkeninschrift, erhaben geschnitzt, nicht bemalt)

Verrlas mich nicht. Herr mein Gott sey nicht ferne von mier. E[i]le mier be[y]zu[sten] Herr meine hilf. psalm 38 an Claus Gille. Elisabeht Kufers. Anno 1692 II August

Wer daran Interesse findet, stößt bestimmt auf die Balkeninschriften.

»Blutbuchen – Ein Altmarkkrimi«
Judith Brunners erster Fall

ISBN: 978-3-944468-00-6 (Print alto-Verlag Berlin, 2013)
ISBN: 978-3-944468-04-4 (epub)
ISBN-A: 10.978.3944468/006
http://dx.doi.org/10.978.3944468/006

»Eisblumen – Ein Altmarkkrimi«
Judith Brunners zweiter Fall

ISBN: 978-3-944468-01-3 (Print alto-Verlag Berlin, 2013)
ISBN: 978-3-944468-05-1 (epub)
ISBN-A: 10.978.3944468/013
http://dx.doi.org/10.978.3944468/013

»Giftweizen – Ein Altmarkkrimi«
Judith Brunners dritter Fall

ISBN: 978-3-944468-02-0 (Print alto-Verlag Berlin, 2013)
ISBN: 978-3-944468-06-8 (epub)
ISBN-A: 10.978.3944468/020
http://dx.doi.org/10.978.3944468/020

erscheint demnächst:

»Goldregen – Ein Altmarkkrimi«
Judith Brunners fünfter Fall